广雅

聚焦文化普及，传递人文新知

广 大 而 精 微

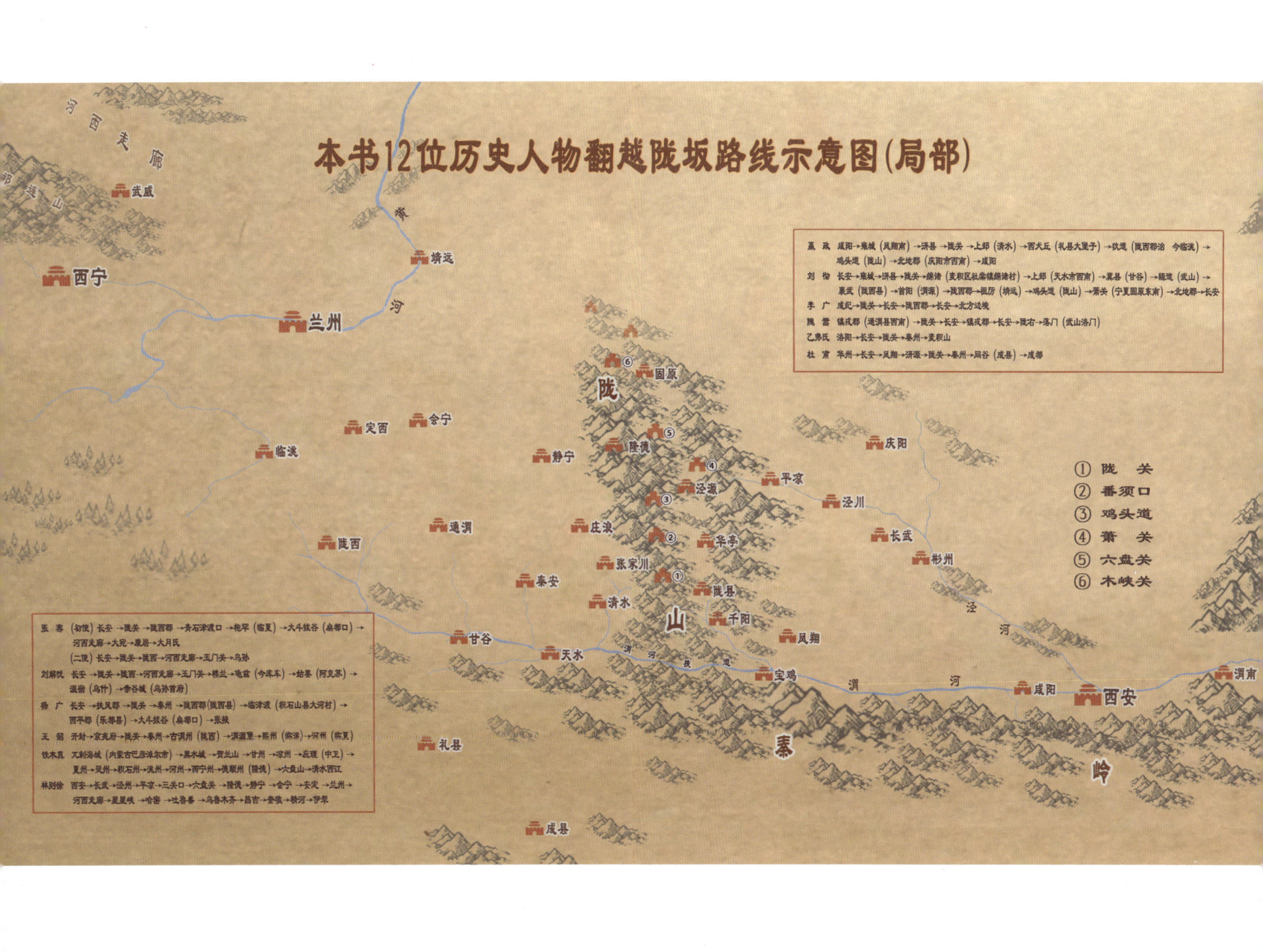

本书12位历史人物翻越陇坂路线示意图(局部)

嬴 政 咸阳→雍城(凤翔南)→汧县→陇关→上邽(清水)→西犬丘(礼县大堡子)→狄道(陇西郡治 今临洮)→鸡头道(陇山)→北地郡(庆阳市西南)→咸阳

刘 彻 长安→雍城→汧县→陇关→绵诸(麦积区社棠镇绵诸村)→上邽(天水市西南)→冀县(甘谷)→豲道(武山)→襄武(陇西县)→首阳(渭源)→陇西郡→抵历(靖远)→鸡头道(陇山)→萧关(宁夏固原东南)→北地郡→长安

李 广 成纪→陇关→长安→陇西郡→长安→北方边境

陇 宙 镇戎郡(通渭县西南)→陇关→长安→镇戎郡→长安→陇右→洛门(武山洛门)

乙弗氏 洛阳→长安→陇关→秦州→麦积山

杜 甫 华州→长安→凤翔→汧源→陇关→秦州→同谷(成县)→成都

① 陇 关
② 番须口
③ 鸡头道
④ 萧 关
⑤ 六盘关
⑥ 木峡关

张 骞 (初使)长安→陇关→陇西郡→黄石津渡口→枹罕(临夏)→大斗拔谷(扁都口)→河西走廊→大宛→康居→大月氏
(二使)长安→陇关→陇西→河西走廊→玉门关→乌孙

刘解忧 长安→陇关→陇西→河西走廊→玉门关→楼兰→屯田(今库车)→姑墨(阿克苏)→温宿(乌什)→赤谷城(乌孙首府)

杨 广 长安→扶风郡→陇关→秦州→陇西郡(陇西县)→临津渡(积石山县大河村)→西平郡(乐都县)→大斗拔谷(扁都口)→张掖

王 韶 开封→京兆府→秦州→古渭州(陇西)→渭源堡→熙州(临洮)→河州(临夏)

铁木真 兀刺海城(内蒙古巴彦淖尔市)→黑水城→贺兰山→甘州→凉州→应理(中卫)→夏州(灵州)→积石州→洮州→河州→西宁州→俄戬州(陇戬)→六盘山→清水西江

林则徐 西安→长武→泾州→平凉→三关口→六盘关→隆德→静宁→会宁→安定→兰州→河西走廊→星星峡→哈密→吐鲁番→乌鲁木齐→昌吉→奎屯→精河→伊犁

翻越陇坂

阎海军 著

从东西互动到天下中国

广西师范大学出版社
·桂林·

翻越陇坂：从东西互动到天下中国
FANYUE LONGBAN: CONG DONGXI HUDONG DAO TIANXIAZHONGGUO

图书在版编目（CIP）数据

翻越陇坂：从东西互动到天下中国 / 阎海军著. --桂林：广西师范大学出版社，2023.2
　　ISBN 978-7-5598-5507-7

Ⅰ. ①翻… Ⅱ. ①阎… Ⅲ. ①散文集－中国－当代 Ⅳ. ①I267

中国版本图书馆 CIP 数据核字（2022）第 192324 号

广西师范大学出版社出版发行
（广西桂林市五里店路 9 号　邮政编码：541004）
　网址：http://www.bbtpress.com
出版人：黄轩庄
全国新华书店经销
广西民族印刷包装集团有限公司印刷
（南宁市高新区高新三路 1 号　邮政编码：530007）
开本：880 mm ×1 240 mm　1/32
印张：12　插页：8　字数：240 千
2023 年 2 月第 1 版　2023 年 2 月第 1 次印刷
印数：0 001~6 000 册　定价：68.00 元

如发现印装质量问题，影响阅读，请与出版社发行部门联系调换。

引言

文明的十字
——早期中国以陇山为轴心的东西互动

"天下中国"的由来

在远古"中国人"的心目中，人类是与天地共存的，这种朴素原始的思维，奠定了"天下"思想的基础。

三代时期，祭祀和占卜都是王朝最重要的政治活动，也是统治者的特权。这种代表上天发号施令的特权，只有天子才能拥有。这是"天下"思想的核心。统治者通过祭祀和占卜这样的仪式，彰显特权，申明自己"受命于天"。《诗经·商颂·殷武篇》就有"昔有成汤，自彼氐羌，莫敢不来享，莫敢不来王，曰商是常"。

由此可见，"天下"思想在形成的过程中，充分考虑到了周边民族集团。华夏族群将周边民族集团完全纳入"天下"体系。只要周边人群尊崇自己独一无二的天子之位，就认可他们的臣民地位，也即"溥天之下，莫非王土；率土之滨，莫非王臣"。

与"天下"等同的说法，还有"四海之内"。

春秋时期，齐桓公问管子陆地面积有多大，管子回答："地之东西二万八千里，南北二万六千里。"可见，直到春秋时期，人们认为陆地四周全是海洋，中国在"四海之内"，"四海之内"就是九州，就是"天下"。

"中国多民族统一国家思想的起源，可以追溯到形成于先秦时代的'天下思想'中周边民族集团与中原王朝同属一个'天下'的认识上来。"[1] 华夏民族早期思想诞生的"天下"观念以及由此衍生的政治制度文明和文化精神，具有非常先进的普适性。这理想的治世图景，需要漫长的探索实践。

周代努力"把天下人，甭管什么姓，团结成一家"[2]，积极落实"天下思想"。"溥天之下，莫非王土；率土之滨，莫非王臣"这话听起来十分霸气，但执行起来却十分困难。有周一朝，所统御的范围始终没有扩展到九州之域、四海之内。东周时期，更是春秋争霸、战国争雄，混乱到了极点。楚子问鼎、齐秦称王，极大地羞辱了周王室的权威。其时的"中国"，只能是何尊铭文所说的"宅兹中国，自兹乂民"，仅是中央之国而已。

周朝树立的"天下"思想，变成了整个社会的理想主义。

列国纵横、群雄逐鹿，但大家都认可一统。每个列国都想成为完成一统的人，"谁也不甘于小区域的分治，都要去争夺完整的天下。不是争要不要统一，而是争由谁来统一"。[3]

轴心文明时代的"中国"，正期待迎来新的希望，那一道曙光，已经在关陇大地孕育而成，蓄势待发。

---

[1] [日] 王柯：《从"天下"国家到民族国家：历史中国的认知与实践》，上海：上海人民出版社，2020年，第12页。
[2] 李零：《茫茫禹迹》，北京：生活·读书·新知三联书店有限公司，2016年，第45页。
[3] 潘岳：《文明的十字路口，中西如何重新理解彼此？》，见微信公众号《正和岛》。

以陇山为基点的东进

公元前 221 年，秦国完成了前人无从想象、周王朝梦寐以求了 800 年、列国共趋之的一统天下大业。

这是改写中国历史、改写人类历史的伟大事件。

完成这一创世伟业的秦国，前身只是陇西高原上发迹的一个弱小部落，在与诸戎狄部落不断斗争、不断融合中，最终壮大了自己。

秦人一路向东的崛起，经历了非常关键的两个阶段：第一个阶段是以陇西高原为根据地翻越陇山入主关中的斗争；第二个阶段是以关中、陇西为根据地积蓄力量，最后完成狂飙突进式横扫六合的中国统一战争。

两个阶段，秦人奋斗了 670 多年。

关于秦人的发家史，得从秦非子说起。《史记·秦本纪》记载："非子居犬丘，好马及畜，善养息之。犬丘人言之周孝王，孝王召使主马于汧、渭之间，马大蕃息。"

周孝王名字叫姬辟方 (前 960—前 896)，是西周第八位君主，在位时间大约在公元前 910—前 896 年，那时秦人在陇西高原上还寂寂无名。

秦人先祖一直与马有很深的渊源。商周两代，秦人先祖都有为王室赶马车的经历。那年月，马车是领导的专车，给领导开专车，显然是个肥差、美差。殷商时秦人先祖为领导赶马车，凭此一度成为诸侯；周朝时秦还有先祖获得了赵城的封赏。

非子养马非常成功，周孝王很满意。为了奖励非子的功劳，周孝王想让非子做西犬丘秦人首领大骆的继承人，但是被申侯阻挠了。

申侯的女儿是大骆的妻子，生了成，申侯要让自己的外孙继承大骆。周孝王于是在陇山西麓（今张家川、清水县一带）封赐非子几十里土地，作为封邑，"使复嬴氏祀，号曰秦嬴"。

非子的秦邑，与其父亲大骆的西犬丘形成了秦人的两个政治中心。

成为附庸，秦人算是正式得到了周王室的承认。周朝有公、侯、伯、子、男五个爵位，附庸其实在周王室的"天下"格局和"五服"体系中，压根还没入流。

但非子获封周王室附庸，成为秦人崛起的起点。

秦嬴以降五代，都在东起汧河西至武山一带的陇山南部山地及渭河沿岸台地与西戎犬牙交错，无休无止地斗争着。秦嬴父亲大骆在西犬丘的其余子孙后代，后来全部被西戎杀灭。秦嬴后代中，秦仲也被西戎杀死。一直到秦仲的孙子秦襄公继位后，秦襄公让妹妹嫁给西戎丰王，秦人与西戎的关系才略有缓和，但斗争依然继续。

秦人往返于陇山大坂，时时眺望着东方的关中平原，那里沃野连绵，五谷丰盛。作为周王室的附庸，秦人对关中的觊觎，是僭越礼制的非分之想，必须牢牢地装在心里，决不能外露。

艰难斗争中的秦人，终于在公元前771年等到了机会。

那一年，西周发生了灭顶之灾。《史记》说周幽王"烽火戏诸侯"以求褒姒一笑，导致了亡国之祸。但2012年现世的《清华简·系年》中，并没有"烽火戏诸侯"的故事。清华简记载，周幽王主动进攻原来的申后外家申国，申侯联络戎族打败周幽王，西周因而灭亡。

"烽火戏诸侯"是真是假，实难判断，但周幽王在这一年的确死了。此时，秦人的首领是秦襄公，他带兵营救申侯支持下夺权成功的周平王，并一路护送到了洛邑。周平王称王的同时，周王室的官员还拥立了周携王。两王相争之际，秦襄公对周平王的军事协助，让周平王十分感激。于是，周平王封秦襄公为诸侯，赐给他岐山以西的土地。

周平王的权力本身来路不正，有了秦人的武力支持，周平王对秦人心存感激，从名义上让出了关中西部地区的领土。不过，这时的关中四处都是戎人，要把周王室开出来的空头支票变成现实领土，还得靠武力征服，赶走西戎。秦襄公有信心夺回这些土地。他更看重诸侯这个名号。有了这个名号，秦襄公立即向其他诸侯国派出使节，互致聘问献纳之礼；又用黑鬃赤身的小马、黄牛、公羊各三匹，在西畤隆重举行了祭祀天帝的仪式。

从最初周旋于西犬丘的小部落，到东扩占领陇山南部成为周王室附庸，再到正式成为诸侯国，秦人终于翻越了陇山，完成了东扩。这个过程完全是秦人凭借英勇斗争精神换取而来的地位提升。随着西周王室的没落，秦人成了东周王室倚重的对象，这也是秦人崭露头角的另一个机会。

秦人在正式立国的基础上，开启了第二阶段的奋斗。

秦人发展的第一阶段，都城从陇山之西的西犬丘和秦邑，迁到了陇山之东的汧渭之会，完成立国重任，用时大约100年。此时，秦人尚属于"城市国家"，以城邦立国，所占疆域面积不大，且难以固定，时常遭到西戎侵扰。

秦人发展的第二阶段，都城从汧渭之会一路东迁，先后经历了平阳、雍城、泾阳、栎阳、咸阳多个时期。定都咸阳的时候，秦人彻底完成了从"城市国家"向"领土国家"的过渡。这个过程，秦人用时500多年。

秦人东进的同时，并未停止向西部和北部两个方向扩展。秦武公十年（前688）"伐邽、冀戎，初县之"，开创了中国郡县制的雏形。其时秦国在陇西的疆域依然在渭河沿岸。秦穆公三十七年（前623）"并国十二，开疆千里，遂霸西戎"，疆土有了大范围扩展。秦献公元年（前384）攻灭狄族，设立狄道（今临洮）。秦昭王二十七年（前280）设置陇西郡，三十五年（前272）诱杀义渠王，在其地设北地郡(今宁县西北)。至此，秦在关中西北部拥有了陇西、北地、上郡三个郡，后秦国又修筑了从陇西郡到上郡的长城，将防御线连在一起，建立了稳固的西北根据地，为消灭六国奠定了后方基地。

秦人在陇西高原和关中平原的斗争过程，是血与火的战争历程，也是文化融合的过程。从考古发现来判断，秦人在继承商文明、尊崇周文明的同时，吸纳了西戎等少数民族的文化。秦人东进的过程，不全是杀戮，归顺秦人的戎人不断被秦人移民安置到关中一带。戎人的文化和文明从一个侧面支持了秦人政治制度、文化精神的壮大，戎人融入秦人势力的过程，也扩展了秦国族群结构的多元丰富性。

秦人东进，陇山一直是基点。进入关中前，秦人以陇山为轴心，催动了陇西高原游牧文明和关中平原农耕文明的互动。入主关中之后，秦人对关陇两地的治理更加速了两种文明的融合。关中平原和陇西高原以两种地理区位和两种文明形态共同构成了秦国的立国根本。以陇山为轴心的关陇互动结构，催生的文明动力、军事战力、文化实力，最终以摧枯拉朽的姿态席卷全国，完成了中华民族的大一统。

中国的先贤圣哲都在幻想完成"四海之内""九州之域"的"天下中国"建设，然而，"夏、商、周三代的活动中心，也不过在今天河南、山东和陕西省东部、山西省南部，及河北省的一部分，最多达到汉水上流和淮水北部,要之是一个不完全的黄河流域。"[1]让"天下"变为现实的,是发端于陇西高原、成长于关中平原的秦人,他们由秦国而大秦帝国,成就了真正意义上的"天下中国"。

秦国在春秋时代是最不起眼的小国,不被各诸侯国看好。然而,正是弱小落后的他们,完成了光辉的历史任务。

秦人东进对"历史中国"的集约化整合,完全是一次武装革命的胜利,充满了兵戈杀伐,但最终的胜利结束了春秋、战国诸侯不断征伐、永无宁日的动荡局势。以暴制暴、以戈止戈,和平来之不易。

以陇山为基点的西扩

秦人开创了前无古人的伟业———一统天下,也制造了旷世扼腕的悲剧———二世而亡。

楚汉相争,项羽和刘邦对抗,刘邦最终胜出。

西汉不仅继承了秦朝的国都,而且基本沿用了秦朝开创的制度。官制方面,秦国完成统一后,中央设立三公九卿,形成以丞相为核心的中央官僚体制。汉朝建立后,继续沿用了这套中央集权制度。

地方行政管理方面,秦朝在全国范围内推行了郡县制,"分天下以为三十六郡,郡置守、尉、监"。汉朝采取郡国并行制:对秦国故地采取郡县制,中央集权化管理;对六国故地采取分封诸侯制,以避免重蹈秦二世速亡的覆辙。

---

[1] 钱穆:《中国历史精神》,北京:九州出版社,2014年,第102页。

郡县制是秦朝对中国上古国家制度的全新变革,其创新性、革命性具有里程碑意义。汉封诸侯后,刘邦很快就后悔了,眼看异姓王在六国有坐大后和中央分庭抗礼的可能,刘邦便罗织罪名对异姓王进行了剪除,全部更换本姓王——"非刘氏而王者,天下共击之!"但刘邦死后汉朝很快就出现了李斯当年在秦朝朝堂的警告——诸侯谋反——"七国之乱"。

治理方面,"虽然汉朝最初尝试简化秦的法律,使它们不那么严厉,但很快汉朝就大规模地沿用了秦的模式"。[1] 通过休战并推广黄老治术,汉朝缓和了民众的压力,从春秋、战国以来接连不断的战火中走来,老百姓获得了难得的休养生息的机会。

外交方面,刘邦对北方最大的敌人匈奴采取和亲、赠赂的办法进行安抚,基本稳固了局势。

郡县制、统一货币、统一度量衡、车同轨、书同文……"秦始皇统一天下,创建了一个前所未有的大帝国,其管理系统之完备和充实,在当时各处的大国中可谓独步。"[2] 秦朝的制度优势是汉承秦制的真正动力,这也是后世史家研究历史将秦汉归于一体考察的原因。

刘邦之后,通过文景之治,汉朝出现了国富民强的大好局面:"至武帝之初七十年间,国家亡事,非遇水旱,则民人给家足,都鄙廪庾尽满,而府库余财。京师之钱累百巨万,贯朽而不可校。太仓之粟陈陈相因,充溢露积于外,腐败不可食。"

如果以上《汉书·食货志》的表述属实,刘彻接班时的汉朝,

---

1 [美]陆威仪著,王兴亮译:《早期中华帝国:秦与汉》,北京:中信出版社,2016年,第65页。
2 许倬云:《中西文明的对照》,杭州:浙江人民出版社,2013年,第80页。

真可谓富得流油。

乍一看，国家形势一片大好。但刘彻不这么认为，匈奴带来的耻辱，大汉皇室内部成员记忆深刻，如鲠在喉。

刘邦死后，匈奴单于赤裸裸写信骚扰吕后："两主不乐，无以自虞，愿以所有，易其所无。"这算第一大耻；文帝"十四年冬，匈奴寇边，杀北地都尉卬"，一路南下，突破萧关，直逼长安，这算第二大耻。

过去七十年，除了发生这两大耻，匈奴对汉朝的要挟、骚扰、挑衅从来就没有停止过。汉匈之间的和平其实是有限的和平，是汉朝深陷屈辱的和平。

"御戎无上策，征战祸也，和亲辱也，赂遗耻也"，大汉要长治久安，必须一揽子解决北方的匈奴问题，这是事关汉祚的命脉问题。

刘彻有这个雄心壮志，他一心要建立比肩秦始皇的功业，他很快就发动了对匈奴的战争。

整个帝国的北部和西北地区，全是匈奴的地盘。刘彻在公元前138年派出张骞去西域寻找同盟，欲联合大月氏，以夹攻匈奴，"断匈右臂"。不料张骞离开后杳无音讯。

联兵作战实现不了，刘彻只能靠自己。从公元前127年到前119年，刘彻先后发动13次大规模对匈作战。向北部的进攻，从北方前线多点出击，每有胜算，迅速撤还，回环往复地驱赶，终将匈奴赶到了漠北；向西部的进军，源源不断的汉家将士翻越陇山，以陇西为前哨，不断出击，最后完全占领河西走廊。

汉武帝对匈奴用兵正酣时，被匈奴扣押十多年的张骞奇迹般地返回了。刘彻最初联兵大月氏的想法已经时过境迁。张骞带来的信息，给刘彻与西域建立联系带来了信心。张骞受命二出西域（前119—前115），打开了汉朝与西域诸国互动的闸门，一直到公元前104年和前102年汉朝两次以得到汗血宝马为由攻打大宛国，最终奠定了西汉王朝真正掌控西域诸国的主动局面。

占领河西之地，汉朝先后设立了酒泉、武威、张掖、敦煌四个郡，完全将其内属，变为自己的国土。

但对待西域，汉朝只是确立了宗主权，以"外臣国"相待。其实，完成对西域大国——大宛的征服之后，汉朝完全有能力让整个西域变成自己的"内属之国"，"但汉王朝要求西域各国做的只是向汉称臣、将王位继承人作为人质送往汉朝廷，向汉王朝进贡，也就是缔结朝贡关系"。[1]

后来，对西域的掌控演化为都护制，由朝廷设置在西域的都护府为整个西域的臣服之国提供保护。一直到唐朝，西域都护府都在发挥作用。

对于降服了的匈奴，汉朝又采取了另一种措施——以属国进行安置。属国相当程度地保留了匈奴王朝原有的政治组织和政治结构，投降的匈奴重要首领大多被安置在长安，朝廷给予食邑；一般的王和普通部众，则被安置在属国内，接受汉朝派驻的都尉的直接监督管辖。"属国事实上是一种被置于军事管制之下的特别行政区。"[2]

王柯在《从"天下"国家到民族国家：历史中国的认知与实践》一书中认为："汉王朝对匈奴政策具有怀柔和牵制的双重性质，它是以存在着一个强大的匈奴帝国为背景而产生的。"

匈奴帝国对于汉朝的挑衅，是游牧文明对农耕文明的示威。汉

---

[1] [日]王柯：《从"天下"国家到民族国家：历史中国的认知与实践》，第80页。
[2] [日]王柯：《从"天下"国家到民族国家：历史中国的认知与实践》，第89页。

朝有足够的判断，汉无法鲸吞北部游牧世界，因此对匈奴的打击也只能量力而行、适可而止，划疆而治是最好的选择。即便匈奴因为内乱衰落，汉朝也没有做出问鼎蒙古高原的姿态，可见汉朝统治集团对于如何管理草原世界，当时并没有什么信心。

根据对方不同的历史渊源和军事实力以及地理结构，汉朝对新征服区域采取了不同的治理模式。这是非常灵活的政治手段。汉并没有一味地去征服世界。汉朝遵循的依然是周王朝遗留的理想——建立"天下中国"。

采取不同的治理模式，汉朝既实现了自己的理想，也避免了因为穷兵黩武而导致的两败俱伤或者不可预知的毁灭性结局。汉武帝刘彻尽管积极采用武力手段实现了对"四夷"的征服，但他并没有完全摒弃传统理想中依靠文明向化魅力改变夷族、收服人心的政治遗产。比如其晚年所作《轮台罪己诏》，就对滥用武力有深入的反思。当然，关于这个罪己诏，有学者认为系后世杜撰。不论这种反思是真是假，刘彻晚年在遭受丧子之痛和李广利投降两件事的打击之下，确实深深意识到了武力的局限性。

在西部、北部用兵对付匈奴的同时，刘彻还在南越、东越、辽东一带出击，实施了比较成功的征服战。汉帝国虽一度拥有了84个郡和18个诸侯国，但纵观刘彻一生和整个汉朝历史，经略西部一直是汉王朝政治、军事、外交工作的重中之重。

刘彻将汉室核心军力排布于陇山之西，开疆拓土，占领河西、掌控西域，真正实现了"欲保关中，先固陇右；欲保陇右，先固河西；欲固河西，必斥西域"的战略构想。

在处置河西、西域、北方草原三个区域的治理方式上，汉王朝采取了完全不同的策略，这几乎是后世中国处理类似问题的样板，羁縻手段为历史的发展方向也廓清了视域，有所为而有所不为。这也是中国哲学阴阳相生、虚实结合、辩证统一的伟大之处。

终其一生，刘彻最大的努力在征讨匈奴，最大的成就也在完成对匈奴的征服。表面上看，刘彻用兵的重点在北方，主攻方向在北部，但刘彻真正拓展的疆域其实绝大部分在西方。他推动的外交、商贸活动所促进的民族融合、文化交流、文明互动对象也在西方。

秦汉以长城为边线与匈奴展开的拉锯战，并没有促成更多的民族融合和文化融合。双方始终隔墙对峙，打打杀杀，谁也奈何不了谁，谁也没有输出文明改变对方。以长城为边线，即使一方攻入另一方的领地，也会自主撤回。这是一种心照不宣的相互试探，前提是谁都不想打破平衡关系。双方的这种底线思维，不纯粹因为军事能力的强弱或者占领的难度，而是基于两种文明的界线——农耕文明和游牧文明各自保有不同属性——两种文明的接合地带恰好也正是地理分界线。对这条地理分界线、文明分界线、军事分界线的逾越，其实，不止农耕文明的汉王朝没有突破，后世的所有中原王朝一直都未突破。而突破这条分界线的游牧民族，一旦越过分界线，往往都要放弃自己的文明属性，从游牧变为定居农耕。史学家一直认为这种有趣的现象是因为中华文明的强大。此问题后文还将述及。

相反，在西方，刘彻的用兵和外交都取得了丰硕的成果，形成了实质的文明互动（游牧文明和农耕文明）与民族融合（华夏民族与少数民族）。"帝国向中亚东部地区的扩张，使得该地区新的农作物，比如苜蓿、石榴、葡萄，被引入汉帝国；此外，汉朝还引进了异域风格的音乐、化妆品等。"[1]

---

1 ［美］陆威仪著，王兴亮译：《早期中华帝国：秦与汉》，第22页。

汉承秦制，实现了国家的平稳发展，以关中、华北为基础，以陇山为基点，逐步向西推进，形成了以陇山为轴心，东部关中、华北为一翼，西部陇右、河西及西域为一翼的互动格局。这是秦以陇山为轴心，促成关中平原与陇西高原互动格局的升级版。这个升级，带动的正是中国自然而然的历史生成过程。

汉以陇山为基点的西扩，促成了"天下中国"版图的再扩大，国都长安逐渐成为真正的"天下中国"的中心。汉朝西扩完成的疆域，为后世中国的版图结构奠定了基础。

以陇山为轴心的东西互动

"天下中国"，是三代以来中国思想界的理想政治图景，这个理念提出以来，经历了相当曲折漫长的实践。

通过前面的梳理，我们认为，以陇山为轴心的东西互动，先后在春秋战国和汉两个时期，形成了两次超量级的国家演变，促成了"天下中国"的首次实现和"历史中国"的极致生长。一次是秦人以陇西高原为基地，翻越陇山东进关中进而吞并中原，首次建立大一统的中国，这是小中国、小时空的小循环；一次是西汉王朝以关中和华北为基地，翻越陇山占领河西、控制西域的西扩行动，这次是大中国、大时空的大循环。

显然，是东西互动的小时空向东西互动的大时空的转化，促成了"历史中国"的生成壮大。这两次东西互动，真正扩展了中国的版图，促成了东西南北四个方位的震荡，每一次东西互动，都带动了南北的顺势扩展。两次东西互动,实现了"天下中国"理想图景。

史家认为,秦汉和隋唐是真正的"天下中国"。[1]这种认知,应当首先归因于地理版图,其次是政治制度、军事实力、文化传播、精神构建方面的提升和进步。

中国历史上出现的秦汉和隋唐两个具有"天下中国"意义的时代,实质上都是中原王朝围绕陇山为轴心完成对西域的经略以后,才真正实现的。可以说,秦汉是探路者,隋唐是复盘人。

嬴政对刘彻的启示,杨广给李世民奠定的基础,是构成这两个伟大时代的核心动因。作为政治人物,他们有着极其相似的努力和追求。他们都曾对陇山之西的广大区域充满想象,才有了中原帝国向西部的拓展,才有了"天下中国"格局的真正实现。

梳理"历史中国"的内在逻辑:强盛王朝必然要经略西域;一旦中原王朝势衰,往往自保都难,更别说控制西域。在中国史的叙述中,后一种局面的出现,要么是中原王朝不能自保,比如两宋,只是东亚政权中的一支;要么是东亚完全陷入混乱的割据和列国纷立,比如"五胡十六国"和"五代十国"。

所谓"天下中国"的时代,不仅国土面积大,关键在于政治大一统,经济、文化繁荣,社会发展强盛。

秦陇两地的东西互动到底有着怎样的地理结构和人文优势,支撑了秦国的创世伟业——"天下中国"的初次实现?秦陇两地的东西互动结构有着怎样的特殊区位优势,联结了"历史中国"的不断生成呢?

---

[1] 参见许倬云《说中国:一个不断变化的复杂共同体》(广西师范大学出版社,2015年)一书关于"天下国家"模式的论说。

回答以上两个问题，除了惯常认为的政治、经济、军事各方面的历史发展机缘外，还有一个至关重要的因素——地理和气候环境。

北京大学教授唐晓峰论述中国国家起源时曾说，依照苏秉琦归纳的六大文化区系，只有晋南豫西地区形成了"中国最早的真正意义上的国家"，而其他区域都未能跨越门栏而形成真正意义的国家。所以"只有晋南豫西地区存在着国家产生的'地理机会'"。[1]

"地理机会"孕育了国家起源。同样，"地理机会"支撑了"天下中国"的初次实现和"历史中国"的不断生成。

唐晓峰强调的提供了中国国家起源"地理机会"的晋南豫西地区，不是一个孤立的区域。推动"天下中国"形成的关中平原和陇西高原地域，与具备国家起源"地理机会"的晋南豫西地区相毗邻，且处在同一纬度之上。另外，它们更是同流域——黄河中上游地带，同地貌——黄土高原地带。

相同的纬度，相同的地域，决定了这一区域孕育文明的基础。长期从事西北政治地理问题研究的西北师大教授王勇认为："'秦陇结构'，奠定了中国最初的、最基本的政治地理结构，从而为'历史中国'的长周期韧性政治得以可能提供了历史地理机会。"[2]

那么，关陇大地到底为"天下中国"的实现和"历史中国"的生成提供了怎样的"地理机会"呢？

---

[1] 唐晓峰：《国家起源的"地理机会"》，见《三联书店三联书情》微信公众号，2018-05-18。唐晓峰认为："所谓的'地理机会'，意思是具体的历史发展从不是在空中抽象地完成，而必当在一处或几处关键的地理部位上首先获得条件，最早发生，然后还是在地理上，渐渐扩大，最后完成。历史发展的地理机会，就是那个(些)最早具备条件的地理部位。"

[2] "长周期政治系列论坛"第九期：《"总归西北会风云"——西北地域与中国长周期政治》，（主讲人：王勇；与谈人：丁志刚、王宗礼；主持人：徐勇），见微信公众号《长周期政治》2021-04-26。

首先，黄金纬度线奠定了文明发展的基础。

考察中国地理气候，我们会发现，800毫米等降水量线（湿润区和半湿润区界线）沿着青藏高原东南边缘，向东经过秦岭淮河；200毫米等降水线（半干旱区与干旱区分界线）大致通过阴山、贺兰山、祁连山、巴颜喀拉山到冈底斯山一线。这两条降水线中间的绝大部分中国国土，正好处在北纬40度线与北纬35度线之间。

中国文明的发生，主要集中在北纬35度与北纬38度之间，北纬38度线基本是农牧争夺线，而41度线则是农牧分界线。北纬35度与北纬38度线之间，不仅诞生了中国国家起源——夏朝，还跟进了商、周两个王朝的迭代。这个区域内的黄土高原，刚好在800毫米等降水量线和400毫米等降水量线之间，也就是（湿润区和半湿润区界线）与（半湿润区和半干旱区界线）之间。

"天下中国"首次实现的标志，是秦国横扫六合，一统中国的霸业。这个标志的内在核心，就是秦国由陇西黄土高原翻越陇山进入关中平原的发展壮大历程。而关陇地区正好也在800毫米等降水量线和400毫米等降水量线之间。因为这里是孕育万物、生机盎然的地方，遂有"黄土高原是地球馈赠人们的厚礼"之说。

同一维度，为秦人不断东进创造了便利，既包括他们由陇西高原向关中平原的东进，也包括他们由关陇基地向华北平原的东进。总而言之，同纬度奠定了东西互动的基础。这个基础，演化着不同的东西互动结果。秦人的壮大，"天下中国"的实现，本身就是周朝基于夏商文明，不断创新国家制度，推进国家文明升级的结果，也属于同纬度下的东西互动范畴。

从首次实现"天下中国"，再到汉朝经略西域拓展中国疆域，奠基"历史中国"生成的基础，这个过程是政治长程式运动的演进阶段，依然是以东西互动为面向的轨迹。

其次，第二阶梯位次孕育了适应能力更强的族群，利于向低阶位的东方俯冲和向高阶位的西方爬升。

中国地势西高东低，大致呈三级阶梯。第一级阶梯：西南部的青藏高原，平均海拔在4000米以上。第二级阶梯：青藏高原边缘以东和以北，是一系列宽广的高原和巨大的盆地，海拔1000~2000米。第三级阶梯：在东部，主要是丘陵和平原分布区，大部分地区海拔在500米以下。

"天下中国"首次实现的中心区域——关陇地区处在第二阶梯位次，这一位次作为中间地带，其地理环境孕育出来的人群，具有更强的适应不同环境的能力。秦人从陇西高原向关中平原、华北平原的进军，是俯冲姿态，一路所向披靡。汉唐定都关中，经略西域时基本属于仰攻，但战力依然强劲，终能成就大局。

"天下国家"模式之后，中国的改朝换代，以北方征服南方居多，西北游牧民族居高临下，俯冲中原，屡屡得手，建立了数代征服王朝。而定都南方的王朝，都趋向羸弱。比如在开封、杭州僵持的两宋王朝，经济发展繁荣，国力十分雄厚，但是军力惨淡，区区西夏小国都奈何不得，更遑论西域。明朝作为复兴中原血脉的朝代，虽然战力强劲，但边境只推进到嘉峪关，之后再无力向西。

正如李零在《我们的中国》一书首发时所说："中国的地理重心，早期一直在西北，它的背后有非常广阔的骑射游牧地带，时刻威胁着整个中国。离它太近不行，离它太远也不行。尽管宋以来，中国的经济中心不断向东南转移，但政治中心反而往北挪，最后竟挪到长城线上,就是北京。"[1]

"夫作事者必于东南,收功实者常于西北。故禹兴于西羌,汤起于亳,周之王也以丰、镐伐殷,秦之帝用雍州兴,汉兴自蜀汉。"司马迁的老话,在后世一再复盘。

再次,高原和平原优势互补,游牧和农耕相得益彰。

分析秦人的成长历程,尽管充满艰辛和磨难,但他们的柔韧和刚毅精神,千年之后回望起来,依然会催人激越、感怀万千。他们的这种精神,正源自他们成长的特殊环境。早期秦人在陇西高原与戎狄民族斗争,练就的是刚毅果敢,他们善养马匹,在游牧世界来去如风。后来进入关中平原,又获得了那里先进的农耕技术和敦厚的周文化滋养,战马加粮食等于最丰厚的物质基础,果勇加务实促成了最激进的进取精神,此时的秦人成了战无不胜攻无不克的王者之师,他们俯冲华北,俯冲江南,自然一路无敌。

高原和平原的互动,实质是游牧文明和农耕文明的互动,早期秦人以陇山为轴心,以陇西高原和关中平原的互动做了小时空范围的实践,实现了民族融合和文明融通的小循环。到了汉唐,则扩展为以陇山为轴心,以陇右、河西、西域三大区域与关中平原、华北平原大板块的大时空互动,则实现了民族融合和文明融通的大循环。

"历史中国"的生成,早期中国一直是以东西互动为主推进的。从整个中国历史过程来看,东西互动优于、强于南北互动,根本原因依然在同纬度的魔咒——地理因素。

北纬40度作为农牧分界线,也是文明分界线。这条边线,一直是中原王朝的防御线,也是北上的底线。两千多年的中国历史上,

---

[1] 李零:《什么是中国》(《我们的中国:茫茫禹迹、周行天下、大地文章、思想地图》首发演讲),见微信公众号《三联书店三联书情》2016-06-28。

鲜有皇帝逾越这条线。文治武功如汉武大帝刘彻，也只是越过这条线做一次巡游宣誓，然后赶紧撤回来。

东西互动，是天然的同纬度地理区位优势决定的，相较东西漫长的弧线，南北并没有广阔的地理区域：南部大海，北部高寒的草原，气候差异大。再直白地说，对于东亚腹地而言，南北没有战略纵深，而向西拓展可以有广阔的延伸空间。

早期中国，东西互动如同一架发动机，同步带动了南北向的互动（南部止于极热地带，北部止于极寒、极旱地带），形成了"历史中国"自然而然生长壮大的历史动力。

文明大十字：陇山和"丝绸之路"的交汇

公元前119年前往西域的张骞通过河西走廊时，姿态昂扬。而20年前，同样的前行，尽管他谨小慎微，却依然未能避免被匈奴活捉的命运。

张骞西行心态的改变，源自西汉少年将军霍去病对河西走廊的征服。

刘彻第一次派遣张骞前往西域时，整个大汉王朝对那里的情况完全未知。张骞翻过陇山，越过黄河，一进入河西走廊，就被匈奴限制了人身自由。

刘彻反复用兵，奇勇多谋的霍去病分两次顺利消灭了盘踞在河西走廊的匈奴。河西走廊收归汉有，刘彻对西域的经略才有了可能。张骞第二次出使西域的业绩，与刘彻的战争成果一同水涨船高。

整个汉帝国的影响力，以长安为原点，通过河西走廊大通道，辐射到了西域。华夏中国的文明，也通过这条大通道，进而与以希腊、罗马为源头的欧洲文明在新月沃地——人类文明的十字路口——牵手相遇。

这条大通道，自汉武帝刘彻开通以来，一直牵动着欧亚陆地的互通。这条大通道开通接近两千年后的1877年，德国地理学家费迪南·冯·李希霍芬为她起了一个更加华丽的名字——"丝绸之路"。

横贯欧亚大陆的大通道从开通到她被命名为"丝绸之路"，它的畅通与否一度成为中国政治的晴雨表。每一个强盛的王朝，都承担着鼓励国内社会联通西方世界的职责，每一次乱世的到来，它都要被迫中断。

强大的汉王朝，依靠武力征服了四夷，但内部权力运作却屡屡出现宦官与外戚争权的弊病。经历了王莽的改旗易帜，刘秀历尽艰险建立了东汉。经过班超苦心经略，西域再度回到中原麾下。

然而，东汉运行两百年后，权力内斗再次波及王朝安危。以调停为由的西凉军阀董卓从河西带兵一路向东翻越陇山，直扑洛阳。天下从此陷入类似春秋战国一样的大混乱时代，"五胡十六国"出现，东西互动戛然而止。从长安到西域，整条通道失去关联。

隋炀帝杨广勇谋孔武，一路西征，重开丝路。唐承隋的天下，再展雄风，"天下中国"体系复现，东西文明再次频频互动。

盛唐犹如昙花一现，"安史之乱"让中国重回乱世。吐蕃一步步蚕食陇右河西，且攻破陇山防线直抵长安城下，唐王朝风雨飘摇。随后，吐蕃又进攻西域，唐贞元六年（790）北庭都护府沦陷，安西都护府也与长安失去联系。安西都护府万余老弱残兵从此孤悬西域40载，为大唐守护最后的尊严和荣耀。

大唐气数尽绝,"五代十国"又是列国争雄,一直到两宋终结,东西通道都一直没能贯通。

成吉思汗横空出世,元朝不仅作为征服王朝统治了中国全境,还构建了全新的世界史。东西大通道在这一时期实现了比过往任何时期更加便捷的畅通无阻。

明代竭尽全力消除征服王朝的阴影,尽力复兴中原王朝的固有版图,但影响力只达嘉峪关,东西通道仍然未能打通。直到清廷作为新的征服王朝再次统治中国,东西通道才又恢复到汉开通之始的段位。

纵观中国历史,这条大通道其实只在四个时期被打断,两个乱世——"五胡十六国"和"五代十国";两个军事羸弱王朝——宋和明。

隋唐之后,世界史的走向渐渐受到海洋文明左右,中国经济重心南移,关中失去了帝都地位,以"丝绸之路"为标志的东西互动模式逐渐松散,不再是民族融合和世界交流的唯一机制。

实现"天下中国"体系的秦汉和隋唐王朝,都以关中平原作为首都所在地。这种选择与关中的特殊地理构造分不开。东函谷、西散关、南武关、北萧关,四关锁笼、四塞拱卫,关中地理区位实为易守难攻之地。

促成"天下中国"演进的核心区域关陇大地的分界线——陇山,拱卫着关中西部,像一堵边墙一样南北横亘分别连接着武关和萧关。陇山在关中作为帝都的时代,一直扮演着重要的拱卫京师作用。即便在经济重心南移、国都东移的时期,陇山依然因为北部有黄河几字弯天险和毛乌素沙漠、南部有秦岭崇山而起着护卫西疆的屏障作用。

可以毫不夸张地说,不论"历史中国"的行政中心位居何处,中国东西连接的大通道，陇山一直是一道阻隔。及至今天，依然如此。

中国古代东西互动的主动脉——"丝绸之路"与陇山相交会，形成了一个枢纽中心。

中华民族共同体的整合，不断重复着"分久必合、合久必分"的历史循环。不断登上中国政治舞台中央的各族群，都遵循着"天下中国"的核心理念。征服王朝元、清如此，即便是"五胡十六国""五代十国"的列国林立时期，各少数民族统治者也都没有忘记以中原正统王朝自居或者直接汉化。

大一统时期，陇山成为内山；整合失序，多元政治主体出现的时候，陇山成为边墙。如果东西大通道是一股汹涌奔腾灌溉王都的巨型水流，陇山就是靠近王都的总闸门。"历史中国"与西域的一切交往互动，陇山都像一个枢纽一样牢牢控制着流量。

历史上，"丝绸之路"畅通，东西互动顺遂，陇山的关隘之闸就处于开放状态；一旦"丝绸之路"遇挫，东西互动受阻，陇山关隘就成为决定乾坤的命门。

王莽垮台，隗嚣依据陇山之险割据陇右，刘秀煞费苦心出奇计才攻陷了隗军；东汉末年董卓从河西翻过陇山，直扑洛阳，掐断了东汉王朝的最后一丝气数；三国时期，诸葛亮从蜀中绕道六出祁山，试图逾陇偷袭长安，终未成功，抱憾收场；安史之乱后，吐蕃乘势东扩，翻越陇山直抵长安；北宋时期，宋兵死死守住陇山抵御西夏，破坏了西夏对关中的图谋……陇山之巅上演了一次次惊心动魄的历史事件。

"丝绸之路"联通东西，在东西两端各形成了两个枢纽、两个循环。陇山作为护佑华夏王都的屏障，与联通东西方世界的"丝绸之路"相交合，形成的是中华文明融合发展、互动融通的内循环；

南北走向的欧亚大陆板块接壤地带新月沃地——人类文明最早诞生地和"丝绸之路"相交合所形成的互动地带,是地球东西方文明交流互动的枢纽地带,构成的是人类文明融合的大循环。

"丝绸之路"的伟大,在于串起了人类文明的珍珠,也在于联结了中国文明交融的内循环与世界文明融通的大循环。

陇山亘古未变,是栖居陇山左右的人类,时而欣慰它的屏障之利,时而感叹它的阻隔之巨。凭守和开凿,在三千年的时光里轮流推演。这阻隔东西的山脉、联通东西的路,见证了中华民族的融合演进,记录了"历史中国"缓慢生成的全部过程。

陇坂巍巍,古道悠悠。

陇山和"丝绸之路"交合之地是无可争辩的文明十字。

"我所思兮在汉阳,欲往从之陇坂长。"以地理结构区分,今天中国地理版图的中心,依然在陇山。不想成为偏瘫巨人的话,未来中国必须更多关照西部。

"天下观"主导中国形成多民族融合共同体

在"天下中国"形成的两个时期——秦汉和隋唐,以陇山为轴心的东西互动都是国家的主导战略。之后,随着游牧民族对长城的突破越来越频繁,以长城为轴心的南北互动也逐渐加强。

基于这样的逻辑来梳理中国历史,可以说,早期中国的生成以陇山作为东西互动轴心,后期中国历史的演化,多以长城作为南北互动轴心。当然,两种互动是互相掺杂的,不是完全孤立的单一动态。

不论早期的东西互动还是后期的南北互动，都呈现了双向发力的历史作用。双向促动是扩展中国版图、扩大中国影响力的关键所在，这个史实经由具体的轴心作用来论说，更为清晰。

南北互动的轴心长城基本与北纬40度相重合，中国社科院文学研究所陈福民就此提出了"北纬40度"的跨界性文化概念。他在《北纬四十度》一书中"围绕人物故事集中表现和探究了民族冲突与民族融合等方面的历史关切"。他认为"由于蒙古高原地质构造高海拔的缘故，以长城为标志，北纬40度地理带在历史演进过程中逐渐形成了不同的族群与生活方式，最终完成了不同文明类型的区隔、竞争与融合"。[1]

历代汉人主宰的中原王朝，在外服四夷的过程中，都要采取"羁縻"政策，以怀柔策略利用中华文化的"向化"魅力促成多民族的融合；而游牧民族争夺中原获得成功后，都要用华夏制度以及汉族人才治理国家，巩固政权。

前文已提及，长城分界线作为地理分界线和文明分界线，农耕文明主导的中原王朝一直没能突破。能守住长城，已经是王朝军事强盛的显著标志。早期中国的秦汉时期，中原王朝一直扼守长城，北方游牧民族也很难突破。北魏以降，漠北游牧民族对长城线的突破，屡屡得手。最具代表性的就是拓跋北魏、元、契丹辽、女真金、清。无一例外，这些民族占领长城以南区域后，都采用了中原治理模式。最典型的证据如大混乱时代的"五胡十六国"，任何一"胡"所建立的政权，都没有脱离汉化，"因为任何一个胡人政权，都自命是中国的正统王朝，或是以此为目的做出过巨大努力"。[2] 王柯甚

---

[1] 陈福民：《北纬四十度》，上海：上海文艺出版社，2021年，第2页。
[2] [日]王柯：《从"天下"国家到民族国家：历史中国的认知与实践》，第123页。

至认为"五胡乱华"的说法,很有可能是"更早地汉化的胡人民族集团的一种偏见"。

当然,游牧民族的文化和文明对华夏族群也产生了广泛而深刻的影响。比如隋唐政权,就不能单纯地标榜为华夏政权、汉政权。"在唐初期对草原世界的大规模发展中,不可忽视的'拓跋国家'这个特征发挥了作用。简单地说,就是大概成其根基处留有游牧民味道的军事组织及骑马战力,以及可从鲜卑开始追溯到匈奴的牧民传统及血统意识。"[1]

不论东西互动还是南北互动,都是中原王朝农耕文明与草原民族游牧文明的互动,既是冲突的过程也是融合的过程。这种互动是"历史中国"生成的整合步骤,是优势互补,并由此形成了"长周期韧性政治"[2]的不同表现模式:有鼎盛繁荣的秦汉隋唐中原王朝;有"五胡乱华""五代十国"的混乱时代;有元、清统治的征服王朝。

中国的历史进程本身就是以"天下观"为主导的民族融合共同体,任何囿于某个单一民族角度出发的论述,都会陷入片面,必须从世界史的范围和角度认识中国史,才会更立体更宏观。

中国的民族融合最终胜出的是优胜的文明,而不是单纯的某一个族群。这也是农牧互动的整合过程形成的优势互补本质。

"中国的天下观是从个人到全天下所有人类,甚至超越人类;也可以说是同心圆一样不断地扩大,扩大到最后是全世界一体。在

---

[1] [日]杉山正明著,黄美蓉译:《游牧民的世界史》,北京:北京时代华文书局,2019年,第197页。
[2] "长周期政治系列论坛"第九期:《"总归西北会风云"——西北地域与中国长周期政治》(主讲人:王勇;与谈人:丁志刚、王宗礼;主持人:徐勇),见微信公众号《长周期政治》2021.4.26。

这里面有共同秩序，是太平盛世、大同之世。"[1]

"天下思想"作为中国历代思想家和政治家为之毕生追求的理想，作为中华多民族共融合的历史所凝结的智慧，足以为今天族裔纷争炮火连天的人类带来光明的启示，也足以为人类命运共同体的构建提供智力支持。

所有人的历史，都不失为悲壮

任意打开一幅标准版本的中国地图，东西对折线刚好在陇山。陇山与贺兰山南北绵延，将中国分出了东西两部。

陇山巍峨，但有人类活动以来，就有人开始翻越陇山，这一点，从考古遗址陇右大地湾文化和关中仰韶文化之间的联系就能判断出来。但沟通秦陇、有组织开凿真正意义上的道路，应该是秦人最早实施的。秦人在入主关中的过程中，反复翻越陇坂。定都关中以后，陇西一直是秦国的根据地，交通运输日益繁忙。尤其到秦昭襄王修筑战国秦长城时，秦国的综合国力和社会生产力已经领先同期其他国家，伴随国家发展需要，对于道路的要求也与日俱增。秦始皇西巡陇西之后，下令全国修筑驰道，这次国家实施的整修行动，应该是奠定关陇大道的基础性工程。

时至今日，沟通中国东西的主要干道，依然要翻越陇山，且在陇山大受阻隔。向北，虽然内蒙古一带相对平坦，但是东南部人群

---

1 《许倬云："内卷化"的美国正在衰退，中国的"大同世界"超越霸权》，见《每日经济新闻网》http://www.nbd.com.cn/articles/2021-02-06/1623589.html

绕行那里距离太遥远，并不是主干道。向南，从西南地区进藏，面临的是高山天堑的阻隔，那里至今不能便捷化运输。今天的高铁、高速公路，依然基本沿着古时候关陇通道的走向，只是翻山的过程大大缩短，因为采取了捷径——在渭河峡谷一带，我们以隧洞代替了古代的关隘。

从秦人首开关陇大道到中国进入近代以前，从关陇古道上通行的人太多了，多到实在难以计数。本书以陇山为剖面，选取了嬴政、刘彻、张骞、李广、刘解忧、隗嚣、乙弗氏、杨广、杜甫、王韶、铁木真、林则徐等十二位历史人物进行追述，用他们翻越陇山，穿过关陇古道所从事的非常任务，重温他们所处的时代和历史状态，勾勒陇山在"历史中国"生成中，特别是早期中国实现"天下国家"的历史中所具有的轴心作用，反思关陇大地在农耕文明和游牧文明互动融合过程中所扮演的特殊角色，以及由此衍生的"文明"意义。

固定的地理，有了鲜活的人文，才能创造出有温度的历史。人文历史地理的魅力在于人的故事。尽管十二个历史人物的生平，远远无法解读丰饶的中国历史，但他们都在各自的历史时空中完成了独特的行动轨迹。尽管他们有不同的身份和命运，但他们都在陇山上吹拂过长风，都在关陇古道上经历过蹉跎。从相同的生命经历切入他们的生命故事，每个时代都在他们身上打下了深深的烙印。

从叱咤风云的帝王秦皇汉武、成吉思汗，到割据陇右以失败告终的隗嚣；从孤勇善战的铁血将军李广、王韶，到经历漫长出使开通西域的张骞；从一生迷恋朝堂却难伴君侧不得不流浪的诗人杜甫，到虎门销烟惹怒列强遭到皇帝贬谪的林则徐；从讨好乌孙二嫁昆弥父子的和亲公主刘解忧，到身为皇后为退柔然大军而接受赐死的乙弗氏。他们的人生热望沸腾、激越苍凉，令人感怀万千。他们的命运跌宕起伏、曲折婉转，令人肝肠寸断。

所有人的历史，都不失为悲壮。

目录

嬴政 千古一帝的历史回望 … 1

刘彻 经略西域 奠基中国 … 27

张骞 漫长的出使 … 53

李广 悲壮的飞将军 … 77

刘解忧 惆怅的远嫁 … 101

隗嚣 割据陇右 … 125

乙弗氏 失落的皇后 … 151

175 杨广 大业十四年

201 杜甫 破碎的流浪

227 王韶 开边熙河

253 铁木真 失路关陇

275 林则徐 跨越"现代的门槛"

298 附录 寻路关陇之间：我的翻越

347 后记

嬴政

千古一帝的历史回望

陇山道垭口。秦人从这里东进,由"汧渭之会"而关中沃野,进而"横扫六合"。嬴政建立大秦帝国之后,由此西翻陇坂,寻根问祖。

◎公元前220年，完成中国统一大业刚刚一年，嬴政就迫不及待地离开了咸阳宫殿。他身佩穆公剑，乘着辒辌车一路向西，踏上了西巡的征程。这是他完成统一大业后的第一次巡狩，也是他一生中唯一一次西巡。

威德遐被，四方宾服。此时的嬴政，志得意满。一统天下后的首次出巡，他将目光投向陇西，除了宣播威权、威慑西戎，显然还有祭祀先祖、告慰先灵的意图。

从先祖由东方迁徙至西犬丘立足，到非子牧马深得周王赏识而获附庸之封，再到襄公护驾平王东迁居功获封诸侯，再到穆公西扩北征称霸西戎打下关陇大片沃野，一直到嬴政完成统御四海、领驾八荒，成为千古一帝秦始皇。秦人走过了600多年的历史。

600多年，34代王公，万千子民，他们以陇山左右为根据地，浴血奋战，最终完成了旷古绝伦的伟业。

嬴政对于陇山的翻越，确为一次历史回望。

屈辱和激奋

关中一马平川。

从新都咸阳到旧都雍城，150公里。嬴政的銮车一路驰骋，多半日，就抵达了。自从徙都泾阳、栎阳、咸阳以来，雍城失去都城地位已经162年了。

不过，在秦国壮大的历程里，雍城地位非凡。

秦国在雍城郊外先后建立了包括鄜畤、密畤、吴阳上畤、吴阳下畤的祭祀系统，这里埋葬着秦昭襄王之前27代君主。除了四畤、宗庙，雍城还设"日、月、参、辰、南北斗、荧惑、太白、岁星、填星"等"百有余庙"。

雍地不但是当时的政治、经济、军事中心，而且也是国家最高等级的祭祀圣地。

移都咸阳后，历代秦国国君频繁往来于咸阳和雍城之间，嬴政也不例外。

对嬴政而言，雍城是令他内心五味杂陈的地方。

到达雍城，18年前那场惊心动魄的血战再次浮现于眼前。

13岁即位以来，秦王嬴政一步步长大成人，但他一直没有获得权力。丞相吕不韦以仲父之名独揽大权，嬴政有苦难言。

比权力缺失更令嬴政恐惧的是：吕不韦为了摆脱与母后赵姬的私情，找来了一个叫嫪毐的义渠人，为他做了假宫刑后安置在了母后身边。嫪毐凭借惊人的卧榻之功，很快博得了母后的赏识。后来，他们居然不但有了私生子，还有了除掉自己的规划。

公元前238年，21岁的嬴政打破了此前所有的隐忍。嫪毐和母后赵姬被成功引蛇出洞。这是你死我活的关键一搏，这场斗争，年轻的秦王凭借了老臣王翦，倚重了少将蒙恬。当然，扳倒嫪毐更关键的人还是相国吕不韦。吕不韦的助力，嬴政并无多少感恩。嬴政心里，嫪毐本是吕不韦自己搬起来的石头，不除掉嫪毐，吕不韦的脚面迟早也会被砸碎。

雍城蕲年宫的血战，秦王得手。嫪毐落荒而逃，但很快就被捉回来车裂了；母后赵姬被关进雍城的萯阳宫，她与嫪毐所生的两个私生子被活活摔死。

次年，秦王免除了吕不韦的相职，将他流放巴蜀。吕不韦深知自己与秦王的关系再也无法弥合,没有奔赴蜀地就自尽了。

蕲年宫之变,是秦王嬴政经历的第一次血雨腥风。从此,他便真正走向了秦国的前台,走上了影响整个中国历史走向的舞台。

蕲年宫,是嬴政真正开始成长的地方,也是他心里永远的伤疤。想起母亲给自己平添的麻烦,他总会恼羞成怒。那也是搁置在他心头难以磨灭的羞愧。从消除那份屈辱开始,嬴政抱定了激奋的雄心壮志:做天下的唯一。

在雍城,嬴政毫无兴趣久留。他厌恶这座熟悉的曾给自己带来惊恐和伤害的旧都城,他想快速地越过它,看到自己日夜念想的疆域山河。他手握剑柄,示意僚从。

登陇坂

"二十七年,始皇巡陇西、北地,出鸡头山,过回中。"对于嬴政的这次西巡,司马迁在《史记·秦始皇本纪》只做了寥寥十八个字的记载。

《孟子·梁惠王下》云:"天子适诸侯曰巡狩。巡狩者,巡所守也。"巡狩古已有之,夏商周三代早有先例。嬴政统一全国后,先后巡游达五次,基本上平均每两年一次。嬴政高度痴迷巡狩,他的生命也在最后一次巡游途中,终止于赵国旧地沙丘。而他一生心心念念的江山社稷的命运,也在他巡狩途中突然驾崩的一刻埋下了关键性的隐患。

从雍城出发,沿汧河河谷,一路北上,道路由起初的平缓逐渐变得险峻,越来越难走。统一全国才一年,在陇山左右巍峨的崇山峻岭间修建道路,十分艰难。尽管西巡前,地方郡县已经接到命令,对道路做了修整。但始皇的辒辌车行进得并不通畅。道阻且长,不时还得换成马匹才能通过。嬴政西巡的旅途多是劳顿和颠簸。

车辚辚、马萧萧,一路烟尘、一路疲惫。

嬴政来到汧县西北角,逐步深入陇山,从陇坻主干道翻越陇山。

陇坻主干道,是跨越陇山最早开凿的通道。秦人先祖曾经反复穿行于此。

其阪九回,七日乃得越。

登临陇山顶峰,眺望西方的领土,嬴政满心愉悦。脚下的高山深谷,林莽叠嶂,远处的草甸大塬,牛羊成群。他即将步入一块"畜牧为天下饶"的土地,尽管这里"地亦穷险"。

遥想秦人与这块土地的关联,嬴政思绪万千。看着身前身后拥戴自己的臣民子弟,嬴政想到了秦人的西迁。

秦人崛起

早在商代晚期时,秦人先祖中潏就曾踏上过这片土地。

夏王朝末期,商汤通过商夷联盟伐桀灭夏,但是到了商代中晚期,商文化向东大扩展,商夷联盟终结,关系恶化。商纣王继位后不久,东夷发生大规模叛乱,甲骨文记载"商纣为黎(黎国在山西长治)之蒐,东夷叛之"。由于商朝的青铜、玉石、盐、贝壳等战略物资,很多来自东夷地区,再加上也不能容忍东夷叛乱动摇商朝统治，因此商纣王只能派兵平定东夷叛乱。大约公元前1066年，东夷造反，但直到武王伐纣时，商朝还有军队征讨东夷。商夷战争持续时间长、频率高、规模大，乃至纣王一度亲征。为了避免在西部爆发战争，导致商朝两线作战，纣王对周人一再容忍，包括释放周文王等，于是周人在这种形势下得以迅速崛起。这个时候秦人的先祖中潏在为商朝牧马守边，驻守在陇山之西，史称"在西戎，保西垂"。

中潏的儿子蜚廉，擅长驰马飞奔，事商纣王，曾经为纣王出使北方；蜚廉的儿子恶来是一个好武斗勇之人，颇得商纣王器重。牧野之战中，恶来身先士卒，力战不退，最终寡不敌众而亡。周克商。蜚廉由商都向东，逃奔商奄，也就是今天山东曲阜一带。

周武王死后，发生三监之乱。纣的儿子武庚早有复国野心，他利用武王弟弟管叔、蔡叔、霍叔对周公执政的不满和猜忌，不仅联合管、蔡、霍，还和殷商旧地东夷的徐、奄、薄姑等方国串通，叛乱反周。奄国等嬴姓东方国族反周，实为蜚廉在中间极力促动。

周成王伐商邑平叛，奄国被灭。周朝将周公长子伯禽封到奄国旧地建立鲁国。同时，蜚廉被杀死，周朝西迁"商奄之民"于邾（今甘肃甘谷朱圉山一带），"以御奴之戎，是秦先人"。因为殷商遗民的身份，因为叛周之举，周王室对他们恨之入骨。

这些"商奄之民"背着佞臣之名，从遥远的东方一路风尘仆仆西迁，他们翻过陇山，沿着渭水溯流而上，最终到达了渭水与西汉水之间的朱圉山一带，以西犬丘（今甘肃礼县）为中心聚居。

嬴政一路向西，与先祖的西迁路线基本重合。

西犬丘处在西汉水上游和渭水上游的夹角地带，这里也是中国长江流域和黄河流域的分水岭。与浩瀚无垠的西北大草原相比，渭河之南的沟谷台地，只有类似边角料一样的草场地。或许，正是因为这些并不被周围戎狄部族所重视的土地处于空闲状态，方便了"商奄之民"的安营扎寨。经历了长途迁徙的"商奄之民"，必然是衣衫褴褛，没有引起其他部族警觉的实力。

他们就这样立足了。

开始的时候，应该是度过了一段相对和平的岁月，与戎狄其他部落一样，商奄之民也只是在认真养马放牧。他们和其他部落相安无事。他们所处的位置，本在陇中高原与陇南山地的接壤地带，这里不是游牧的最佳场所。身为后来者，他们只能偏安一隅。从这个区域越是向北延展，地块越是平整，草场越是丰茂。但那是戎狄各部落的领地，他们无力争夺，只能遥望几眼。

商奄之民顺着西秦岭北麓的渭河河谷，一路向东发展。他们占据了越来越多的河岸台地。从西犬丘起始，一直到陇山两侧、汧水与渭水之间，都有了他们的帐篷和马匹。

"马大蕃息"。直到有一天，在汧渭之间、陇山两坡养马的非子突然被周王室所注意，并被孝王"邑之秦"，号曰秦嬴。

从此，陇西黄土高原上有了一个新的族群——秦人。

当秦人以周王室"附庸"自居而沾沾自喜的时候，陇山之西的安宁马上就要被打破了。

原本是一个以游牧业为生存基础的部落，当它突然与陇山之东农耕区域的"城市国家"眉来眼去时，同在西北高原上游牧的西戎各部落心底起了警觉。

这不仅仅是利益冲突的较量，更夹杂了文明冲突的因由。

从非子被封附庸开始，表面上，周王室认可的是秦人的养马技术，实质上，周王室想借秦人染指西北，想把自己的势力向西北拓展。

秦人成了周王室随手抓起来的一柄利剑，周王室想用这柄剑维护自己的利益。

周厉王无道，诸侯反叛。西戎也加入反周行列。与周室"勾结"的秦人于是遭到西戎、犬戎的憎恨，争斗愈来愈烈。秦仲（秦嬴重孙）三年，盘踞犬丘的大骆被西戎灭族。秦仲十八年，周宣王即位，任命秦仲为大夫，诛杀西戎。秦仲杀戎不成反倒被戎所杀。周宣王又给秦仲的五个儿子七千兵马，让他们继续伐戎。秦仲大儿子秦庄公讨伐西戎，不仅打退了威胁周王朝的戎人，还收复了大骆一族丧失的秦人老根据地——西犬丘。庄公此役成功将自己锻造成为周王室可信赖可依靠的力量，他也因此获得了西垂大夫的称号。

秦人完全不甘心做游牧部落，他们时刻没有放弃对丰镐之都"城市国家"城郭毗连、宫楼应接的艳羡。这个殷商遗民，骨子里崇尚的是"城市国家"的生存样态，他们从来不甘心养马放羊。他们在蛮廉抗周失利的那一刻起，就下定决心要"二返长安"或者"问鼎中原"。偏居西犬丘做牧人，只是为了绝地反击。

从流窜西逃的筚路蓝缕到备受周王室关注，秦人的发展之路上，秦非子"好马及畜"并获封秦邑，算是一雪前耻的标志性事件。从此，秦人有了崛起的起点。

想到最早西迁的秦人所走过的道路，比自己脚下的道路还要崎岖、还要艰险。嬴政行走在老秦数代人励精图治踏出来的交通要道上，感念到了先祖们一代代披荆斩棘的奋斗史，他对路途的艰辛不再存有抱怨。

颠簸在陇坂山道，嬴政必然无法忽略《诗经》里"美秦仲"的《车邻》之诗：

有车邻邻，有马白颠。未见君子，寺人之令。

阪有漆，隰有栗。既见君子，并坐鼓瑟。今者不乐，逝者其耋。

阪有桑，隰有杨。既见君子，并坐鼓簧。今者不乐，逝者其亡。

卧薪尝胆，韬光养晦，披荆斩棘，血染沙场，先祖一代代接力前行的光辉历程，带给嬴政的是激励、是荣耀、是感怀。

祭祀先祖

翻过陇山，顺着牛头河峡道，嬴政很快就进入渭河谷地。

在两河交接地带极目远望，南端的群山云雾低沉，淡入远方；脚下的渭水环绕悠长，循入深谷。这一带山水，是秦人发端早期，反复用鲜血和征讨护卫下来的。

1986年，距此不远的牧马滩，发掘出了数座秦人墓葬。其中出土的4块7幅木板地图，为迄今发现的中国最早的地图。相关研究认为，天水牧马滩木板地图绘制于公元前323年至前310年之间，地图所绘主要为秦国上邽县地区。公元前688年，秦武公征服邽、冀戎后所设邽、冀二县，为有文献确切记载的中国设县之始。

追寻先祖荣光，嬴政必须抵达西犬丘。他要经过邽、冀旧地。西犬丘是老秦人崛起的基础，也是老秦人先祖心中的圣地。从秦人西迁到嬴政统一六国，600多年的时间，西犬丘一直是秦人最稳固的大后方，最可靠的根据地。

除了"百有余庙"的雍都，"西亦有数十祠"，指的正是西犬丘。

赶赴西犬丘，嬴政必定要用最盛大的仪式祭奠先祖的荣耀。

第一代秦人从遥远的东方迁徙而来，定居西犬丘，再也舍不得离开那片水草丰茂，交通相对便捷的土地。当固守西犬丘的大骆一族被戎人灭族时，散落在陇山两侧的老秦人变得无比团结，他们同仇敌忾，与戎人从此变得水火不容。庄公武力夺取西犬丘，自然是志在必得。反复较量争夺的过程，更加深了西犬丘在秦人心中的神圣地位。

秦人后来逐渐将西犬丘打造成了"城市国家"：造城池、修宫殿，铸青铜、刻铭文，锻甲胄、强兵丁，制器乐、通音律。

秦人继承了夏商文明的火种，一心想让自己的势力范围变成文明国度。

夺回西犬丘的庄公一直生活在这里。他的大儿子世父一心想为秦仲复仇，发誓不杀戎王誓不还乡。为了复仇他拒绝了太子位。他的弟弟捡了个大便宜，顺势成为太子。庄公死后，襄公即位。

机会总是留给有准备的人。襄公七年春，秦人的机会又来了。周幽王为了博褒姒一笑，欺骗诸侯救驾。当犬戎、西戎真的从西部和北部压过来，以"马踏长安"之势攻破镐京时，众诸侯对京城数次传来的烽火已经不以为然了。大家以为幽王又在与褒姒玩乐，任凭烽火连天也无人赶赴京都。

喜欢开玩笑的幽王终于把自己和社稷都变成了笑话，他在骊山脚下做了戎人的刀下鬼。

敌人的敌人就是朋友。初到西犬丘时，秦人忌惮周王室，与戎狄相处多用绥靖政策，逐渐站稳了脚跟。当秦人与周王室取得信任之后，秦人与戎人的关系开始出现罅隙，最后演变成了血海深仇。

得知戎人攻周，秦人出手迅速、战斗积极。秦襄公帮助周王室赶走了西戎、犬戎。

周王室迎来短暂安定。

新即位的周平王觉得丰镐已经难以守卫，他手中的兵马少得可怜，诸侯们明面上尊周，实质上各怀鬼胎；再则，虽然自己被申侯、鲁侯及许文公立于申，但幽王死后，"虢公翰又立王子余臣于携"。

周朝二王并立。平王为杀伐周室的申人所立，携王为周室正统势力所立。携王是平王的叔父，平王身背杀父之嫌，形势对平王极其不利。平王权衡再三，决定迁都洛邑。出走成了最好的选择。

秦襄公抓住了可以"染指"周王室的机会，很仗义地亲自护送平王抵达洛邑。

周平王立即在洛邑封秦襄公为诸侯。秦襄公西返平王来送别的时候，他做出了这样的应诺："戎无道，侵夺我岐、丰之地，秦能攻逐戎，即有其地。"

关于携王，《史记》阙如。但在公元3世纪从战国时代魏国墓葬中出土的《竹书纪年》中有详细记载。

如果没有周携王的存在，秦人救驾周平王，就显得正义凛然。然而，《竹书纪年》的出土，至少应该让后世记述不能不正视秦人救驾的投机属性。

秦襄公获得的诸侯之封，只是一个名号；所得的疆土臣民更是空头支票。但这个名号和这张空头支票，是秦国迈入"城市国家"文明序列的入场券。这一天，秦人已经期待了很久。

其时的丰镐之地，已经乱成了一锅粥。衰败了的周王室势力，犬戎、西戎势力，秦人，都想得到这块丰腴之地。

华夏文明乃至历史的走向，都蕴含在这场争夺战中。

与秦非子从周孝王手里接过附庸之封不同，秦襄公始列诸侯，成为真正的国君。

秦人趁乱得势，气宇轩昂地站在了山东140多个诸侯国家的面前。而山东诸侯压根就没把之前毫不起眼的秦国放在眼里。尽管秦人在西犬丘已经完全做到铸青铜、重祭祀、制礼乐、通音律、强兵马、善征战，但在山东各路诸侯心中，秦人只是边陲西地与戎狄同一个文明水准的蛮夷之流。

立国后，秦襄公居西犬丘，急切地与"诸侯通使聘享之礼"，"乃用骝驹、黄牛、羝羊各三，祠上帝西畤"。

以西犬丘为根据地，秦襄公开始连年用兵，他想在有生之年拿到周平王赐予自己的岐丰以西地块。

关中平原沃野千里，阡陌纵横，庄稼遍地，五谷丰腴。这里比起西犬丘一线的陇西高地，真是宜居宝地。

直到继位后的第十二年，秦襄公才打到了岐山。这时候，周携王早已被晋文侯所杀。但秦襄公在他的有生之年，依然未能占据关中沃野。他的所有希望，只能留给下一代。

秦文公接续父亲的遗愿，继续与戎人殊死搏杀。在巩固西犬丘至陇山一线固有国土的同时，他日思夜想的目标就是打过岐丰去，将周平王的空头支票变成实实在在的国土面积。但是，秦人与戎人的战斗，单是自非子以降，已经打了近140年，双方的势力犬牙交错，难分胜负。游牧民族来去如风，战无定法，令秦人很是头疼。

文公不想硬拼。三年，他带着700人的队伍，以打猎的名义越过陇山。四年，他驻扎在了汧水与渭水的交汇之处。他想稳扎稳打，打一片占领一片。他将都城迁到了汧渭之会，开始苦心经营："十年，初为鄜畤，用三牢。十三年，初有史以纪事，民多化者。"

秦文公十六年，都城前移、作战前线也前移了的秦人大举用兵，扑向关中。戎人败走，文公到达岐山，尽收周平王允诺之地，岐山以西收入囊中，岐山以东献给周室，以防引起周室怀疑。文公在位50年，基本完成了父亲的遗志。他死后，依然葬在了秦人"老根据地"西犬丘的西垂陵园。

感怀列祖，嬴政对秦襄公和秦文公尤为敬仰，因为秦人的东进，是他们父子把秦嬴延续数代人的希望从西犬丘扛过了陇山顶，真正推向了关中大地。他们是秦人陇山之西奋斗史里的最后两位国君，他们带领秦人逾越了艰难的跋涉期。

卓然独立的西垂陵园，像一个天然的祭台，雄踞西汉水北岸。西侧，永坪河自北而南注入西汉水。两河夹一山，形成环绕。西汉水以东的河谷平坦开阔，一马平川；以西则山势险峻，狭窄蜿蜒。背山环水，西垂陵园是堪舆者眼中的一片风水宝地。

20世纪90年代，西垂陵园被发掘，其中发现了两座王公大墓，出土了诸多文物，包括一组九件套的秦编钟。但由于之前发生过严重盗掘，考古并未发现铭文铜器。据考古学家推断，它们分别是秦襄公、秦文公之墓。

在这里，嬴政必须用一场高规格的祭祀，才能表达崇敬之情。

河谷肃穆，旌旗猎猎。

嬴政在陇西郡守等一众僚从的陪同下，缓缓登上西垂陵园。按照秦人的最高祭祀礼仪，进行了祭奠。前后有提请、择吉日、出行、抵达、涤牲、省牲、宰牲与聚血、入斋宫、坛场祭献、迎天神、送天神、撤馔、瘗埋等十数项议程。

鼓乐齐鸣，三牢至尊。

嬴政虔诚跪拜，完成对秦襄公、秦文公以及所有在这片土地上奋斗过的先祖们最庄严的祭奠。

面对沉睡西垂的列祖列宗，嬴政对秦国东进西扩取得统一全国的伟大胜利做了最彻底的纪念。

宣抚西土

在西犬丘，秦人不停地奋斗着。

制礼乐、宣教化、锻兵器、强军队，秦人一刻都没有懈怠。他们完全以"城市国家"的形态要求自己、提升自己。他们尽管偏安陇西寒山瘦水，但他们的胸怀是占领更多的土地，建立更大的国家，统御更广阔的天地。

秦人的雄心是迈向领土国家的建制。

这些梦想的实现，便是翻越陇坂，一路向东。

秦人清楚，关中平原和华北平原沃野千里，那里才是文明的腹地。夏、商、周，三代更替，江山易帜，但文明的火种在那里一直延续不断。

秦人想在中原的舞台上，和更多的诸侯王公们展开公平公开的竞争。

秦襄公英武果敢、侠胆孤勇，救驾周室，护送平王而得诸侯之位，给秦人赢来了短暂的辉煌。在接下来一百年的岁月中，秦人陷入了漫长的煎熬。

秦人把西犬丘作为老秦根据地，不断突出到陇山一线，且不时翻越陇山抵达关中。但从西犬丘到陇山之间，依然是西戎部落林立的地带，他们的每一次行进，要么突袭，要么偷行，难以名正言顺地扩张地盘。直到秦武公十年（前688），"伐邽、冀戎，初县之"。秦人才将西犬丘到陇山的区域全部收入麾下，实现了西部领土的集中连片化。这是秦国自身从"城市国家"向"领土国家"变革的标志。

秦国奋进的春秋时代，各诸侯都在互相兼并瓦解，都在从"城市国家"向"领土国家"变革。

嬴政的西巡任务，是祭祀神灵、祭祀祖先、巡视边关、振奋军心。

在西犬丘完成祭祀，嬴政要宣抚西土，不可能不前往狄道。狄道（今临洮）是陇西郡置所在地。那是秦国疆域的最西端，自从秦昭襄王二十七年（前280），"使司马错发陇西"。秦国在陇山之西的领地终于到达了洮河和黄河附近。这些果实，秦国采摘得十分艰难。

在漫长的煎熬接近百年的时候，时任国君秦德公将治权交给了大儿子秦宣公。这个时刻，又是一个转折点，注定了秦国即将迎来新的命运。

这一年是公元前675年。

秦宣公执政12年，他有9个儿子，但他没有将权力移交给任何一个儿子，而是交给了二弟秦成公，秦成公执政4年就去世了，他有7个儿子，他也没有将权力交给任何一个儿子，而是交给了三弟秦穆公。连续三次权力交接，都是在极其平稳的状态下完成的。这给国家的统一和稳定带来了极大的利好动因。这连续多年平和顺利的权力交接，预示着秦穆公即将为秦国的发展做出开创性的贡献。

公元前659年，秦穆公正式上位。

上位第一年，穆公就出手了。"自将伐茅津，胜之"。五年秋，又"自将伐晋，战于河曲"。

秦穆公在位39年，英勇善战，身先士卒。二十年时，"秦灭梁、芮"；三十七年时，"伐戎王，益国十二，开地千里，遂霸西戎"。

除了能征善战，他还任用贤能，广搜人才，身边谋士如云。有贤能辅佐，他的时代，秦国兵强马壮。

秦穆公主政秦国时，不仅图霸关中，更想问鼎中原，染指天下。他被晋国封锁在西部，实难突出。他和晋国几乎较劲了一辈子，先后扶持了三位晋国国君，但他们都背叛了他。直到重信义的晋文公上台后，才迎来了秦晋之好，但这个交好的过程并没有促进秦国的壮大，反而促成了晋国问鼎春秋五霸。

晋文公死后，秦穆公又举兵突围，终于打赢了晋国，成为春秋五霸之一。

秦穆公为秦国后世的发展奠定了良好的基础，但是他去世以后，秦国迎来了连绵不断的衰败：宫廷内斗、君臣乖乱、人才断档、国土萎缩。一代接一代的君王都无力重振旗鼓。秦国陷入了黑暗的谷底。

这一次，秦国蛰伏了整整260年。

这260年间，东方诸侯国不断吞伐兼并，社会动荡不安。这260年间发生的对秦国生死攸关的大事，就是三家分晋。

为了防止"曲沃代晋"的"小宗取代大宗"事件重演，晋献公尽灭桓、庄之族，并驱逐了剩余实力较弱的旁支。后来，除了世子外，其他公子成年后，全部发配到国外，造成"晋国无公族"的后果。

其实，权力人人都爱，除了皇亲国戚自己人，卿大夫也爱权如命。晋国的军政大权于是就慢慢地落到了卿大夫的手中，经过不断兼并，后来剩下韩、赵、魏、智、中行、范几家恶斗不已，最后韩赵魏联合灭掉最强大的智氏后，成功实现了三家分晋。

中国的历史也被他们推进到了新阶段——战国时代。

强大的晋国死死封锁着秦国，东进半步都难。当晋国分成三个国家的时候，时势给秦国带来了绝大的利好消息。晋国的分裂，是力图东出的秦穆公日夜盼望、梦寐以求的局面。然后，秦国被晋国封锁了整整260年。

连亘260年的黑暗时代终于结束了。

秦孝公的出现，让秦国再一次迎来了光明。这一年是公元前361年，中国历史进入战国时代已经115年了。

秦孝公是在父亲秦献公战死沙场之际临危受命的，那一年，秦国正面临灭国之灾。历史交给秦孝公的君位比秦国历史上任何一位君王掌握的权力都要凶险。

河山以东齐、楚、魏、燕、韩、赵六大国并立，淮泗之间小国十余个。秦国被封锁在雍州，比穆公时代的国土少了很多。各诸侯嫌弃秦国，不与其会盟；西部夷翟时刻虎视眈眈。

从父亲手中接过穆公剑的一刹那，秦孝公倍加怀念先祖秦穆公："昔我缪公，自岐雍之间，修德行武，东平晋乱，以河为界，西霸戎翟，广地千里，天子致伯，诸侯毕贺，为后世开业，甚光美。"

图谋整饬，孝公"振孤寡，招战士，明功赏"。痛定思痛，严加反思，他发出招贤令："三晋攻夺我先君河西地，诸侯卑秦，丑莫大焉。献公即位，镇抚边境，徙治栎阳，且欲东伐，复缪公之故地，修缪公之政令。寡人思念先君之意，常痛于心。宾客群臣有能出奇计强秦者，吾且尊官，与之分土。"

卫国人卫鞅闻令而动，西入秦国，劝说孝公"变法修刑，内务耕稼，外劝战死之赏罚"。秦孝公被卫鞅说服，鼎力支持卫鞅变革秦法，开启新的治理模式，成就了历史上著名的"商鞅变法"。

秦孝公韬光养晦，避开山东诸侯各国的百般挑战，快速实现了富国强兵，并迁都咸阳。执政24年，他让秦国一跃成为战国七雄之首，为秦统一六国奠定了基础。他的儿子秦惠文王继魏、齐之后也称王，周室不得不赐予"文武胙"。

离开西犬丘，前往狄道的秦王又得退回到渭河峡谷地带，沿着陇西高原高高低低的黄土丘陵沟壑，经历种种跋涉。此时他所拥有的已经是整个天下，西起狄道，南到北向户，北边据守黄河作关塞，依傍阴山一直到辽东，东边抵达了大海。

嬴政不会忘记，秦人拥有的每一寸土地，都来之不易。比如从西犬丘到狄道的距离，并不遥远，但是为这一距离之内的土地，秦人奋斗了数百年。

秦人在西犬丘一直被西戎包围在西汉水和渭水的夹角地带，扩张的战事偶有得手，但也会迅速失去。实现西犬丘到狄道这部分国土的西扩，是商鞅变法之后，秦国迅速崛起的年代，由秦昭襄王完成的。

秦昭襄王是秦国历史上执政时间最长的君王，在位56年。拿下陇西郡和北地郡之后，他接续父亲秦惠文王的战略部署，在两郡之间完成了长达800公里贯通一气的长城工程。

始皇帝亲临陇西郡，令镇守边关的将士们备受鼓舞。他在西土行进的每一步，再也不用担心戎狄骚扰了。所有少数民族部落，都被英勇善战的秦军铁甲赶到了黄河之外。从临洮沿洮河到兰州，再从兰州沿黄河一直到河套地区，黄河几字形的河内之地全部归属秦国。沿着阴山山脉，秦国北部疆域的边界一直延伸到了辽东大海之滨。在陇西郡的丘陵沟壑间穿行，秦昭襄王修筑在陇西、北地之间的长城，如今已变成了一道内墙。

在陇西，嬴政看见的是一片大好形势，连绵经年的战祸消停了，时常抢掠秦人的戎狄被拒之门外了，嬴政有理由沉醉在自己的荣威中。

岂曰无衣？与子同袍。王于兴师，修我戈矛，与子同仇。
岂曰无衣？与子同泽。王于兴师，修我矛戟，与子偕作。
岂曰无衣？与子同裳。王于兴师，修我甲兵，与子偕行。

当战歌从耳边响起的时候，嬴政和万千秦人一样，首先想到的是诸侯卑秦的耻辱，由此，胸中燃起激昂的战斗火焰。

悠悠600年的奋斗，山东诸侯一直视秦国为非礼仪之邦。直到战国后期，魏国信陵君魏无忌依然说秦国"与戎狄同俗，有虎狼之心，贪戾好利无信，不识礼仪德行"。

秦人有文字、有礼乐、有代表人类最高文明的青铜器制造技术、有甲胄铁骑。然而，这一切无人认可。直到嬴政铁骑战甲横行无阻、一统天下时，世界终于不得不承认秦人的豪迈、秦国的强大。

万里河山，万千臣民。巡行示疆，威服海内。除了交通不便带来的颠簸之苦，嬴政心情格外舒畅，他心中再无他虞。

迷人的昙花

以黄河、阴山为界，嬴政拒狄戎、匈奴于北漠，构筑了史无前例、硕大无比的"中国"疆域。

秦人曾经反复翻越的陇山，如今已经完全变成了帝国的内山；秦人曾经抗拒狄戎匈奴的长城，如今已变成了内墙。

巍巍长城，横穿悠悠陇坂。画出了一个巨大的十字。

这个十字，是框定"中国"的基架。

这个基架是"商奄之民"的后裔——秦人所完成的。以华夏族自居的中国，从中原片甲之地逐步扩张的过程，逐步融合了更多的族群。她壮大的过程，是各类族群整合形成命运共同体的过程，是文明交融叠加形成新文明的过程。

中国的奠基，就完成于秦长城和陇山交汇的时刻。

以这个十字为基准，寻找坐标，才有了中国的生成。

沿着秦昭襄王时期所筑的长城防线，嬴政登鸡头山，向东翻越了陇山。

过陇山东坡，一路向南，嬴政踏上了回中道。

秦人踏开的这条逾陇之道，在汉朝时完全成为交通要道。汉以来关于回中道的史载，基本廓清了它的方位，那是一条南起今千阳县，沿着陇山东麓一直北达宁夏固原的通道。穿过了陇县、华亭、泾源。

从陇西、北地风尘仆仆返回的时候，嬴政下定了决心，治国首先要开交通。

回到咸阳，嬴政立即下令修筑驰道。

嬴政对全国交通网络建设的重视，与他西巡陇西、北地的旅途艰险有着直接的联系。从西巡当年就迫不及待地修筑驰道，直到后期开拓秦直道以及更细密的交通网线，他的执政生涯里，一直在修路、修路、修路。

嬴政的丞相李斯后来被赵高拘押，他在狱中自陈功绩，其中一条是"治驰道,兴游观,以见主之得意"。位居丞相之位的李斯亲自主持驰道工程,可见,驰道修建是秦国行政活动中极其重要的公务。

西巡结束后,嬴政又开启了四次巡游。

二十八年(前219),嬴政巡河南、河北、山东、安徽、湖北、湖南等东方郡县,遍游名山大川,拜会当地守宰、名流,在泰山封禅、祭祀山川八神、立石颂德。

二十九年,嬴政东游,遇到暗杀,受惊。中途登芝罘,刻石;后又到琅琊,从上党返回。

三十二年,嬴政从潼关过黄河到山西、河北邯郸,东抵碣石山,出山海关,到达辽宁绥中海滨。途经上郡、陕西榆林、延安,回咸阳。

三十七年十月,嬴政再次出游,左丞相李斯跟从,右丞相冯去疾留守。少子胡亥想跟随,皇帝允许。十一月,行至云梦泽,在九嶷山遥祭舜帝。然后乘船而下经过浔阳(九江)、丹阳(安徽省当涂县),到钱塘(浙江杭州),渡富春江登会稽山祭祀禹帝,遥望南海,刻石颂扬大秦功德。

皇帝休烈,平一宇内,德惠修长……后敬奉法,常治无极,舆舟不倾。

这个以群臣名义刻立的碑文,充分表达的其实是嬴政的意愿。他渴望自己的荣威"常治无极"。

这次出游他换乘了各种交通工具,耗时也最长。嬴政又经过吴县(江苏苏州)、江乘(江苏南京市东北)、琅琊(山东胶南)、芝罘(山东烟台市北芝罘岛)等地,计划返回的时候,他在平原津(山东德州平原县）病倒了。

嬴政行至沙丘的时候，突然意识到了不祥。沙丘，曾是赵国一代明主赵武灵王殒命之地。

从几年前亲近术士并派徐福寻找仙丹开始，嬴政已经隐约意识到了身体问题。这次染病，他起初也完全没有意识到会是不治之症。他还想去北边巡查，他想亲眼看看自己亲自命令修筑在疆域北边的万里长城。

公元前210年秋天的一个夜晚，沙丘变得风雨飘摇。千古一帝秦始皇陷入了痛苦的深渊。泱泱大秦的基业也从那一夜开始，变得摇摇欲坠。

嬴政看好长子扶苏的才能，但他的仁德之心曾在几年前的朝堂上深深激怒了自己。生命的最后时刻，嬴政做了艰难的抉择，他还是选择了拥立扶苏继位。

嬴政做下这个艰难决定的时刻，远在九原郡军帐里的扶苏也经历了难眠之夜。

扶苏依然记得几年前他劝谏父亲的情形。他深深地爱着父亲，但是自己掌握的国情和人心，让他不得不吐露心声。没想到，父皇对中央集权和法治的态度是那么坚决，对分封和儒家学说是那么深恶痛绝。

对于来到边地九原，扶苏倒是毫无怨言。扶苏从父亲对待术士的态度，已经明显感到了关于身体的隐约担忧。未来该怎么办？江山、制度、人心，这一切，对秦国何等重要啊！长公子应有的责任感折磨了他整整一夜。

嬴政在内心反复权衡，所有的儿子里，扶苏依然是最适合继承皇位的人。扶苏性格不够严苛，但他秉性最高；朝堂派系林立，但是蒙恬肯定会忠于扶苏……

嬴政用最后一丝力气写下了诏书。然后，他招来最信任的赵高，将诏书交给了他。

嬴政13岁从赵国回到咸阳以来，赵高一直跟随他，从来没有二心，嬴政气若游丝地望着赵高，他用眼神告诉赵高，自己最信任他。这个一直忠心耿耿的内臣，依然用最卑谦的姿态接应了嬴政的所有示意，弓腰、点头、低眉、作礼……温顺得天下无双。

望着赵高熟悉的身影，嬴政的视线逐渐变得异常模糊，嬴政感到了绝望。这是平生以来唯一的绝望。他突然意识到，一切胜利和辉煌，一切荣耀和光华，都将与自己无关。

嬴政想告诉赵高，一定要竭尽全力护佑扶苏，但他已经无力说出任何话，他用最后的力气闭上了双眼。

世上一定要有背叛的话，最信任的人，肯定是背叛最深的人。赵高和李斯，两位曾经深得嬴政信任的人，都拂逆了嬴政最后的意愿。

嬴政倚靠老秦30多代王公600多年积累创立的大秦帝国，快速地完结在了宦臣赵高手里。扶苏被害死。胡亥接掌政权，不满三年就被赵高谋杀。子婴临时接替，他果断除佞，诛灭赵高。但是，子婴已经无力回天了。

楚国贵族复辟势力项羽和民间抗秦义军首领刘邦的军队已在山东之地夺取了大片土地。秦国人心大乱、秦军军心大乱。巨鹿一战，王离的20万长城军被项羽击杀，章邯的大军也被项羽围定。刘邦一路西行，几乎没有经受什么像样的抵抗就长驱直入关中。

子婴眼看大势已去，他主动乘素车，驾白马，脖子上系绶带，双手捧着象征皇帝权力的玉玺和符节，走出皇宫，离开咸阳，在咸阳东北的轵道向刘邦投降。

秦仲喋血西垂、襄公护驾周王、穆公称霸西戎、昭襄王收复义渠、始皇帝横扫六合。秦国先王先公，连绵30多代，鲜有羸弱之辈。

可惜，子婴手里没有一兵一卒，他放弃了任何抵抗。

历史交给子婴的机会短暂而令人悲戚。

刘邦从子婴手里接过来的，不止权力，还有秦朝的制度文明。刘邦对子婴的宽容，不只是宽容了一个末代皇帝，而是包容了天下人心。就是那一刻，注定了历史的归属和刘邦的方位。他对大秦帝国车同轨、书同文、中央文书直抵郡县的有力治理手段充满好感，他以秦政为衣钵，掀开了"百代都行秦政法"的历史发端。

而月余之后赶进咸阳的项羽，在杀死子婴焚烧宫殿的同时，也烧毁了自己星夜戎马幻化的理想征途。

秦国亡了。

嬴政打下江山的第二年，就迫不及待地开始西巡、东巡、北巡，他创立皇帝尊号，想让自己的威德万世永昌，但是，他的江山只延续了两代就亡了。

太史公认为秦国的灭亡源自暴政。天下政权，不暴之政有几多？后世感叹：兴，百姓苦；亡，百姓苦。此恐为最佳答案。

公元前205年，是历史的拐点，是历史的黑洞。"秦人不暇自哀，而后人哀之；后人哀之而不鉴之，亦使后人而复哀后人也。"继承了秦政的中国历史，或许永远都难走出秦人的成败得失！

刘彻

经略西域 奠基中国

靖远黄河。汉武帝刘彻翻越陇坂西巡，曾沿祖厉河到达黄河岸边，向遥远的西域做了深情的眺望。

◎公元前112年冬天，西汉王朝最高统治者孝武皇帝在雍城完成祭祀后，一路策马扬鞭，过回中，翻陇坂，直抵黄河东岸。

早在十年前的公元前122年冬天，刘彻在雍城完成祭祀五帝的任务后，也曾接近陇坻。其时的陇山之西广大区域，尽管在公元前127年的河南之战中汉廷已经完全占领之，但那里依然不时有匈奴、羌、狄等游牧部落信马由缰地恣意进犯。刘彻只能在陇山南段东麓登高遥望，他用诗词歌赋寄语雄心，写下了《白麟之歌》，也称《朝陇首》。

如今，45岁的刘彻翻过陇山，饮马黄河，抬眼西眺，信心满满。

河西之地已经置下武威、酒泉两郡；西域36国经张骞出使访问，已与汉廷通商；北部的匈奴遭到强烈打击，已退缩至漠北。

为了经略西部、北击匈奴，刘彻推恩削藩、排兵布阵，已经奋斗了整整21年。此时，刘彻治下的中国，疆域已远远超过了秦王朝。刘彻心中升腾的是可与千古一帝秦始皇一比高下的愉悦。

郊祀五畤

雍城，一片因祭祀而被历史记住的土地。

雍地的祭祀传统可以追溯到黄帝时期，一直到西周晚期这里还有郊祭活动举行。秦德公元年，也就是公元前677年，秦国的都城迁到雍地，一直延续到秦献公二年，也就是公元前383年，历时294年，19代国君。秦国在雍城郊外先后建立起包括鄜畤、密畤、吴阳上畤、吴阳下畤的祭祀系统，雍地于是不但成为当时的政治、经济、军事中心，而且成为国家最高等级的祭祀圣地。

西汉兴立，汉高祖刘邦实行"汉承秦制"的治国方略，继续沿用秦国设在雍地的四畤祭祀基础设施进行国家最高祭祀活动。随后，刘邦又在原先四畤的基础上增设了北畤，形成完整的雍五畤祭祀五帝系统。

刘彻自登基以来，一直高度重视鬼神之祀。

祖母死后的第二年，刘彻第一次来到雍地，进行五畤祭祀。之后，他确定了"三岁一郊"的祭祀规矩，也就是"元年祭天，二年祭地，三年祭五畤"，每三年轮一遍。

汉武帝刘彻的出道，像极了秦始皇嬴政。前者是登基以来受制于祖母垂帘听政，后者是被母后干政难施拳脚。不过，比起嬴政，刘彻并没有遭遇生命堪忧的凶险。他只是在登基第二年试图推行新政时，受到老祖母的压制。随后，他蛰伏四年，很快迎来了老祖母的驾崩。

公元前112年冬天，刘彻西出长安，来到雍城，庄严地进行五畤祭祀。

面对雍地熟悉的面貌，行使已经重复了多次的礼仪，刘彻依然谦恭虔诚。他利用这种仪式收获精神力量，他坚信天人感应、人神互动的必要性。

叱咤风云的刘彻，在政治治理、疆土扩张方面，留下了可供后人瞻仰的典范性的成就。但是就是这样一位意气风发、生命力强大、心高气傲的皇帝，内心其实也有着巨大的不安和焦虑。从他对鬼神信仰和仙丹灵药以及长生不老的追求态度，就能看出端倪。

在信奉鬼神方面，刘彻像极了嬴政，他渴望李少君为自己找到能帮助实现长生不死的仙人仙药。嬴政也曾派徐福去东海寻仙。两位帝王都是在生命的晚年,健康堪忧的时候格外信赖方术传说、仙人鬼怪。

司马迁对刘彻信仰鬼神的描述,口吻近乎戏谑。作为同一时代的人,与司马迁相比,刘彻的内心世界完全受唯心主义支配。借助神力、借助鬼神增加自己的威权,借助神力、借助鬼神统治人心,足以证明统治者内心其实充满了虚妄和恐惧,他时刻担忧着自己难以左右的力量。

刘彻痴心祭祀,执迷封禅,最终因为巫术蛊惑犯下了违背人伦的极端错误,这给他自己的晚年岁月造成了不可挽回的打击。

公元前112年的这个冬天,寒风习习,格外阴冷。

血池山祭坛上,五帝神像威仪。

刘彻依照祭祀主官的口令,每进行一项仪程,都分别向正位、各配位、各从位行三跪九叩礼,反复下跪、反复叩头,皇帝乐此不疲,一脸肃穆。

皇帝亲临,国祭庄严。刘彻时代的雍地五畤祭祀,成为万民狂欢的盛大节日。接连数日,雍城和血池山灯火通明。人们燃放烟火,载歌载舞。

面对盛世欢庆,刘彻满心欣慰。

弃"黄老之学"

刘彻深信,祭祀神灵一定能给自己带来力量和勇气,只有通过向先王先贤汲取力量,自己才能驾驭这个帝国迈向更加辉煌的未来。

看着万千臣民山呼万岁的场景，刘彻脑海中浮现出了首次来雍地祭祀五畤的情景。那是公元前134年，也是自己真正掌控帝国局面的第一年。

登基大汉皇位的第二年，刘彻就诏举贤良方正直言极谏之士，董仲舒献上了"天人三策"。刘彻借机推行改革，想用儒术治国，一改国家正在推行的"黄老之术"。

这位17岁的少年天子，有大干一番事业的冲动，他烦透了无为而无不为、玄之又玄的说辞和优柔寡断的治国态度。

然而，刘彻初试牛刀就遭到了祖母窦氏的强烈反对。这位太皇太后非常反感儒家干政。朝廷的台面上，发生了"儒术"和"黄老之学"的争辩，而台下，却是一场你死我活的政治斗争。

最终，御史大夫下狱自杀，丞相、太尉被免职。

刘彻的第一次政治改革被迫中断。

刘彻不仅挑战了祖母的权威和既得利益集团的格局，更挑战了刘氏先祖几代人的既定国策。

春秋战国时期，作为人类文明的"轴心时代"，诞生了无数光耀千秋的伟大学说。秦国秦孝公当年执迷法家思想，施行"商鞅变法"实现了富国强兵，随后秦吞并六国，建立了千秋伟业。汉立之后，为什么要选择"黄老之术"呢？

秦国用武力征服六国，用严刑峻法管控社会，并没能让六国贵族彻底臣服。农民起义的小火花轻而易举就激起了六国贵族旧势力的合力反扑，泱泱大秦帝国兴立仅15年就土崩瓦解。

秦国的悲剧再三警示着刘邦，帝国初立的现实窘困逼迫着刘邦：

——政治方面，与自己打江山的功臣和六国贵族旧势力都渴望分封制。他们都想称王称霸，尽享荣华富贵。推行中央集权他们不满意，如果合了他们心意加以分封，养虎遗患的结果必然是再次回到春秋战国的诸侯争霸时代或者楚汉相争的混乱状态。

——经济方面，国家连年战争，山河破碎。史书说，当时皇帝的马车都凑不齐四匹一样颜色的马，大臣出门只能坐牛车。这个说法未免有些夸张，但是汉立国前的确打了八年仗，国穷民凋是肯定的。国家的统治者尚且如此拮据，底层必然是民不聊生，哀鸿遍野。

刘邦权衡再三，不得不做出巨大的隐忍和妥协。他听从陆贾的建议，推行无为主义，崇尚"黄老之术"：

——政治方面，他采取郡国并行的办法。关中老秦地采取郡县制，六国老地盘采取诸侯制。郡国并行的结果，是三分之二的土地属于诸侯，全国直接归中央管辖的地盘只有二十四个郡。这避免了江山初定有可能引发的诸侯大战，也从客观上维持了社会的基本和平，阻断了国家再次陷入生灵涂炭的可能。

——经济发展、社会治理方面，刘邦推行垂衣拱手无为而治，小农为本安顿流民，简朴勤奋拒绝奢华。从皇宫到民间，刘邦致力于快速恢复国家经济发展。在后世的考古发掘中，汉代出土文物鲜有精美之器，汉代墓葬陪葬品比不上秦国，更比不了西周，没有华美的青铜器，多是陶瓦和农具。

刘邦以柔克刚、以静制动成功稳住了诸侯发难。经济上推行"什五而税一，量吏禄、度官用，以赋于民"的轻徭薄赋政策，使汉初经济得以复苏与发展，实现了与民休息。

刘邦骨子里不极端、不冒进，可谓有勇有谋。

推行无为而治的"黄老之术"，只是刘邦伺机而动的一个策略，是一套稳定人心的意识形态。暗地里，刘邦时刻没有放松对中央集权制、大一统帝国的塑造。

立国短短五年间，异姓诸侯王被铲除，在威胁自己江山统治的问题上，他冷酷无情，情绪复杂。韩信被诛，史书说他"且喜且忧"。喜的是为子孙后代除掉了心头大患，忧的是损害了自己和战友的友情。

不论多么复杂的儿女情长，在大局面前，都必须统统牺牲掉。他的大局就是一统天下，防止步秦国后尘。

一面在强调无为而无不为，一面又在加强社会控制。刘邦入咸阳，萧何毫无心思庆贺胜利，他一头扎进咸阳宫，悄悄运走了秦国所有的馆藏律令文献。汉初定，萧何为刘邦制定了《汉九律》，比严刑酷法的《秦六律》还多了三律。可见刘邦刚进咸阳城时的"约法三章"并未真正坚持多久。

"黄老之术"的奥妙之处，就在于立国五年，刘邦不动声色诛杀了几乎所有异姓王。他坚信刘氏子孙更有利于维护大一统的帝国统治，他杀白马，立盟约："非刘氏而王，天下共击之。"但这还是没能抵挡住本家子孙后来互相残杀的"七国之乱"。铲除同姓王的反心，贾谊"众建诸侯而少其力"的策略直到武帝时代才彻底完成。

刘邦为汉朝江山确立了"黄老之术"作为主政治术，他的子孙们因循守旧，谁都不敢更弦易辙。

刘彻有魄力，先祖执行了几十年的国策，到了他上任，坚决要改。

第一次改革失败以后，他故意把自己掩饰成了一个心无大志的纨绔之人。整日在终南山下农民的庄稼地附近骑马习武、游猎赏玩，糟蹋了不少庄稼，没少挨骂。后来，他索性在终南山下建了一个方圆数百里的上林苑，在里面毫无顾忌地游猎。

这做派，给对手造成了他不学无术、不理朝政的懒散印象。

但是，等老祖母一咽气，刘彻迅速露出了真面目。

他成功丢弃了"黄老之术",迎立了儒学。

实质上,丢弃"黄老之术"只是名目,最关键的是完成了对前朝遗老的清洗,为自己未来施展权力去除了掣肘势力。所谓"罢黜百家,独尊儒术",也是一套说辞而已,其核心是提拔了自己的人马,更有利于施展自己的抱负。

来自匈奴的忧虑

汉初定中国,派韩王信守代郡,都马邑。匈奴围攻马邑,韩王信投降。匈奴于是更加骄纵,一路南下,直接来取太原。刘邦震怒,亲自带兵出击。

那是一个冰天雪地的严冬,汉朝出击的队伍里,有十二三个士兵的手指头都冻掉了。匈奴冒顿单于看到汉军来袭,便假装败逃,引诱刘邦。刘邦带着三十二万大军一路追击,追到平城白登时,刘邦所带的先头部队陷入冒顿单于四十万精骑的包围,并与大部队失去了联系。刘邦被困整整七日。

刘邦深陷危机,随从想出一个办法,贿赂单于的阏氏,阏氏便给冒顿说理:"汉朝的地方是种粮食的,咱们是放牧的,你打下来咱们也不好守,你还是算了吧,放他一条活路。"于是,匈奴故意放了一个缺口让刘邦突围,才捡了一条老命。

这是史书中著名的"白登之围"。

这的确是刘邦军旅生涯中的一次大败仗,也是他当皇帝后最大的耻辱。

司马迁如是记录，但后世有人怀疑，认为可能是刘邦向匈奴求饶称臣，才获得了活路，并不是简单的贿赂赎回了生机。

对于匈奴，刘邦打不过，躲不起，他便让使者带着宗室公主去和亲，同时进贡金银财宝、酒米食物。

在中国历史上，曾有无数柔弱女子背负帝国大梦，踏上和亲征途，她们忍辱负重、忍气吞声，以娇嫩之躯，化解兵祸之灾。汉帝国的和亲策略，成功挡住了匈奴的大范围进攻，给帝国换来了喘息之机。

韩王信成为匈奴的将军，汉将陈豨、卢绾又先后投降匈奴，他们都变成了通晓汉朝地理、熟悉汉军兵法的"带路党"，不断袭扰代郡、云中郡等中国边城。

刘邦治国用"黄老之术"，对匈奴的战略也是韬光养晦。

刘邦继承秦国的疆土，面对匈奴的挑战，一开始也完全主张出击进攻，但是两相较量，他意识到对方实力远在汉朝之上，旋即改变策略：奉行隐忍和妥协。

刘邦的一生，都贯穿着能屈能伸的精神。

鸿门宴屈了一次，他夺下了江山；白登之围后屈了一次，基本保证了国无大外患。

刘邦也不是不想再扩大地盘，但是他清楚量力而行的道理。当政七年，他一直在殚精竭虑为子孙后代铺平道路。对匈奴的忍让，后代一直在延续。

刘邦死后，匈奴的袭扰一直就没有中断。最令汉朝羞辱的是，冒顿单于还给吕后写了一封情书，意思是咱俩孤男寡女，我来南方和你约一下，意下如何。

吕后专政，权倾天下。跟着刘邦打天下的老将老帅，只要她不喜欢的都杀了。她哪里受得了匈奴单于这番羞辱。于是她在朝堂上动议教训一下单于。但是将军们都说："高皇帝刘邦那么贤良那么威武，都险些在平城丢了老命，现在谁能打赢匈奴？"吕后只好咽下了这口恶气。

和亲很屈辱，汉朝皇帝只能忍辱负重。和亲以后匈奴还要来进攻，小骚扰没停过，大劫掠也不止。这种背信弃义的侵盗行为，令汉廷除了屈辱外，更感到了窝囊。

屈辱加窝囊，却又无可奈何。

匈奴羞辱吕后，伤及的毕竟只是汉朝统治者的颜面。而到了孝文帝执政时，情况变得越来越糟糕了。

公元前177年，也就是孝文帝三年，五月，匈奴右贤王跨过黄河，南下侵占河南地，烧杀抢掠。孝文帝让丞相灌婴带了八万五千兵卒，打击右贤王。右贤王出塞。文帝亲自到太原督战。但是，国内济北王谋反了，文帝不得不赶紧赶回长安处理内乱，丞相打匈奴的兵也只能收回去。

到了公元前166年，也就是孝文帝十四年，匈奴单于更是带着十四万骑兵，入朝那、萧关，杀北地都尉印，劫掠人民畜产无数，过彭阳，烧回中宫，后直逼甘泉。

皇帝见状，大惊失色。匈奴马踏长安，整个汉朝上下都为之震荡。

孝文帝以中尉周舍、郎中令张武为将军，派出战车千乘，骑兵十万，守在长安外围，迎战匈奴。同时拜昌侯卢卿为上郡将军，甯侯魏遫为北地将军，隆虑侯周灶为陇西将军，东阳侯张相如为大将军，成侯董赤为前将军，共同发兵打击匈奴。

单于像在草原上打猎一样，待在入汉的地盘上玩了一月有余，才漫不经心离去。汉兵像送客人一样送出了长城塞外，不敢追杀。

这一次经历，更助长了匈奴的嚣张气焰，入边、杀人、抢劫更肆无忌惮。

汉廷担惊受怕，主动求和亲，单于勉强答应。

屈辱和窝囊就这样伴随汉初帝国60多年。

历史将汉帝国的命运交给刘彻时，这个年轻人有着和老祖宗完全不同的性格。安内，他比祖先们更疯狂，光丞相他诛杀了五人之多；对外，他不想再忍让了，秦始皇嬴政打下来的老地盘——自己祖宗继承了65年——此刻已经无法盛放这位年轻人的抱负。

嬴政积秦国600年余烈，横扫六合，一统中国，实现了中华帝国的强大整合。这是一次从文化、政治、军事、文明的多元角度，实现的生机凝练。这也是文化中国、历史中国壮大的一次全新生长。汉承秦制，经过近70年的内部凝聚和自我反刍，它终于走到了有能力再次扩容的岔路口。

秦汉，处在了人类文明的"轴心时代"。这个时代在召唤人类塑造性格各异的具有突破性的文化传统。古希腊、古中国、古印度都产生了伟大的思想家，他们以圣贤德义指引着人类向前进。

大汉崛起的时候，碰到了匈奴的崛起。农耕文明和游牧文明两相碰撞，擦出剧烈的火花。中华文明在秦时以陇山、汉时以长城为轴心，开始了塑造"中国"的漫长历程。内敛包容的农耕文明和冒进开拓的游牧文明，最终达成了契合，这是秦汉开花，两千年之后才结成的正果。

中国，一个独特的共同体由此形成，她是文化的、文明的、历史的，她是农耕和游牧两种文明融合的共同体。

刘彻正是那个关键时代的弄潮儿。他和嬴政一样，成了那个人类文明轴心时代的标杆领袖。他们都用兵匈奴，扩大疆土；他们都登上陇山,西望江山。他们的一生,一直在努力眺望更加遥远的远方,他们的心里,一直在盘算无限远大的开拓。

公元前112年的祭祀完成以后,刘彻顺道开始西巡。这是之前就已经确定的计划。从上一年首次巡游郡国开始,刘彻就构想好了西巡日程。

西巡,刘彻所走的道路和嬴政所走的基本一致。不过,刘彻西巡的目的,与嬴政却大有不同。嬴政西巡在于回望历史,在于昭告先祖;刘彻西巡,是想对自己最近十多年的国策,进行一次阶段性的总结。

开打匈奴

从雍地出发,沿汧河河谷一路向北。刘彻已经轻车熟路。

漫不经心地回忆自己的皇帝生涯,用兵匈奴和经略西域是最值得勾点的内容。从马邑之谋到现在,局面终于打开了。但时间已经过了21年,自己也从意气风发的少年,进入了老态初显的不惑之年。

沿着汧河河谷,道路平缓,銮车平稳,刘彻看着左侧宽厚敦实的陇山山脉,郊祀场面鼓动起来的激越情绪渐次退去了。回忆往事,几乎每一次成功的背后,都堆积着厚重如山的挫折。整个汉帝国的运命,全是在挫折中锤炼出来的。自己反击匈奴的信念,也是从挫折中一步步坚强起来的。

公元前133年。冬十月。

刘彻首次在雍地完成祭祀。

这年春天。刘彻便在未央宫主持了一次特殊的朝会。

刘彻威仪凛冽地坐上皇帝宝座，向文武百官发问："我大汉王朝许配美女给单于，呈送金银珠宝、丝绸华服那么多，以求汉匈和平、边境安宁，但是匈奴单于背信弃义，动不动就要南下盗抢，边境民众经常被害，大量民众逃离边地，土地荒芜。我对此非常忧心。我现在已经忍无可忍了。我想派兵打击匈奴的嚣张气焰，你们怎么看？"

朝堂之下，顿时炸开了锅。大家议论纷纷。一些老臣觉得这位24岁的年轻皇帝简直是不可理喻，他们无法理解皇帝怎么能说出这么不自量力的大话。

朝堂叽叽喳喳，一片喧闹，但众人对刘彻的提议却不置可否。刘彻有些心生不快。

正当刘彻准备再次发问的时候，大行王恢突然出列，大声说道："我认为应当出击。"

王恢的主张遭到了御史大夫韩安国的强烈反对。

这一幕，早在两年前已经上演过。那次朝议，刘彻并没有想好对付匈奴的真正对策。

两年前，也就是公元前135年，匈奴向汉发来和亲请求，执掌政权6年的刘彻第一次碰到棘手的匈奴问题。意气风发的他不想再继续自高祖刘邦以降各代先帝都执行的屈辱的和亲策略。他想通过廷辩，摸一次底，看看帝国到底有没有勇猛之士能洗雪前耻。

廷议的结果：主战派代表王恢认为，汉帝国经过70年的休养生息，已经取得了长足的进步，国库殷实，军队威武，社会安定，完全可以挑战匈奴；主和派代表韩安国认为，高祖刘邦秉持亡秦灭楚的余烈，兴师伐匈，受困白登，险遭不测，今世难有高祖一代久经沙场的英雄气概。再说，匈奴深居大漠，来去无形，而我们长途奔袭，补给艰难，难有胜算，就算打赢了也会因为战争抽调大量青壮农民而耽误国家农业生产，直接拖垮国家经济。

两派争论，韩安国的观点占了上风，大多数人都赞成继续和亲。大家觉得即便面子上受点屈辱，但能保证和平，大家都有安生日子过。

这次朝辩，依然是王恢主战，御史大夫韩安国等更多人主和。

但是，这一次，刘彻有了胜利的把握。

汉匈边界马邑城里，有一位叫聂壹的土豪，他经常和匈奴做生意。他通过王恢向汉朝廷提出了一条"诱敌深入"的计谋：由聂壹向匈奴单于提议，称自己能拿下马邑县令的人头。匈奴只要看到城头上悬挂人头，就立刻来占领马邑，马邑的财物、人畜可以全部归匈奴。

皇帝自己有打算，廷议结果已经无关紧要了。聪明的朝臣大多意识到了皇帝攻打匈奴的决心，不再坚持反对出兵，韩安国的意见也就无足轻重了。

夏六月，按照聂壹的计谋，刘彻派出了精兵强将：御史大夫韩安国为护军将军，卫尉李广为骁骑将军，太仆公孙贺为轻车将军，大行王恢为将屯将军，太中大夫李息为材官将军，共计30万人马屯兵马邑深谷，诱惑单于上钩。

当匈奴细作看到马邑城头的人头后，军臣单于真的带着10万人马杀了过来。

但是，快接近马邑时，匈奴单于发现，马邑附近牛羊成群，却不见一个人影。这完全不同于以往匈奴侵犯汉朝边界时人逃羊奔的场景。军臣单于起了疑心。

恰在此时，汉朝的一位边防小吏出城，被匈奴活捉，他一五一十泄露了汉朝的排兵布阵。单于收兵回阵，30万汉军等了一场空。

这就是著名的"马邑之谋"。

这次失误令刘彻恼羞成怒。

"马邑之谋"作为刘彻一手策划发起的战事，以失败告终，刘彻觉得非常没面子。刘彻对于王恢"首谋不进"非常恼火。

办案的人代替刘彻找王恢问罪：你为什么不追杀？

王恢为自己辩护：单于10万人，我带3万人，追上去也占不到便宜。索性就把3万人给皇帝全部带回来了，一个没损失。

刘彻最后撂下一句话：今不诛王恢，无以谢天下。

王恢闻听，自知活路已断，就自杀了。

"马邑之谋"尽管以失败告终，但这是刘彻正式向匈奴亮剑的开端。从此，汉匈和亲终止，匈奴对汉朝的愤怒愈加强烈，双方在蒙古高原的长城沿线开始了剑拔弩张的对抗。这是两个帝国的对垒，也是两种文明的冲突。

接待不周，太守自杀

公元前112年入冬前数月。

陇西郡太守突然接到密诏：皇帝要来西巡。

太守非常高兴。送信的人一走，太守又立刻陷入了寝食难安的忧虑中。位于临洮的陇西郡府，已经接连好几个夜晚灯火通明。

太守和都尉在连续工作，他们反复商量着如何推动道路修筑、馆驿配置、食物供应、安全保卫。

陇西郡是秦国故地，自古民族杂居，争斗连连。一年多前，陇西郡刚刚分出去了几乎一半地盘，以平襄县（今通渭县）作为郡府，辖平襄、街泉、戎邑、獂道、兰干等16个县（道、属国）成立了天水郡。

秦国灭亡后，陇西郡陷入了群龙无首的混乱之中。戎狄、西羌、匈奴不断争抢，民不聊生、尸横遍野。汉王朝建立之初，对陇西地只有名义上的管控，陇西郡一直处在动荡中。直到刘彻发动强大的对匈作战，特别是卫青夺取河南地，筑朔方城以后，陇西郡才躲在安定郡后方相对安定了下来。

又要防范少数民族的突然来袭，又要抓好稼穑民生，还要支持中央政府打击匈奴的军需，这几年，陇西郡太守几乎操碎了心，但陇西郡的前途还看不到一点光明。时不时，羌人、匈奴的袭扰，令太守夙夜难安。

工作压力很大，突然又增添了接待皇帝的任务，太守有点哭笑不得。最要命的是，皇帝一行到底来多少人，哪一天来都没有确切消息。

皇帝西来，只有秦人曾经开拓的道路可通行，但秦灭以来，陇西地域战火连绵，加上自然毁坏，交通并不通畅。军队征西平匈，铁骑通行基本不受阻挡，但是皇帝通过，必然有銮车仪仗，道路太过艰险，显然有辱皇帝威仪。修路是接待皇帝的第一要务。

太守急忙征调民夫和守军，沿着秦昭襄王长城沿线，向皇帝可能通行的鸡头道和陇关道两个方向加修道路。同时，赶紧调动后勤保障力量，调运粮草，准备伙食。

太守忙于接待筹备之际，刘彻正行进在回中大道。

回中道在宽大厚实的陇山高坡上蜿蜒延伸、曲折险狭。从秦时首开，到如今，这条大路尽管是全国境内仅次于秦直道的驰道之一，但是通行条件非常糟糕。

这次巡回五年后，刘彻在公元前107年下令对回中道做了进一步整修。古乐府诗《汉饶歌十八曲》之一的《上之回》，就对此做了赞颂：

上之回，所中益。夏将至。行将北，以承甘泉宫，寒暑德。游石关，望诸国。月支臣，匈奴服。令从百官疾驱驰，千秋万岁乐无极。

从汧河河谷行进到回中宫，刘彻做了短暂的休整，以消除疲乏。回中宫不及长安未央宫繁华，也不及甘泉宫清秀。但是，这里位处陇山东麓，靠近林莽，空气清幽，环境优雅。这里非常适合夏季避暑。

出回中宫，循回中道北行，就到了今甘肃华亭县驻地东华镇。从今东华镇往西，经马峡登上陇山东坡，刘彻继续贴着陇山东麓一路向北。数万随从前呼后拥，人嘶马鸣，旌旗猎猎，拉开了长长的队伍。

司马迁作为刘彻的侍中、中郎、太史令，曾多次跟随刘彻出巡北地等郡县。他对陇山东西区域有翔实的考察。在《史记·货殖列传》中，记载有："天水、陇西、北地、上郡与关中同俗，然西有羌中之利，北有戎翟之畜，畜牧为天下饶。然地亦穷险，唯京师要其道。"

司马迁描述的陇西地，生态环境今不如昔，但地理位置和交通条件两千年未变，陇西要联通因海洋文明而发达起来的中国中东部区域，依然只能"唯京师（关中）要其道"。

刘彻西巡，从关中逾陇，所行道路和秦始皇西巡道路基本重叠，但两人行进的方向恰好相反。秦汉时期，从关中向西翻越陇山，由南到北，便捷易行的只有陇坻主干道、鸡头道可供选择。刘彻西巡，向西翻越陇山选择了鸡头道。鸡头道是秦始皇西巡结束返回关中时，向东翻越陇山所行道路。

横亘在关中与陇西高原之间的陇山，南北绵延240公里，南接渭河、北通沙漠，主峰叫美高山，海拔达2942米。

根据后世史学研究，《史记》中秦始皇翻越陇山的鸡头道和刘彻翻越陇山所登崆峒，其实是同一个隘口关道。

鸡头道所在的陇山，今天叫六盘山。

六盘山是两列平行的大山。它的东面是小关山，西面是大关山，六盘山的主脉实际上是西边的大关山，六盘山的最高峰美高山也在西边的大关山上。这两列山中间的泾源县境，实际上是中低山、丘陵、川谷、盆地相间的区域。

刘彻要翻越陇山前往西边的陇西郡，必须得登顶大关山，这是比东边的小关山更加高大宽厚的大山。

关于刘彻西巡，《史记》说"上遂郊雍，至陇西，西登空桐，幸甘泉"；《汉书》说"行幸雍，祠五畤。遂逾陇，登空同，西临祖厉河而还"；《资治通鉴》说"冬，十月，上祠五畤于雍，遂逾陇，西登崆峒"。

三家史书都提到的"空桐/空同/崆峒"，当代史学家认为，就是六盘山主脉所在的今泾源县境内的大关山。刘彻在这里翻过陇山，然后下山，经由陇山之西的今隆德、静宁、会宁或者通渭等地，就能顺畅地到达临洮陇西郡郡府所在地，以及靖远县所在的黄河边上。

陇西作为秦人的根据地，秦国高度重视对陇西的开发。秦昭襄王征服陇东（今庆阳一带）的义渠戎之后，从临洮一直把长城修到了北地（今宁县）和上郡（今绥德），让三个郡连成一条防线，防范北方的匈奴。这时的陇西郡面积并不大，只是西秦岭与陇山夹角地带的区域。根据秦昭襄王长城的走向判断，当时的陇西郡只是今天水市辖区和陇南、临夏、定西三市州部分区域。秦始皇统一中国时，陇西郡扩大到了陇山之西，洮河、黄河以东，西秦岭以北的广大区域，面积大为增加。

秦始皇去世后，蒙恬将军被赵高和秦二世胡亥谋杀，阴山长城逐渐失守，匈奴再次不断南下河套地。随后，秦灭，中原陷入楚汉之争，河套地完全落入匈奴之手，陇西郡也失守。

从汉朝成立到刘彻当政之前的60多年，陇西郡很少见载于文献资料。可见，陇西郡其时基本落入匈奴和西羌之手。西汉早期对陇西的管控，不会越过秦昭襄王长城以北区域。《史记》作者司马迁生活在刘彻同时代，他在《卫将军骠骑列传》中，记述卫青收复河南地的片段中，捎带提到了陇西。

> 元朔元年春，卫夫人有男，立为皇后。其秋，青为车骑将军，出雁门，三万骑击匈奴，斩首虏数千人。明年，匈奴入杀辽西太守，虏略渔阳二千余人，败韩将军军。汉令将军李息击之，出代；令车骑将军青出云中以西至高阙。遂略河南地，至于陇西，捕首虏数千，畜数十万，走白羊、楼烦王。遂以河南地为朔方郡。

汉初，陇西、北地常被羌、匈占据，持续动荡不安，难有经济力量的恢复。

公元前127年收复河南地之后，向北而言，陇西郡相应变成了大后方。随后，刘彻向西扩张，占据了河西地，陇西完全变成了真正的大后方。它唯一的隐患只在西南方向，那里有西羌。

以收复河南地为标志，已经过去了13年。刘彻对陇西抱有强大决心。他一心要让这里变成第二个关中，变成征服西方的基地和前哨。刘彻心中，陇西郡减少了边患，获得了休养生息的机遇，经济社会应该取得了巨大发展。然而，一切并没有他想象得那么美好。

从陇山下来，一路向西，映入刘彻眼帘的，除了牧场和破败狭小的县城城池，再就是贫弊的农人和牧人。连绵起伏的丘陵，荒草衰朽。西风阵阵，草叶翩翩。靠近城池的山丘，被垦殖成田。冬天的阳光下，赤裸裸的田地上方，天空灰蒙蒙一片。高山沟壑处，尽是枯树败枝。不像陇山东麓，乔木灌木夹杂，落叶树种和常绿树种夹杂，冬天依然有生机。

大路上，风刮过，尘土飞扬，一片破败和死寂。侍从不时为刘彻拉紧窗帘，但细碎的尘土还是浸入了皇帝的銮车。

看着一路烟尘，陇西太守带着都尉和各县的县令，跪在官道等候皇帝。

皇帝接见了太守。作为和九卿平级的官僚，太守曾在未央宫参加过朝会，但那时百官在场，不像今天，皇帝的注意力基本都在自己一人身上。太守汇报军情、稼穑之事的时候，一直在颤抖。

皇帝的脸色一直拉着，太守越来越害怕。

皇帝的随从太多了，太守筹备的两日用餐，一晚上就咥光了。

除了皇帝和身边的侍从，更多人根本没吃饱。

皇帝离开的时候，一脸不悦。皇帝走远了，太守继续送别皇帝的随从，怨声随着长长的阵列，绵绵延延……

此前一年，刘彻开始巡视郡、国。他在河东巡视期间，"河东守不意行至，不办，自杀"。

陇西太守心想，河东郡守没接到通知，接待不周自杀了。自己明明接到了通知，但因为时间仓促、来人太多，自己准备不周，显然比河东太守的罪责更大。太守越想越害怕。

当天夜里，陇西太守自杀了。

司马迁记：行西逾陇，陇西守以行往卒，天子从官不得食，陇西守自杀。

西临黄河

刘彻顶着冽冽寒风，来到了黄河岸边。滔滔河水，翻滚奔涌。

前朝多代中原国君，很多人都依凭黄河据险守边。春秋战国的诸侯、一统天下的秦国、亡秦灭楚的大汉，都在不同河段利用黄河对抗敌人。

如今，黄河完全成了内河。

刘彻隔着黄河，特意眺望西方，对岸重峦叠嶂，褐石林立。

卫青、霍去病、李广、李息……帝国的将军们带着帝国的士兵们，已经占据了河西地利，这为打击匈奴右部势力，奠定了基础。

公元前121年（元狩二年），刘彻发动河西之战，霍去病两次出奇兵，消灭匈奴4万多人，又接收归降的4万多人，打垮了匈奴右部势力，夺取了河西走廊。刘彻设置武威、酒泉两郡，移民屯边、筑塞布防。这一年，刘彻还下令建造东起金城郡令居（今永登县），西达酒泉北部金塔县的"令居塞"长城。

站在公元前112年的黄河岸边，刘彻深化了自己关于西部的经略计划。他一心要完全打通河西走廊，让汉帝国和西域诸国建立直接联系，一来帮助攻打匈奴，二来促进商贸发展经济。刘彻更大的野心是伺机吞并他们，让西域列国变成大汉的领土。

刘彻不想让张骞初使西域被匈奴俘虏的悲剧再次重演。

翻越陇山，向西经略。

20多年的国策已经显著收效。从"马邑之谋"的反对声浪中一路走来，刘彻以众人皆醉我独醒的魄力强行推动战争，至今还有人在非议。

刘彻清楚战争带来的灾难：多少人血染疆场，多少女人失去了丈夫，多少儿子失去了父亲；多少土地荒芜，多少生民的奋斗化为了乌有。但是，刘彻想让帝国长治久安，汉朝立国以来，一直在忍让，同样没有换来片刻和平。

进攻是最好的防御。刘彻坚信自己的决策是伟大而正确的。

巡视来到黄河岸边，刘彻更加坚定了自己经略西部的决策。

一切胡虏都不能再靠近陇山。离开的时候，刘彻暗自诵念。

北出萧关

结束陇西之地的巡视，刘彻车骑猎猎东返。他跨过陇山后，一时兴起，想再次巡视北地郡。皇帝一路往北。过回中道，出萧关。

萧关，关中四大关隘之一。汉时的萧关位于今宁夏固原东南，是三关口以北、古瓦亭峡以南的一段泾水险要峡谷。

萧关是守卫长安的北部重要关隘。早在汉文帝十四年，也就是公元前166年。匈奴单于带着14万骑兵，入朝那、萧关，一路杀近长安，令朝野震荡。

匈奴王廷与汉长安南北相对峙，匈奴对汉廷最大的威胁就来自北萧关。刘彻经略西部、北部用兵以来，一直高度重视萧关的防御能力建设。

刘彻一路行进，一路查看边防设施。自从收复河南地之后，汉朝对匈奴的用兵有了新跳板。利用河套平原水草丰美、土地肥沃的先天优势，汉王朝在这块秦国称作"新秦中"的土地上，饲养战马，屯田开垦，对匈作战有了强大的战略基地。

正是在河南地的战略支撑下，刘彻在元狩四年，也就是公元前119年，发动了史上规模最大的漠北之战：大将军卫青率5万骑兵出定襄（今内蒙古和林格尔西北），骠骑将军霍去病率5万骑兵出代郡。这次战役，霍去病带精骑突进，一直打到临瀚海（今俄罗斯贝加尔湖），几乎穿透了匈奴领地。这次胜利迫使匈奴退出今内蒙古东部地区，远遁漠北，从此"漠南无王庭"。西汉王朝随之迁乌桓人到边塞地区作为防御匈奴的屏障，并开始修缮和利用秦始皇始建的万里长城。

刘彻在前往新秦中的过程中，发现北地郡千里无亭障，怒火中烧，立即下令斩杀北地郡郡守及以下所有官员，以震慑全国官吏。

刘彻清楚，新秦中和河西一样，对于汉帝国格外重要。刘彻离开前，下令中央抽调母马给边地民众，鼓励大家大力发展畜牧业，增加马匹饲养量，为之后的国家战略做准备。

1977年春天，宁夏固原县管辖的古城公社古城大队的一位农民修挖水渠时，挖出了一只朝那鼎。鼎身刻有铭文三段，其中第一段是："第二十九。五年，朝那，容二斗二升、重十二斤四两。"研究人员认为，这个鼎就是当时朝那县为了纪念刘彻巡视北地专门铸造的。铭文中的"第二十九"寓意刘彻在位已29年（公元前140年登基，到元鼎五年即公元前112年）；"五年"即指元鼎五年。

就在刘彻西巡陇西、抵达黄河之滨的同年秋月，西羌联合匈奴，以10万人攻陇西安故（今临洮南），围枹罕（今临夏市东北）。同时，匈奴还攻入五原，杀太守。

次年岁首冬十月，刘彻调集陇西、天水、安定兵卒10万人，派遣将军李息、郎中令徐自为征讨西羌，收复失地。

公元前110年，刘彻带领18万铁骑，北历上郡、西河、五原，亲巡边陲。随后出长城，北登单于台，威震匈奴。并派遣使者挑战单于：南越王人头已悬挂于我大汉北阙。你单于能战，我就和你较量一番；不能，赶紧来称臣。何必逃亡到漠北苦寒之地！

匈奴不敢应战，刘彻"振兵泽旅"，随后在夏四月登封泰山，正告天下："朕以眇身承至尊"。

强力西征北讨，匈羌依旧不时来犯。西巡之后的刘彻，已经背负着"穷兵黩武"的骂名，但为了理想中的汉帝国，他还要忍辱负重，不断用兵。

张骞

漫长的出使

张棉驿。当地文史资料记载，张骞初使西域返回时，担心汉武帝问罪，留置妻儿于此。后汉武帝不但没有问罪，还重用张骞，封张骞儿子张绵为此地亭官。后世为纪念张绵，以张棉驿命名（绵棉同音），直至晚清。

◎公元前126年，离开汉朝已经13年的张骞来到了陇山之西。他从蒙古高原匈奴的营地逃脱后，先后跋涉了草原、戈壁、沙漠、荒山、激流、险滩。

张骞带着妻子和儿子，与堂邑父风餐露宿，艰难跋涉，一路烟尘，一路疲惫。自从跨过黄河之后，他悬着的心终于变踏实了。接近陇山，张骞顿然感到了亲切——翻越陇坂，就能东望长安，见到皇帝了。为了这一天，张骞经历了漫长的等待。

离开长安，是在13年前的秋月，从东向西翻越陇坂时，张骞满怀希望。如今再回到陇坂西麓，张骞对自己经历的艰险并没有丝毫抱怨，但对于即将见到皇帝，张骞感到无比惶惑。飘零域外，持节十三载，皇帝还能承认自己的身份吗？

张骞带着巨大的疑问，在陇山之西放缓了脚步。

初　使

从匈奴地界逃出来，一过黄河，张骞就有了回家的感觉。

一年前，卫青、李息出云中，西经高阙，直到符离（今甘肃北部），取得河南之战的胜果，夺取了河套地区，汉朝设置朔方郡。

朔方郡、北地郡、陇西郡，三个郡由北而南，连接一体。整个河南到西秦岭余脉的土地都成了汉家江山。

近了，近了。距离陇关还有不到百里距离。望着茫茫陇山，张骞思绪万千。

13年前，张骞带着100多随从，从陇关向西，一路威风。

今天，张骞靠近陇关的行进，只有胡妻和儿子以及忠仆堂邑父陪在身边，行走的队列异常单薄。

时光流逝，一晃13年过去了。与出发的时候不同，如今的陇山之西，已经牢牢控制在了汉王朝的手中。出发的时候，自己英姿勃发。如今，自己已经暮气沉沉了。

13年，物是人非，13年，江山如故。

到长安，该怎么面见皇帝呢？出发的时候，比自己年轻5岁的刘彻目光坚毅地交给自己符节，并语重心长地叮嘱：联合大月氏进攻匈奴，一定要取得成功。

可是，自己并没有完成任务。过去13年，大汉帝国积蓄力量，已对匈奴发起了强势征讨，而且取得了阶段性成果。

而自己呢？自己只是做了十余年的囚徒。

3年前自己逃脱匈奴去了西域，虽然掌握了一些有关西域国家的情况，可是皇帝交代给自己的任务，不包括这些。这样回去，皇帝会不会一怒之下杀了自己？想到这些，张骞越来越担忧了。

在陇山之西的宿营，张骞辗转难眠。他起身叫醒了堂邑父。他和堂邑父反复商量后，决定留下妻子和儿子在陇山西麓，自己和堂邑父前往长安。

来到陇山西麓，胡妻和儿子原本十分高兴，他们从张骞和堂邑父的讲述中对长安充满了美好的憧憬和想象。他们迫切地想抵达长安，看看大汉都城灯火阑珊、霓裳羽衣的盛景。

东方破晓，张骞叫醒了胡妻和儿子。张骞说出了自己的临时决定。听到为了让儿子免遭不测，先不去长安，胡妻恭顺地赞同了丈夫的决定，但儿子张绵不解，流下了委屈的眼泪。

迎着初升的朝阳，张骞挥别妻儿，和堂邑父奔向陇坂。

张骞望着父亲远去的背影，泪眼婆娑。这位由汉人父亲与匈奴母亲生养的混血儿，有着深邃的眼窝，高挑的鼻梁。他挺直的身躯，集合了汉匈两种民族最优胜的基因，俨然是一位美少年。

顺着山路，张骞和堂邑父到达了关山老爷岭，这里，是陇山的脊梁。

陇山，是秦人东扩的跳板，是汉帝国都城长安的屏障。现在，它正在变成一堵多余的高墙。

陇山东麓的陇关道山势险峻、道路曲折，更有激流险滩、落石猛兽相伴，途经此地危险重重。

张骞和堂邑父踏着叮咚流水和阵阵松涛，一路下行。他们终于抵达了陇关。这里，有依循关隘修建的雄关关城，常年驻守着军队。与13年前出关时不同，守关士兵对进出关隘的人员已经完全没有了警惕性。

是啊，现在不止陇山之西的陇西郡，还有河西之地也已经完全掌握在汉朝廷手中，置于陇山东麓峡谷的这处关隘，已经基本失去了军事意义。

看到张骞随身携带的符节，守关士兵及时向上级军官做了汇报。军官了解到来人是张骞，赶紧将他迎进了关亭。张骞和堂邑父此后的归途得到了守关负责人的照顾，异常顺利。他们火速赶到了长安。

同样是在未央宫，张骞出发的地方，刘彻接见了出使归来的张骞。

"罪臣张骞拜见皇上……"张骞在大殿一见到刘彻，就伏地叩拜，老泪纵横。

张骞淤积胸中13年的情感，终于在这一刻找到了宣泄的机会。此刻，他有千言万语，13年的苦楚、13年的煎熬、13年的构想，

13年的见闻。他都想告诉刘彻。他在遥远归途中反复酝酿的表述，此刻却激动得难以言说。他语无伦次。

刘彻看到昔日威风凛凛的张骞如今变得老态龙钟，心中突然闪过一丝忧怜。

刘彻平静地招呼张骞起身说话。

13年前，张骞的勇猛果敢曾感动过刘彻。当时，刘彻清楚，跨越千山万水、历经戈壁大漠的出使，完全是一次冒险之旅。凶多吉少。对于这样充满艰险和危殆的征途，张骞愿意冒死前往，刘彻对此表达了浓厚的尊重。其时，刘彻的国家正需要张骞这样的人才，勇敢、刚烈，敢于出击，甘于奉献。只有这样的人，才能让帝国走出"黄老之术"笼罩下人人事事举步不前、原地踏步的被动局面。

对于张骞的出使，刘彻并没有抱太大的希望。毕竟，这次出使充满了太多的未知。令刘彻更加欣慰的是，张骞的勇敢出使，为帝国发现人才打开了局面。正是张骞之后涌现出了同样果敢勇猛的卫青、霍去病等将领，刘彻对匈奴的用兵才取得了不断的胜利。刘彻感激张骞的带头示范作用。

张骞走后，刘彻一刻没闲地布局着攻击匈奴的计划。两三年之后，仍不见张骞的身影，刘彻已经放弃了联合大月氏的希望。

对匈作战，消耗了国家大量的人力和财力，效果喜忧参半。但刘彻从未丧失信心，他一直在力排众议推动梦想的实现。

韩王信、赵信……汉帝国成立以来，已经有不少将军投降了匈奴。看到并非行伍出身的张骞13年后毅然返回汉朝，刘彻再次受到感动。

张骞大致诉说了自己的遭遇，刘彻闻听后，更加心生敬佩。帝国需要这样刚勇忠贞之士。刘彻心头一热，当即下令："拜骞太中大夫，堂邑父为奉使君。"

俘虏生涯

见完刘彻，张骞紧张的心情终于舒缓了。

出使以来，经历了无数次的险境，每一次都有生命之虞。能被皇帝饶恕，且得到赏封，算是脱离了最后的危险。

回忆出使，恍若隔世。13年来发生的一切一幕幕闪现。

九死一生，张骞心头禁不住萦绕起了对沧桑人世的感喟：每一代人，都有自己的时代。每一代人的使命，都和自己的时代深深地结合在一起。

公元前141年，汉景帝刘启驾崩，刘彻即位，是为汉武帝。

这次权力交接，注定要对汉代历史乃至整个中国历史发生重大影响。20岁出头的汉中郡城固县青年张骞看到了新的希望。

16岁的少年天子意气风发，英气逼人。对于自己的人生和帝国的命运，他有着超乎寻常的胆识和想象。他即将开启一个壮怀激烈的时代。

自高祖刘邦时代起就令帝国头疼的匈奴犯边问题，到了刘彻接手朝政的时刻，情势越发严峻了。刘彻不想让帝国持续多年的耻辱外交在自己身上重演。他想对匈奴用兵。

一个偶然的机会，帝国军队俘获的一个匈奴俘虏透露了一个很有价值的情报：位处帝国陇西之西的河西地区，之前是大月氏的地盘，"月氏故居敦煌、祁连间，为强国，匈奴冒顿攻破之。老上单于杀月氏王,以其头为饮器。余众遁逃远去,怨匈奴,无与共击之"。大月氏部落被迫西迁,前往西域立国。河西地区变成了匈奴的领地。

自从秦始皇开边西抵黄河一带,中原王朝对于西部最远的统治和认知全部止于黄河岸边。至于黄河西岸的情况,一直是中原王朝的认识盲区。

敌人的敌人,应该是天然的朋友。

刘彻和臣僚商议后,决定找一位敢于冒险的人,代表大汉朝廷去联络大月氏,共同打击匈奴。刘彻很清楚,这次出使凶多吉少。因为举国上下,少有人涉足西域,据说去往西域要经历戈壁无人区和漫天黄沙区,除了这险峻的地理环境,出使西域必须经过的河西走廊是匈奴的领地,一旦被俘,必然身首异处。

刘彻的征召令发出后,在朝廷担任皇帝侍从的张骞踊跃应征。

张骞出生于汉中郡一个普通的农民家庭。进入皇宫,已算是有了不错的人生奋斗方向。但是,张骞对自己的人生有更远大的想象,他并不满足于在皇宫内臣倾轧、是非漫天、钩心斗角的宫斗中摸爬滚打。

其实,张骞自己也不知道能否成功完成任务,但是他迫切地想要建功立业、出人头地。这是一次比出征作战凶险得多的使命。张骞决定豁出去搏一把。

公元前138年,汉长安城未央宫,汉武帝刘彻为张骞举行了送行仪式。

这一年,刘彻19岁,张骞24岁。两个勇敢的年轻人愉快地开启了一场冒险之旅。他们的勇敢和无畏,成了这个时代的象征。这种精神势必要为"初奠"的"中国",注入新的动力。

离开长安,张骞离开了帝都优渥的一切。

张骞带着一百余人的使团，打马轻骑，顺利翻越陇关，一路西行到达陇西郡郡置所在地狄道（今临洮南）。在陇西郡郡守的接待下，使团稍做休整。随后，张骞告别郡守，来到黄河边的青石津渡口，西渡黄河。此时，张骞才真正离开了汉帝国。他们从枹罕（临夏）一线贴近祁连山南麓，从大斗拔谷（今扁都口）穿越祁连山进入河西走廊。在堂邑父的向导下，大家尽量避开大路，以免遇上匈奴骑兵。

河西走廊集合了除海洋之外的所有地形地貌。这是一条全长大约1200公里的通道，东起乌鞘岭，西至星星峡，南侧是祁连山脉，北侧是龙首山、合黎山、马鬃山，走廊最窄处仅有数公里，最宽处近百公里。

河西走廊的形成，源于7000万年前的地壳变动。

印度次大陆板块挤压欧亚板块，形成世界上最剧烈的地质体系——青藏高原。与青藏高原一道隆起的，还有一条平均海拔4000米以上的弧形山脉——祁连山。祁连山北麓的褶皱里，产生了咽喉般的狭长走廊。它南北隔开了青藏高原和蒙古高原，东西连起了黄土高原和塔里木盆地。

青藏高原的隆起，让原本北上的印度洋暖湿气流被切断。而自东而来的太平洋暖湿气流又被太行山及秦岭阻隔，不能西进。即使跨过太行山的水汽，也被迫降落在阴山以南，贺兰山、陇山以东的区域。这样，中国西北及蒙古高原便形成了大片戈壁和荒漠。

幸运的是，祁连山多数山峰的积雪常年不化。它的山区降雨及积雪消融，形成了石羊河、黑河、北大河及党河等众多的内陆河流。这些内陆河流滋养草木，让河西走廊有了孕育生命的希望。

张骞要寻找前往西域的大月氏部落，只有通过河西走廊。张骞目力所及的河西走廊，水草丰茂、牛羊成群、鲜花铺地、艳阳高照。

70年前,正当秦始皇努力统一河东的时候,中华帝国北部的匈奴王国也在蓄势待发。面对蒙恬的30万大军和万里长城,匈奴向南突进的道路被堵塞。而居住在河西走廊过着悠哉游牧生活的大月氏部落,便成了匈奴初试牛刀的牺牲品。

眼看着风平草静、生灵恬淡的河西走廊,张骞畅想着大月氏部落痛失河西之地的仇恨。

仇恨,这是一个关键词。

为了占领土地、劫掠财富,人类的族群一直在争斗中延续着仇恨。大汉朝廷屡遭匈奴犯边,举国上下一致仇恨匈奴。大汉天子一心想要和痛失家园的大月氏人建立同仇敌忾的联盟。

张骞的行进异常小心谨慎,但百人以上的使团锦旗猎猎、队阵庞大,很快就暴露在匈奴巡逻骑兵的视野里。当更大队列的匈奴骑兵挎刀赶来时,使团的抵抗瞬间就被击溃了。张骞和堂邑父双双被俘。

被俘后,面对匈奴兵士的盘问,张骞义正词严声明自己是汉朝外交官,要去出使大月氏。

张骞被送到了单于庭。

军臣单于问张骞:"月氏在吾北,汉何以得往?使吾欲使越,汉肯听我乎?"

张骞无言以对。他清楚自己的冒险行动具有赌博性质,所以面对危险,他倒很释然。

匈奴确证张骞是汉使,并没有杀掉张骞,而是实施监视,并威逼利诱张骞投降,以打消其出使月氏的念头。同时,匈奴还给张骞娶了匈奴的女子为妻,生了孩子。张骞一直顺从于匈奴的安排,但他一直珍藏着象征汉使的符节,没有忘记刘彻交给他的使命。

在茫茫草原上，张骞学会了牧羊挤奶，存草转场，成了逐水草吟牧歌的游牧者。

《史记》记载："骞为人强力，宽大信人，蛮夷爱之。堂邑父故胡人，善射，穷急射禽兽给食。"

春天山花繁盛、夏天劲草攀高、秋天骏马膘肥、冬天万物枯肃。四季轮回、牧歌婉转。时光飞逝，转瞬间，张骞已被匈奴囚禁了十年。

十年里，张骞一直在伺机逃跑，堂邑父也在忠心耿耿地替张骞寻找逃跑的突破口。但是，十年来，匈奴人的监视非常严密。张骞一直没有找到机会。公元前126年冬，匈奴军臣单于去世，其弟左谷蠡王伊稚斜自立为单于，攻破军臣单于太子于单，于单不得已投降汉朝。刘彻封于单为涉安侯，于单数月而死。

张骞乘乱逃脱，他和堂邑父向西暴走数月，来到大宛（今乌兹别克斯坦费尔干纳盆地）。大宛国王早就听说大汉财富聚集、异常富庶，想和大汉交往，但通道不畅。见到张骞，非常高兴。

张骞说我是出使大月氏的汉朝使节，但是通道被匈奴占据，多有不便，大王如果能打发人把我送到大月氏，我返回汉朝一定会送来大量财物表示感谢。

大宛国王认为值得一试，便差人送张骞抵康居（今锡尔河中游地带）。康居国再差人将张骞送到了大月氏。

大月氏王被匈奴杀害后，由大王夫人当政。他们被迫离开河西走廊，一路西迁，最后占领大夏国而居之。那里土地肥饶，少贼寇。他们已安居乐业，觉得自己远离大汉，远离匈奴，毫无复仇的必要。

张骞留在西域，期待大月氏答应他与汉帝国共击匈奴的请求，但是月氏王拖延了一年也没有肯定的回音。张骞只能无功而返。

张骞选择南路，想从羌人的地盘返回陇西。但是，一进入祁连山区域，张骞又被匈奴俘获了。

张骞见到了妻儿，再次与妻儿生活在一起。匈奴仍将他们死死地监视了起来。

一年后，新单于死，匈奴国内大乱。张骞与胡妻、儿子以及堂邑父一起出逃，紧急赶往陇西郡。

回顾惊心动魄的13年，堂邑父和胡妻是张骞的精神支柱。在一次次挫折和困顿面前，都是他俩给予了张骞安慰和支持。

张骞瞅准时机，向刘彻透露了胡妻和儿子还留守在陇山之西的信息。刘彻钦定张骞儿子张绵为亭驿官，在今甘肃省平凉市庄浪县石桥村建立驿站，辖行政、军事为一体。后因羌人不断骚扰，张绵便将驿站迁移到今张家川张棉乡所在地。

因驿官名叫张绵，后人便把此地称为张棉驿（棉是绵的同音），至今，这里还叫张棉乡。张棉驿是关陇古道上的重要驿站，一直到清朝末年才被撤销。

那位与张骞相随相伴十来年的匈奴女人，史籍中鲜有着墨。她在张骞返回长安的第二年，就染病离世了。

封　侯

从西域逃回，张骞获得了刘彻的礼遇，以太中大夫之职过起了安稳日子。

可是这个卑微的职位，张骞并没放在眼里。

从他应征出使西域的24岁起，他就想为国家建功立业、为自己光宗耀祖。13年形同囚徒的出使生涯，让他的身心经历了巨大的痛苦磨砺，但他内心的理想并未被磨灭。

张骞返回汉朝的前一年，也就是公元前127年，匈奴骑兵进犯上谷（今河北怀来东南）、渔阳（今北京密云西南）等地。刘彻避实就虚，实施反击，发动河南之战。河南之战取得胜利，匈奴被逐出了河套地区，汉帝国筑朔方城、设朔方郡，迁移人口充实守卫，重新掌控了秦始皇曾经收入版图的土地。

匈奴不甘心失去河南战略要地，不断出兵袭扰朔方，企图夺回河南地区。

公元前124年，刘彻决定发起漠南之战反击匈奴。

这一年，张骞回到汉朝已经两年了。刘彻钦点熟悉沙漠、知晓水草地形的张骞以校尉之职从大将军卫青一同出征，参加漠南之战。

漠南之战，汉军兵分两路：以西路军为主攻，由卫青直接统领3万骑兵，出高阙北进，并指挥游击将军苏建、强弩将军李沮、骑将军公孙贺、轻车将军李蔡等，各统兵数万，出朔方，直接进攻右贤王的王庭；东路军由大行李息、将军张次公率领，统数万骑兵，出右北平，进击匈奴左贤王，牵制其兵力，策应卫青军的进攻。

卫青率大军深入匈奴腹地，乘其不备，直捣右贤王王庭。远离汉边的右贤王正在庭帐内饮酒作乐，被突然杀到的汉军惊得慌不择路，侥幸逃脱。此战，汉军俘获右贤王部众男女15000人，裨王（匈奴小王）十余人，牲畜数十万头，大获全胜。李息、张次公统率的东路军也取得了胜利。

这一仗进一步巩固了朔方要地，彻底消除了匈奴对京师长安的直接威胁，并将匈奴左右两部切断。次年二月和四月，新任大将军的卫青两度率骑兵出定襄，前后歼灭匈奴军队一万多人，扩大了对匈奴作战的战果，迫使匈奴主力退至漠北一带，远离汉境。

这次胜利，刘彻十分高兴，除了大将军卫青，参战将军大都得到了封赏，张骞带路有功，获封博望侯。

封侯，是秦汉社会所有人梦寐以求的愿望。不甘平庸的张骞不畏艰辛，敢于冒险，他似乎对侯爵之位志在必得。博望侯的爵位是对他西域冒险行动最大的褒奖。

刘彻对张骞吞并西域、广地千里的建议十分认可。虽然漠南之战已让匈奴远遁漠北，但大汉王朝若想染指西域，没有河西走廊这个大通道，只能是个梦想。

张骞出使西域，带来了关于西域的诸多信息。刘彻和谋臣反复商量后，敲定了河西之战的方案。经过加紧备战，公元前121年春，刘彻策动的河西之战正式打响。

河西之战，刘彻任命了只有19岁的霍去病为骠骑将军，率万骑自陇西出塞。

春天的乌鞘岭，寒气袭人，风雪茫茫。

乌鞘岭是西出长安继陇山之后的第二道屏障。

霍去病直扑河西，这是中原王朝的军事力量首次突破乌鞘岭。秦人依托陇山，东扩关中，实现了中国大一统。秦国真正将中国的边界推过陇山抵达黄河一线。秦亡汉立，匈奴占领河套地区，不时来犯的匈奴铁蹄经常逼近陇山西麓，中国的西北边界线一直在黄河与陇山之间摇摆不定。

避开匈奴和羌人的年轻将军霍去病和一万精骑出陇西后，在今兰州以西渡过黄河，沿着乌鞘岭北坡潜入河西走廊。他们转战6天，接连扫荡了隶属于匈奴的5个小部落王国，拒降反抗者一律杀之，归附投靠者一律赦之。

随后，霍去病带领部队翻越焉支山(今甘肃山丹县境的大黄山，又称燕支山)，向西北挺进千余里后，与浑邪、休屠两王部队正面遭遇。经过激战，浑邪、休屠两王仓皇败逃，汉军擒获浑邪王子及相国、都尉等大小头领，斩首8900余级，还缴获了休屠王的两个祭天金人。

取得完胜的霍去病志满意得地引兵而归。行至皋兰山下(今兰州南)时，遭到匈奴折兰王和卢侯王的阻击。霍去病指挥士卒与敌人展开短兵交战，杀二王而败敌军，胜利回师。

河西之战初战告捷，这是帝国将星霍去病首次领衔出战获得的胜利，刘彻备受鼓舞。

刘彻想在河西匈奴惊魂未定之时，再次发动攻击。

夏天，刘彻下令，霍去病与合骑侯公孙敖领数万骑进攻河西；博望侯张骞担任卫尉之职，与郎中令李广率万余骑出右北平，进击左贤王，以形成牵制。这样，刘彻同时在西北和东北开辟了两个战区，与匈奴展开大规模较量。

这次出征，张骞获得了军队指挥权。对于一心想建立更大功勋的张骞来说，这是一次难得的机遇。

按照事先制定的作战计划，西北战区的霍去病率部自北地出塞，作为北路军；公孙敖率部自陇西出塞，作为南路军。南路军负责正面进攻，同时肩负吸引敌方注意力、掩护北路军迂回包抄敌人侧翼，断其退路的任务。

霍去病率领严格挑选的精骑，渡黄河，翻贺兰，而后又"涉钧耆、济居延"，再转向南，沿弱水行军，通过小月氏地区(今甘肃酒泉一带)，再由西北转向东南，前后深入2000余里，一路突进到祁连山与合黎山之间的黑河(今弱水上游)流域。

公孙敖的部队西出之后迷失方向，没能按约定时间与霍去病军会合。危急时刻，霍去病当机立断，毅然指挥部队向匈奴军的侧背后发动攻击。匈奴军被打得措手不及，3万多人战死，2500人投降，另有五王及王母、单于阏氏、王子共59人和相国、将军、当户、都尉共63人被俘。

河西战区霍去病一部取得胜利的时候，东北战区并不顺利。

李广与张骞出右北平后，进军途中失去联系。匈奴左贤王率4万骑兵将李广带领的4000骑兵团团包围。面对强敌，李广沉着冷静指挥作战，夜幕降临时，"吏士无人色，而广意气自如，益治军，军中服其勇也"，人人都在殊死战斗。第二天，李广继续浴血抵抗。张骞率万骑赶到时，李广几乎全军覆没了。左贤王一看汉军万骑增援，自知无法取胜，便撤兵北还。李广和张骞失望回朝。

河西匈奴两度惨败，伊稚斜单于十分恼怒。他下令召见浑邪王、休屠王，计划杀掉他们。浑邪王与休屠王秘密商量后计划投降汉朝。刘彻获得情报后暗自庆幸，但又担心有诈。便特意派遣两度打败河西匈奴王的霍去病前往受降。

汉军未到，休屠王又不想降汉了，浑邪王一怒之下杀了休屠王，并吞并了他的部下。霍去病的大军渡过黄河后，"浑邪王裨将见汉军而多不欲降者，颇遁去"，场面一片混乱。霍去病立刻率领精锐突入匈奴军中，将浑邪王置于自己的监护之下，同时斩杀了8000多名不想投降想逃跑的人，局势稳定下来。然后，派人护送浑邪王前往长安，刘彻"赏赐数十巨万，封浑邪王万户，为漯阴侯"。投降汉军的4万多匈奴人被分别安置在陇西、北地、上郡、朔方、云中五郡黄河以南、战国秦长城以北，"因其故俗，为属国"。

从此，河西之地彻底落入汉帝国手中。

回到长安的张骞和李广，都格外失落。

李广征战一生，能力出众，但是一直没有军功。他每次出征总是蹊跷连连，难以施展作战能力，奋斗大半生的他始终无缘侯位。这次征战，李广以4000对40000的勇气拼死杀敌，虽然他没有获胜，但是他的勇猛和牺牲精神还是感动了皇帝，他得到了"军功自如，无赏"的处置。

而博望侯张骞因为出击迷路，延误了战机。按照汉律，他要被论罪处死。张骞紧急出钱赎买，死罪变为无罪。但是，张骞梦寐以求的侯位被剥夺了，一夜之间，他变成了庶人。

再　使

张骞回到长安后，刘彻多次向张骞询问西域的情况。张骞意识到皇帝对于西部有浓厚兴趣。汇报西域三十六国的情况后，想到了自己在大夏国的见闻，他想为刘彻找寻通西域的新道路，也想为自己建功立业找寻新道路。

张骞说："臣在大夏时，见邛竹杖、蜀布，大夏国人说，是从身毒国贸易来的。身毒国在大夏东南数千里。风俗习惯与大夏相同，而卑湿暑热。那里的人骑大象作战。国家靠近海洋。臣测算，大夏距离长安一万两千里，位置在西南。而身毒又在大夏东南数千里，有蜀物，肯定距离蜀地并不远。现在去大夏，要么从羌人的地盘经过，羌人不愿意；要么从匈奴地盘经过，更行不通。如果能从蜀地过去，既取捷径，也应该没有盗寇。大宛及大夏、安息都是大国，多奇物、土特产，与中国民俗相近，但是兵力较弱，特别看重汉朝财物；他们北方的大月氏、康居，兵力强盛，可以贿赂其帮助汉朝出兵。如果能让这些国家归附汉朝，则广地万里，重九译，致殊俗，威德遍于四海。"

刘彻听了张骞的话，非常欣慰。从登基那天起，刘彻就想建立超越古人的功勋。所有的文治武功，最核心的是扩大地盘。张骞"广地万里，威德四海"的建议，真是说到了刘彻的心坎里。

于是，刘彻命令由蜀郡、犍为郡派出秘密使者，四道并出；结果三路行不通，只有昆明西可行千余里，有乘象国，名滇越，来自蜀郡的货物经由这条线路，进行贸易。于是，汉朝与滇国建立了联系。尽管没有找到直接通往大夏的通路，但是张骞试图开拓西南通西域道路的努力，促使汉朝和西南各民族又建立了联系。

张骞的努力又失败了。好在开拓蜀道的过程，并未经历太多艰难寒苦。

出右北平的作战失利，导致侯位尽失。一心想要出人头地、一心想要建功立业的张骞，取得侯位仅仅两年多，又变成了一介庶民，他陷入了巨大的痛苦中。

自刘彻掌权以来，整个帝国都围绕着"外服四夷"而运转。围绕开疆拓土这一国家中心目标，领兵打仗是最容易建立功勋的出路。第二次带兵出征受阻，张骞深深认识到自己非军人出身，并不擅长带兵打仗。加之与李广一道出征，比对李广征战半生都很难获得军功的命运，张骞彻底断掉了通过打仗再次赢回侯位的念想。更何况，自己现在一介庶民要想再次赢得带兵权，简直比登天还难。

张骞日思夜想，苦闷不堪。

被削为庶民后，刘彻又数次向张骞询问西域情况。围绕刘彻好大喜功的性格特点，不甘心失败的张骞在接受刘彻再次提问时，利用自己掌握的西域地理人文情报，再次向皇帝做出了新劝谏。

他说："臣被匈奴看押时，听说乌孙王名叫昆弥。昆弥父亲难兜靡以前与大月氏都在祁连、敦煌之间，都是小国。大月氏杀掉难兜靡，夺了他的地盘，他的部落败亡后部下都投奔匈奴。昆弥由单于收养。长大后，昆弥带兵报杀父之仇，攻破大月氏。迫使大月氏再往西逃跑，迁徙到大夏的地方。昆弥渐渐强大起来。单于死后，他不肯再依附匈奴。匈奴派军队攻打他，未能取胜。现在单于刚被我们所困，而且乌孙故地又是空的。如果现在给乌孙大量财物，吸引他们回到老地方，汉朝还可以派遣公主嫁给昆弥作夫人，与他结为兄弟，我们就可以借助乌孙截断匈奴的右臂。如果联合了乌孙，乌孙以西的大夏等国就都可以招引来成为我们境外的臣民。"

刘彻一直念念不忘"广地千里、威德四海"的梦想，他觉得张骞再使西域的建议很有道理，便又授予他中郎将的官职，分配三百人，每人两匹马，牛羊数以万计，还有海量的金银、礼品以及许多持节副使，再次出使西域。

张骞带着三百余人的队伍，浩浩荡荡翻越陇坂，出陇西、过黄河，穿越河西走廊。这一次出使，张骞再也不用担心匈奴的骚扰。他的出使团队一直行进到玉门关，出了国门，才提高了警惕。

张骞到乌孙国以后，把刘彻的赏赐送给了乌孙王并传达了刘彻的旨意，但乌孙王昆弥趾高气扬，以单于自居，端着架子。这令张骞有些羞惭："天子致赐，王不拜，则还赐。"——你不拜的话，这些赏赐就收回了。贪恋汉朝财物的昆弥于是赶紧起拜。

礼虽然收了，然而昆弥并没有快速答复张骞的诉求，和上次出使大月氏时月氏王延耽自己一样，乌孙王也采取了观望态度。

张骞及时分遣副使出使大宛、康居、月氏、大夏等其他西域国家。乌孙王派遣翻译和向导送张骞回汉朝，同时还派了乌孙使者几十人，马几十匹，来答谢刘彻。乌孙王想乘机让使者窥伺汉朝，了解一下汉朝地域到底有多广大。

张骞回来后，朝廷授予他大行令官职。

24岁冒险出使以来，张骞一直在寻求迈上宽广人生的台阶。再使西域，张骞重新步入仕途，带兵失利导致的丢侯打击，算是得到了一定的抚慰。

或许是经历了太多的苦难，或许是命运的深刻捉弄。

再使西域回来一年多，张骞就去世了。

又过了一年多，张骞所派遣出使大夏等国的副使几乎都和所出使之国的使者一起来到长安。从此，西域各国开始与汉朝友好往来。

张骞再使西域后，乌孙王与汉朝实现了通婚，虽然乌孙王同时也迎娶了匈奴的公主，这宗和亲一开始并没能达到利用乌孙牵制匈奴的目的，但张骞的再使，加强了汉朝与西域的联系，汉朝的势力从此逐渐伸向了西域诸国。

之后，刘彻为了汗血宝马派遣贰师将军征服大宛，西域诸国震惧。从此，他们大都臣服于汉，派遣使者来汉朝进贡，汉朝出使西域的人也大都如张骞一样获得了升迁。

汉宣帝时，汉王朝联合乌孙夹击匈奴的策略最终获得成功，匈奴势力自退出河西地区后，又彻底退出了西域中南部。为巩固阻挠匈羌联合的可能、保障对匈战争果实、畅通大汉与西域的通道，汉王朝正式设置西域都护，不久又设置戊己校尉，强化了汉王朝对西域的掌控。

谁的通道，谁的旅程

风云激荡 2000 年，张骞曾经凿空的西域，完全变成了中国的领土。

公元 1868 年的中国，以大清之名立世。这一年，大清迎来了一位德国使者。他有着和张骞一样的使命——为自己的国家搜集情报。他的名字是李希霍芬。

这位探险家知识渊博，所携带的设备先进。他比张骞有着更加专业的地理知识。从 1868 年到 1872 年间，他先后七次来到大清帝国。就连他的中文名字，都是为了讨好大清王朝重臣李鸿章而特意姓的李。

名义上，这位地质学家在从事地理考察，但是他的第三次考察不仅摸清了山东和辽宁一带的地理环境、矿藏资源，还提供了具有军事价值的详细资料。他的考察报告直接勾出了德国统治阶级的哈喇子——1897 年，德国借口传教士被杀，出兵占领胶州湾，把山东划为自己的势力范围。德国海军司令提尔皮茨在报请德皇威廉一世批准军事计划时，多次引用了李希霍芬的考察结论。

或许，是职业的相同，激发了李希霍芬对张骞的好感，他在完成中国考察后撰写《中国》一书时，将张骞开通西域的探险线路，取了一个充满浪漫色彩的名字——丝绸之路。

大清轰然倒塌，中国迈入现代门槛。

这是一个比任何时候更加注重交流沟通的时代。从此，地球上所有的民族国家都面临着如何加强交流、互通有无的使命。

关于张骞通使西域的意义，在同时代观察者司马迁的眼中，并没有特别的意义。他只是觉得张骞对西域的探索，纠正了很多谬误。

比如，《禹本纪》认为黄河的源头在昆仑山，并认为那里住着太阳和月亮。张骞经过脚踏实地的观察，瓦解了这种胡说八道。

司马迁对于张骞冒着生命危险、耗费九牛二虎之力完成的出使，并没有做出应有的评价。他曾在《史记·匈奴列传》中说："孔氏著《春秋》，隐、桓之间则章，至定、哀之际则微，为其切当世之文而罔褒，忌讳之辞也。"

司马迁对刘彻时代的历史，很多话都没有展开说。忌讳多多，明哲保身。他写过刘彻让西域使者参观汉帝国府库珠宝的细节，意在揭露刘彻的虚荣心。所以在司马迁眼里，刘彻外服四夷是穷兵黩武，张骞的初使西域自然是浪费钱财。对于张骞的再使西域，司马迁更认为直接暴露了张骞的投机心理。

到了后汉，班固在书写张骞出使西域过程的文章里，对刘彻提出了猛烈的批评：认为他贪迷西域、外夷的奇珍异宝，大兴土木、广营宫殿，穷奢极欲地享乐，最终导致了"民力屈，财用竭，因之以凶年，寇盗并起"。

班固在西域问题上痛批刘彻，与东汉开国皇帝刘秀的治国主张有关。东汉国家初定，刘秀十分不愿意在西域问题上耗费精力，他的国家格局不想突破阳关和玉门关。西域小国主动请求大汉护卫，但是，刘秀直接放弃了对于西域的管辖权。

班固对刘秀大加赞赏："圣上远览古今，因时之宜，羁縻不绝，辞而未许。虽大禹之序西戎，周公之让白雉，太宗之却走马，义兼之矣，亦何以尚兹！"

弱国无外交。

自从刘彻经略西域之后，西域诸国便反复在汉匈两大帝国的争斗中谋求庇护。汉对西域的掌控，与大汉与匈奴的对抗结果有直接关系。

西域诸国的命运,最终在中原农耕文明与北方游牧文明的融合中,变成了中国的一部分。那里连接着地球的东西,包容着内涵庞大的各类文明。

就像丝绸能衬托灵韵身姿也能遮蔽险恶用心一样,经由西域而连接起来的丝绸之路这个名称,也包裹了两千多年的野心与黯淡,杀伐与侵占,交流与融合,文明与辉煌。

李广

悲壮的飞将军

李广墓。李广"生不侯死不葬",但家乡人民为表崇敬,给他修建了衣冠冢。民国二十三年,蒋中正为他题写了墓碑。

◎汉文帝十四年，匈奴老上单于带领14万骑兵突破阴山秦长城一线后，又攻破战国秦长城防线，一路闯过朝那、萧关，南向长安逼杀而来。

汉帝国面临立国以来最大的危机。

汉文帝获信，不寒而栗：公元前771年申侯联合犬戎、西戎南下镐京，幽王被杀西周解体的历史惨剧历历在目。

国难当头，陇西郡热血青年李广响应朝廷的召唤，矢志从戎。他高擎拳拳报国心，翻越巍巍陇坂，踏上了捍卫国家荣誉的征途。从此，他的个人命运和帝国的命运紧密相连。赤胆忠心却又孤勇称雄、礼贤下士却又睚眦必报，侍奉三代君王，鏖杀七十多场大小战役，但终身未获封侯，他的传奇人生，给后世留下了太多的唏嘘感喟。

从　军

公元前166年，陇西郡成纪县。县令李尚的儿子李广迎来了成年的生日。

李广出身的李氏家族是由槐里迁到成纪的名门望族。这个家族在春秋战国时、秦时都出现过显赫人物：李宗，魏国大夫；李崇，秦国陇西太守，封南郑公；李瑶，秦国南郡太守，封狄道侯；李信，秦朝大将，深得秦始皇信任，曾率领大军在歼灭燕国之战中追杀太子丹立下大功，后领兵二十万攻打楚国，先是一路凯歌，后被楚将项燕打败。

李信一度深得秦王嬴政赏识，但在灭楚战争中失败后，逐渐淡出了秦国政坛核心圈子。《史记》对他只做了寥寥数笔的记载。

李信的人生轨迹，警醒着他的后人，他们一直谨小慎微。

秦灭，世道大乱。改朝换代时期的李信后人选择了沉默，他们像自己居住地的黄土一样沉静地蛰伏着。汉立之后，刘邦采用"黄老之术"治国，李氏一门人继续沉默在成纪。

作为将门之后，李广的祖辈、父辈一直没有放松对宗亲门户内男孩的习武骑射训练。李广从小历练，加之他臂长如猿，骑射之功异常突出。

汉文帝十四年，也就是公元前166年。汉帝国北方防线被匈奴人攻破，萧关失守，长安告急，消息迅速传遍全国。秦国覆灭以来，久经匈羌侵扰的陇西郡各县一直处在战时状态。李尚预判形势，意识到机会来了。他便打发儿子李广和侄子李蔡前往长安，投奔军中熟络之人。

匈奴进入北地郡，所过之地，生灵涂炭。北地都尉孙卬在抗击匈奴的战斗中以身殉国。匈奴俘获了众多百姓和畜产，随后兵至彭阳。同时还派出奇兵，沿回中道侵入回中宫，放火烧掉了回中宫。

紧急时刻，汉文帝以中尉周舍、郎中令张武为将军，整备战车千乘，骑兵十万，驻守长安外围，严防死守，防备匈奴向国都进攻。拜昌侯卢卿为上郡将军，甯侯魏遬为北地将军，隆虑侯周灶为陇西将军，东阳侯张相如为大将军，成侯董赤为前将军，多路发兵攻击匈奴。

李广作为良家子弟被编入军中，他发挥善用骑射的特长，射杀敌人众多，立下显著军功。

老上单于带兵在汉境内招摇摆布，左突右撞，面对大兵列阵的防守和多路汉军不时逼近的攻击，最终放弃了进攻长安。与汉军相持一月有余后，老上单于带兵撤回到北部草原。汉军跟进到边塞后，停止了追击。

匈奴退去后，汉帝国举行了一次大范围的封赏，在抗击匈奴的战斗中立下军功的人，全部获得了奖赏。李广杀敌出众，被拜为汉中郎。

不久，武力过人的李广同堂弟李蔡一起升任武骑常侍，也就是皇帝的侍卫官，俸禄八百石。

匈奴攻入汉境溜达一圈回去后，越来越骄纵。他们时常突破汉帝国边塞，袭扰边城，劫掠人畜。

深信"黄老之术"的汉文帝依然坚持和平解决边患的策略。在他心里，匈奴依然是惹不起的狠角色，汉军只能躲或者求饶。对外策略上不敢张扬武力，但闲来无事时，汉文帝也还是要出去巡狩，一来透透气、放放风，二来震慑国内统治。

李广经常跟随汉文帝巡狩，曾经冲陷关口，格杀猛兽，文帝感叹道："可惜你生不逢时啊，假如你生在高祖的那个时代，随随便便就能给封个万户侯！"

回　乡

公元前157年，汉文帝去世。年仅46岁。

跟随汉文帝十年之后，李广的武骑常侍职位也随之终结。

同一年，刘启登基，是为景帝。

此后，李广被军方调往陇西郡担任都尉一职。这是李广东出陇山后首次荣归故里。接任陇西郡都尉之职，李广从长安返回故乡时步履从容，意气风发。这比在皇帝身边当保镖荣耀多了，他可以骄傲地面对家乡人民，光宗耀祖。

都尉是掌管地方军队的武官，职位比将军略低，战国时始设此官职。秦置郡守、郡丞、郡尉，郡尉掌管一郡之内的全部兵马，维持地方治安，俸禄二千石。汉景帝中元二年，改郡守为太守、郡尉为都尉。

李广是西汉王朝首批都尉之一。

都尉之职，是一副沉甸甸的担子。尤其作为陇西郡的都尉，李广的压力比北方各郡还要大。因为陇西郡背靠陇山、秦岭，多面有敌——匈奴和羌人诸部落从南、西、北三个方向形成夹击之势。自秦灭以来，陇西郡一直动荡不安。陇西郡的军务，是陇西郡所有公务的重中之重。陇西驻军要随时防范匈奴和羌人的攻击，李广除了要负责保障郡内百姓安宁，更重要的职责是要为帝国守护好这片秦灭之后已经退却在战国秦长城以内的疆土。

汉景帝登基后，提拔晁错担任内史，随后又擢升其为御史大夫，位列三公之一。晁错上任后，力荐刘启削弱诸侯势力，特别是势力最强大的吴王刘濞。

刘濞是刘邦的亲侄子。刘邦剪灭异姓王之后，各诸侯国都换上了刘姓子弟。他依然担心有人造反，曾拉着自己的子侄兄弟们歃血为盟，强调"非刘氏而王者，天下共击之"的立场。当年，刘邦就觉得刘濞有反骨，说他有着造反的面貌。

一语成谶。刘濞在吴国称王四十来年，开山铸钱，煮海贩盐，大力积蓄力量，他还招纳逃犯，组织军队，这一切不能不让刘启疑心越来越重。

刘启听从晁错建议，决定首先拿吴濞开刀——削夺吴国的会稽和豫章两郡。刘濞得知朝廷将对自己动手的消息，便联合各地诸侯王打着诛杀晁错、安定国家的旗号举兵起事。

响应刘濞的还有另外六个诸侯王，他们的行动，史称"七国之乱"。

这一年，是公元前154年。

窦婴向刘启引荐曾担任过吴国丞相的袁盎。袁盎趁机劝说刘启杀掉晁错，以平息叛乱。刘启采纳袁盎的计策，真的杀了晁错。但是，吴王并没有因为晁错的死而停止进攻。汉景帝懊悔不已：腰斩晁错并未换来安宁，反而有堵塞言路的风险。

于是，汉景帝下定决心，开始用军事手段解决七大诸侯。他派太尉周亚夫带领36个将军攻打吴国、楚国；派曲周侯郦寄攻打赵国；派将军栾布攻打齐国；派大将军窦婴屯兵荥阳，监视齐国、赵国。

李广在公元前156年担任陇西郡都尉后，很快又改任骑郎将。"七国之乱"发生后，李广被任命为骁骑都尉，跟随周亚夫参加攻打吴、楚联军的作战。

周亚夫军经蓝田出武关，迅速集结到荥阳。在楚汉之争中，荥阳之战扮演了历史拐点的角色。荥阳在"七国之乱"中再次成为历史的焦点。

此时，吴、楚联军已把梁国围得水泄不通。梁国的军事要地棘壁（今河南省永城市）也被吴、楚联军攻克。梁王刘武只能死守睢阳（今河南省商丘市）。得知周亚夫的军队赶到荥阳，刘武赶紧派人求救于周亚夫。但是，周亚夫不理不睬。不得已刘武又向长安的皇帝哥哥求救。景帝接到弟弟的求救信后，马上给周亚夫下达了"速去救援梁王，不得有误"的命令。

周亚夫接到圣旨后，非但没有去救援，反而来了个后撤，退守到了昌邑（今山东省巨野县）。周亚夫表面迷惑刘濞，背地里悄悄派了一支精锐部队迂回敌后，深入吴、楚联军的后方，斩断了粮道。失去粮草，刘濞无力再夺取睢阳，便在昌邑与周亚夫进行生死大决战。

昌邑之战，周亚夫调集了所有精兵强将。李广身先士卒，作战勇敢。双方激战不多时，李广就冲杀到了敌阵核心，迅速夺得吴、楚联军军旗，致使对方军心大乱，瞬间陷入混乱。李广的大部队潮水一般淹没了吴楚联军。

刘濞被打败，率残部逃到东越，被东越王设计斩杀。其他造反者，也被周亚夫、窦婴各个击破。

"七国之乱"初期，其他诸侯王国要么按兵不动，要么静观其变。大家清楚，眼前当下，刘濞要的是长安，他能不能拿下长安还要拭目以待，犯不着早早得罪刘濞。所以，吴、楚联军的进攻很顺利，但吴濞进军到梁国时，遇到了梁王的拼死抵抗。"打仗亲兄弟，上阵父子兵"，显然，关键时刻，还是皇帝的亲弟弟最上心。

此时的梁王刘武，还清晰地记得半年前自己入宫时参加宴饮的场景，那是一个月朗星稀的秋夜，哥哥汉景帝当着母亲窦太后、舅舅窦婴的面，一脸醉意地说："千秋之后传梁王。"尽管当时刘武赶紧做了辞谢，舅舅还对汉景帝做了批评："高祖天下，父子相传，此汉之约也，上何以得擅传梁王？"但是，汉景帝对此并没有多做解释。

"千秋之后传梁王"一直回荡在刘武心里，"七王之乱"，刘武一心想的是帮助哥哥。

如果没有周亚夫的奇谋良策，以吴王刘濞的实力，杀向长安只是时间问题。梁王拼死为哥哥的长安做拦路石，很可能会成为刘濞的第一个刀下鬼。所以，吴濞败亡，梁王比景帝更高兴。

周亚夫出奇兵一举扭转局势，梁王从心眼里感激周军，对起初求救不得时对周亚夫产生的怨恨早已烟消云散。梁王倾力犒劳周军，给昌邑之战中勇立头功的李广授予了将军印。

李广跟随周亚夫一同班师回朝，等待李广的并不是景帝的封赏，而是一纸调令。

边地太守

早在周亚夫、李广班师之前，汉景帝就收到了一封情报：梁王犒赏周军，与军方人士交好频频，还给李广颁授了将军印。

汉景帝原本愉悦的心情，突然陷入了低沉。

梁王有什么资格授予李广将军印？汉景帝在自己心中不断发问。

"兵者，国之大事，死生之地，存亡之道，不可不察也。"军人和战争，必须要牢牢把握在自己手里，这是江山永固、皇位永固的核心基础。

汉初以来，刘邦为了稳固江山，采用了郡县制和分封制相结合的政体。独立王国累加的国土面积远远超过皇帝统治的郡县制疆域，这一直是堵在西汉王朝几代帝王喉咙里的鲠。与造反的七王相比，梁王与自己更亲，但是，梁王如此越权，自己的权威该摆放在何处呢？

七王发乱、梁王擅权，各地诸侯王国自立，大大小小僭越皇权的行为，都刺激着景帝的神经，这一切更坚定了他"削藩"的决心。林林总总的诸侯自主的独立王国挑战着中央皇权，这个汉廷初立时不得已放任自流的问题，如今已经到了尾大不掉的地步，再不下狠心消除，必然危及朝纲正统。

平定"七王之乱"一年后，景帝就将"千秋之后传梁王"的允诺抛到了九霄云外，他急切切地立了栗太子。

李广跟随周亚夫回到长安，本想着能得到皇帝的赏识，但是皇帝接见作战功臣的时候，其他人获赏的获赏，获封的获封，唯独自己什么也没有。皇帝只是用平静的眼神肯定了他一下。

随后，李广接到圣旨，去上谷当太守。

上谷郡，始建于战国燕昭王二十九年（前283），治所在今河北省张家口市怀来县小南辛堡镇大古城村北，因建在大山谷上边而得名。上谷郡是燕国北疆西部第一郡。秦灭燕国后，仍留置上谷郡。

李广就任上谷郡太守后，偏爱军事的他将大部分精力都放在了军务上，郡内民事几乎全部交由副手处理。他三天两头带兵出塞，伺机与匈奴交战。每次出塞都身先士卒，不避凶险。

担任典属国的公孙昆邪在景帝面前哭诉说："李广的才气天下无双，但他自负其能，经常与虏敌交战，恐怕会阵亡的。"

景帝听闻，觉得此人勇猛过人，可以在关键位置充任关键职务，便将他调到了上郡担任太守。上郡即今天的陕北榆林和延安一带，这一区域正对着汉帝国都城长安。由于单于本部和汉帝国长安基本处在南北走向的一条直线上，所以上郡是距离帝国都城最近、最重要的防线。因此，上郡在北部边防重镇中直面单于，直护长安，是实实在在的帝都咽喉。

后来，李广先后转任陇西、北地、雁门、代郡、云中等帝国西北、正北、东北边防诸郡太守,先后长达20年。在每个郡,李广都以作战勇敢、击敌得力而著称。

李广担任陇西郡太守期间,境内羌人不时造反,境外羌人不断袭扰,极难对付,令李广很是头疼。

在汉人史籍中,对一些"无君"的人群,很有偏见。

战国末期秦国丞相吕不韦组织门客们编撰的《吕氏春秋》认为:"为天下长虑,莫如置天子也;为一国长虑,莫如置君也。"

羌人是被排除在华夏之外的族群——他们与汉人在文化生态上存在巨大差异——汉人将所有不定居的人群都视作非我族类。《吕氏春秋·恃君》在列举"中国"之外的四夷之地无君所以无文明时,专门提到"氐、羌、呼唐、离水之西,僰人、野人、篇笮之川,舟人、送龙、突人之乡,多无君",认为没有君王的自由部落缺乏礼仪法度,所以难以管理:"其民麋鹿禽兽,少者使长,长者畏壮,有力者贤,暴傲者尊,日夜相残,无时休息,以尽其类。"

《后汉书·西羌传》称:"相与婚姻,父没则妻后母,兄亡则纳釐嫂,故国无鳏寡,种类繁炽。不立君臣,无相长一,强则分种为酋豪,弱则为人附落,更相抄暴,以力为雄。杀人偿死,无它禁令。其兵长在山谷,短于平地,不能持久,而果于触突,以战死为吉利,病终为不祥。堪耐寒苦,同之禽兽。虽妇人产子,亦不避风雪。性坚刚勇猛,得西方金行之气焉。"

汉代陇西郡西北、西、西南三个方向的羌族,就是一些"无君"的部落。他们兼营农牧。

西羌是汉族史籍对西北边地诸部落的统称,他们并不是一个统一的族群,而是无数种类繁多、居住散乱的部落组合。他们的名称多得令中原人无法以其各自自称的族号来称呼他们,只能以"羌"

统称。有时候，会在"羌"之前加专称词，如牦牛羌、白狗羌等。这与中原人称呼戎人一样，充满了歧视。

汉代秦而立，匈奴日渐崛起，先后吞并东胡、娄烦，赶走月氏，西北少数民族纷纷臣服于匈奴。羌人概莫能外。

汉景帝时，西羌研种留何率族人归附汉帝国，主动提出愿意帮汉廷守卫陇西要塞，于是汉景帝安置留何族人东迁进入陇西郡南部狄道（今甘肃临洮）、安故（今甘肃临洮南）至临洮（今甘肃岷县）、氐道（今甘肃武山东南）、羌道（今甘肃舟曲北）等地。

羌人群龙无首，击之则作鸟兽散，谈判则无人能做代表，不理不顾吧又时常为患。李广面对难缠的羌人，实难施展武力。便采用诈术，降服羌人。随后，将投降的羌人800余哄骗入军，全部杀害。李广想做到杀一儆百。

公元前144年八月，匈奴由雁门大举侵入上郡。汉景帝急调李广第二次出任上郡太守，同时还派了一个自己最宠幸的宦官中贵人做监军，随同李广一起教练士卒，抗击匈奴。

有一天，中贵人带着数十人组成的骑兵队伍外出，不料同三个匈奴人遭遇，战斗中，中贵人的骑兵几乎被射杀殆尽。中贵人险些丧命，他带伤逃回营中，李广根据中贵人的描述，料定他碰见的三个人是匈奴的射雕人。李广立即率百骑追击三人，深入数十里，他命令随从两翼包抄，自己逼近再射击，先后射死二人，生擒一人。这三个人果然是匈奴的射雕手。

李广正要返回时，突然发现匈奴有数千骑奔涌而来，李广手下士兵全都大惊失色，唯独李广镇定自若。匈奴看见李广的部队，以为是汉军诱惑对手的小股部队，便列队上山严阵以待。李广的部下惊慌失措，想突围逃跑。李广说："我们距离匈奴只有几十里，我们突出去，人家追击，我们全都会被人家射杀。现在我们原地不动，匈奴肯定以为我们是诱敌深入的小股部队，不敢轻举妄动。"

李广便指挥部下向前再走了两里，然后下马解鞍，装得若无其事。

匈奴部队见状，不敢出击。

匈奴部队有骑白马的将军出列向前探视，李广迅速带领十几骑飞奔过去，搭弓上箭，一箭致命。紧接着，李广又回到原地，继续下马解鞍。

双方近距离对峙，所有人都高度紧张，空气都要凝固了，只有远方飘来的徐徐清风，不知所以地抚慰着汉军士卒的身心。

薄暮降临，匈奴士兵未出击，李广的部众继续安坐其地。夜半，匈奴部队撤兵离去。

这是一次赌博，更是一次冒险，李广最终赢得了这场心理战。

景帝执政16年，最大的精力都用在"削藩"上，军事方面鲜有大的作为，除了"七国之乱"时被迫大动干戈，其他用兵都在对付北部边境匈奴时常发动的袭扰，属于小打小闹。李广在"七国之乱"胜利之后因为接受梁王的将军印，而导致景帝内心起疑。尽管此后李广一直在边陲要塞抗敌守边，也取得了诸多小规模的胜利，但一直未受重用。

赋 闲

公元前129年，一个秋风萧瑟的日子。

悠悠陇坂烟尘不绝，过客像往日一样东来西往。

天空阴郁沉沦，似乎专门为了迎接失意之人。伴着一路烟尘，一位年逾花甲的人打马越过了陇山山巅。他眉头紧锁，轻装简行，一路驰骋。

他是李广，当世著名的抗匈将领。现在他已经丢了官，被削职为庶民。

远离长安，返回陇西老家，他正要度过一段闲云野鹤的清淡时光。

驰骋在关陇古道，迎着陇坂西风，李广回想起了自己18岁初出陇西的情境，不禁泪眼迷离。18岁的时候，他怀着满腔的报国热情。时势造英雄，李广一直很努力，但是一路并不平顺。

这次返乡，是李广人生中最灰暗的时刻。

公元前141年，景帝去世，武帝继位，李广似乎迎来了命运的转折点。这一年，李广已经50岁了。

朝臣都认为李广是名将，汉武帝刘彻听从劝谏，便将李广由上郡太守擢升为未央卫尉[1]，这表明了刘彻对于李广的高度信任。与李广一道被提拔担任禁卫军头目的还有另一位边郡太守——程不识，他接替的是长乐卫尉。

这两位将军同为边郡太守，但治军模式各有千秋：李广治军以宽，平时人人自便；而程不识治军以严，士卒不得休息。两人守边很多年，都没有遭遇大的凶难。但是程不识对李广很有意见："李广带兵非常简易，一旦遇敌突袭，就会措手不及；其士卒却乐得安逸，都情愿为他去死战。我带兵虽说烦扰，但敌人却不能轻易犯我。"

---

1 司马迁《史记》认为李广由陇西太守调任长安未央尉，班固《汉书》则认为李广由上郡太守调任未央尉，笔者根据后世研究者有关推导，更倾向于后者观点。

司马迁评价说：他们两个人都是汉朝边郡的名将，可匈奴人最怕李广的兵略，士卒也多愿追随李广，而怕跟程不识受苦。

在司马迁看来，李广带兵体恤下士、同甘共苦，即使军纪不严也是一种值得称道的风格。然而，李广的这种风格，也为自己的军事生涯悲剧结尾埋下了伏笔。

李广出身于军人世家，他痴迷骑射，强于征战，勇于牺牲，但他的前半生都处在"文景之治"的时代，那是一个韬光养晦的时代。刘彻登基后，加强军备，张弛武力，给李广带来了无限广阔的机遇。然而，能征善战的李广并没有显示出出类拔萃的军事才能。

刘彻决定一洗大汉前耻的"马邑之谋"尽管以失败告终，但那次用兵，刘彻钦点的将军中，李广的名字赫然在册。他被任命为骁骑将军，领属护军将军。那次战斗李广无功而返，败在刘彻谋略失当，毕竟同去的所有将军都是无功而返的。

"马邑之谋"后，匈奴拒绝和亲，攻击汉朝边塞，侵盗财物，杀人放火，无以计数。匈奴游牧，缺乏农耕社会生产的生活物资，仅靠盗抢难以满足，于是他们开关市，和汉朝互通有无。

刘彻蛰伏五年后，又派出了四位将军各带万骑攻击匈奴关市。将军卫青出上谷，至茏城，杀敌700人。公孙贺出云中，无有所获。公孙敖出代郡，损失了7000兵马。李广以卫尉担任将军出雁门，不仅兵败还被匈奴活捉。

匈奴单于早就听说李广的名声，专门下令不能弄死他。李广在交战时受伤，被匈奴活捉后，匈奴便在两匹马之间张了一张网，将李广放在上面，回撤。走了十多里，李广一边装死一边伺机逃跑。他发现旁边一匈奴骑兵骑着一匹良马，于是瞅准机会，突然腾身而起，推匈奴骑兵下马，夺其弓箭，打马调头向南飞奔，等其他匈奴骑兵反应过来时，李广已飞出数十米。匈奴骑兵赶紧追击，引头的骑兵被李广射杀，其余人不敢再追，李广顺利逃回汉塞。

公孙敖、李广兵败，被朝廷囚禁，按律当斩。他俩交了一大笔赎金，免死，削官成了平民。

这一年，李广已经55岁了。

征战大半生，一世英名被一次失败毁坏殆尽。

丢官的李广备受打击，纸醉金迷、霓裳羽衣的长安突然变得异常陌生。将军的铮铮傲骨已经失去了用武之地。平日同堂议事的大夫们、同队出列的将军们，瞬间没了往日的客套，一个个都对他变得生硬、冷漠了起来。

百无聊赖的李广返回陇西老家，打算过一段清静日子。但是闲居陇西，李广找不到可以抚慰自己的同路人，反而更加孤独了。于是，他又返回了长安。

在长安，李广找到了同样有些失意的好友灌强。灌强是汉朝开国元勋灌婴的孙子，灌婴汉初曾官至太尉、丞相，获封颍阴侯。灌强继承爷爷的侯位，建元六年（前135），因有罪，侯位中断了两年。

天涯同悲失路之人。李广和灌强互相怜悯，经常上南山打猎、纵酒、游玩。

有一次，他俩喝高了，回霸陵亭时太晚，霸陵尉大声喝斥禁止他们通行。

李广的随从说："这是前李将军。"亭尉说："现任将军也不许通行，何况前任乎？"

李广被扣留，在霸陵亭下露宿一夜。

公元前128年，匈奴再次入侵，杀死了辽西太守，打败了韩安国将军。韩安国被紧急调往右北平。东北边防情势紧急。

此时，刘彻又想到了李广。李广被任命为右北平太守，接替了韩安国。

官复原职，李广瞬间就不失意了。他辞别灌强，再次甲胄上身。赴任前，他向上级军官提出了一个要求："一定要带上霸陵尉共往边关。"

负责军队人事的长官以为李广看中了霸陵尉的才能，毫不犹豫地满足了李广的要求。

突然接到命令的霸陵尉心生疑惑，但是军令不可违，他战战兢兢赶到了李广要求的集合地点。霸陵尉知道自己曾得罪过被贬官的李将军，他意识到了自己肯定没有好果子吃，但他万万没有料到，大名鼎鼎的李将军居然会无理由杀了自己。

刘彻接到了李广自请治罪的奏章，但是大敌当前，朝廷正在用人之际，刘彻对李广无端杀人的罪责，选择了睁一只眼闭一只眼。

霸陵尉白白地冤死在了李广的战刀下。

已经做过20年边郡太守的李广，再次当起了右北平的太守。

李广对于太守之职早已没了兴趣。与他一同参军的堂弟李蔡不仅已经封侯，还位列三公。比自己年纪轻出道晚的好多将领也都已封侯。战斗了大半辈子的他，居然还奋斗在一侯难求的境地，他为自己感到尴尬。

刘彻一直没有放弃对李广的信任，几乎每有大战都要钦点李广出征。

公元前123年，李广由右北平太守升迁为郎中令，担任后将军，随同大将军卫青率军出定襄击匈奴。此次出征，同行的众多将领都实现了杀敌立功，回到朝廷后大多获得封侯待遇，唯独李广再次无功而返。这时的李广，已经61岁了。

公元前121年，刘彻策划的"河西之战"打响，为策应河西主力部队作战，刘彻任命李广以郎中令之衔带领4000骑兵出右北平，博望侯张骞带领10000骑兵同出，从东北方向开辟战场，牵制匈奴力量，减弱河西压力。李广带领4000骑深入匈奴数百里之后，被匈奴左贤王率40000骑兵团团包围。李广身先士卒拼杀一天，夜幕降临才得以暂歇。第二日，敌人又像潮水一般汹涌而来，李广抱着必死的决心继续决战。好在张骞及时赶到，匈奴才撤兵而去。

这次战斗，李广几乎全军覆没。一心想封侯的李广功过相抵，未得封赏。而张骞因迷路耽误行程，未能及时到达作战地点，本当问斩，后赎为庶人。

刘汉天下，继承秦国风气，沿用秦二十等爵，另增设王爵。起初，开国功臣有得王爵者，刘邦执政晚期将开国王公尽数诛杀，以后，王爵只有皇族可得。封侯一直是西汉社会民众的最高理想。在户籍登记中，每个人除了登记籍贯等基本信息，还要将爵位也记录清楚。看似奖罚分明的侯爵名位，激励人们升官发财，将人分成了三六九等。人的阶级成分认定，事关生死存亡、荣辱尊严。

李广出陇西，翻陇山，以一介武夫争取出人头地，从普通士卒做到了将军之位，也算是实现了较大的人生抱负。但是，侯爵之位一直距离李广很近，他没有理由放弃，尽管机遇一次次来临，又一次次失之交臂。到了耳顺之年，李广更想给自己个交代。

最后的希望

公元前119年，未央宫。

正在思虑"漠北之战"的刘彻突然接到了李广请求接见的报告。还没见到李广本人,刘彻已清楚李广的来意。这次出征,刘彻决心彻底剪灭匈奴嚣张气焰,该由哪些人带兵出战,他已反复做了思考。

对于李广这位曾经和自己爷爷以及父亲一起共事过的老将军,刘彻没有理由拒绝他的请求。

果然,李广求见皇帝就是想参与"漠北之战"。刘彻以"将军年岁已大"为由做了婉转的拒绝,但是李广态度坚决。

刘彻"外服四夷",开创了一个激情澎湃的时代,也开辟了一个理想照耀前路的时代。加强武备、四面征讨,让整个帝国迸发出前所未有的活力。特别是汉帝国与匈奴帝国的较量,彻底改写了中原王国的国家地位——除了疆域的开拓,文化、经济、军事的扩展也达到了史无前例的水准。

"马邑之谋"后,经过几次大战,汉匈对垒已完全由被动反击转变成了主动出击。

"漠北之战"是在汉匈对决十余年后汉帝国业已取得压倒性优势的前提下即将展开的巅峰对决,这次大战,不能有任何闪失,每一位将军、每一位士卒,都不能有半点马虎。被胜利冲昏了头脑的刘彻想一劳永逸地解决匈奴问题。

"国难思良将",对于李广以老迈之躯自请出战的态度,刘彻内心十分感动。"马邑之谋"以来,自己对匈奴的历次用兵,造就了一大批将才,从始至终,李广一直没有淡出过刘彻的视野。然而,接连几战,李广都没能取得令人兴奋的胜利,要么被俘、要么兵败。

刘彻百般劝解,依然不能打退李广出击的雄心,只能违心地同意了李广的请求。

李广高兴地离开了未央宫。

征战一生，未能封侯，这是压在李广身上无法卸去的精神枷锁。"漠北之战"将是自己建功立业的最后机会了。身为60多岁的老人，李广清楚，"漠北之战"将是自己军事生涯中最后的进击和搏杀。

春天来了，刘彻下诏，"漠北之战"正式开打。命令大将军卫青、骠骑将军霍去病各率五万骑兵，分东西两路出击匈奴。

出征仪式上，刘彻信誓旦旦向出征将领做了训示。从"马邑之谋"的失败，到河南地的收复，从"河西之战"的完胜，到"漠北之战"的意义，刘彻用汉帝国最近十数年经历的艰难挫折和所取得的辉煌胜利，传达了百折不挠、矢志前行的信心。三军将士备受鼓舞，万岁呼号震彻山川。

三军临行前，刘彻叫住卫青，轻轻地耳语了几句，才挥手告别。

李广担任前将军，随大将军卫青带兵从定襄出塞，卫青很快就从俘虏口中知道了单于的居住地。这时，卫青突然改变了行军计划，他命令李广与右将军赵食其合兵，从东道进军，改任公孙敖担任前锋。

李广对这个调整十分不满："我原本是前将军，大将军为啥要临时改变命令，让我出东道？我自结发以来一直与匈奴作战，这次总算遇到了追逐单于的难得机会，我愿意作为前锋，与单于决一死战。"

卫青之所以临时换将，主要是考虑到临行前刘彻对他的提醒：李广年老而"数奇"（命运不佳），不能让他追逐单于，弄不好会耽误事。另外，曾经对卫青有救命之恩的公孙敖刚好因罪丢了侯位，调整他由中将军变前将军，更容易让他立功封侯。

李广得知详情，更加不满。卫青说不动，便命令长史传送公文到李广幕府中,声言:"快到指定的军部去,按照公文上说的办。"李广认为卫青做事不公,非常生气,没有辞行就愤愤然离去了。他带着部队与右将军赵食其合军出东道向北进军。

东道路远,大军行进途中缺少水草供给,部队必须星夜兼程,才能赶到预定地点。李广和赵食其出发后,因为军中无向导,迷了路,未能及时到达漠北与大将军会合。

卫青率五万骑自定襄西出,北越大漠,深入千余里,与匈奴单于伊稚斜短兵相接,一场恶战。单于兵败,趁着大风飞沙之夜逃脱了。卫青率军追击,北至寘颜山赵信城(约在今蒙古高原杭爱山以南),终未俘获单于,于是还师入塞。这次漠北决战,卫、霍两将军率十万骑兵长途奔袭,包围单于,杀匈奴九万余人;而汉朝士卒战死者亦数万人,战马死者十余万匹。汉、匈两家伤亡都很惨重。此后匈奴远遁漠北,"漠南无王庭"。

卫青率大军南下横渡大漠,方才遇到李广和赵食其的部队。李广见过大将军后,就回到自己军营中。卫青派长史拿着干粮和美酒送给李广,顺便询问他们迷路的经过,卫青准备上书给皇帝报告行军作战的细情。李广默不作答。卫青又派长史催促李广的部下对质受审。李广说:"我手下的校尉将吏们没有罪,是我自己迷失了道路,我今天亲自去听候审讯。"

李广来到幕府,对自己的部下说:"我李广自结发以来与匈奴大小七十余战,这一次本来是有希望迎战单于的,可大将军却临时调整让我东道北出,出发后却又迷失了道路,这难道不是天意吗?我已经是六十多岁的人了,不能再同那些舞文弄墨的刀笔小吏去打口舌之战了。"

说罢,李广突然拔刀,挥向自己的脖颈。

最后的希望破灭了。李广血荐轩辕,时年六十五岁。

悲哉壮哉

与匈奴较量一生,多达七十余战。李广小胜不断,但是大胜却无。刘彻对匈奴发动的七次大战役,李广参加了五次,寸功未取,其中三次无功而返、两次全军覆没。一起出道的堂弟李蔡早早封了侯,儿子李敢也封了侯,军事才能远不及李广的很多人都封了侯,但是李广一辈子都没能封侯。

在大漠深处挥刀自尽,李广多少有一些羞愤,但他留给后世的更多是悲壮!

唐代著名诗人王勃在《滕王阁序》发出千年一叹:"冯唐易老,李广难封。"从此,对于李广难封侯的同情代代绵延,经久不绝。

"但使龙城飞将在,不教胡马度阴山。"
"君不见沙场征战苦,至今犹忆李将军!"

一首首脍炙人口的诗句,从司马迁的情感源头奔涌而来。

无数人将李广难封的悲剧归结于他命运不佳、刘彻任人唯亲,但细细推敲同情李广的司马迁亲笔写下的李广的故事,我们不难看出,李广善于骑射,但经常孤勇逞能,陷于孤军被围的局面。"精骑射喜力战",一对一能彰显巨大威力,但是身为将军,必须得具备指挥千军万马的谋略和才能。

李广治军纪律松散，多靠哥们儿义气笼络人心，大兵团作战必须要有铁的纪律。张骞出右北平迷路，作为外交官出身的人，人们尚能原谅，而李广在刘彻发动的汉匈大决战——漠北之战中居然"军亡导，或失道，后大将军"就实在说不过去了。在边防郡地当了20年太守，李广一直在打防御战，他参加的几次大兵团歼灭战，全部以失败告终，难免让人怀疑他的军事组织才能。

李广距离封侯最近的时刻，应当是汉景帝平定"七国之乱"后。那次李广作战英勇，还有砍旗之功。可惜他毫无政治敏感，居然就接受了梁王的封印。

军事才能、胸怀气度、为人处世（讲政治），皆是李广的短板。

李广自我感觉很不错，但是一直没能建立封侯的大军功，他自己也想不通。李广求助算命先生王朔："自从汉朝攻打匈奴以来，我一直在军中，但是诸多校尉以下能力很差的人，数十人都实现了立功封侯。我李广不比人落后，不比人懈怠，为什么却无尺寸之功以获得封邑，这到底是为什么呢？"

王朔说："将军你自己想想，你这辈子是不是做过令你自己后悔的事情？"

李广说："我担任陇西太守时，羌人起来造反，我诱降了八百多人，并在同日内用诡计把他们全部杀害了。至今大恨就只有这一件事情了。"

王朔说："人活一辈子，缺德事没有比杀害降敌更大的了，这就是你封不了侯的原因啊！"

其实，用因果报应解释自己不能封侯的原因，只能是自我安慰。

羌人的被诱杀，姑且可以算在他维护国家利益的账簿上，但是霸陵尉的死，李广永远无法洗脱自己。

当霍去病用射杀敌人的箭矢射杀李广的儿子李敢，当李陵兵败投降匈奴，李广一生的悲壮似乎延绵不绝地扩大到了他整个家族！

刘解忧

惆怅的远嫁

河西戈壁。西汉公主刘解忧从长安出发,一路西行,从这里进入"西域",远嫁乌孙。

◎能选择的是机会,不能选择的是命运。

出身于罪臣家族的刘解忧,对于身世毫无选择的权力。女大出嫁的时候,她再次失去了选择的权力。一夜之间,她由罪臣之女变成了和亲公主。

西出长安,嫁到遥远的西域,刘解忧的身体像王国的皇位一样经历了"兄终弟及、父死子继"。这在中原王朝的礼教视野中严重违背了伦理纲常,但为了汉乌两国合作的大局,刘解忧只能"就其俗"。

前半生争宠夫人之位,后半生保卫儿子王位。宫斗、权斗,人性的乖张和阴暗裹挟着利益的平衡与摆布,充斥她的一生。从豆蔻年华走到风烛残年,她用女性特有的阴柔之力完成了使国家坚如磐石的政治任务。

恩怨情仇、家国情怀、儿女情长,失重的命运,远嫁的飘零,装满了刘解忧一世的惆怅。

反转的身世

公元前 101 年,陇山之巅迎来了远自西域乌孙国的特使,经过快速通关查验后,使者迅速离开关城,飞向了长安。

长安未央宫,汉武帝刘彻接见了乌孙使者。

乌孙使者带来的是一个噩耗:细君公主病逝了。

刘彻清晰地记得,一年前,细君公主来信,说年老的昆弥(乌孙国王称号)要将自己转嫁给孙子岑陬(军须靡),自己不愿意,想回国。刘彻曾回信"从其国俗,欲与乌孙共灭胡"。

年纪轻轻的公主怎么会突然去世?刘彻有很多疑虑,但是来使给出的理由是染病而亡,出于外交礼仪和皇帝威严,刘彻也不便多问。

乌孙使者带来噩耗的同时,还带来明确的求婚信。乌孙昆弥还想再娶汉家公主为妻。

刘彻与朝臣商议后,决定再派公主前去乌孙和亲。

这一次该派谁去呢?这是摆在皇帝眼前的一道难题。

从大汉开国之初刘邦听从娄敬建议首开"和亲"始,汉廷所遣公主并非皇帝的亲女儿。从刘邦到文景两帝再到刘彻,连绵不绝的宗室女和朝臣之女被授予皇室公主之名,派往北方和亲匈奴。怎奈无论和亲女付出多大的努力,多么卖力地迷惑、讨好匈奴单于,匈奴人的贪欲却一直未被填饱,汉帝国想要的"甥舅之国"局面也一直未能实现。

刘彻决定用兵匈奴前,派遣张骞沟通西域。张骞费尽周折13年后才从西域归来,此时刘彻与匈奴的较量正处在白热化状态。"十二万户,六十三万人,兵卒十八万八千八百人",张骞后来描述的乌孙之国,成为刘彻掣制匈奴最好的外部力量。"联西域,断匈奴右臂"成为国家对外扩张的重大决策,曾经屡试不爽的"和亲"手段被移植到了拉拢乌孙王国的外交策略中。

"和亲"始于春秋,先秦史籍多有记载。比如《左传·襄公二十三年》:"中行氏以伐秦之役怨栾氏,而固与范氏和亲。"又如《礼记·乐记》:"(乐)在闺门之内,父子兄弟同听之,则莫不和亲。"

历史上的和亲目的虽然各有差异,但总体来看,无外乎通过两个不同民族或同一种族的不同政权首领之间进行联姻,避战言和、保持友好。

与汉匈和亲相比,地大物博的大汉帝国和亲弹丸游牧小国乌孙,显然有屈尊俯就的意味。但一开始张骞带着豪礼诱惑乌孙国王时还是费了一些口舌:一旦疏远匈奴与汉朝交好,汉朝就会送来更多的奖赏,甚至可以送来公主成就"兄弟之国"。

乌孙被月氏从河西赶出,靠着匈奴帮助才得以打败月氏而复国。面对汉朝的离间,乌孙并不能急切地做出表态,他们生怕匈奴指责其忘恩负义。但是面对汉朝开出的诱惑条件,老昆弥还是有所心动。尤其是使者去了一趟长安后,真的被折服了。乌孙与汉朝眉来眼去,终究还是被匈奴发现了,匈奴人怒不可遏,扬言要教训乌孙,这时候,汉帝国的目的已经达到了:乌孙不得不交好汉朝,以防匈奴突然袭击。

迫于匈奴的压力,乌孙派使者献马给汉朝,并主动提出要娶汉朝公主,两国结为兄弟。刘彻决定必须先纳聘礼,然后遣送公主。于是乌孙以一千匹马作为聘礼。

公元前105年,也就是汉武帝元封六年,江都王刘建之女刘细君作为和亲公主嫁给了乌孙昆弥猎骄靡,猎骄靡为了平衡与匈奴的关系,又向匈奴王室求婚,获得公主。刘细君为右夫人,匈奴女为左夫人。

大国对抗,小国居其间,只能左右逢源,谁也不敢得罪。

乌孙虽小,但拥有十万兵马,汉匈两大帝国都想利用她的国力兵力。乌孙也通过给两个帝国当女婿的办法实现了关系平衡。

遥远的国度、陌生的面孔、不同的文化、差异的饮食,整日面对形如枯槁的老国王,刘细君愁苦万端、悲从中来,多才多艺的她且歌且吟:"吾家嫁我兮天一方,远托异国兮乌孙王。穹庐为室兮庐为墙,以肉为食兮酪为浆。居常土思兮心内伤,愿为黄鹄兮归故乡。"

悲歌传至长安,皇帝也为之动容,专门遣使送去汉宫锦缎羽衣,隔一年慰问一次。

此番宫中再度遴选"和亲"公主,有女儿且疼爱女儿的各王公贵族、刘氏宗室成员都有些紧张。

大汉立国已逾百年光景,"和亲"女的下场因为无情的战争而充满变数,鲜有温婉良善的结局。尤其这次公主遴选更是在刘细君死亡阴影的笼罩下举行的,更充满恐怖和不祥。

接连几个昼夜,长安城好多贵族寝食难安。终于,公主"美名"被太监送到了倒霉的楚王府。

因为"七国之乱",楚王刘戊的后代一直以罪臣身份深居简出,楚王府门庭冷落。

在楚王府"掌柜"看来,这是一次为朝廷戴罪立功的机会。

一夜之间,刘戊的孙女刘解忧由罪臣之女,变成了皇室公主。

这看似华丽的命运转折,不期然地叩开了刘解忧传奇人生的门扉。

远　嫁

公元前101年,长安。

和多年前刘邦欢送汉朝第一位和亲公主一样,汉武帝刘彻又举行了一次声势浩大的送别仪式。

刘彻走出未央宫，向远嫁乌孙的解忧公主告别。

他赐予解忧公主车马和皇室器物，为她配备了官吏、宦官、宫女、护卫数百人。这一切，表面看来是用皇恩抚慰即将远嫁的公主，但实质上，只是在彰显皇帝的威德和帝国的体面。

刘彻的眼神里，没有一丝儿女情长。公主不是自己的骨肉，他不需要假装亲民。他刻板的表情，和所有人都保持着距离。他出现在送别仪式上，只是为了强调这次远行的使命意义。和送别张骞出使西域，送别卫青、霍去病北征匈奴的目的一样，刘彻心目中所有的出征都是为了完成自己想要的伟大胜利。

想到再也见不到自己的父母双亲了，性情泼辣的刘解忧终于忍不住悲伤流下了滚烫的泪水。初定为"和亲公主"时，她还大大咧咧、不以为然，现在到了真正别离长安的时刻，刘解忧终于意识到了远嫁的含义。

来不及拭去泪水，刘解忧的轿车在随行护卫、侍从的簇拥下，启程了。

一路西行。在长安到雍地的官道上，刘解忧望着窗外的田野和行人渐次飞向身后，悲伤的情绪逐渐升级为迷沌。和同时代所有的出嫁女性一样，刘解忧陷入了对夫家未知的迷茫。当然，还有对乌孙太过遥远的恐惧。

车队行至陇山东侧的汧河河谷时，道路渐次变为慢上坡，也越来越颠簸。车队隐默于陇山的群峦时，所有人都体会到了离别的苦楚。登临陇坂的古道虽经秦汉数百年行走，已然成为畅行无阻的大道，但山势高耸的陇坂深谷，伴着淙淙流水，深邃莫测，格外悠长。

马蹄嘚嘚，车轮吱呀。刘解忧的轿车颠颠簸簸一路登上了陇山顶峰。此时的陇山之巅，陇关已经更名为大震关。站在老爷岭，向东回望，一片雾霭，向西远眺，一派茫然。

去国离乡，所有人思绪中的惆怅逐渐变成了悲怆。

这种气氛在队伍中不断蔓延，不止刘解忧，还有很多人都噙着泪珠。

前路漫漫，未来难期。车队在五里一邮处歇脚，十里一亭处补给，三十里一驿处过夜。一驿接一驿过黄河、穿走廊，最后抵达敦煌玉门关边境。

黄沙漫漫，空气焦枯。这里的告别比长安更动人心魄。离开边关，真的就离开故乡，离开自己的国家了。此刻，大汉王国的戍边人就像自己的亲人，告别他们，仿佛比在长安告别家人还要揪心。

吱呀呀起程，解忧的车仗完全进入了异域。悲戚在心里已经难以稳固地存在了，面对随时可能出现的匈奴骑兵，所有人都变得越来越紧张。

两年前，李广利受遣攻打大宛。汉帝国十分渴望得到乌孙的帮助，但是乌孙首鼠两端，不敢贸然站队。在攻打大宛的战斗打响前，刘彻派使者求助乌孙，希望发兵。乌孙只派出了二千骑兵，"持两端，不肯前"。

好在李广利赢得了胜利，之后汉帝国在敦煌至盐泽皆筑亭障，设置使者校尉，命其率士卒数百人在轮台、渠犁一带屯田积谷，以供应出使西域的使者。

过楼兰、龟兹（今库车）、姑墨（阿克苏）、温宿（乌什），翻拔达岭（别垒里山口），刘解忧终于抵达乌孙首府赤谷城。

这趟远嫁，刘解忧走了整整八千九百里路。

刘解忧还是来晚了。乌孙昆弥军须靡已经迎娶先期到达赤谷的匈奴公主做了左夫人，解忧只能继承细君的位置，继续做右夫人。

改 嫁

嫁给王室，解忧的婚姻生活并不快乐。

眼看着匈奴公主使尽花招讨好昆弥，刘解忧愤懑难平、郁郁寡欢。险恶的宫廷斗争，防范自身安全已经够累了，刘解忧实在难有更多心思花在昆弥身上。

尽管度日如年，但时间并没有因为刘解忧的忧虑不安而放缓速度。刘解忧时时处处防备着匈奴公主的算计，入宫一年，针尖对麦芒一般与她斗争了一年。

很快，匈奴公主炫耀性地为昆弥生下了一个孩子，起名泥靡。

刘解忧从来不想认输，尽管昆弥更多地进入匈奴公主的寝宫，但刘解忧依然不想甘拜下风。

随着泥靡的出生，刘解忧彻底失去了斗争的底气。她无法忘记匈奴公主在皇太后面前用泥靡的出生羞辱自己的表情和眼神。后来，刘解忧很努力地接近昆弥，但一直没有身孕。

或许是因为夫妻感情不和，或许是因为身体原因，总之，刘解忧一直未能怀孕，这严重影响到了她在宫中的地位。不能为昆弥生下一男半女，她就无法获得宫斗的重大筹码，这势必危及大汉和乌孙的合作大局。

刘解忧逐渐感受到了强大的压力。她谨言慎行、谨小慎微，她用隐忍悄悄地蛰伏。

历史似乎为刘解忧专门设置了考验期，她在漫长的困顿中突然迎来了转机。

军须靡突然染疾而亡。乌孙国迎来了一个小小的波折。

由于匈奴公主的儿子泥靡年纪太小，军须靡的国王之位传给了其堂弟翁归靡。

生命的最后时刻，军须靡嘱托翁归靡："泥靡长大后，便把政权归还给他。"

翁归靡继承了兄长的王位，同时继娶了哥哥的两位夫人。

报寡嫂，在大汉也时常有之,刘解忧顺理成章"从其俗"，改嫁了。

翁归靡即位后，格外喜欢刘解忧，他俩情投意合，如胶似漆。被二代君王疏远的匈奴公主旋即陷入了和刘解忧之前一样的忧虑之中。

与翁归靡结婚后，刘解忧很快就有了身孕。十月怀胎，她就产下了自己和国王爱情的结晶。孩子是男孩，翁归靡给他起名元贵靡。

之后的岁月，刘解忧又为翁归靡生下两男两女。

母凭子贵，此时的刘解忧，在乌孙王国有了足够的筹码做权重。她成了名副其实的国母，这是她一生中最为安逸的日子。有国王翁归靡的疼爱，她沉浸在爱的海洋里，鱼水之欢汪洋恣肆地浸润到了汉乌联盟的实质。卧榻之间，肺腑之语，乌孙王国对外关系的天平逐渐开始向汉朝倾斜。

危　局

翁归靡偏爱解忧，汉乌之间信使往还，不绝于途。这正是刘彻当年派遣解忧和亲希望看到的局面。

然而，这一切刘彻并未看到。就在刘解忧来到乌孙备受煎熬的时候，八千九百里外的长安，经历了"巫蛊之祸"，李陵、李广利先后投降匈奴,晚年的刘彻很不开心。为了对付匈奴,他耗尽了国力,疲惫了国民,而匈奴依然横亘在帝国北部高原,虎视眈眈,随时都在酝酿俯冲汉境。

公元前87年,刘彻去世,权力移交给了年少的刘弗陵。这一年,距离刘解忧来到乌孙已经整整14年了。

改嫁以来,匈奴公主依然像诱惑军须靡一样撩拨翁归靡,但翁归靡对匈奴公主毫无兴趣。几次三番的失败,毫无转机的冷落,匈奴公主终于心灰意冷,好在她还有心爱的儿子泥靡陪伴左右,抚慰着妒忌横生、伤痕累累的内心。失宠的感情漩涡里生发的仇恨之种,移植到了泥靡的心中,伴随着他日益长大的还有争夺权利的欲望,一切都在悄悄地潜伏。

被冷落的匈奴公主不断向匈奴单于喊冤叫屈,事态的发展终于激怒了匈奴单于。匈奴伙同车师,侵占乌孙土地,切断汉乌联络通道,要求乌孙交出解忧,彻底与汉朝中断关系。

"匈奴发骑田车师,车师与匈奴为一,共侵乌孙,唯天子幸救之!"刘解忧上书汉昭帝刘弗陵,请求紧急救援。

刘弗陵接到求救信,组织了一场朝会,与文武百官共商攻打匈奴对策。策略还未敲定,刘弗陵突然驾崩,时年只有21岁。

刘彻临死前确立的辅政大臣霍光(霍去病哥哥)此时把持朝政。昭帝无子,霍光临时抓来昌邑王刘贺(刘彻第五子的儿子)奔丧,拥立其为皇帝。然而,这个不争气的刘贺即位27天就被赶下了台,理由是"荒淫无道,丧失帝王礼义,搅乱朝廷制度"。

霍光又立刘彻曾孙刘询为帝,是为汉宣帝。

这一年是公元前74年。这时,刘解忧已经在乌孙度过了27个年头。她已经40出头了,已经从亭亭玉立的少女变成了富态腴润的中年妇女。

汉帝国处在权力交接的间隙，自顾不暇，攻打匈奴解救乌孙的计划就自然搁浅了。

翁归靡陷入了最危险的处境。

乌孙小国夹在汉匈两雄之间，以前的国策一直是持两端。自己因为偏爱解忧而选择了政治外交上倒向汉国，翁归靡只能自食苦果。面对匈奴的进攻和威胁，呼救半天不见汉朝发兵，国内反汉亲匈的臣僚都提出将刘解忧交出去。翁归靡护住解忧，强顶压力、调兵布阵，苦苦撑持危局。

刘询即位后，解忧公主再度上书："匈奴复连发大兵侵兵乌孙，取车延、恶师地，收人民去，使使谓乌孙趣持公主来，欲隔绝汉。昆弥愿发国半精兵，自给人马五万骑，尽力击匈奴。唯天子出兵以救公主、昆弥。"

汉宣帝刘询坐稳龙椅的第三个年头，也就是本始二年（前72），终于腾出手开始考虑解忧的请求了。他"大发关东轻锐士，选郡国吏三百石伉健习骑射者，皆从军"，派遣五路将军15万兵马分别从西河、张掖、云中、酒泉、五原出塞向北出击，乌孙昆弥自带5万余骑从西面攻击，汉乌联军接近20万。

匈奴听说大汉强兵出动，急忙组织人畜向北逃窜。

五路大军多有收获，校尉常惠与乌孙兵卒赶到右谷蠡庭，获单于父行及嫂、居次、名王、犁污都尉、千长、将以下三万九千余级，虏马、牛、羊、驴、骡、橐驼七十余万。匈奴死伤人畜更是不计其数。这次大战重创匈奴，匈奴从此一蹶不振。

汉宣帝刘询高兴地封常惠为长罗侯。这是自李广利失利投降以来最令汉帝国扬眉吐气的一次大胜利。

角 逐

从中亚高原一直连绵到东北亚,这里曾被人们誉为玉石之路。这里一直是游牧文明和农耕文明的分界线。匈奴在这条边界线的北方整合吸纳众多其他部族,逐步崛起。而在边界线的南方,秦国在春秋战国诸侯争霸中脱颖而出,称雄中原。秦灭汉立,汉承秦制,汉帝国在中原大地冉冉升起。秦汉以长城为界力避匈奴南侵,尤其是刘彻将治理触角扩向西域之后,汉匈两大文明力量对垒的分界线进一步拉长,贯穿了整个中亚和东北亚。围绕这条南北分界线,双方展开了你死我活的角逐较量。

在漫长的边际线上,两国将士用热血和生命互相厮杀,为了各自文明的延续拼尽了所有。

汉朝盯准乌孙进军西域后,乌孙国成了双方争夺西域的前线,两个帝国都派出了自己貌若天仙的女儿,她们的战场是在王宫。

两任国王各有偏好,匈奴公主和解忧公主的争斗获得了平局。

如何保持胜利成果的延续,刘解忧必须在争夺国王感情的进攻中,埋伏好权力的引线。

转眼间,距离汉乌联兵打败匈奴,已经快十年了。这十年,乌孙与汉国交好,国运安泰、百姓安宁。

翁归靡和解忧的孩子们一天天长大了,他们想立元贵靡为接班人,这是翁归靡执政核心中的核心。尽管担任国王前,他曾答应过堂兄军须靡,自己退位时要还政于军须靡的儿子泥靡。但是,作为一祖之后,自己也有道义为下一代争取继承权,并保证其合法性。

公元前64年,汉宣帝元康二年。

乌孙昆弥翁归靡通过长罗侯常惠向汉宣帝刘询上书,为元贵靡求婚汉朝公主,想在解忧和亲的基础上,再来个亲上加亲:"愿以汉外孙元贵靡为嗣,得令复尚汉公主,结婚重亲,畔绝匈奴,愿聘马、骡各千匹。"

刘询主持朝议,大鸿胪萧望之表示反对:"乌孙绝域,变故难保,不可许。"

但刘询觉得乌孙近十年与汉交好,有力阻滞了匈奴对于汉帝国插手西域事务的干扰,认为可以许配公主给元贵靡。于是,汉帝国便派出使者,先迎取聘礼。

翁归靡对于汉宣帝的许亲之举非常感动。派出300多人的使团,奔赴长安迎亲。

时隔30多年,长安再次为乌孙遴选和亲公主。

这一次,刘询继续把目光瞄准解忧家族,选择解忧弟弟的女儿相夫为和亲公主,满足了刘解忧和丈夫翁归靡想让汉乌两国王室亲上加亲的愿望。

皇帝下旨,为相夫公主挑选了100余人的官属侍御,与公主一起在上林苑接受婚前培训:学乌孙语言、了解乌孙风俗。

刘询选派长罗侯光禄大夫常惠为送亲代表,沿着刘解忧西行的路线,一路护送相夫向西到达敦煌。

从元康二年(前64)乌孙昆弥提出婚约,到神爵二年(前60)相夫公主抵达敦煌,这场婚事前后已经沟通了五年时间。

然而,相夫公主一行人还未离开敦煌郡,一个不祥的消息就传来了:翁归靡驾崩,元贵靡难立。

常惠紧急向朝廷上书提议:先把相夫留在敦煌,自己率小股人马飞驰至乌孙了解情况,等现状改观后再来迎接公主。但刘询主持朝议时,有大臣坚决认为:"乌孙持两端,难约结。前公主在乌孙四十余年，恩爱不亲密，边竟未得安，此已事之验也。令少主以元贵靡不立而还，信无负于夷狄，中国之福也。"刘询觉得有道理，便下诏：送公主还朝。

翁归靡突然去世，完全打乱了刘解忧的布局。乌孙权贵一致联合，拥立泥靡担任昆弥。元贵靡的接班梦化作了泡影。

刘解忧再次陷入了危机四伏的境地。

再　嫁

泥靡以胜利者的姿态步入了皇宫，他全权接手了这个国家的一切。这个国家的一切，原本就应该由父亲军须靡亲手交给他。然而，叔父翁归靡对这个国家控制权的染指，给他接手权力平添了几分风险。

第一次朝会，泥靡用自己特有的方式向大臣们强调了自己的绝对权威和独一无二。所有人毕恭毕敬表达了臣服之心，他第一次体会到了站在权力巅峰的愉悦感。

白天很快就过去了。

夜晚降临，泥靡脑海里盘桓了许久的时刻到来了。

那是一个平静的夜晚，中亚草原的星斗格外明朗，乌孙皇宫沉浸在洁净如洗的夜空下，静谧、安宁。

泥靡走进了刘解忧的宫室。

这位曾经的庶母，此刻，立马就得改口叫自己夫君了。随着泥靡靠近的脚步声，刘解忧全身颤抖。刘解忧清楚地记得，泥靡出生的日子，第一任丈夫军须靡和匈奴公主喜笑颜开。就是他，让自己一度陷入无边的抑郁和苦闷。那噩梦一样的苦楚，自己经历了整整20多年才得以彻底清除。而此刻，他又要给自己带来另一场噩梦。

泥靡放缓了脚步，纱幔帷帐深处透出来的光亮昏黄、暧昧，他看清了对面的脸庞：厚厚的脂粉未能抹平松弛的皮肤，朱唇娇艳、眉角低垂，她静默在原地，一动不动。

她曾是父亲的女人。她是庶母。此刻，她就要变成自己的女人了。从今以后，他再也不用叫她母后了，从今以后，他要让她完全臣服于自己。

泥靡抬手捏住了刘解忧的下巴，并向上轻轻拉起，刘解忧不由自主地抬眼望了一眼泥靡。那是一副玩世不恭的嘴脸，这是过去骄横的表情添加了狂纵而生成的。他的眼神里还燃烧着复仇的火焰。时间静止了。两个人都能听到各自的呼吸。泥靡松手的瞬间，刘解忧眼眶里打转的眼泪随着低头的瞬间滚落而下，眼角的褶皱处留下了一道清晰的泪痕。

战栗中的刘解忧像雨水击中的泥巴一样瞬间坍塌了。

妻后母，等于乱伦。这是刘解忧生活的国度和时代所不允许的。

母系社会消亡，父权时代来临，人类社会转向抢婚制。随后形成宗法维系的家族制度，族内异性婚姻或两性关系逐渐受到质疑。

重耳流亡秦国时，秦穆公许配女儿怀嬴给重耳，让重耳非常难堪。因为怀嬴是太子圉的妻子，而晋太子圉是他的侄儿，所以怀嬴是他的侄媳妇。不娶怀嬴吧，会得罪秦穆公；娶了侄媳妇吧，自己的名声就不好了。

后来，在司空季子的规劝下，重耳还是娶了怀嬴。这个重耳就是后来的晋文公。

娶侄媳妇这个事晋文公终究还是做了，但是他有过犹豫，足见当时的社会舆论和社会规范是不提倡他这么做的。

令解忧难堪的改嫁继子，令重耳脸红的迎娶侄媳，在中国春秋时期，叫烝报婚。这种婚姻除极力倡导礼仪的鲁国没有史籍记载，秦、齐、楚、晋、郑、卫各国贵族中都有出现。比如宋国公子鲍之娶襄夫人，公子鲍为其庶孙，后来襄夫人派人杀死嫡孙昭公，立公子鲍为宋君；还有卫宣烝其庶母夷姜、晋惠公烝其庶母贾君、楚平王为其子娶于齐而自取之；等等。

这种婚姻在当时是不是完全属于禁例，当年并没有留下确凿的定论，后世的研究也是争论不休，很难定调。到底属于婚姻自由奔放的范畴还是严重违反了当时禁例，只能是仁者见仁智者见智了。

不过，《诗经》对这类婚姻大加鞭笞。比如《诗经·墙有茨》说："墙有茨，不可扫也。中冓之言，不可道也。所可道也，言之丑也。"这首诗讽喻卫公子顽与其父妻宣姜的私通，就像蒺藜一样痛刺着卫国的国体以及卫国人民的颜面与心灵。

烝、报具有奴隶制时代的野蛮特性，女性被男方聘娶以后，成为男方的财产，丈夫死了以后，妻子必须按规矩转房给夫族中的另一名男子。

在中国，随着礼教制度的形成与弘扬，烝、报渐被视为"乱伦"的淫行，受到整个社会的强烈谴责和惩罚，丧失了合法性和普遍性。周代形成礼教，秦和西汉有了立法规范，刘解忧时代的社会价值观，深深地排斥这种婚姻。

可是中原王国外的四夷之地，都实行着烝、报婚。刘解忧之后，大汉帝国的另一位知名和亲公主王昭君也遭遇了类似的"子妻庶母"型改嫁。她先嫁给南匈奴呼韩邪单于，生下两个儿子，呼韩邪死，她又嫁给单于阏氏（王后）之子。昭君上书汉廷求归，汉成帝刘骜同样命令其从胡俗，后来昭君与嗣君复株累单于又生二女。

对于嫁给继子，刘解忧心头的不解，只能在眼泪中渐渐化成虚无。

她的命运注定了没有平静日子，她个人的荣辱兴衰，完全绑在了帝国利益之上。她的一生，不能拥有自己的追求。

政　变

李广利征伐大宛，引发西域三十六国震惊。紧接着乌孙娶解忧，和汉朝结盟，乌孙在西域的影响力也借助汉朝大大增加。特别是汉乌联合打败匈奴后，乌孙一时成了西域最强大的国家。刘解忧也借势扩大外交，拉拢更多国家与汉朝交好。

借助乌孙和汉朝结盟的优势，翁归靡执政期间和刘解忧通盘考虑了三子二女的前途问题，每一位都做了恰当的安排：长子元贵靡立为太子，计划接班乌孙国王；次子万年，为莎车国王；三子大乐，为乌孙左大将；长女弟史嫁龟兹国王绛宾为妻；小女儿素光嫁乌孙若呼翕侯为妻。

然而，刘解忧寄予希望最高的长子和次子，却遭遇了最跌宕起伏的运命。

翁归靡死后，乌孙高层贵族展开了激烈的权力斗争。掌握重要资源的人联合拥立泥靡为昆弥，翁归靡既定的接班人元贵靡只能靠边站。刘解忧在后宫里干着急没办法。

汉宣帝元康元年，也就是公元前65年。莎车国王死。国王无子，莎车贵族将王位传给了解忧公主与翁归靡的次子万年。他们想既讨好乌孙，又巴结大汉。

莎车国相比乌孙是一个小国，距离长安有1万里，2339户16373人，兵力只有3049人。万年即位莎车国王后，暴虐无当，引起民愤。前莎车王弟弟将其杀死，自立为王。同时，还斩杀了汉使。大汉卫侯使冯奉世纠集西域诸国军队，征讨莎车，杀死了国王，另立新国王。这给万年很好地报了仇，但解忧还是永远失去了一位儿子。

大儿子接班未成，次子暴尸莎车。刘解忧心灰意冷。

史书记载，泥靡继娶解忧后，解忧为其生下了一位儿子。解忧嫁给泥靡的时候，已经61岁了，61岁生孩子在现代社会少之又少，刘解忧是否真的为泥靡生了儿子，存有很大的疑问。

不过，史书说泥靡和解忧感情不和，这是肯定的。一来解忧和泥靡的母亲曾经是情敌，两人斗争了半辈子，泥靡自然要站在母亲的一边；另外，解忧已经年老珠黄，泥靡怎么可能对她产生浓厚兴趣？两人的婚姻形同虚设，内心互不信任是必然的。

趁汉使来访，刘解忧密谋了除掉泥靡的"鸿门宴"。不过行凶的士卒水平太差，剑起击偏，泥靡受伤逃离。夫妻情分算是走到了尽头。

泥靡的儿子带兵围困刘解忧和汉使于赤谷城。数月后，大汉西域都护郑吉发西域诸国兵解围，才得以保全。

一石激起千层浪，刘解忧会同两位汉使行刺泥靡的做法导致乌孙濒临内乱边缘。两位汉使回到大汉，被汉宣帝刘询问斩。翁归靡与另一位匈奴公主所生的儿子乌就屠在宫变时受惊，仓皇逃出城，居山中。他扬言母家匈奴会来兵相助，引得国内亲近乌孙的人前去投奔。随后，乌就屠杀死了泥靡，自立为昆弥。

一时间，乌孙乱成了一锅粥。形势对大汉和刘解忧极其不利。

好在刘解忧和亲乌孙时，带去了一个侍从叫冯嫽，她能言善辩，嫁给了乌孙右大将。之前，她受解忧委派，经常代表大汉开展外交，深得西域各国尊敬。这次乌孙陷入乱局，都护郑吉得知冯嫽丈夫与乌就屠关系密切，便动员冯嫽向乌就屠捎话，扬言汉兵到，必杀乌就屠。乌就屠恐惧汉兵来伐，表示愿意让步。

郑吉请示朝廷借机授权冯嫽，出面说和各方。最后立元贵靡为大昆弥，统治六万户民众，乌就屠为小昆弥，统治四万户民众。汉再次派出常惠驻军赤谷，监督双方。

乌孙一分为二，危机和平化解。大汉派出的兵马也止步于敦煌，未出西塞。

都护西域

刘解忧远嫁乌孙，基本实现了刘彻联合乌孙"断匈奴右臂"的政治构想。从初期派兵攻破楼兰、车师，打败大宛，到刘彻成功在轮台、渠犁驻兵屯田，建立"使者校尉"，管理屯田事宜。相当于汉帝国在西域组建了真正的军事基地。

汉武帝征和四年（前89），桑弘羊建言刘彻在轮台驻军屯垦，经历了"巫蛊之祸"的刘彻备受打击，对于用兵西域已经没有往日的浓厚兴趣了。他感念以往用兵时"强者尽食畜产，羸者道死数千人"

的惨状，否定了桑弘羊的提议。同时，他还发布了一道罪己诏，从此止戈西域："当今务在禁苛暴，止擅赋，力本农，修马复令，以补缺，毋乏武备而已。郡国二千石各上进畜马方略补边状，与计对。"

昭帝刘弗陵体弱多病，为政13年期间少有大战，西域持续处在汉匈两大势力共同争夺之下。直到汉宣帝本始三年（前71），汉廷联合乌孙大败匈奴，汉帝国才开始在西域占据上风。汉宣帝刘询趁热打铁，在地节二年（前68）派侍郎郑吉率兵在车师（今吐鲁番盆地）屯田，并领护鄯善（今罗布泊一带）以西南道，正式管理天山以南各地。

随后几年，匈奴势力不敢再染指西域。

"屋漏偏逢连夜雨"，匈奴还出现了五王并争的政治动乱。受到排挤的日逐王带领数万部众投降汉王朝。郑吉代表汉帝国迎接日逐王，汉政府采取羁縻之策，封其为归德侯。匈奴势力从此彻底退出西域，匈奴在西域的军事基地——僮仆都尉也从此停摆。由楼兰经车师前部的西域北道没有了匈奴的干扰，也变成汉帝国管控的区域。

刘询大喜过望，就势在乌垒城（今轮台县境内）建立西域都护府，设立官员和驻军，行使主权。任命郑吉为第一任西域都护，级别等同郡太守，每年的工资是二千石粮食。从此，"汉之号令班西域矣"。

公元前60年，西域正式成为中国领土的一部分。

这一年，距离刘彻派遣张骞出使西域已经过去了78年。这一年，距离刘彻派遣解忧公主和亲乌孙已经过去了41年。

回到长安

乌孙民众更加偏爱乌就屠，元贵靡的统治并不顺利。陆续有人脱离大昆弥，投奔小昆弥。甘露三年（前51），元贵靡病逝。

刘解忧悲痛欲绝。接着，噩耗再次降临，刘解忧和泥靡所生的儿子鸱靡也去世了。短期内痛失两子，这让饱经风霜的刘解忧一蹶不振。

及笄出嫁，如今鹤发。

经历四朝三嫁和无数宫斗、权斗，如今，刘解忧终于感到了疲惫。身边的匈奴公主斗志全无，因为匈奴势力已经完全退出西域诸国。

刘解忧至今无法忘记刘彻的目光。他把命令转换成期许，那是万人之上的天子对一个柔弱女子仅有的期许。身处万里之外的异国他乡，填充刘解忧心头的只有孤独和悲伤。她向汉宣帝刘询写信："年老思故乡，愿得骸骨归汉地。"

刘询眼见西域大局已定，对姑奶萌生怜悯之心，决定派人接回。于是刘解忧带着几位心爱的孙子，踏上了返回长安的征途。

从西域到敦煌，大路通途，商贾不绝；过敦煌，河西四郡城池扩大，人货巨繁；出嫁经过河水时，曾经的金城关，如今已是一座人声鼎沸的城市；从金城到陇关，从陇关到长安，传置、驿馆在官兵吏卒的护卫下高效运转，一路畅行，再也不用忧惧匈奴的袭扰。

这一年，解忧已经是70岁高龄的老人，她离开长安整整50年了。

汉宣帝刘询在未央宫举行了的盛大的欢迎仪式，如同欢迎将军凯旋。

长安没有变化。只是，汉武帝刘彻不在了，自己的父母不在了。

回到长安，刘解忧获得了刘询赐予的田宅、奴婢，以及厚禄。

刘询接见她的仪式和汉廷公主一样。

这一年,是汉帝国扬眉吐气的一年。正月,投降汉帝国的匈奴呼韩邪单于第一次到长安朝见宣帝,俯首称臣。匈奴问题已经不再是严峻问题了。

隗

嚣

割

据

隴

右

陇山重峦。西汉灭亡，王莽新朝崩溃，刘秀隗嚣围绕陇山争锋。刘秀大将在此茫茫群山之巅劈开番须口，偷袭隗嚣略阳城，遂使隗嚣割据政权逐步瓦解，东汉由是兴立。

◎公元8年,王莽"托古改制",变汉朝为新朝。

中国历史上,改朝换代的事,历来多血雨腥风、翻天覆地。然而这次"变天"却非常平顺。对于成纪青年隗嚣而言,前后最大的变化,只是天水郡变成了镇戎郡,郡守的称呼变成了大尹,郡府所在地平襄县变成了平相县。

作为郡府幕僚之一,隗嚣全程参与了改名工作。

起初郡府里所有人都不知道新的朝代会有什么变革,隗嚣的日子过得百无聊赖。突然有一天,隗嚣接到了来自长安的召唤。皇帝王莽的国师刘歆发来邀约,要让隗嚣赴京工作。在学而优则仕的年代,世间再没有什么喜讯能超过来自朝廷的垂青。

隗嚣打点行装,离开平相(镇戎郡郡治所在地,今通渭县西南,故天水郡郡治所在地),一路向东,翻越陇山,直奔长安。他的东去比一百年前成纪青年李广从军要从容得多,自信得多。他已经清楚地知道,朝廷为他准备好了非同寻常的官阶。

末世离乱

一代雄主刘彻谢幕后,留给汉王朝的是盛世强国的光环。后续接班者顶着这样的光环,逐渐吞咽着经济疲软、财政困难的苦果。

从吕后执政第二年颁布《户律》授田宅之后,大汉王朝强化了土地私有化制度,尽管土地私有制为后续国家发展壮大奠定了基础,但也埋下了土地兼并、流民四起的隐患。

汉武帝时期,国家曾推行盐铁专营等一系列国营措施,保障了外服四夷的庞大战争开支。汉武帝开创的强大帝国,需要庞大的官僚体系来治理。吏治不断调适、演变,腐败问题却一直未能根绝,到了西汉后期,官僚系统勾结地主阶级和世家豪强,蚕食国家财富,剥削贫苦农民,直接危及国家的统治基础。

国家向哪里去?汉武帝刘彻之后的皇帝们深陷其中,难有大的革新。

伴随政局腐朽、社会动荡,朝廷内部出现了皇权旁落的悲剧。早在公元前53年,太子刘奭娶王政君为妻,就已经为西汉王朝在公元8年的垮台埋下了祸根。

刘奭就是后来的汉元帝。

自从王政君成为皇后,王氏一族鸡犬升天。成帝执政二十余年,王氏一门十人封侯,五人担任大司马,几十人封列侯,姻亲更是遍布朝野,王氏一族成为西汉历史上势力最大、染指政局时间最长的外戚贵族集团。王氏贵族子弟大多过着荒淫、腐朽的生活。京城百姓唱着歌谣:"五侯初起,曲阳最怒,坏决高都,连竟外杜,土山渐台西白虎。"

武帝之后,先后有昭帝、宣帝、元帝、成帝、哀帝、平帝执政,然后就停止了。代汉而立的王莽,正是王政君的侄子。

不过王莽年轻的时候,是王氏家族中最倒霉的一个人。他很小就失去了父亲,少年孤贫,命运多舛。

王莽拜大儒陈参学习《易经》。艰难的身世锻造了他坚毅的性格。王莽学习刻苦,为人正直,时常扶危济困。在腐化堕落的王氏外戚家族中,王莽清廉勤孝,为人谦恭,仗义救世,很快成为道德楷模、圣人化身。

汉成帝时,王凤把持朝政,成帝只是个傀儡。大臣们推荐刘向的儿子刘歆担任中常侍，成帝计划任用时，大臣们说，这事还没有告诉大将军。成帝说，这种小事没必要告诉大将军。大臣们都说这样不行啊！成帝没辙，只好把任用刘歆的事向王凤通气。王凤觉得这事不可以，成帝最后只能作罢。

王凤公元前22年病死，他先后把持朝政11年。王凤的最后岁月，侄子王莽小心翼翼地在病床前伺候，每天亲尝汤药，数月不解衣带，蓬头垢面，悉心周到，深得王凤赞许。王凤临死前向王政君、成帝推荐了王莽。王莽从此靠近皇帝，一步步走向了帝国政治中心。

皓首穷经、埋头苦学，所有的努力都是为了仕进之路。和王莽一样，陇右豪族隗氏公子哥隗嚣也是一位刻苦用功的读书人。王莽利用外戚身份走进皇宫、走近权力的时候，隗嚣正在认真钻研经学要义。身为同时代的人，他们都抱着同样的理想——学而优则仕。

新政难立

理想主义者都是孤独的，王莽也不例外。

少时孤苦贫穷，造就了王莽心怀天下的纯正理想。公元9年，登基只有四个月的王莽开始着手启动他的理想主义改革，变革围绕田制、税制、币制、平抑市场，以及奴婢买卖等问题进行。

根据《史记》记载，公元前107年，40万完全没有土地的流民出现在关东平原，其中有不少人聚集在长安城外，一时间朝野震荡。流民随时可能发生起义，令汉武帝刘彻十分恐惧。国库空虚，流民四起，一度让刘彻对自己的"穷兵黩武"政策感到懊悔不已。董仲舒就曾在上疏中提到"富者田连阡陌，贫者无立锥之地"。

到元帝、成帝时期，"假道学"张禹身为丞相，"内殖货财，家以田为业。及富贵，多买田至四百顷，皆泾渭溉灌，极膏腴上贾（价）"。

西汉末期，土地兼并问题已经严重到了足以撼动王朝统治地位的地步。

王莽对土地问题极度敏感。他颁布"王田令"，企图解决西汉中后期以来土地兼并的棘手问题。他规定，凡男口不满八人而土地超过一井（九百亩）的，分余田予九族邻里乡党，无田者按一夫百亩的制度受田。天下的田都为"王田"，严禁买卖。

王莽作为儒学大家，对儒家经典里关于周朝实施"井田制"的论述深信不疑。

然而"王田"制的推行，直接触动了大土地所有者的利益。

同时，王莽还将奴婢改名为"私属"，严禁买卖。这是一项解放奴婢的革命，改变了奴婢与牛马同栏的悲惨命运。王莽的这一制度在整个人类史上都具有划时代的意义。他一边废除奴婢买卖，一边遏制大量失去土地的贫苦农民沦为奴婢。奴婢们从大土地所有者的私家宅院走出来，获得人身自由，他们为之庆幸重生的过程，正是地主阶级咬牙切齿谋划反动的过程。削弱大土地所有者对穷人的压榨，也为国家增加了更多的劳动力。

土地禁止买卖、奴婢禁止买卖。这两项政策的执行，都侵害了官僚系统和商贾阶层的利益，他们对王莽超越时代的理想主义采取了极端的抵制措施。政策随之走了样。

自商鞅变法以来，土地可以自由买卖，历经数百年，已深得人心；对于"井田"制，人们已经不知道孟子所说是真是假。

迫于大地主阶层的反对,"王田制"只实行了三年,就宣告结束了。

为了彻底去汉立新,王莽还废除了五铢钱的使用,另立货币政策,于建国二年(10年)行"宝货制"。内容为五物、六名、二十八品。五物是金、银、铜、龟、贝五种币材;六名为金货、银货、龟货、贝货、泉化、布化六大钱币类型;二十八品是指不同质地、不同形态、不同单位的二十八种钱币。

到底哪种货币更值钱?一时间,老百姓没了辨别力,这导致经济秩序出现紊乱。

在市场管理上,王莽实施了"五均六筦"制。所谓"五均",指的是在京师长安和其他五大都会(洛阳、邯郸、临淄、宛、成都)设立"五均司市师",由这些司市师负责管理市场物价和赊贷活动;所谓"六筦",指酒、盐、铁三项物资的生产、流通由国家经营,货币的铸造及其原材料之采掘、冶炼由国家垄断,名山大泽的税收由国家管理,五均赊贷由官府经营,取息较轻,以抑制高利贷。

五均六筦是中国历史上最早并且比较完善的市场管理法规。今时之人在互联网"吐槽",说王莽是穿越至两千年前的社会主义者。

在托古改制的同时,王莽派遣使者强迫各少数民族的统治者更换原先汉朝封赠的印绶。他更名匈奴单于为"降奴服于",高句丽为"下句丽",引起各少数民族的强烈不满。

王莽的改革措施没有挽救西汉末年的社会危机,由于步子迈得太大,反而进一步激化了各类矛盾,终于导致了以赤眉、绿林为主的农民大起义。

逃回天水

王莽接手的是一个摇摇欲坠的王朝。他成为新的舵手以后,并未谋划稳定局势坐享安乐,而是大踏步开展彻底扭转局势的改革。

王莽的政治理想在于人民安居乐业、国家长盛不衰。他治下的最底层人民到底对他怀有怎样的期待,我们就不得而知了。史书只记载了王公贵族、草莽豪杰的动作,劳苦大众细微的心思只字未提、片语未写。

历史对王莽的理想主义没有给予任何机会。

深宫内的权力斗争,王莽一步步摆平对手,未曾失手。但当掺杂了贵族支持的农民起义风起云涌时,王莽就变得束手无策了。

远离帝都的山东和湖南,乱局正在倍速扩展。王莽感到了严重的威胁。与此同时,还有一支可怕的力量,也在悄悄向王莽凑近,但王莽并未察觉。

王莽昔日的战友刘歆,正在谋划着置王莽于死地。

西汉末年,学术思想领域争鸣最多的是今文经学学派和古文经学学派。朝廷长期任用今文经学派,他们占据主流地位,拥有强大的话语权。面对社会风气恶化、经济逐渐凋敝、民众苦于生计的社会现实,今文经学派并未因应时局生产出左右政治治理的建设性主张。崇尚周公之制的古文经学派对此多有意见,逐渐向迷恋孔子之道的今文经学派发起了反击。

王莽和刘歆都是古文经学派代表。他们在对抗今文经学派的打压中,形成了深厚的友谊。王莽逐步掌权,刘歆成了王莽的智囊。

王莽称帝后,刘歆得到重用,先后任羲和、京兆尹、国师,封红休侯,为王莽制定礼仪。为了替王莽上台制造舆论,刘歆将《太初历》改造成《三统历》，并用他的相生五德终始说，整理了《三统历谱》。

正是这时，刘歆广泛网罗人才，陇右人隗嚣被招致刘歆麾下。

刘歆作为国师，执掌新朝礼仪事项，是朝廷中的三号人物。但王莽篡汉，与刘氏宗室后裔产生矛盾，王莽地位越高，刘氏地位越低，这让皇室后裔刘歆对王莽逐渐产生了复杂的感情。

刘歆曾得到《河图赤伏符》图谶，谶文说："刘秀发兵捕不道，四夷云集龙斗野，四七之际火为主。"这条谶文激发了刘歆对于权力的痴迷，为了验证谶文，他改名"秀"，试图重整刘氏江山。从此，他与王莽貌合神离。

后来甄丰、甄寻父子反对王莽的活动牵连到刘歆的两个儿子刘棻、刘泳，事发后二子被施以酷刑处死。这对刘歆是极其沉重的打击，王莽从此也不再相信刘歆。

农民起义军渐成气候，刘歆暗自窃喜。

公元23年(新莽地皇四年，刘玄更始元年)六月，新朝政权的42万军队，被绿林起义军的2万人歼灭。消息传回长安，朝野震动。王莽惊惧。紧接着，绿林军开始向长安进军，新朝政权危在旦夕。

王莽的堂兄弟卫将军王涉和大司马董忠预感到王莽政权即将崩溃，便与刘歆密谋发动政变，欲杀死王莽，另立新主。结果事败，董忠被杀，王涉、刘歆自杀。

原本刘歆给隗嚣抛来的橄榄枝，让隗嚣欣喜若狂。但来到刘歆的幕府后，隗嚣并没有得到特别的重用，他只是刘歆的幕僚之一。他的抱负并不能得到很好的施展。

刘歆自杀，隗嚣只能连夜出逃。从长安飞奔而出，隗嚣几乎顾不得喘息，马不停蹄地向陇山靠拢，生怕后面追兵赶来，将自己捉回去成为刀下鬼去陪伴刘歆。

吞并陇右

巍峨陇山，横亘关陇之间，随着时势更迭，不断担纲着攻守屏障的角色。

隗嚣逃归陇右时，陇山之东的长安即将陷入动乱，相较帝国的东、南区域，陇山之西的陇右倒是一片安宁之地。昆阳之战新朝颓败的消息传至镇戎郡时，大尹李育在陇山的护佑下，一时之间并没有感受到危险的迫近。

隗嚣返回陇右，并没有去平相向大尹李育报道，而是悄悄回到了成纪老家，他不敢有丝毫张扬。当初从成纪离开时，他曾是郡府的幕僚人员。这次从京城归来，他背着罪臣的负担。在成纪家中，隗嚣闭门谢客，隐匿苟活，生怕走漏风声。

一日，隗嚣叔父隗崔突然来找隗嚣，他咬着隗嚣的耳朵悄悄说自己正计划与其兄长隗义及上邽人杨广、冀人周宗谋反起兵。

隗嚣一听，直冒冷汗："夫兵，凶事也。宗族何辜！"隗崔对侄子隗嚣向来尊重，本想拉他入伙，没想到隗嚣胆小如鼠。隗崔愤然离开了。

隗崔平素豪侠，广交朋友，深得人心。彼时他反心已定，隗嚣的劝阻没起任何作用。他迅速和隗义、杨广、周宗拉起了数千人的队伍。队伍从成纪、上邽、冀县各自集合，连夜奔赴平相。

镇戎郡大尹李育当天还在感叹全国已经陷入动乱，唯独陇右还有安稳日子。不料，深夜时分，大尹就被隗崔的叛军从卧榻上拖起来杀死了。他连组织反叛的机会都没有，就离开了人世。

成功攻占平相，杀死大尹，就等于占领了整个镇戎郡。

隗崔和众头目拿下平相后，聚众议事，大家认为还是应该找一个识文断字、影响力较大的人来挑头成事。数遍陇右人物，只有隗嚣最合适。一来他作为本地人曾在朝廷给国师做过幕僚，二来他和隗崔、隗义是一族人。

隗崔等人再次来找隗嚣，推举他为头目。

隗嚣一看曾经的上司镇戎大尹李育已经被杀，朝廷那边绿林起义军也快攻入长安了，深感为了前途真的得另寻新路了——叔父起事不啻是个好出路。他心里已经盘算好了，但嘴上还要推辞一番。隗崔等人坚决推举，隗嚣便开出了条件："诸父众贤不量小子。必能用嚣言者，乃敢从命。"

大家都只能说"是"。就这样，一个从朝廷逃出来的罪臣一夜之间变成了上将军。

隗嚣坐镇平相，派遣使者请来平陵人方望做军师。

举世无双的汉武帝去了，辉煌繁荣的大汉王朝去了。乱世再次来临，像春秋战国之世、楚汉争雄之时。平民难安、百姓难立，天下英才都期盼辅佐明主上位。乱局开端，近似牌局开始，一切人都想拥有好机会。所有人被现实催逼着涌进了赌局。

汉王朝尽管倒亡了，但刘邦及后代花费两百年精力营造的"天下归刘"舆论依然深入人心。反抗王莽的势力从星星之火，很快变成了燎原之势。

方望满怀信心西越陇坂，他非常看好陇右的图谋。翻越陇坂的时候，方望一定想到了秦国从陇右起家吞灭六国的历史。那是足以震撼人心、鼓舞信心的历史。脚下的艰山险水令方望激情满怀。

方望风尘仆仆赶到平相见到了隗嚣，两人彻夜长谈，对天下时局做了深入分析，隗嚣极度谦逊地倾听了方望的判断。方望说："足下欲承天顺民，辅汉而起，今立者乃在南阳，王莽尚据长安，虽欲以汉为名,其实无所受命,将何以见信于众乎?宜急立高庙,称臣奉祠,所谓'神道设教',求助人神者也。且礼有损益,质文无常。削地开兆,茅茨土阶,以致其肃敬。虽未备物,神明其舍诸?"

对方望的建议,隗嚣照单全收。

于是在平相县西南,辟地起茅屋,隗嚣祭祀高祖、太宗、世宗,摆出了替天下刘氏复仇、兴复汉室的架势。随后割牲而盟:"凡我同盟三十一将,十有六姓,允承天道,兴辅刘宗。如怀奸虑,明神殛之。"

之后,又向全国发出了讨伐王莽的檄文:

> 汉复元年七月己酉朔。己巳,上将军隗嚣、白虎将军隗崔、左将军隗义、右将军杨广、明威将军王遵、云旗将军周宗等,告州牧、部监、郡卒正、连率、大尹、尹、尉队大夫、属正、属令:故新都侯王莽,慢侮天地,悖道逆理。鸩杀孝平皇帝,篡夺其位。矫托天命,伪作符书,欺惑众庶,震怒上帝。反戾饰文,以为祥瑞。戏弄神祇,歌颂祸殃。楚、越之竹,不足以书其恶。天下昭然,所共闻见。今略举大端,以喻吏民。

檄文对王莽极尽谩骂侮辱。结尾倡议:"今山东之兵二百余万,已平齐、楚,下蜀、汉,定宛、洛,据敖仓,守函谷,威命四布,宣风中岳。兴灭继绝,封定万国,遵高祖之旧制,修孝文之遗德。有不从命,武军平之。"

也不管绿林、赤眉军是否认同,隗嚣义正词严地将自己列入起义军友军行列。

很快,隗嚣在陇右聚起了十万之众,不费吹灰之力就击杀了雍州牧陈庆。乘胜追杀,隗嚣军从鸡头道翻越陇山,攻向安定。安定大尹王向是王莽从弟平阿侯王谭之子,他治下的属县无人反叛。隗嚣反复写信劝降,王向坚决不从。于是隗嚣大兵压境,王向手下兵力大都抽调去了东南,难以招架隗嚣的攻击,安定沦陷。

此时,长安也有人反叛,中央无力顾及隗嚣,隗嚣的军力很快拿下了陇西、武都、金城、武威、张掖、酒泉、敦煌。整个陇右、河西悉数归于隗嚣名下。

方望很得意,隗嚣也很满意。

投靠刘玄

刘秀和兄长刘縯忙着谋划"昆阳之战"时,刘玄在宛城被人推举登上了皇位,称更始帝。刘秀兄弟很不服气,但也没有办法。

昆阳大捷,大涨绿林起义军的威风。已经被拥立登基的刘玄更有了称汉的底气。

绿林军乘胜出击,兵分两路,一路北上攻洛阳,一路向西攻长安。很快,洛阳沦陷。更始帝遂由宛城迁都洛阳。

洛阳毕竟不是帝都,洛阳的沦陷并不是特别巨大的损失。绿林军突破武关向长安的进攻,像一柄利剑一样直插长安,这才是王莽的心头大患。

王莽紧急拜九虎将军,调遣帝国最后的兵力,赴赴华阴一带拦截起义军。然而,兵败如山倒,九虎将军的兵力难以阻挡绿林军,将领们有的被敌人击杀,有的兵败自杀。绿林军很快突进到了长安外围地带。眼看新朝气息奄奄,各地民众也纷纷响应绿林军暴动,攻打官府官军。

王莽困守长安城,已经无兵可调,他仿效秦二世,将监狱里的囚徒释放出来,临时组编军队,打击绿林军。但囚徒军一过渭河桥,就发生哗变,作鸟兽散。

十月一日,绿林军攻破长安宣平门,王邑、王巡等指挥的城内官军仓皇迎战阻击,勉强抵挡住了进攻。第二天,城中有市民向皇宫纵火,众多宫殿起火,危及王莽及众大臣。第三天,王邑指挥的官军被绿林军反复进攻,伤亡惨重,已无力对抗起义军攻势。于是王邑带领衰兵残将,护卫着王莽退守到未央宫中的沧池渐台,做最后的抵抗。新朝文官千余人追随王莽,赤手空拳聚拢在渐台。

绿林军与长安市民互相裹挟着团团包围渐台,不断进攻,王邑、王巡很快阵亡,王莽在文臣护卫下,暴露于暴徒面前。长安商人杜吴冲上渐台,将王莽杀死。

一个王朝应声而倒。王莽所有的理想和努力,全部化作乌有。

兵祸之后,刘玄移都长安。长安城似乎迎来了短暂的平静。

新的统治者并没有新的治国计划,整日沉迷于酒池肉林。绿林好汉们更是狂狷放荡,欺男霸女,无恶不作。轰动全国、灭杀前朝的起义,并没有换来国家的安宁,更不用说彻底的革新了。长安城更加民不聊生,长安之外的地方,动荡还在持续。陇右,隗嚣把持;山东,赤眉气势汹汹;河北,逃出刘玄手掌心的刘秀正在积蓄力量……乱局在进一步扩大。

新朝灭亡,王莽被杀的消息,迅速传遍全国。隗嚣和方望接到消息时,两人显出完全不同的表情。连续多日,隗嚣和方望在陇西高原的简陋宫殿里商讨下一步的谋略。随着讨论的深入，两个人分歧越来越严重。

乱世严冬，陇右的冬天格外寒冷。漫长的一年终于结束了，这是王莽地皇四年，更始元年，也是公元23年。

东南暖湿气流艰难地越过秦岭、越过陇山，缓慢地抵达陇西黄土高原。春天来了。与春天一同到来的，还有来自长安更始帝的使臣。

更始帝向隗嚣、隗崔、隗义发出邀请，许以官爵。隗嚣为之心动。他决定放弃陇右的割据，前往长安做官。

方望对此嗤之以鼻。方望认为更始帝并无雄才大略，国家的前途命运依然是未知数。方望一心想辅佐隗嚣成就霸业，没想到隗嚣竟是胸无大志之人。方望百般劝解难有成效，决计离开陇右。临行前，方望给隗嚣留下了失望的信件：

足下将建伊、吕之业，弘不世之功，而大事草创，英雄未集。以望异域之人，疵瑕未露，欲先崇郭隗，想望乐毅，故钦承大旨，顺风不让。将军以至德尊贤，广其谋虑，动有功，发中权，基业方定，大勋方缉。今俊乂并会，羽翮比肩，望无耆耇之德，而猥托宾客之上，诚自愧也。虽怀介然之节，欲絜去就之分，诚终不背其本，贰其志也。何则？范蠡收责句践，乘扁舟于五湖；咎犯谢罪文公，亦逡巡于河上。夫以二子之贤，勒铭两国，犹削迹归愆，请命乞身，望之无劳，盖其宜也。望闻乌氏有龙池之山，微径南通，与汉相属，其傍时有奇人，聊及闲暇，广求其真。

愿将军勉之。

隗嚣再次翻越陇坂，前往长安。比起前一次前往长安，这次他更有信心。

来到长安，隗嚣被更始帝封为右将军，而隗崔和隗义依然领受原来的旧职，并未加封，这导致他们对更始帝极其不满。他们暂时蛰伏，到年底，他俩又向隗嚣和盘托出了反叛更始帝，徐图大业的计划。这次，隗嚣对两位叔父的谋反并没有表示反对。但是，隗嚣连夜就向更始帝告发了两位叔父的计划。更始帝先下手为强，迅速砍下了隗崔、隗义的人头。

隗嚣用出卖叔父的卑劣手段，赢得了更始帝的极度赏识和信任。更始帝拜隗嚣为御史大夫。

方望离开陇右之后，一心想图霸业。他找到安陵人弓林，游说道："前分封安定公的孺子婴，是汉平帝的后代，因为王莽更改汉朝江山没有当成皇帝，如今天下大乱，人心思汉，我们立他为王，可以谋取大功业。"

孺子婴是汉宣帝的玄孙，于汉哀帝建平元年立"为皇太子，号曰孺子"。其被王莽逼迫禅让帝位，标志西汉终结。

一介武夫弓林听罢，觉得大有可为。于是，他们从长安诱惑孺子婴北上，在临泾城（今甘肃镇原南）"聚党数千人"起事。孺子婴被立为皇帝，方望做丞相，弓林做大司马。

听说孺子婴在临泾称帝，刘玄恼羞成怒，便派遣丞相李松入安定，攻打方望、弓林。方望寡不敌众，被李松摧毁。孺子婴、方望、弓林全部被刘玄诛杀。

这一年，是公元 25 年。这一年有终结，也有新开启。

再回陇右

方望在安定郡辅佐刘婴称帝的时候，刘秀在河北也展开了苦心孤诣的经营。

早在南阳时期，刘玄就对同为刘氏后裔的刘縯和刘秀极度不放心。昆阳之战，刘縯、刘秀兄弟声威大震。刘玄的谋士设计斩杀刘縯，但朝堂上刘玄于心未忍，放过了一次机会。后来，谋士反复分析研判，最终说服了刘玄，刘縯被成功杀死。兄长被杀，刘秀面见刘玄时连连请罪，既不敢为兄长服丧，也不敢表露丝毫哀伤。他以平静的表现赢得了刘玄的暂时信任。

刘玄移都洛阳，遣刘秀以破虏将军行大司马事。

十月，刘玄将自己不太信任的刘秀派往河北，镇慰州郡。殊不料，这是放虎归山。

刘秀善于经营，很快就在河北站稳了脚跟，他迅速扩充自己的地盘。

此时，帝国乱局深重，四面割据、八方独立。梁王刘永擅命睢阳，公孙述称王巴蜀，李宪自立为淮南王，秦丰自号楚黎王，张步起琅琊，董宪起东海，延岑起汉中，田戎起夷陵，并置将帅，侵略郡县。农民起义更是风起云涌，数百万人各据一方疯狂寇掠扫荡。

刘秀统领幽州十郡突骑与占据河北州郡的铜马、尤来等农民军激战，招降了数十万铜马农民军，然后将其中的精壮兵丁编入自己军队，实力大大增强，长安人得知后称刘秀为"铜马帝"。

公元25年夏四月，公孙述在巴蜀自称天子。六月，刘秀在拥戴的要求下，于河北鄗城（今河北省邢台市柏乡县固城店镇）的千秋亭称帝，建元建武。为显兴复汉室之志，国号延用"汉"。同月，赤眉军立刘盆子为天子。

赤眉军曾是王莽的心头大患，但绿林军在昆阳大败王莽军后，率先攻入长安，拉倒了新朝的大旗。绿林取胜时赤眉军首领曾主动投降过刘玄，后因为封官太低而离弃。

这时，赤眉军正狂飙突进向西攻打长安。他们腾挪出来的地方，正好给了刘秀南下的机会。

夏天，赤眉军攻破函谷关。眼看着赤眉军即将攻入长安，身为御史大夫的隗嚣向更始帝提议归降于刘秀叔父刘良，可是更始帝不听劝谏。情况危急，更始帝的诸多将领都想为自己留下后路，隗嚣遂与将军们密谋劫持更始帝东归。然而谋划暴露，更始帝派人召见隗嚣，隗嚣假装生病，拒绝谒见，并紧急召王遵、周宗等坚兵自保。更始帝使执金吾邓晔带兵围攻隗嚣，隗嚣闭门拒守，一直坚持到黄昏才成功突破包围。隗嚣带着数十骑兵逃出长安城，退向天水郡。

赤眉军攻入长安，更始帝慌忙逃向高陵。23年赶走王莽，25年逃离长安。更始帝的帝业只持续了短短三年。赤眉军拥立的放羊娃刘盆子进入长安，接续帝位。

更始帝倒台，隗嚣不幸地走向了方望曾经判断的方向。只可惜，此时方望只能在九泉之下感怀自己判断的无比正确。

回到陇右后，隗嚣重新招聚部众，在天水郡郡署所在地平襄县做起了西州上将军。

王莽政权灭亡时，三辅耆老士大夫一时落入了报国无门的灰暗境地，好不容易盼来了更始帝，不料更始帝是个不思进取的主儿，转眼间又被赤眉军赶下了台。关中政权更迭频繁，流落民间的前朝遗老遗少、各色读书人，都翻越陇坂，投靠到了隗嚣门下。

隗嚣向来谦恭爱士，这时候更摆出了平易近人的姿态，极力欢迎大家落脚陇右。以前王莽平河大尹长安谷恭为掌野大夫，平陵范逡为师友，赵秉、苏衡、郑兴为祭酒，申屠刚、杜林为持书，杨广、王遵、周宗及平襄人行巡、阿阳人王捷、长陵人王元为大将军，杜陵、金丹之属为宾客。

投靠隗嚣的人当中，有一个人尤为重要，他直接改写了隗嚣的历史，他就是后来为刘秀统一大业"马革裹尸"的马援。

王莽末年，烽烟四起，王莽堂弟王林广招雄杰，将马援推荐给王莽，王莽封马援为新成大尹（汉中太守）。王莽倒台时，马援的一个哥哥马员是增山连率（上郡太守），他和马援同时逃离本郡，跑到凉州避难。刘秀称帝从河北打到洛阳以后，马员赶到洛阳投靠了光武，光武让他再次做上郡太守。而马援从凉州来到天水郡，追随了隗嚣。

隗嚣十分敬重马援，任命他为绥德将军，每每遇到重大事项，都要和马援多多商量。

广聚天下贤能，隗嚣一时名震陇右，在山东也很有名望。

遇见刘秀

赤眉军进驻长安，比绿林军更颟顸。

乱世用武，勇猛可以称奇。匡定天下，需要谋略之见。赤眉军只是一群粗武逞勇的莽汉，他们根本没有治国之道。他们拥立的放羊娃刘盆子，唯一的作用就是姓刘而已。

长安是帝国的象征，各方豪杰搞独立，目标都盯着长安。赤眉军在长安的日子并不太平,他们很快就遭到了攻击。

公元26年,也就是刘秀建武二年,刘秀派大司徒邓禹西攻赤眉,屯兵云阳(今陕西淳化西北)。邓禹裨将冯愔叛汉,领兵西入天水。隗嚣在高平(今宁夏固原)击溃冯愔,缴获了所有辎重。邓禹以光武帝的名义,任命隗嚣为"西州大将军",专管凉州、朔方(黄河几字湾北部)事务。隗嚣自封的"西州大将军"算是得到了刘秀阵营的认可。

刘秀不断进攻,赤眉军在长安难以立足,不得已向西逃窜,隗嚣派将军杨广迎击,在安定(治所在今宁夏固原)一带好几次打败赤眉军,赤眉军只能返回长安。

两度暴揍赤眉军,隗嚣在刘秀心中有了良好的印象。再则,迫于战争需要,刘秀想极力拉拢隗嚣为我所用。建武三年(27),隗嚣致信刘秀,表达联合意愿。光武给予隗嚣最高礼遇,尽力加以笼络。

不久,陈仓人吕鲔起兵,与割据巴蜀的公孙述遥相呼应,力图占领关中。隗嚣派出军队,配合刘秀征西大将军冯异,两面夹击吕鲔,吕被击垮。刘秀对此十分感谢,写信对隗嚣大加赞扬:

> 将军操执款款,扶倾救危,南距公孙之兵,北御羌胡之乱,是以冯异西征,得以数千百人踯躅三辅。微将军之助,则咸阳已为他人禽矣。今关东寇贼,往往屯聚,志务广远,多所不暇,未能观兵成都,与子阳角力。如令子阳到汉中、三辅,愿因将军兵马,鼓旗相当。倘肯如言,蒙天之福,即智士计功割地之秋也。管仲曰:"生我者父母,成我者鲍子。"自今以后,手书相闻,勿用傍人解构之言。

从此，刘秀与隗嚣书信往来，礼遇有加。

刘秀、隗嚣、公孙述，形成了势均力敌的三足鼎立之势。

长安作为汉王朝的国都，具有强大的象征意义。经历纷乱之后，谁占领关中意味着谁就更能代汉。

公孙述多次出兵汉中，剑锋直指关中。隗嚣也成了他的拉拢对象。公孙述派出使者拜隗嚣为大司空，封扶安王。隗嚣认为自己与公孙述实力相当，耻于做他的臣下，杀使者，出强兵，屡次打败公孙述，公孙述从此不敢北上出击。

三强之中，刘秀野心最大，也最能笼络人心。原本投靠隗嚣的马援，作为隗嚣使者跑到洛阳见了一次刘秀以后，不再以辅佐隗嚣成就大业为要，而变成了力促隗嚣投靠刘秀称臣的坚定说客。

权衡利弊，隗嚣不想占据更多的地盘，也不想统一全国。他叱咤陇右多年，一直自称将军，顶多算称了个王。眼看着刘秀平定了山东地区以后野心勃勃望向西州，隗嚣只想割据自保。在马援和隗嚣的另一位好朋友来歙的劝说下，隗嚣的长子隗恂被送到了刘秀门下作人质。刘秀拜隗嚣为胡骑校尉，封镌羌侯。

刘秀将山东区域尽数收入囊中之后，开始鲸吞西部。

鉴于早前攻打赤眉、公孙述时，隗嚣对自己多有配合，刘秀先提出联合隗嚣一举消灭公孙述的计划。然而，这个计划甫一出口，就得到了隗嚣明确抵制："白水险阻，栈阁绝败。"

刘秀见隗嚣不听使唤，便亲自来到长安督战，派遣七位将军计划从隗嚣的地盘——陇右地区取道伐蜀，逼迫隗嚣就范。刘秀想既消灭公孙述，又顺道打击隗嚣。

隗嚣看透了刘秀的阴招，他派王元伐木塞道，守卫陇关，严防刘秀逾陇。

刘秀诸将强攻隗嚣，全部落败退回关中。隗嚣乘机派王元、行巡侵扰三辅，遭到刘秀所部强烈反击，未得逞。

为缓和局势，隗嚣上书刘秀，做了一番检讨。刘秀要求隗嚣再将隗恂之弟送为人质，以显示其诚心。隗嚣见刘秀亡他之心太过强盛，便转而向公孙述称臣，以陇蜀联合共抗光武。

建武七年，也就是公元31年，一场围绕陇山的大战拉开帷幕。

隗嚣投靠，公孙述封其为朔宁王，并派兵支援隗嚣攻打刘秀。秋天，隗嚣率三万步骑从鸡头道跨过陇山进攻安定，被刘秀冯异部打败。隗嚣另派别将进攻汧县（今陕西陇县），又被刘秀祭遵部打败。隗嚣只能暂时退还陇山以西。

凭借巍峨陇山，隗嚣分兵拒守各个关隘。

最后的抗争

万木萧瑟，茫茫陇山又陷入了一个寂静的冬天。陇山东西，刘秀和隗嚣都在谋划着。

春天来临时，多次来到陇右劝说隗嚣归顺刘秀的来歙突然出现在了略阳城头。他从回中道旁的番须口伐木开道，出其不意地翻越陇山，沿水洛河瞬间突进，攻下了略阳城。

隗嚣闻讯，异常震惊。

略阳城即今天的秦安县陇城镇，这里是关陇大道必经之地。略阳距离隗嚣首府平襄（今通渭）直线距离不足百公里。来歙像一把尖刀一样插入了隗嚣的地盘。

隗嚣担心刘秀派出更多兵力来犯，便派出四员大将，在陇山重要关隘依次排开，坚守备战。其中，王元拒陇坻，行巡守番须口，王孟塞鸡头道，牛邯军瓦亭。隗嚣自己带着众多兵力来围攻来歙。公孙述也派出李育、田弇助攻。然而，隗嚣居然数月未能攻下略阳。

刘秀知人善用，用人不疑，他靠前指挥翻过陇山与隗嚣大战之际，在长安督办后援军务的人其实是隗嚣先前的手下王遵。马援和王遵先后归附刘秀，对隗嚣而言，损失的不只是两员将才，而是人心运势。马援熟知关陇山形地势和隗嚣军阵内情，他被刘秀带在军前出谋划策。

就在隗嚣危殆之际，河西窦融也带着五千精兵配合刘秀从西线夹击隗嚣。

两军相持之际，王遵向牛邯写信劝降："今孺卿当成败之际，遇严兵之锋，可为怖栗。宜断之心胸，参之有识。"镇守瓦亭阻拦汉军南下的牛邯收信后思考了十多天，最终决定投靠刘秀。牛邯一走，隗嚣阵营军心大乱，大将十三人，属县十六，数十万人全部投降。

一时之间，陇右城池大部分落入刘秀之手。王元急忙入蜀求救，隗嚣带着妻儿和杨广逃向西城，公孙述大将田弇、李育力保上邽。

刘秀得意地再次写信劝降隗嚣："若束手自诣，父子相见，保无他也。高皇帝云：'横来，大者王，小者侯。'若遂欲为黥布者，亦自任也。"

隗嚣拒绝投降。刘秀气愤不已，残忍杀死了无辜的隗恂。刘秀派吴汉与征南大将军岑彭围西城，耿弇与虎牙大将军盖延围上邽，自己班师回洛阳。

月余，杨广死，隗嚣陷入困境。

隗嚣人将王捷守戎丘，面对刘秀军围困，他登城高呼："为隗王城守者，皆必死无二心！愿诸军亟罢，请自杀以明之。"遂自刎而死。

数月后，王元、行巡、周宗带着公孙述派给他们的五千多人，突袭西城，救出隗嚣前往冀城。冬天将至，刘秀军队缺乏粮草，决定撤回关中，于是，安定、北地、天水、陇西再次归于隗嚣。

这一年的大规模战争，基本耗光了隗嚣政权的元气。隗嚣本人也遭受了重大打击。

第二年春天，隗嚣贫病交加，忧愤而亡。

王元、周宗立隗嚣少子隗纯为王。

建武十年，也就是公元34年，刘秀大将来歙、耿弇、盖延等攻破落门（今武山洛门），周宗、行巡、苟宇、赵恢等带着隗纯投降。只有王元一人入蜀，继续追随公孙述抵抗刘秀。

隗嚣割据一方，前有方望极力劝导成就霸业，然而隗嚣并无恒力，他跟着更始帝瞎浪费了几年精力；后有更始帝倒台刘秀兴起时王元的力谏："据隘自守，旷日持久，以待四方之变，图王不成，其弊犹足以霸。要之，鱼不可脱于渊，神龙失势，即还与蚯蚓同。"王元的劝谏，隗嚣倒是听进去了。但是，马援、王遵、牛邯相继出走，死心塌地跟随他的人只有王元、王捷。

前汉败亡，多国演义，太多人想当皇帝。隗嚣与公孙述、刘秀成三足鼎立之势，本来大有希望。隗嚣亡失，原因多多，但马援、王遵、牛邯的出走显然关系最大。好朋友一旦背叛，总能点准死穴。马援带着刘秀灭隗嚣，王遵一夜之间分化招降了十多位将军，隗嚣从此一蹶不振。

马援心狠手辣地对付老东家以讨好新主子，"马革裹尸"，信誓旦旦，任凭多么卖力但结局并不好。风云际会，时势运转，做不到独善其身、归隐山林,但也没必要卖友求荣。像窦融,一开始就判定隗嚣没有帝王运,隗嚣和这种敌人干,被消灭了也心服口服。可马援、王遵、牛邯之辈,当年来陇右投奔时,嘴上说的可都是忠肝义胆啊!隗嚣肯定至死依然想不通。

千说万说,隗嚣还是识人不准,断事不明:为投更始,出卖叔父;为抗刘秀,称臣公孙;该降不降,断送亲儿。

后来的历史书写者,要么遵循了成王败寇理念,要么依据事后诸葛亮的态度,认为隗嚣就应该向刘秀俯首称臣。然而,大争之世,群雄逐鹿,谁能一统天下止戈息战,谁就是真正的英雄,但凡积蓄了一些实力的人,谁不想试一试呢?

乙弗氏

失落的皇后

麦积山石窟。西魏皇后乙弗氏接受皇帝元宝炬为罢兵柔然而做出的赐死之命,在秦州自缢身亡,由其子安放麦积山,建佛龛供奉。

◎公元540年春天，料峭寒风中屹立的陇山大坂，依然处在冰雪之中。长安皇城派出的中常侍曹宠，顾不得关陇大道路途的寒苦艰危，急切切狂奔而来。

曹宠带着西魏文帝元宝炬亲手书写的御命，赶往陇山西麓最大的城池——秦州；他要去见皇帝最爱的女人——乙弗氏。他的来临，打破了秦州城早春时节的平静。

曹宠抵达秦州，第一时间宣读了皇帝的御命：赐乙弗氏自尽。

接到命令，乙弗氏声泪俱下："我只愿皇上活到千万岁，天下太平，虽死而无恨！"随后钻入卧榻，用被子捂住身体结束了生命。

上层世界的悲恸，很快传遍了秦州全城。

身 世

乙弗氏是西魏文帝元宝炬的皇后，也是元宝炬的表妹。这是典型的近亲结婚。

乙弗氏的先祖，是晋代依附于鲜卑西部大人拓跋氏的鲜卑乙弗氏之一部，由今华北北部地区南移入塞，徙居于武威郡等地，与凉州的吐谷浑慕容家族关系密切。

东晋孝武帝太元二十年（395），鲜卑乙弗部落遭到河西鲜卑大都统秃发乌孤的攻击，西迁至今青海湖湖畔，成为环湖地区早期居民之一。乙弗人落脚青海后，与当地的原住民——鲜卑和羌人关系融洽，逐步融合为一个以地缘关系为基础的部落民族联合体，史称"卑禾房"。鲜卑语称其首领为"乌地延"，汉译为"勿敌"，《北史》称作"乙弗勿敌国",其首领被称为"青海王"。

义熙十二年(416),北凉王沮渠蒙逊率大军到达青海湖滨,迫使乙弗勿敌国降附北凉。十四年(418),在东邻西秦的压力下,乙弗乌地延率户十万降西秦,成为西秦王国属部。乌地延被授为"建义将军",死后其弟他子继为首领。后来,勿敌国分裂为二;他子率5000户东移于西秦西平郡内;其余由族人提孤率领脱离西秦控制,游牧于环湖山区。

刘宋元嘉六年(429)正月,北凉打败西秦,占领湟水流域,西平境内乙弗国人归附北凉。不久,吐谷浑渡过黄河占领环湖地区,提孤所部乙弗人降归吐谷浑。接着,吐谷浑又占领西平,他子所率乙弗国人也降于吐谷浑,乙弗勿敌国宣告解体。

自从成长于陇西的董卓翻越陇山,入驻中原"挟天子以令诸侯"搞垮东汉王朝后,中国陷入了持续动荡:三国鼎立,战火绵延50年;司马氏师承曹魏以晋代魏,好不容易终结了乱局,然后,永嘉之乱再度打破宁静,让中国陷入了十六国割据的大混乱时期。

这时候,北部草原大漠的拓跋氏一步步崛起。

公元386年,道武帝拓跋珪定都盛乐(今内蒙古和林格尔),建立代国。398年,正式定国号为"魏",史称"北魏"。同年七月,拓跋珪迁都平城(今山西大同市),称帝。随后,拓跋政权步步为营、南征北战,逐步剪灭了其他四个胡人政权,整个华北地区归于北魏旗下,实现一统。自西晋末年以来历时135年的十六国时期结束。

攻灭北凉是北魏实现华北统一的最后一战,这一年是公元439年。

这一年,凉州归降,乙弗氏的高祖父乙弗莫瑰带领全部族人归顺北魏,被任命为定州刺史,封爵西平公。从乙弗莫瑰以后,其家族子孙连续三代娶北魏公主为妻，而乙弗莫瑰家的女子也大多成为王妃，在北魏朝廷很受尊重。乙弗氏的父亲乙弗瑗，官至仪同三司、兖州刺史。乙弗氏的母亲淮阳长公主元氏，是北魏孝文帝元宏第四女。

人类的联盟，没有任何协议能超越姻亲纽带。利用姻亲关系，可以化解杀伐、可以阻止吞并、可以消弭仇恨。

有史以来，政治联姻从未间断。从春秋战国到秦汉时期，通过婚姻纽带维系政治联盟、解决危机争端的案例不胜枚举。在中华民族的历史生成中，姻亲是促进族群融合的实质内容。

出　嫁

北魏迁都平城将近一百年时，新上位的国君孝文帝决定再度迁都。

此时，整个华北地区均已被收入北魏囊中，长安和洛阳两大古都都是可以选择的地方。最终，孝文帝决定迁都洛阳。这个决定，多半是为了攻打南朝的便利而做出的。

迁都，是在作战的过程中实现的，这很好地阻止了朝中反对迁都者的作梗。

这一年是公元493年。

迁都洛阳、改拓跋姓氏为元，孝文帝极力推动汉化。对于孝文帝迁都洛阳，有人认为他拥抱了更先进的汉文明。当然，也有人说他的迁都之举削弱了拓跋族的凝聚力，直接导致了北魏政权很快来临的灭亡。

这位将北魏都城从山西平城迁到洛阳的孝文帝，正是乙弗氏的外祖父。

公元510年，乙弗氏出生。在儒家思想统治的封建国度，女人只是男权的附庸，很少人有名字，即便贵为皇帝的外孙女，也没能获得一个像样的名字。

平民的女儿，为出嫁而生；贵族的女儿，似乎只是为联姻而生的。

在中国王朝的所有官府门第中，每一个家庭的每一个孩子来到世上，都比普通人家的孩子多了更多的使命。生男孩，势必要夺权；生女孩，一定要联姻。

在汉文明深度浸淫的洛阳都城里，乙弗氏在官宦之家快乐地成长着，她一天天出脱得端庄得体、面容姣好，但是她很少说话，也很少微笑。她父母觉得很奇怪，便对亲戚们说："养女儿有什么关系？如果像这个，实在胜于生男孩。"

乙弗瑷深知权力的重要性，他的祖先从辽北到西北，再由西北而中原，这曲折而漫长的求索过程给了他无尽的启示。靠近皇权是保全安乐最捷径的通途。与淮阳长公主的婚姻，确保了乙弗瑷仕途的一帆风顺。不幸的是，孝文帝的皇位只运行到33岁时就戛然而止了。

北魏的最高权力由宣武帝元恪接续，尽管乙弗瑷身为皇亲国戚，地位并没有受到影响，但是他想精进一步，为整个家族的荣耀加装一把更加管用的安全锁，女儿乙弗氏成了他最后的砝码。

乙弗氏长到十二三岁的时候，乙弗瑷已经开始考虑女儿的婚嫁对象了。他环顾朝堂，其时最有权势的人是其小舅子宣武帝的儿子元诩，他早在公元515年就登基，做了孝明帝。但是出于种种原因，乙弗瑗未能将女儿送入元诩的后宫。

女儿不能嫁给皇帝，也一定要嫁给皇亲。公元525年，乙弗氏被父亲嫁给了表兄元宝炬。

但这似乎是一桩凶险的婚姻。

元宝炬是孝文帝三子京兆王元愉的儿子。元愉在公元497年获封京兆王，而兄长元恪于公元499年顺利当上了宣武帝。元愉不满现状，于公元508年八月在冀州起兵谋逆，自称皇帝，但很快兵败，在被押送回京师的途中死掉了。老子死了，儿子得受牵连，元宝炬兄弟全部被关了起来。比起历史上的诸多谋反案，元宝炬真的太幸运了，他居然没被叔叔宣武帝元恪杀头。

宣武帝元恪和父亲一样，也是33岁驾崩。

接替宣武帝元恪的孝明帝元诩更加宽宏大量，他上台后，直接将元宝炬兄弟从关押的寺庙里放了出来。随后，还任命元宝炬为直阁将军。这可能和孝明帝仁慈的本性有关，也可能和他深度信佛有关。

孝明帝元诩幼年登基，母亲胡太后专权乱政，令他很不满。当时，胡太后有许多宠爱的男人，元诩和元宝炬秘密商量打算除掉他们，但事情败露，元宝炬被免职。可见，元宝炬深得元诩信任。

528年，元宝炬被封为邵县侯。这一年，元诩与母亲胡太后的斗争陷入白热化。元诩下密旨给晋阳军阀尔朱荣，让他进京勤王。但是，密诏外泄，胡太后大怒，元诩被母亲毒杀，时年只有十九岁。

伴随这次宫廷斗争而来的是天下大乱。北魏王朝的气数也在这一年散失殆尽。在风云跌宕的乱局中，元宝炬的才能日益凸显。

将女儿许配给元宝炬，乙弗瑗的眼光并不差。

晋升皇后

乙弗氏嫁给元宝炬,只享受了三年的太平日子,她憧憬的未来紧接着就被战乱击碎了。危局出现的时候,皇亲国戚比普通百姓面临着更大的恐惧。

胡太后的擅权专政,激起了民间起义、激起了六镇之乱。民间百姓慌于生计反叛朝廷,六镇军民眼见皇族在洛阳醉生梦死,不管不顾边军的生计前途,也心生怨恨。反抗的怒火在不断烧向洛阳。

孝明帝被母亲毒死后,北魏政权陷入了国君赢弱的混乱境地,任由军阀展开毫无正义和方向的混战。元子攸、元晔、元恭、元朗先后被军阀立为傀儡皇帝,被任意摆布。

最终,高欢赢得了胜局。他暂时打退各类军阀,有了靠近洛阳皇朝并左右政局的权力。

公元532年,逃隐民间的皇族子侄元修突然接到了好友王思政来访的信息,这令他极度紧张。与王思政一道前来的还有朝廷重臣斛斯椿。来者说要请他出山当皇帝,元修紧张地反问王思政:"你不会是把我出卖了吧?"

元修不肯就范。高欢无奈,只得亲自去请。

高欢见到元修时声泪俱下地假装赤诚,元修信以为真,赶回洛阳登基做了皇帝,史称孝武帝。

元修是广平文穆王元怀第三子。元怀与宣武帝元恪同母,与谋反宣武帝的那位元愉都是亲兄弟。

高欢本来想立元悦为帝,元悦是元恪的弟弟,是元修的叔叔。但是史书说这事情大臣不同意,高欢只能找到元修。

史载"元修遍体有鳞文,好武术,性格强硬胆大,为人无礼"。

可能乱世大臣都觉得需要一位强硬的君王，才能带领国家走出混乱。总之，是混乱局势让这位粗勇"无礼"之徒捡了个漏。

历史让高欢胜出了，高欢想把元修牢牢把握在自己手里，他让元修登基后尽快娶了自己的长女高氏，并立为永熙皇后。不过，元修并不喜欢这位高皇后，两人婚后毫无感情。元修选择了与三位堂姊妹乱伦姘居，且都封她们为公主，分别是：平原公主元明月（京兆王元愉之女，元宝炬的妹妹）、安德公主（清河王元怿之女）、公主元蒺藜。三位公主中，元修最爱元明月。元修在宫廷设宴时，让各位侍女吟咏诗篇，有的人就投其所好吟咏鲍照的乐府诗句："朱门九重门九闱，愿逐明月入君怀。"

孝武帝元修即位后，元宝炬被任命为太尉、加侍中。紧接着，又晋升为太保、开府、尚书令。我们不得而知，是元宝炬真的才华出众还是出于元明月的裙带关系，反正元宝炬深得元修的信任。

孝武帝永熙三年(534)，孝武帝和高欢的矛盾升级，对抗公开化。

高欢带兵从晋阳南下意欲控制元修，元修率一部分兵众，带着明月公主和明月公主的亲哥哥元宝炬等向西逃往关中，公主元蒺藜得知元修出走扔下了自己，便上吊自杀。

元修任命元宝炬为中军四面大都督，乙弗氏只能跟着丈夫，展开颠沛流离、危机四伏的军旅生活。

高欢赶到南方时，得知孝武帝元修已经逃离，他便一路狂追，追到潼关时，元修已经与野心勃勃坐拥关中的宇文泰接上了头。

宇文泰见到孝武帝元修时，摘下帽子哭着请罪："微臣不能遏制强寇，以致使陛下西迁。请把我囚禁起来，由司败定罪，以执行刑法。"

元修说："你的忠诚节操，朝野皆知。我因为不能施行德政，枉居帝位，招致寇乱。今日相见，深感惭愧。责任在我，无须请罪。"

两人的戏演得逼真动人。

高欢返回洛阳，另立清河王的儿子元善见为帝，迁都到邺城，是为东魏；宇文泰拥护孝武帝元修定都长安，称为西魏。北魏从此分裂为东西两国。

元修逃到关中后，又任命元宝炬为太宰、录尚书事。

从洛阳到关中，元修只是从鸡窝挪到了鸭窝。他依然要受制于宇文泰的操弄。尽管元修崇尚武力，但是历史没有机会让他拥有兵甲。

起初，宇文泰需要一位更有正统性的皇帝为他所用，得知孝武帝元修西来，他是真心拥护的。但元修来到关中，两人真正相处时，元修火爆的性格注定他并不适合做一个傀儡皇帝，这让宇文泰感受到了重重压力。

宇文泰以元修淫及堂姊妹有伤大雅为由，动员元氏诸王把明月骗出来杀掉了。杀死明月的诸王中，不知道是不是有元宝炬的身影，可以肯定的是，明月被人杀死时，亲哥哥元宝炬并没有出手相救。这孝悌人伦的缺失，实则比淫乱更令人心痛。

元修因明月被害而恼羞成怒，他整日狂躁不已，有时弯弓射箭，有时推倒桌子。元修与宇文泰君臣之间的矛盾也由此浮出水面。

一夜，元修饮酒，酒中有鸩毒，中毒而亡，时年只有二十五岁。

北魏宣武帝和孝明帝时，有民谣说："狐非狐，貉非貉，焦梨狗子咬断索。"有见识的人认为"索"指北魏原来头发梳成辫子。"焦梨狗子"指宇文泰，俗称为黑獭啊！

记载这段民谣，可见史官对北魏的覆亡很是忧心。

元修去世，宇文泰带领公卿大臣劝元宝炬继位，元宝炬推让了三次最后还是答应了。

公元535年正月初一，元宝炬在长安城西即位，为西魏文帝，改年号为大统。初二，晋封宇文泰都督中外诸军、录尚书事、大行台，继而改封为安定郡公。初八，立王妃乙弗氏为皇后，立皇子元钦为皇太子。

几多颠沛、几度流离，乙弗氏意外地获得了皇后尊位。

柔然兴兵

过去十年，国家几乎一直处在动荡中，乙弗氏跟着元宝炬受尽了苦头。

公元535年，是元宝炬人生的巅峰时段，也是乙弗氏的高光时刻。被册封为皇后，似乎为乙弗氏开启了一人之下万人之上的人生轨迹，然而，正是这个名号，为她的人生埋下了悲剧的伏笔。

乙弗氏生性节俭，过惯了简单日子，即便当上了皇后，依然只吃一般蔬菜粮食，穿旧衣服。皇室为她筹备的珍珠美玉、绫罗绸缎她基本上从不穿戴。史书说乙弗氏为人仁慈，宽宏大量，毫无嫉妒之心，因而皇帝更加看重她。

除了乙弗氏生的两个孩子，元宝炬还有七个儿子、七个女儿，这些孩子都非一两个女人所生。早在当皇帝前，元宝炬就已经有很多女人了。

女人天生妒忌心强，乙弗氏不为皇帝元宝炬的众多女人争风吃醋，或许是因为她看透了男人的本性，也或许是她真的通透豁达不想卷入宫斗。

北魏灭亡,魏分东西,华北的统一再次破灭。这个结局令周边政权格外开心。乱世中不论自保还是图强,每个政权都不希望出现比自己更强大的政权。对于北魏的分裂,最开心的人,莫过于与北魏结下梁子的柔然。

东西魏刚刚分裂,两家都想继承北魏正统,两家都恨不得快速灭掉对方。这是东西魏两家立国时面临的主要矛盾。

宇文泰和高欢对垒互殴,柔然在北方有了坐收渔翁之利的条件。为了减轻北边的边患,宇文泰和高欢都向柔然的头目阿那瓌示好。阿那瓌曾是北魏为了分化柔然,培植豢养的亲魏势力,如今风水轮流转,成了两魏的座上宾。

柔然,是东胡族的后代子孙,姓郁久闾氏。

拓跋魏为了贬低他们,将其比作缺乏智商的虫子,令国人称他们为蠕蠕。与北魏交恶的南朝国家又称柔然为茹茹。不同的称谓代表了不同的感情立场。

《魏书》载:在神元帝末年,有人在东胡抢劫马匹时抓到一个奴隶,头发只有齐眉那么长,不知道自己的姓名,主人就给他取名叫木骨闾。"木骨闾"就是头秃的意思。木骨闾与郁久闾声音相近,所以他的子孙就以郁久闾作为姓氏。木骨闾成年后,被免去奴隶身份,充当了骑卒。穆帝时,他因为行军误期而犯了斩首之罪,就逃到沙漠上的奚谷之间藏匿起来,聚合逃亡者共一百余人,依附于纥突邻部。木骨闾死后,其子车鹿会十分雄伟强健,开始形成自己的部族,自号为柔然。

柔然是继匈奴、鲜卑之后崛起于草原的强大政权。

拓跋氏在漠南崛起并吞并华北地区之后,与不时垂涎南部农耕区域物产的柔然成了仇敌。

北魏正光初年,也就是公元520年,柔然的可汗大位归于阿那瓌。但是他即位仅十天,族兄大臣示发就带着数万人攻打阿那瓌,阿那瓌战败,带领他的弟弟乙居伐往南投奔北魏。阿那瓌的母亲和两个弟弟不久就被示发杀死了。

同年九月,魏孝明帝接纳了阿那瓌,安置他于燕然馆,封他为朔方郡公、蠕蠕王。"闻有匈奴主,杂骑起尘埃,列观长平坂,驱马渭桥来。"杂曲歌辞《阿那瓌》这样描写他在洛阳的权势。

同年十二月,阿那瓌想回去当君主。孝明帝下令朝议此事,大臣们意见不一。时任宰相元叉与明帝母亲胡太后有染,权倾朝野。阿那瓌用一百斤黄金贿赂元叉,于是阿那瓌获准回北方。临行,皇帝赐给阿那瓌吃穿用度的各类物资达几十种。

阿那瓌投奔北魏之后,他的堂兄大臣婆罗门率领数万人打败示发,示发兵败身死。于是婆罗门成为国主。

孝明帝为了推动阿那瓌回国做君主,派遣使者晓喻婆罗门,劝他迎接阿那瓌并恢复其王位。婆罗门不太愿意,魏国使者威逼利诱,婆罗门便派人率兵二千人迎接阿那瓌归位。

使者回到阿那瓌暂居的魏国边境怀朔镇,阿那瓌听完汇报后顾虑重重不敢北进,又想回到洛阳。恰在这时,婆罗门遭到高车族追击,他被迫率领十个部落逃到凉州归降大魏。于是,阿那瓌顺利就位称主。

随后,柔然另一个挑头的人俟匿伐也来投奔怀朔镇,俟匿伐是阿那瓌的哥哥,他一再声称柔然希望北魏派兵,送阿那瓌归国。

为了抗衡日益强盛的高车国,魏国朝议商定,把阿那瓌安置在怀朔镇北边的吐若奚泉,把婆罗门安置在居延海附近的故西海郡。

不久,婆罗门与他的部众图谋反叛投奔嚈哒国,被北魏打败擒获押回洛阳。婆罗门后来客死于洛阳城南四夷馆之一的燕然馆。

公元523年,草原部落遇到大饥荒,阿那瓌带着族人像匈奴一样越过长城进入北魏边塞大肆抢掠,北魏派兵攻打,没有追到阿那瓌,只好撤回。

那位风流成性的胡太后和元叉几个糟糕的亲信把朝政搞得乌烟瘴气,六镇军民因自身待遇降低而淤积的怒火找到了爆发的突破口,于是起义爆发了。

为了镇压起义,北魏政权求助于阿那瓌。公元525年春,阿那瓌受明帝诏命,率领十万之众,征讨破六韩拔陵,一路打得破六韩拔陵落花流水。

北魏重赏阿那瓌。曾经寄"魏"篱下的阿那瓌,现在更加扬眉吐气了。

眼看着北魏分裂,阿那瓌兴奋到了极点。他周旋于两魏之间,尽享便利。

一开始,阿那瓌选择站在西魏一边,因为孝武帝元修在洛阳执政的时候,就与阿那瓌关系良好。当时,元修曾计划把范阳王元诲的女儿琅琊公主嫁给阿那瓌的长子,没承想就在这桩婚事操办的过程中,元修和高欢发生了内讧,元修西奔关中长安,不过一年就被宇文泰害死了,婚事只能作罢。

继承孝武帝帝位的西魏文帝一上台,就把孝武帝时的舍人元翌的女儿封为化政公主,嫁给了阿那瓌的兄弟塔寒,算是延续和继承了孝武帝元修对柔外交政策。阿那瓌所熟悉的北魏官员(如元孚等)也在西魏朝廷任职。所以,在阿那瓌看来,西魏继承了洛阳朝廷的正统。

投桃报李,西魏不时送给柔然金帛美物,以巩固双边关系。同时,还决定迎娶柔然公主做皇后。

迎娶柔然公主,实现与柔然的政治联姻,西魏可以稳固北方局势,以便腾出精力集中优势打击东魏。用和亲手段化敌为友,是促进区域和平的外交老办法了。

这是宇文泰的计划,也是元宝炬认可的谋略。

落脚秦州

定都长安,乙弗氏跟随丈夫元宝炬有了安稳的日子。尽管战火和危险依然没有消停,但战火和危险都在长安之外的区域,四塞护佑的关中之地显然比洛阳时期平静了许多。

尤其元宝炬登基做了皇帝以后,乙弗氏一夜之间晋升为皇后,有了更加安逸自如的日子。

一天夜晚,元宝炬来到乙弗氏寝殿过夜时透露了一个信息:他要迎娶柔然公主。

这个信息如同五雷轰顶。十来年,乙弗氏很少为丈夫和女人的事争风吃醋,但元宝炬若有所思的几句话,打破了乙弗氏内心的平静。根据西魏朝廷最近两年的动向,乙弗氏知道迎娶柔然公主的利害关系。

西魏大统三年,也就是公元537年。阿那瓌决定将自己的大女儿嫁给西魏皇帝元宝炬。

不久,柔然公主真的来了。公主的陪嫁队伍浩浩荡荡:车七百乘,马万匹,骆驼千头。阿那瓌倾其所有地为大女儿置办了嫁妆。

为了表达迎娶公主的隆美盛情,西魏也派出了庞大的迎亲队伍,两支队伍在寒冬腊月凄风凛冽的黑盐池(今宁夏盐池)会合。

按照礼仪,之后的行程要配备西魏皇家的"卤簿文物"。按照中原王朝的惯例,柔然公主的行止动静都要面朝正南方向,不仅帐篷要南向开门,接见臣下也要南向而坐。

西魏迎亲官员要求公主从此改变方向,以南向为正。

公主回答说:在见到魏皇帝之前,我还是柔然的女儿,魏朝诸臣不妨向南,我还是向东吧。

柔然及其他北方草原游牧民族的传统,一直是以东方为正的,他们认为太阳升起的地方在东方,所以帐篷朝东开门,尊者东向而坐。其实拓跋鲜卑没有汉化以前也是以东方为正的。

被迎娶的柔然公主只有十四岁。关于她和西魏迎亲官员的对话,估计是史官的嫁接,原话不一定真的出自公主。她的言行更多体现的是柔然官方的态度。涉世未深、语言不通,可以想见,一个14岁的女孩连自身的命运都无法改变,她刻意坚持民族传统又有多大的意义呢?

西魏用最隆重的礼仪,将柔然公主迎进了长安的皇宫。

公元538年二月。元宝炬下达命令,废除乙弗氏的皇后位。

离开寝宫的时候,乙弗氏很难过。或许,她不眷恋皇宫,不留恋皇后的地位,但种种针对她的伤害,令她充满委屈。

一切都变了,曾经的海誓山盟,在这个时刻,全部付诸东流了。皇帝变得冷漠、无情,好像换成了另一个人。

"他是为了国家,为了朝政,他不得不冷漠,不得不无情,他有他的难处,我得理解他。"乙弗氏不得不一遍遍默念着,一次次说服着自己，搬进了城外的寺庙。

乙弗氏努力让自己相信自己的意念：皇帝依然是爱我的。

一个月后，侍女从寺外听到消息：元宝炬立柔然阿拉璜的女儿郁久闾氏为悼皇后。

乙弗氏听到消息后，绝望地削去了青丝。她要彻底地告别过去。

西魏立国，所占地盘与秦国吞并六国前的疆域基本重合，也就是今天陕甘宁区域。新生的国家可谓四面楚歌，东有东魏高欢、北有草原柔然、西有吐谷浑和诸羌、南有南朝。

元宝炬虽贵为西魏国君，但他深知政权存亡全部系于宇文泰的军事行动。孝武帝元修的死状一直在元宝炬心中横陈。要让自己的皇命安全、君位延绵，必须要和宇文泰搞好关系。当上皇帝之后，他让自己的皇族成员不断与宇文泰家族成婚，以拉近关系。

政治集团关于婚姻纽带的缔结，全是为了促使联盟的牢靠。元宝炬与宇文泰互相成就，互相防备，归根结底是利益共同体，他们绑在一起，成了一条船上的蚂蚱。

政权内部的稳固，需要与宇文泰这个权臣建立姻亲关系；政权外部的安全，依然需要通过姻亲结构笼络出联盟关系。废掉乙弗氏，迎立柔然公主为皇后，是宇文泰提出的，也是元宝炬认为可行的办法。

对于乙弗氏这位陪伴了自己十多年的女人，元宝炬还是心有不舍。但形势比人强，人在江湖走，身不由己。一边是皇权国运，一边是儿女情长，元宝炬更贪恋前者。

深居简出，削发为尼，乙弗氏开始了单调而沉闷的幽居。对于一位熟读诗书，接受了良好教育，缺乏心机的女人而言，寺院的生活清寂而简单，倒非常符合她的要求。乙弗氏已经想好了未来，她暗下决心，一定要端庄自持，摈除愤怨，在寺庙里终老一世。

然而，乙弗氏的愿望再次受到冲击。突然，皇宫来人，要求乙弗氏离开长安。紧接着，儿子元戊也来了。元戊已经接替弟弟，成了秦州刺史，他要带着母亲一起去秦州上任。

《周书》记载：大统二年后，元宝炬之子宜都王元式为秦州刺史，以黄门侍郎苏亮为司马。元宝炬对苏亮道："黄门侍郎岂可为秦州司马，直以朕爱子出蕃，故以心腹相委，勿以为恨。"临辞，赐以御马。大统七年，苏亮复为黄门郎，加骠骑将军。

显然，为了让乙弗氏有个好去处，元宝炬专门更换了秦州刺史。[1]

史书说，尽管乙弗氏已经出家了，但是柔然皇后依然不满她居住在长安，她担心皇帝和乙弗氏藕断丝连，要求将乙弗氏发派到别处去。

这种嫉妒，真的是来自一个14岁的女人吗？

我们知道，陪同柔然公主来到西魏的嫁妆除了物资，还有一个团队。团队的任务就是监督西魏皇帝给予公主专房之宠，让公主尽快生出皇帝的孩子，而且生得越多越好。只有这样，和亲的目的才能达到。他们的任务是国家任务。所以对于乙弗氏的仇恨，不见得全部来自柔然公主，或许，还有这个团队的"国家级仇恨"。

像离开洛阳一样，乙弗氏带着对未来的茫然，离开了长安。好在这一次，她有爱子元戊的陪伴。

人喧马嘶，乙弗氏的驾乘浩浩荡荡跨越陇坂，来到了秦州。

---

[1] 《北史·苏绰附苏亮传》"魏文帝子宜都王式为秦州刺史"，中华书局校勘记云："本书《文帝文皇后乙弗氏传》见秦州刺史武都王戊，疑此有讹误。"《北史·文帝文皇后乙弗氏传》："悼后犹怀猜忌，复徙后居秦州，依子秦州刺史武都王。"宜都王式和武都王戊，确为两人，还是史书讹误，难做判断。本文从一说。

噩耗突来

乙弗氏别居秦州,一晃两年过去了。

秦州是一座静卧于西秦岭和陇山夹角处的锦绣小城,这里有四季分明的气候,有胡戎氐羌杂居形成的多元文化,乙弗氏渐渐适应了这里远离权力中心所特有的清幽和安宁。

在中原文化中,将自己委身于被选定的男人,为他生养更多的孩子尤其是男孩子,然后努力做贤妻良母,是一个女人毕生的最大追求。缺乏野心的乙弗氏多多少少也在训导自己成为那样的女人。

嫁给元宝炬以来,乙弗氏一直在努力生育。从525年成婚,到538年被迫分开,乙弗氏一共为元宝炬生了12个孩子,但是她的孩子大多数夭亡,只有元钦和元戊两个儿子长大成人。

几乎每年都怀有身孕,乙弗氏经历的痛苦和折磨是不言而喻的。用现代人的说法,形容她是生育机器,一点都不为过。12个孩子只养活了2个,这本是一件悲怆的事,再加上废后的打击,她的人生信念只能归于万念俱灰了。

面对多舛的运命,倡导出世和万物皆空的佛教思想成了她的生命寄托。迁居秦州后,修持佛法依然是她的主要志向。

恰在她下定决心修持佛法的时候,皇帝元宝炬又给她悄悄捎来了信息:蓄发,伺机再回皇宫。

刚刚平复的心境,无疑又被激起了一朵涟漪。元戊陪着母亲偏居陇西,自然也希望父母能复合。

西魏与东魏的战争还在不断上演,国家的未来在哪里,民众看不到一丝希望。只有宇文泰这个军阀有着笃定的信念,向四维用武是唯一的出路和希望。元宝炬清醒地知道,西魏的未来,只有宇文泰能够驾驭。

女儿嫁给了西魏,在深入交往中,阿那瓌渐渐发现了西魏经济疲敝、国力衰弱的短板。再加上东魏不断派来使者离间,阿那瓌渐渐松动了只和西魏交好的一边倒外交策略。

公元540年春天,长安城还沉浸在节日的氛围中,柔然突然发起了军事行动,前驱部队渡过黄河,很快就抵达到夏州。柔然给西魏传来信息,出兵是因为皇帝元宝炬依然与乙弗氏有着藕断丝连的情感纠葛。

西魏文帝元宝炬听后哭笑不得:"怎么会有百万大军为一个女子而发兵呢?虽然如此,招致这样的议论,我又有什么面目来见将帅们呢?"

元宝炬很清楚,这只是柔然勒索西魏的借口,这阴谋背后有宇文泰的手段,还有东魏高欢的离间(阿那瓌后来又将另一个女儿嫁给了高欢)。但面对举国上下一致投来的质疑目光,元宝炬只能摆出皇帝应有的尊严——唯念国家社稷,哪能儿女情长?

元宝炬狠狠心,签发了谕旨。

中常侍曹宠赶到秦州,宣读了整个国家对于乙弗氏的宣判。

定格在麦积山的微笑

元戊听到父亲元宝炬的指令,怒火中烧。

这位年仅15岁的青年,有着和他父亲一样耿直的脾气。孝武帝洛阳执政时期,有一次集会,元宝炬向侍中高隆之劝酒遭拒,他便殴打了高隆之。孝武帝鉴于高隆之是高欢的党羽，免掉了元宝炬的太尉之职。

元戊当着母亲的面，拔出宝剑，他恨不得立马杀了曹宠。似乎赐死母亲的人不是父亲元宝炬，而是这位太监。

乙弗氏泪眼婆娑地劝住了儿子。元戊恶狠狠地向曹宠说，要发兵攻打长安，杀了柔然来的狐狸精。乙弗氏泪如雨下，她只能用国家社稷劝慰儿子，并交代了后事。

冷静下来的元戊知道自己无力回天，眼睁睁看着母亲，号啕大哭。

乙弗氏的侍女也都失声痛哭，不敢抬眼看主人。乙弗氏喊来僧人摆好了理佛器具，然后让侍女们统统出家，她亲手为她们完成剃度。让跟随自己多年的奴婢们有好的着落，是她对整个世界最后的仁慈和眷顾。

乙弗氏自尽身亡，年仅31岁。元戊悲痛欲绝。

乙弗氏含冤自尽数月后，柔然公主也因难产而不幸罹难。

西魏和东魏的争斗还在继续，西魏和柔然之间的纠葛，也没有因为这两个女人的消亡而终止。

在元戊的主持下，西魏在距离秦州城百余里的麦积山开窟安葬乙弗皇后，号称"寂陵"。

一直以来，研究者认为，麦积山开凿于西魏时期的43号窟就是"魏后墓"。这个石窟不大，但上有屋脊、鸱尾、瓦垄，下有四根八棱柱，像一座三间四柱的小型宫殿。窟内佛像后的崖壁上有一个方形孔洞，就是乙弗氏自尽后停放灵柩的地方。

新近，毕业于北京大学考古系的麦积山石窟研究所研究员夏朗云撰文推翻了这个观点。他认为，麦积山石窟133特窟才是乙弗氏的"寂陵"。理由是，乙弗氏作为皇帝宠爱的皇后，死后必然要用国葬规格安葬她。麦积山石窟当时是西魏的皇家石窟，窟容面积最大、"一堂二内"崖墓式的133窟更能体现皇家意志；另外，在135窟，有一尊石立佛，佛后刻有一个乙字，而在133窟门口，立着同样造型的泥塑立佛。夏朗云推断，135窟的石立佛应该是后人从133窟移过去的，因为纪念乙弗氏的窟龛在后世已经发生了功能转换，故而专门用泥塑招引佛替换了专属于乙弗氏的石刻招引佛，以普度众生。

史书记载，朝廷开凿麦积崖石龛安葬乙弗氏，灵柩将送入石龛时，有两朵云团先飘入龛内，过一会一团消亡另一团飘出。

夏朗云认为，麦积山133窟位于48米的高崖，麦积烟雨形成时，常有云雾缭绕在窟口。相比而言，43窟位置较低，一般不会有云烟。史书这一段尽管有些神化的描写，但是用133窟来分析，其实也有现实依据。另外，从麦积山整体看，43窟正好在山顶隋塔正下方，43窟应该是隋塔底部安放舍利子的洞窟，属于隋代建筑。

史书记载：西魏文帝建好自己陵墓后，亲手书写旨令：万年之后将文皇后配祭。

元宝炬于551年去世，时年45岁。他的儿子元钦即位，史称废帝。元钦将乙弗氏的灵柩从麦积山接回长安，与父亲元宝炬合葬在了永陵。

乙弗氏终于如愿以偿回到了丈夫身边。

在麦积山44号窟，有一尊西魏造像中最为杰出的被誉为"东方蒙娜丽莎"的佛像。研究者认为这尊造像不仅是西魏泥塑佛像艺术的巅峰，也是北朝石窟造像中的至尊之作。佛像端庄典雅、体态丰韵，裙幅层叠，宛若丛花；人物颔首低眉、和蔼祥和、若有所思，民间认为这是根据魏后乙弗氏的模样雕塑的形态。

史书中的乙弗氏不苟言笑，这尊佛像的确有着似笑非笑的沉稳。

今天，任何人都无法证明这尊佛像的原型确是乙弗氏，但后世的演绎杜撰，让乙弗氏充满悲剧的一生有了具象化的人格标志。那低沉的微笑永远定格在麦积山，提醒着后人对于女性遭遇应有的一种体察。

杨广

大业十四年

渭河夕照。隋大业五年,杨广翻越陇坂,沿着渭河河谷一路西行,由临津关渡黄河,过扁都口,来到河西张掖,举办盛大仪式会见西域诸国国王。杨广由此成为中原王朝历史上唯一西越黄河的帝王。

◎伴随着东汉王朝的陨落,中国大地再度陷入持久的动荡与离乱。

魏晋南北朝、五胡十六国,各方势力或各自为政、割据一方,或纵横捭阖、逐鹿中原。贪恋权势者、替天行道者,真假难辨、昏聩难分地——轮番登场,你方唱罢我登场,他们不依不饶、不眠不休,动荡了将近400年。割疆土者非一所,称帝王者非一人,书不同文车不同轨,生灵涂炭。

这是中华历史一段漫长的转折期。乱世持续,曾经由张骞历尽艰险凿通的丝绸之路悄然中断,东方与西方重回隔绝状态。

在这个漫长的动荡中,东亚大陆的各色人种展开了深度的融合与重组:一个多民族统一帝国终于孕育而生。这是继秦汉之后,再度崛起于东亚大陆的新兴王朝。

这个融合了各族荣光的东方帝国,迅速向四周辐射影响力。

公元609年,这个东方帝国的掌门人,以前无古人的雄心壮志,翻越陇山、跨过黄河,来到河西走廊。他不辞辛劳、艰辛跋涉的西巡,让分裂混乱的西域国土再度重归中原王朝,让连接东西的丝绸之路再次畅通无阻。

夺 权

开皇二十年(600)十一月初三,隋帝国发生了一场大地震。

那一天,国都大兴城风雪交加,寒气袭人。武德殿内,帝国的最高统治者杨坚正在举行一场朝会。他颁布诏书:任命次子杨广为太子。

废长立幼，这是一个艰难的决定。为了这个决定，杨坚已经做了反反复复的思想斗争。做出这个决定，更多的因素来自皇后——独孤伽罗。

杨坚非常倚重自己的妻子。在这次废立太子的问题上如此，在以往的国策制定中也是如此。他俩谈论政事，往往意见相合，在宫中被称为"二圣"。

独孤伽罗心善，听说杀犯人，就会流泪。但是她妒性十足，生气了，也会杀人。

独孤伽罗反感丈夫沉迷声色，贪恋别的女人。隋文帝在仁寿宫避暑期间，宫中有位美女，杨坚悄悄宠幸了一次。杨坚上朝的时候，独孤皇后就派人杀掉了那个美女。

杨坚有点怕老婆，尽管还有零星几个妃子，但他一辈子只和独孤伽罗生养了孩子，身体力行地践行了一夫一妻制。这在动辄"后宫佳丽三千人"的中国历代封建皇帝中，显得难能可贵。

鉴于此，杨坚曾自信地对大臣们说："前代君王，溺爱宠幸的人，废立太子之事从中产生。我别无侍妾，五个儿子为同一个母亲所生，可以说是真正的亲兄弟。哪像前代君王有众多宠爱的姬妾，生下的儿子你争我夺，这就是亡国的道路啊！"

独孤伽罗不准自己的丈夫纳妾，就连大臣纳妾也极度厌恶。要是哪位大臣娶了小妾生了孩子，独孤伽罗准要动员杨坚对这位大臣采取降职处分。她这样看重一夫一妻制，自然也不希望自己的儿子贪恋淫逸、沉迷声色。

然而，很遗憾，独孤伽罗最亲近的男人统统失信于她。

最先失信于独孤伽罗的人就是杨勇。杨勇是杨坚和她的长子。

杨坚以外戚身份辅佐北周时,杨勇被立为世子。后来杨坚篡周立隋,就任皇帝,立杨勇为皇太子。杨坚起初对杨勇很信任,国家大事大都让杨勇参加决断。

杨勇好学,通晓诗词歌赋,生性温和宽厚,随意任性,不矫揉造作。但他缺乏权谋,处事不周。生在宫廷,时刻面临权斗,他这缺心眼的性格决定了他的悲剧命运。杨勇逐渐引起了父亲和母亲的猜忌,再加上弟弟杨广的有意加害,杨勇逐渐跌入万劫不复的深渊。

杨勇曾在蜀铠上雕饰花纹,一生节俭且崇尚俭朴生活的杨坚见了十分不高兴,他担心太子逐渐养成奢侈的习性:"天道不唯亲,只给有德之君,纵观前代帝王,没有一个能靠奢侈豪华而得到天下长久的。"

杨坚一直留着自己困难时期的旧衣服,时常警醒自己。他教育完杨勇之后,将自己的腰刀留给了杨勇,希望能够起到警示作用。

后来,冬至到了,文武百官都去杨勇居住的东宫朝拜杨勇,杨勇命令乐师奏着音乐轮番接见大臣。这事很快传到了杨坚耳中,杨坚非常生气地问大臣们:"听说冬至你们都去东宫朝拜,是什么礼节?"

臣僚回答:"我们只是去东宫敬贺,不能说是朝拜。"

杨坚说:"时令节气道贺,三五人或者十来人自愿去去就足够了,为什么还由专门的人邀集,大家都聚过去,而且太子还穿着礼服安排了乐队接待你们?东宫这样做,完全违背了礼制,以后不准你们这样做。"

从此以后,杨坚对杨勇产生了猜忌,两人有了隔阂。

杨勇有很多姬妾,杨勇十分宠爱其中一个叫昭训云氏的女人。这样一来,母亲独孤伽罗皇后为他千挑万选迎娶的妃子元氏反而得不到宠爱，有心脏病的元氏极度失落，没过多久突然死了。

这元氏本是有拓跋贵族血统的人，她的父亲元孝炬是北周的著名将军。独孤伽罗觉得自己给杨勇娶了一个门当户对的贵族老婆，不料这皇太子居然一点不喜欢，视同下人，独孤伽罗非常伤心。

独孤伽罗怀疑杨勇害死了元氏，狠狠地指责了杨勇，用盛大礼仪厚葬了元氏。

这个细节，恰恰被杨广知道了。杨广投母亲所好，假装自己不近女色，只同萧妃住在一起，其他姬妾一律不碰。皇后知道后，逐渐觉得杨广德行优于杨勇。

后来杨广进京朝见父皇，故意轻车简从，衣着简朴，同时礼待大臣，特别谦恭，他的名声迅速超过了其他王子。

杨广离开京城前，故意单独找到母亲，以探虚实。他佯装慈孝，编造了兄长杨勇记恨他的谎言。独孤皇后明确地向杨广表达了对太子的反感："一想到我和你父皇死后，你们兄弟几个还要给昭训云氏那个粗鄙之人生养的孽障下跪朝拜，这该是多么大的痛苦啊！"

这次见面，杨广清楚地知道了母亲心思已经转移，便开始谋划争夺太子之位。

从此，杨广结识朝中重臣杨素等人，一边对太子杨勇进行监控，罗织罪名；一边向杨坚谏进谗言，进行构陷。一场阴谋夺取太子之位的战斗逐步展开。独孤伽罗、杨广联合秘密编制的构陷大网，逐渐逼近杨勇，继而将杨勇打捞上岸。不明真相的杨坚被蒙在鼓里，一步步将杨勇推到了自己的对立面。

终于，杨坚做出了废立决定。就在立杨广为太子的一个月前。也就是开皇二十年十月初九，杨坚正式废掉了杨勇的太子之位。

那一天，杨坚在武德殿穿着军装临朝，朝堂内安排了密密麻麻的卫兵，杨坚召集百官站在东面，各位亲王站在西面，然后让杨勇和他的几个孩子依次站在殿堂中间，命人宣读废除杨勇的诏书。同时对构陷杨勇的"有功之臣"——杨素、元胄、杨约等一一进行了奖赏。文武百官都知道杨勇是被冤枉的，但是大多数人力求自保，都不愿意站出来替他求情。

文林郎杨孝政为人正直，他上书劝道："皇太子是被小人陷害的，应该给他教诲，而不是废除太子位。"杨坚一听十分气愤，当场鞭笞了杨孝政的胸部。过了几个月，刚正不阿的贝州长史裴肃上奏说："杨勇被废除太子之位很久了，应该让他改过自新，请封给他一个小国。"杨坚看到裴肃言辞真切，便宣他入朝做解释，裴肃依然坚持己见，杨坚便免了他的官。杨广记恨裴肃，上台后久不启用裴。

一开始，杨勇被移交给内史省。杨广被立为皇太子后，杨勇便被交给了杨广，囚禁在了东宫。杨勇一直觉得自己无罪，他想见到父亲当面申诉冤情。但是杨广百般阻挠，一直未能如愿。杨勇爬到树上大声喊叫，希望父皇听到以后召见自己。

杨素对杨坚说："杨勇神志不清，鬼魂附体，不能接见。"

杨坚竟然真的没有见。

接　班

仁寿四年（604）七月初十，在仁寿宫度假的杨坚突然感到自己病情加重，恐不久于人世。他紧急召唤百官，让侍从抬着自己来到大殿，与大家诀别，众臣僚依次排队来到杨坚身旁，一一握手欷歔，场面极其悲壮。

太子被废两年后，独孤伽罗就死了。相濡以沫40多载，步入晚年，夫妻双方互相都有了依赖感。独孤伽罗的死，给杨坚造成了巨大的打击，让他觉得世间从此再无知音。

心绪缭乱，无以自慰。他纵情地和陈贵人睡到了一起。

身体有恙，杨坚赶紧将权力移交给了杨广。

去仁寿宫度假前，杨坚还专门询问过术士。术士力劝他不要离开大兴，要不然就回不来了。杨坚执意要去仁寿宫避暑，很生气地将术士关进了监狱："看我回来怎么收拾你。"可谁也没想到杨坚到了仁寿宫没几天就卧床不起了，后来直接生命垂危。

诀别百官后，杨坚召杨广入宫服侍自己。

十三日夜，杨坚在大宝殿去世。

《隋书》《资治通鉴》煞有介事地叙述了当天发生的故事：杨坚去世前，陈贵人衣衫不整、神色紧张地来见杨坚，说遭到了太子的非礼。此时，杨坚刚看过宫女送错了的杨素写给杨广商量杨坚后事的信件，气头上的杨坚得知杨广碰了陈贵人，他瞬间变得怒火中烧，大声抱怨独孤伽罗："错废了我的勇儿！"要改立杨勇。

此时，杨坚已经见不到杨勇了。他居住的宫殿完全在杨广的控制中。杨广的权臣张衡进入宫殿，其他人被支出来了。

然后，杨坚就去世了。紧接着，杨广伪造杨坚诏书，将杨勇处死了。

杨坚到底怎么死的？自然死亡还是非正常死亡？史书做了留白处理，这给后世留下了千古谜团。

弑父、欺母、杀兄，三件灭绝人伦的事，似乎杨广在一天之内就干完了。

后世研究者推断，除了杀死杨勇是快刀斩乱麻的真实决定，其他两件事的历史叙述其实疑点重重。杨坚在生命的最后时刻已经完成了权力交接，杨广和杨素商量如何处理杨坚后事，完全可以面授机宜，犯不着书信交流，杨坚即使知道了应该也不会特别生气吧。其次，杨广晋位太子前，早就和陈贵人联系紧密，杨广再怎么糊涂也不会在父亲即将离世、权力需要交接、朝政需要稳定的关键时刻犯浑，即使犯了，陈贵人也不傻，老皇帝快死了，天下都是新皇帝的，自己有必要赶紧告诉老皇帝吗？

后来，杨广的确烝后母。这是中原王朝正统很反感的事，但在当时，中原王朝的周边少数民族大多都在这么干，所以这也是一件见怪不怪的事。隋之后，唐高宗李治实打实娶了父亲的小妾武媚娘。

杨坚驾崩，杨广迅疾在仁寿宫登基。杨广的继位，在史书中有万千唾骂。

仁寿宫是杨坚在开皇十三年(593)修建的避暑行宫，位于今陕西宝鸡东北麟游县境内。仁寿宫距离大兴城（今西安）100余公里。在大权接续的关键时刻，杨广遥控大兴城，顺利完成了权力交接。

杨广骗过了母亲独孤伽罗，骗过了父亲杨坚，近乎完美地胜出了。

生前，独孤皇后没有想到，杨坚也没有想到，他们曾经引以为荣的五子同母，同样陷入了你死我活的权斗之中。杨广称帝的第二月，杨坚尸骨未寒，杨谅就在山东一带起兵了。

久经沙场、历练权斗，杨广压根儿没把杨谅放在眼里。他派杨素出征，不出两月就荡平了杨谅的叛军。

杨谅被俘。此时，杨广兄弟五人中，老大杨勇已被杀、老三杨俊已病死、老四杨秀已被关押、老五杨谅也变成了阶下囚。

杨广没有杀杨谅。此刻，帝国内部已经没有任何力量可以撼动他的威权了。

大兴城又进入了一个冬天。

十一月初三，杨广顶着严寒东出皇城，来到洛阳。

与几年前册立自己为皇太子的那个十一月相比，此时的杨广踌躇满志。他再也不用伪装清廉仁慈，再也不用假扮谨小慎微。他谁也不用忌惮、谁也不用惧怕了。他只想唯我独尊。

第二天，他就征调成年男子数十万人挖掘壕沟，从龙门向东连接长平、汲郡，抵达临清关，渡过黄河后，再延伸到浚仪、襄城，最后到达上洛，用以设置关卡加强防卫。

二十一日，他下令在洛阳营建东京。

新皇帝很快就进入了角色，他有着比父亲杨坚更远大的执政理想。

捱过冬天，杨广正式开启了自己的帝业生涯。他改元大业，向世人宣告自己要干出一番宏大的基业。这一年是公元605年。

年前刚刚启动了营建东都的浩大工程，三月二十一，他又下令开掘通济渠。开渠工程征调黄河以南各郡县男女民工一百余万人，从西苑引谷水、洛水通向黄河，从板渚引黄河水通向淮河。与此同时，他还派人从江南采伐树木，建造龙舟、赤舰、楼船等船舶数万艘。

通济渠全长650公里，耗时仅用5个月。

八月十五日，杨广乘龙舟，前往他的老根据地扬州江都。随行的文武官员，五品以上的供给楼船，九品以上的供给黄篾大船。船只首尾相接，迤逦二百余里。

杨广似乎很热爱江南，他这次下江都，一住就是九个月。这一年辞旧迎新的时候，他收到了特大喜讯：东京洛阳兴建完成。

四月，春天从江南不断向北方弥漫的时候，杨广从江都启程，来到了新都。他用了最隆重、最奢华的礼仪入住东京。

洛阳，是一个王气浓郁之都。

周幽王丧失西周，平王迁都洛邑，延续周室命脉；刘秀在反抗王莽的叛乱中逐步称雄，他定都洛阳，为大汉王朝续命200年；东汉垮台、三国鼎立，曹魏篡汉、司马去魏，这里依旧是中原王朝的国都；五胡十六国后期，统一华北地区的北魏政权由平城迁都洛阳，一心想要踏平南朝、实现中国大一统的北魏孝文帝再度看好洛阳。只可惜，北魏不仅图南失利，自己也分裂成了东西两魏，洛阳从此陷入萧条。

历史风起云涌，王朝更替迭代，洛阳一直在那里。隋王朝二代皇帝杨广将目光锁定在这个城市时，她又迎来了一段崭新的历史。

新的都城从仁寿四年（604）十一月开工修建，到大业二年（606）正月初六就已完成建设，用时不到14个月。

建都城、修运河，一年时间帝国就完成了两个大工程。杨广体验到的是皇权的无所不能。

测度东亚大陆的中国领土，洛阳是居中之地。显然，杨广将国都移到洛阳，是为了更好地统治整个中国。杨广坐镇帝国中央，他构想的是建立一个前无古人后无来者的多民族大一统帝国。历数前人，秦皇汉武是最值得后世称奇仰望的帝王。杨广的志向是"尚秦汉之规摹"，他们有共同的特征：外服四夷，巡游天下。

杨广初露锋芒，新都和运河工程的迅速完成，让他完全沉浸在无所不能的欣喜中，他有了超越秦皇汉武的自信。

大业元年，杨广巡视江都，亲临帝国的南方，那里也是他起家的地方；大业三年，他北巡榆林，查看了北方前线；大业四年，他又远巡到五原,并翻过长城在塞外突厥占领的漠南草原溜达了一阵。

历数帝国东西南北四个方向,最大的忧虑在西北和东北。

汉武帝曾经引以为荣、成功经略的西域,如今完全陷落于吐谷浑和西突厥两股势力之手。突厥在隋文帝分化瓦解之下分裂为东西突厥。隋灭南陈统一中国后,在和突厥的对抗中处于上风。

杨广将目光锁定在西部。早在两年前,他已派出重臣裴矩展开了外交攻势和情报搜集。

关于西部,他有两大战略:打败吐谷浑,恢复西域商路。

裴矩有胆识有魄力,能文能武。开皇九年(589),隋文帝杨坚平陈,派裴矩去安抚岭南,人还没动身,半道已有人叛乱。裴矩主动起身,中途招兵买马,不但平息了叛乱,还统定了岭南。

杨广此次的西域差使裴矩同样完成得极其优秀。他在大业元年翻过陇山,越过黄河,来到中原王国与西域各国交换商品的前沿关市——张掖。表面上,他是来维持贸易秩序的,实质上,他是来搜集情报的。

西讨吐谷浑

三月的西北,依然寒气逼人。巍巍陇坂和悠悠关道,即将经过一支有史以来规模最庞大的队伍。这支队伍早在正月二十日,就已经从洛阳启程了。此时,洛阳的名称刚由东京改为东都。

这一年是大业五年(609),杨广执政已经整整五年了。

从洛阳出发的时候,杨广似乎要去京城。但是他一路走走停停,讳莫如深，跟随队伍行进的大臣宫女们，谁也不知道皇帝在想什么。

杨广的车队浩浩荡荡，一路向西。经过阌乡县的时候，杨广突然下令，要对历朝历代的皇帝陵墓都进行一次祭扫。对开皇年间为国牺牲的英烈都进行祭奠。他说："前代帝王的坟墓大都已残破不堪，有的坟头标记也分辨不清了。提起这种沉沦破灭的情景，内心无比凄怆。对自古以来的帝王陵墓，可供给附近十户人家，免除他们的杂役，让他们看守陵墓。"

杨广对历史上的所有帝王都表达敬意，世所罕见。不过，他之后的历代帝王，对他尊敬的并不多，任由史官抹黑，他逐渐成为中国两千多年封建历史上最负面的帝王典型之一。

然后，他接着走，走着走着，眼看到了京城，却并不想马上入城。

杨广问臣僚："自古天子有巡狩之礼。而江东诸帝多傅脂粉，坐深宫，不与百姓相见，此何理也？"有聪明的大臣投其所好，回答道："此其所以不能长世。"

杨广一听非常高兴，他当即宣布，不进京城，西巡。

杨广举朝出动的巡游，带着文武百官，带着后宫家眷，还带着十万大军。队伍首尾相连上百里。车驾连缀、军旗猎猎、战马嘶鸣、蔚为壮观。所有人依据级别不同，身着不同的服饰。整个队伍仪仗威严，秩序整齐。

经历了三百年乱世的中国，典章制度、礼仪规范已经严重失范。杨坚篡周立隋，以汉族正统完成中国统一大业，他为重建秩序做了很多努力。但杨坚一生节俭，不事张扬，在一些繁文缛节、铺张浪费的事情上，从来不想动心思。而杨广恰恰与其父相反。大业二年二月，他下诏命人制定各级官员乘车衣冠章服的规范。这才使天子的车驾规制以及春、夏、季夏、秋、冬五个时节天子侍从的车驾制度完备。皇帝的常服，皮帽上饰有十二块美玉；文官的礼帽礼服，以佩玉为饰；五品以上官员供给牛车，车前设帷幔；三公亲王的车上加悬垂的丝质绳网；武官戴头巾，穿军服；三品以上官员配给作仪饰的击杖。

这么庞大的出游队伍，行进速度格外缓慢。吃喝用度的供给，所耗费财力人力更是大到惊人。

三月初八，皇帝到达扶风。从长安到这里，秦始皇和汉武帝为了祭祀，多次来过。这段路程依然在八百里秦川之上，可谓通途。过了此地，西行的道路只能沿着汧河河谷一路向北，一直行到陇关口隘，才能向西翻越陇坂。

月底，长长的队伍终于翻过了陇坂。杨广作为关陇子弟，以前无古人的气魄实现了历史回望。

登临曲折险峻的陇关大道，杨广一定想到了秦皇汉武曾经登临此处的威风。杨广的计划比秦始皇和汉武帝都要远大，不仅要到达陇西，他还要跨过黄河，向更加遥远的西北挺进。

大业五年四月初三，杨广率领的军队和文武百官沿着萦绕于渭河两岸忽高忽低、忽远忽近的山路抵达陇西郡。在渭源，杨广写了一首《临渭源诗》：

> 西征乃届此，山路亦悠悠。地干纪灵异，同穴吐洪流。
> 滥觞何足拟，浮槎难可俦。惊波鸣涧石，澄岸泻岩楼。
> 滔滔下狄县，淼淼肆神州。长林啸白兽，云径想青牛。
> 风归花叶散，日举烟雾收。直为求人隐，非穷辙迹游。

尽管后世诋毁杨广是荒淫之君，实质上，杨广的兴趣从来不全在后宫佳丽、皇宫大殿。他是一位权欲熏心的皇帝，更是一位饱学之士，一生所做诗文颇多，对后世诗歌发展也有很大的推动作用。同时，杨广还是一位资深的"驴友"。他的执政生涯几乎八成以上的时间都是在巡游中度过。那些治理国家的决策、统驭政权的方案、打击叛众的战略，大都是在行游中做出的。

得知隋朝的皇帝亲自到了陇西边陲，高昌、吐谷浑、伊吾都派出使者前来朝见杨广。继续向前行进，党项羌人也带着贡品来朝见。

四月二十七日，杨广的车驾来到临津关，渡过黄河，到达西平，他在那里排兵布阵，进行军事演习。又过了十几天，杨广直接在拔延山画出了方圆两千里的地盘，开展会猎。拔延山，也就是今天青海化隆回族自治县北的拉鸡山。这等于隋朝皇帝亲自带着人马完全进入了吐谷浑的领地。

杨广哪来的这么大的胆量？

杨广西征前一年秋天，隋朝军队和铁勒部东西夹击，狠狠地揍了一顿吐谷浑，他们的国主伏允逃跑到山谷中间，故地几乎空无一人。

获知杨广带兵进入自己的地盘，已经逃归山谷的吐谷浑头领又蠢蠢欲动，率兵死守覆袁川，堵住了杨广继续前进的道路。杨广命令内史元寿南屯金山，兵部尚书段文振北屯雪山，太仆卿杨义臣东屯琵琶峡，将军张寿西屯泥岭，从四面围困吐谷浑的军队。

吐谷浑首领见状带几十名骑兵突围逃跑。他派出一个王冒充自己据守车我真山(今青海祁连东南一带)，以欺骗隋军。杨广命令右屯卫大将张定和前去捉拿，被吐谷浑军所杀。副将柳建武击败吐谷浑部，斩首数百级。吐谷浑部仙头王被围，无路可走，率领男女十余万人投降。

六月初二，杨广派左光禄大夫梁默，右翊卫将军李琼等追击吐谷浑国主，都遭遇反击战死。

经过这次大规模作战，吐谷浑国土从西平临羌城以西、且末以东、祁连以南、雪山以北，东西四千里、南北两千里都被隋朝占有。

六月初八，杨广带领百官和军队，经过大斗拔谷，向北横穿祁连山。这里只有羊肠小道，山路狭窄险要，队伍像游鱼一样相接而出。半夜，山谷突降暴雪，狂风不止，天昏地暗，杨广与随从官员失去联系，士兵冻死一大半。

河西聚会

《隋书》说，杨广率众去张掖前翻越祁连山时，"士卒冻死者太半"；《资治通鉴》的编纂者可能觉得盛夏六月飞雪冻死人有点离奇，改写成了杨广七月返回京城出大斗拔谷时，冻死了一半人。

大斗拔谷，今天叫扁都口。峡谷全长28公里，海拔3500米，谷内宽处10多米，古道狭窄处，人不能并肩，马不能双辔。这里终年积雪，平常气温也在零度左右。盛夏六月就出现冻死人的情况，可见当时的天气极其反常。

即使史书的说法有所夸张，但冻死的人畜显然不是一个小数目。

人多，畜多，队伍长，道路窄，一下雪，湿滑难行在所难免。尽管只有短短28公里，但队伍过长，暴风雪来临时，走在前面的人或许已经通过，后面出发的人只能困在山谷里过夜。杨广的姐姐杨丽华，也在那天受冻后发病死了。

三天后，六月十一日，杨广才安全地抵达了张掖。裴矩早早迎候着杨广的到来。

经历了打败吐谷浑的大喜和祁连山谷受困的大悲，杨广此刻的心情必然是复杂的。他到张掖的目的，是为了威服四海，眼见裴矩准备的接驾程序和规模，他内心也像河西高原一样云淡风轻了。

焉支山下，杨广踱步在鲜花盛开、牛羊成群的草原上，这是河西走廊一年之中最美好的季节。度过几天闲暇时光后，杨广又在毡帐里投入了紧张而繁忙的工作。

六月十六日，命令各郡按照四科取士标准推举人才，四科分别为：学业完备通达，才能技艺优秀广博；四肢有力，勇猛健壮，超过同辈；居官勤奋，有能力办政事；立性正直，不畏强暴等。

六月十七日，接见高昌王麴伯雅、伊吾吐屯设等人，他们献出西域土地数千里，杨广甚是开心。

六月十八日，杨广将刚刚征服的土地和西域各国王奉献的土地进行了区划，设置西海、河源、鄯善、且末四个郡。

六月二十一日，焉支山下鼓乐齐鸣，旌旗猎猎，杨广坐在"观风行殿"里徐徐进入会场，高昌王麴伯雅、伊吾吐屯设等刚刚敬献国土的国王受邀登上"行殿"，西域其他国家的首领陪席，盛大的招待宴会开始。

各国王公一边吃喝，一边欣赏裴矩召集各族人群编排的文艺节目，大感隋朝的国力强盛和文化繁荣。

此刻，一心"尚秦汉之规摹"的杨广笑逐颜开。这正是他想要的效果——河西走廊重归帝国控制；西域诸国开始朝拜隋廷；东西贸易更加便捷。

问鼎河西高原，处处与秦皇、汉武比功业的杨广已经胜出了。

当年，秦始皇只是巡行抵达陇西郡，汉武帝只在黄河边向西眺望了几眼。

心情倍儿爽，杨广宣布全国实行大赦。凡开皇年间以来流放发配的人，一律放回故乡，只有晋阳杨谅叛逆集团，不在此列。同时，杨广宣布陇西各郡免除徭役一年。西巡经过时准备了饭菜、组织了欢迎队列的州县，免除徭役二年。

搞定了西部的事情，杨广放心地回朝了。

过黄河、翻陇坂，他的车驾摇摇晃晃，一直到九月十九日，才返回京城长安。

劳师东征

回到京城的杨广，只停留了一个月就又去了洛阳。

大业八年春正月，杨广集结了140万军人，来到涿郡（今北京）。

早在4年前，杨广就下令招募河北诸郡男女百余万人开凿由洛阳到涿郡的运河，对于高句丽杨广早就忍无可忍了。运河修好后由于西部战事的影响，讨伐高句丽的战事才延缓至今。

这次动武，经历了两年的备战。

杨广下诏书声讨高句丽"乱常败德，非可胜图，掩慝怀奸，唯日不足"，"于是亲总六师，用申九伐，拯厥阽危，协从天意，殄兹逋秽，克嗣先谟"。

这份檄书义正词严地申明征讨理由之后，连出兵路线、兵员结构，统统告诉了世人。

杨广似乎有志在必得的信心。

然而，御驾亲征的杨广这次遇到的敌人可不是南朝，更不是吐谷浑、西突厥。高句丽是一个有着先进文化制度的国家，自从大汉亡国以后，他们摆脱了中原王朝的管控。如今，他们依然无视隋朝一统中原的强大实力。

这次出兵总共有 113 3800 人，加上运送物资的后勤人员，号称 200 万人。

发一军，走一军，40 天后，所有部队才全部上路，旌旗绵延千里。自古以来，出兵打仗从没有这么个打法，杨广把一次出征搞成了盛大的军事实力展示。

三月十四日，杨广到达前线督战。

第二天，隋军终于开到辽河岸边。此时，老早就知道了隋军进攻路线的高句丽军队陈兵对岸，严防死守。两军对阵，隋军遭遇了高句丽的顽强抵抗，未能渡过辽河，多员大将战死。

杨广随行的隋军在另一处顺利渡河，在河东岸展开厮杀，打败高句丽守军，突破到辽东城下。随后隋军开始围攻辽东城。

杨广还策划了另一路海军，从海洋乘船围攻高句丽国都平壤。

隋军各处的进攻都不顺利，直到六月，连一座城池都没有攻下。

这次攻打高句丽，杨广怕手下贪功，没有设主帅，下令众将领都按照皇帝的统一指挥出击，没有皇帝的同意，谁也不能自作主张。这直接导致各将领失去了作战冲锋的主动权。杨广怒斥各将领，再打了一个月，还是没有丝毫进展。

继续打，各路军队全部被打败，很多将领阵亡，将帅奔亡逃回的仅两千人。杨广不得不撤军回朝。兴师动众的第一次东征以失败告终。

杨广并不甘心失败，大业九年（613）四月，他再次组织百万大军抵达辽西，征讨高句丽。这一次，杨广正视现实，做了更加充足的准备，战略战术都做了调整，也给足了将军们军事指挥权——"听诸将便宜从事"，似乎有了稳操胜券的把握。

然而，就在杨广组织攻击高句丽的时候，京城传来紧急奏章：给东征军督办粮草的礼部尚书杨玄感在东都附近举兵造反了。

这消息犹如五雷轰顶，杨广的肺都快气炸了。这位杨玄感可是曾经一手帮扶杨广夺得太子位和皇帝位的杨素的儿子。

眼看着这次进攻有成功的胜算，杨玄感却横生枝节。杨广正头疼该怎么办，突然，兵部侍郎斛斯政投敌了。无奈之际，杨广只能退兵，调动正在攻打平壤城的宰相宇文述去消灭杨玄感。

杨玄感的起义倒是很快就被歼灭了。

杨广真的和高句丽杠上了，两次亲征，两次失败，大大伤害了杨广的自尊心，他在国内没面子，在四夷面前更没面子。高句丽宁死不降、抵抗到底的强硬态度，深深地激怒了杨广。不拿下高句丽，杨广显然誓不罢休。

大业十年（614）年初，杨广又一次开会商量征讨高句丽，文武百官"数日，无敢言者"。其时，全国已是"十八处反王，六十四路烟尘"，文武百官沉默的反抗，并不能阻止杨广第三次出击高句丽。

大业十年，杨广再次御驾亲征高句丽。

二月二十日，下诏书说："竭力王役，致身戎事，咸由徇义，莫匪勤诚。委命草泽，弃骸原野，兴言念之，每怀愍恻。"

这份诏书很奇葩，自己两次都没有打赢高句丽，他却要翻出杨谅当年出征辽东失败的事进行批判："而谅惛凶，罔识成败，高颎愎狠，本无智谋，临三军犹儿戏，视人命如草芥，不遵成规，坐贻挠退，遂令死亡者众，不及埋藏。"然后提出"派人收葬阵亡士兵，在辽西郡设祭坛，建道场。把恩惠施加到九泉之下，安抚死去的冤魂，弘大仁者的恩惠"。

时隔三日，他又下诏书说：黄帝进行了52次战争，成汤发动了27次征讨，这才有了王德统治诸侯，号令管制天下。卢芳是小股盗贼，汉高祖要亲自征讨；隗嚣是残余势力，汉光武帝还要亲自登陇坂征伐。这些，难道不是除暴力、化干戈，先辛苦、后安逸的例子吗？

大臣们大都反对杨广亲自出马四处出击。杨广前一份诏书以掩埋杨谅出征时牺牲将士的尸骨为名安抚人心，第二份诏书举证历代战争极力为自己亲征高句丽做辩护。无人敢言的朝堂，两份诏书都是杨广一个人在自说自话。

三月十四日，一意孤行的杨广又来到涿郡调兵遣将。直到七月十八日，他的部队才开到辽西怀远镇。面对第三轮大兵压境，高句丽主动选择了投降，他们同时押来了隋朝上次攻打高句丽时叛降的兵部侍郎斛斯政。

杨广总算开心了。

第一次出征，杨广就想用百万大军达到"不战而屈人之兵"，但是高句丽国王是个死硬分子，以少胜多完美击退了杨广。第二次出征，因为后院着火，无奈退兵。第三次出击，高句丽国王服软，给杨广铺了一个极好的台阶，杨广就势下坡，宣布大军凯旋。

十月初三，杨广回到东都。月底，杨广返回京城。一个月后，杨广在金光门外肢解斛斯政，他三征高句丽的屈辱，全部凝结成怒火，烧向了斛斯政。

"徒有归飞心,无复因风力"

大业十一年(615)正月初一,大兴城。

一年一度的朝廷宴会正在举行,文武百官推杯换盏,热闹非凡。各国使节把酒言欢、欣喜满满。大家都很高兴,但是杨广非常不高兴。

这场盛大的宴会,突厥、新罗、毕大辞、龟兹、疏勒、于阗、契丹等中原王国周边数十国都派出使臣朝贡。杨广最希望看到的高句丽代表却没有到场。连续三次举国征讨,刚刚还答应称臣的高句丽国王高元再次玩弄了杨广。

杨广除了愤怒,还有伤心。宴席结束回到寝宫,杨广喝得酩酊大醉。

乘着酒劲,杨广写下了一首伤感的五言诗,让美人反复吟咏,他听着听着突然老泪纵横。这首诗留传后世的只有两句:"徒有归飞心,无复因风力。"

在大臣面前,在使臣面前,杨广其实在强作镇静,而他内心已经意识到了问题的严峻性。自从杨玄感起事开始,各地不断有造反的信息传递给杨广。

大量的工程建设,接二连三的东征,这一切都需要人力。动辄几十万、上百万的役力征发,牵连的是上百万户家庭的生死存亡。杨广不停地征发役力,战死者、累死者不计其数,民间社会对于皇帝的怨恨自然也在不断累积。碍于高压统治,民众轻易不敢反抗。当身居高位的杨玄感都觉得皇帝有问题时,民怨终于爆发了。

杨玄感的确开了一个很不好的头。

二月初七,杨广下诏历数社会乱象,然后指示:"应当让百姓全部筑城居住,就近分派土地,让强弱不同的人互相容纳,劳动互助。这样,造反的人就无处藏身了。郡县公务人员要为大家做好服务,让老百姓各得其所。"

与全国风起云涌的造反势头相比,杨广认真部署的戡乱策略,显然已经难以奏效了。

新年伊始,几乎全国各地都有人在起事。奏章像雪片一样传来,密密麻麻写着起义和称帝。这时,一直归顺的东突厥又开始挑衅了。

五月,杨广决定北巡。他先来到太原,在汾阳宫避暑。

八月,杨广巡视边塞。隋朝嫁给突厥可汗的义成公主送来密报,称始毕可汗带着数十万骑兵,计划袭击皇帝。杨广赶紧退回雁门。果然,突厥打过来,拿下了很多城池,围住了杨广躲藏的雁门城。隋军迎战,屡次失败。杨广十分恐惧,他想带一批精锐骑兵突围出去,随行大臣极力劝阻才放弃。杨广下诏号令全国各郡组织军力前来救驾,各地响应,隋军不断涌来。救驾的军人里,就有后来做了大唐皇帝的李世民。不过那时候他还是一个不起眼的小军官。

被围月余,突厥才撤兵离去。突厥因何撤兵,史书也有多种说法。

危险解除了,但是面子丢尽了。杨广内用专制、外服四夷,为的就是争一个世界领袖的名号,如今又被突厥羞辱了一番,杨广没好气地回到了东都。

大业十三年,面对几乎每天都有起义信息通报的洛阳城,杨广心烦意乱。他从父亲那里接手的是一个强盛富裕、安定统一的国家,唯一美中不足的是与汉朝相比,西北和东北还没有收入中原王朝的版图。为了达到这两个目的,他过度动用民力,给人民带来了巨大的痛苦和灾难。

如今,民怨沸腾,他已束手无策。

虱子多了不痒,这时候的杨广,已经没有精力去应对朝局了。

他似乎有点破罐子破摔的状态,居然在景华宫捕捉萤火虫,晚间出宫游玩时放归山林以观萤光。作为有着远大理想的帝王,杨广居然有这种趣味,真是匪夷所思。

七月,他要去扬州,离开令他心烦意乱的洛阳,他把朝政扔给了儿子杨侗、光禄大夫段达等官员留守处置。

朝局危殆,大臣们都希望杨广不要离开。

右候卫大将军赵才劝谏杨广不要去江都,被拘留十几天。建节卫任宗上书劝谏杨广不要去江都,被当朝杖杀。奉信郎崔民象在建国门上表劝谏杨广不要去江都,被割了舌头,然后处斩。在汜水,奉信郎王爱仁上表,力劝杨广回京师大兴,又被处斩。在梁郡,有老百姓出来劝杨广不要南下,结果,这可怜的百姓也被处斩。

杨广从来不听劝谏,他扬言"有谏我者,当时不杀,后必杀之",曾经为他立下汗马功劳的重臣,都因为劝谏被他找罪名杀掉了,何况没有功德的普通官僚?谏者基本都是当场被斩杀。

大业十三年(617)四月,李密率领的瓦岗军逼围洛阳,并向各郡县发布檄文,谴责杨广十大罪状。五月,李渊在晋阳起兵,同年十一月攻入长安,拥立杨侑为皇帝,遥尊杨广为太上皇。

眼看自己已经无力回天,杨广在江都整日与皇后、宫女酒色取乐。

大业十四年(618)三月,杨广见天下彻底大乱,他无心回北方,命令手下修建丹阳宫(今南京),计划迁居到那里去。这位成长于关陇大地的贵族子弟,终生喜爱江南风韵。

宇文化及等臣僚得知无法回到北方,便联合叛变,攻入宫室,杀死了杨广。杨广时年50岁。

杨广离开了。他精心构想的"大业"江山,只持续了短暂的14

年。他的身后，江山破碎，一片残垣，宛如他早年那首《野望》的真实写照：

> 寒鸦飞数点，流水绕孤村。
> 斜阳欲落处，一望黯消魂。

他走了，他缔造的帝国像一片果园，等待着一个叫唐的王朝来收获光荣。摘果实的人，是同样发家于关陇集团的表哥李渊。

有隋一朝，起于关陇贵族；有隋一朝，亡于关陇贵族。

杨广一生，文韬武略、才华出众、功业宏大、英雄壮怀；杨广一世，狂悖无常、刚愎自用、残暴少仁、自以为是。

复杂的杨广，最终在唾骂声中沉入了历史长河。

杜甫

破碎的流浪

东柯草堂杜甫雕塑。东柯草堂始建于北宋哲宗绍圣年间（公元1094年），后世不断遭毁，不断重建。杜甫流寓秦州时，其侄杜佐居东柯河谷，杜甫曾亲往探视意欲留居，后失败，遂留下"东柯好崖谷，不与众峰群"诗句。

◎公元759年夏末,热浪滚滚,暑气汹涌。大唐的每一寸土地都沉浸在伏天的酷热之中。与这酷热一道对大唐构成煎熬的,还有"安史之乱"引发的战火。

在大唐西京长安和东京洛阳之间,咽喉锁钥地——潼关所在的华州城里,一位诗人正陷入无限的惆怅中。他刚刚从东京洛阳回到华州,心绪还没有从沿途所见民不聊生的悲惨冲击中振作起来,就又接到了一个关乎个人前途命运的悲剧消息——他的华州司功参军之职被革除。

经历了好几个夜晚的痛苦煎熬,杜甫终于做出了一个艰难的决定:离开华州,去往秦州。

这位诗人决绝的出发和流浪般的远游,让中国官场减少了一位平庸的吏员,但让中国文化史多了一位伟大的诗人。

远　游

夏天已经过去了。天气依然炎热。

杜甫备好一匹老马、一辆马车,带着妇人、两儿子、两女儿、一弟弟、一仆从,离开了华州。

一年前的六月,杜甫从左拾遗的位置上移任华州司功,到眼下的七月离开华州,刚好一年有余。为任期间,杜甫曾于冬天离开华州返乡探亲,直到第二年春天才返回。他在华州为官务政、居住生活的时间只有半年。

一行八人的车队,谈不上浩浩荡荡,但也热热闹闹。从华州到长安,沿途所见和潼关以东没有什么两样。深陷丢官苦闷的杜甫,一路操心着未来的生活。倒是孩子们不时的欢声笑语,多少带走了一些杜甫内心的苦闷。

平展秦川,大道昭彰,一家老小慢悠悠行进,只两日就到达了长安。

公元755年燃起的兵祸,造成整整四年的战乱,长安早已变得面目全非:断壁残垣、遍野哀号。战乱还处在焦灼状态,看不出有平息的可能。

长安,杜甫曾经居住十年,并满怀期待的地方。如今,这虚空的都城令杜甫心灰意冷,他连驻留一夜的情绪牵绊都没有了。

杜甫的车队从长安擦身而过,怅然作别。这次与长安的告别,也是48岁的杜甫与他前半生努力的仕进之路所做的最彻底的告别。

一路西行,杜甫在凤翔做了短暂的停留,这里曾是他麻鞋见天子、获封左拾遗的地方。这里也是他数十年追求功名、光明乍现的地方。然而,一切太过短暂,宛若昙花一现,全部结束了。

从东京洛阳出发来到华州,杜甫目力所见,满是悲痛。他一路行进,一路赋诗。写下了脍炙人口的"三吏""三别":《新安吏》《石壕吏》《潼关吏》《新婚别》《无家别》《垂老别》。

"国破山河在,城春草木深",长安的破败和凌乱,杜甫早在战乱初期就已经描摹过了。大抵是因为个人遭际也跌落谷底,从华州到长安,原本感情丰沛的杜甫没有留下任何诗作。从长安到秦州,也是一路沉默。

过了凤翔,八百里秦川已经不见了。

逶迤而行,前路曲折。

出长安逾陇,必须西翻陇坂。从秦汉以来,历代文人雅士翻越陇坂，都会吟诗赋词，感叹道路艰辛。"陇坂高无极，征人一望乡。关河别去水，沙塞断归肠。"很多诗作就像卢照邻这首《横吹曲辞·陇头水》一样，营造的尽是道阻且险、离愁万端的情境。

历代吟咏丰盛，陇头流水在诗词歌赋中几乎成了生离死别的代名词。

吱吱呀呀，小马车一路颠簸，颠上了陇坂高坡。

"西上陇坂，羊肠九回。"一路风尘，行进了960里弯弯曲曲的山道、险谷、深沟、高山后，杜甫终于抵达了他"远游"的目的地——秦州。

沉默许久的杜甫终于"开口"了。在秦州他再次燃起了表达的冲动。或许是陇坂深谷的艰险难行给杜甫留下了强烈冲击，陇坂出现在他到达秦州后所写的第一首诗中。

满目悲生事，因人作远游。
迟回度陇怯，浩荡及关愁。
水落鱼龙夜，山空鸟鼠秋。
西征问烽火，心折此淹留。

自从写了这首《秦州杂诗（其一）》以后，杜甫的心扉又打开了，他的情感犹如江河泛滥，一发不可收拾，他在秦州一口气写下了20首杂诗。

丢 官

日月不相饶,节序昨夜隔。
玄蝉无停号,秋燕已如客。
平生独往愿,惆怅年半百。
罢官亦由人,何事拘形役。

这是杜甫在乾元二年(759)立秋次日所作的《立秋后题》。这首诗前四句写秋后之景,后四句写所题之意。

这首诗是杜甫作别华州前所写的最后一首诗,也是他离开朝廷官爵体制的告别诗。历代学者研究杜甫为何离开华州时,都以此诗作为依据。对于杜甫为什么离开华州出走远游,杜甫自己所写的"罢官亦由人"其实有些语焉不详。

《唐才子传·杜审言传》附载:"(杜)甫……禄山乱,避走三川,寓鄜弥年,弃官客秦州。"后世研究大都从《唐才子传》的意见,认为杜甫是弃官、辞官出走的。杜甫本人没有对华州司功之职发出太多抱怨,但是后世文人一个个都替杜甫打抱不平,痛批唐朝廷任人不公,浪费了杜甫的才华。

杜甫真的是弃官离开华州的吗?历史的疑团一旦形成,后世如果没有充分的考古、考据资料,就很难厘清了。

不过,研究杜甫离开华州的心路历程,大有必要对照他的整个人生和其他诗作来推理。抱定杜甫是弃官后离开华州的人,大抵对杜甫有着深刻的同情,但他们的论调缺乏可信的佐证。

先由杜老先生的原文入手,"罢官亦由人"的"罢"字在古汉语当中的解释是:①罢免。《芋老人传》:"及为吏,以污贿不饬罢。"②停止。《论语·子罕》："欲罢不能，既竭吾才。"③结束。《琵琶行》："曲罢曾教善才服，妆成每被秋娘妒。"《廉颇蔺相如列传》："既罢归国。"还有一层意思，是"完、尽"。《朝天子·咏喇叭》："只吹得水尽鹅飞罢。"

显然，罢官理解为免去官职更为贴切。

以上仅为字面意思的推敲，再从杜甫人生履历来看，他为了当官，可谓费尽心机。

在唐朝，要走仕进之路，只有三条途径：一是考试；二是直接向皇帝陈情；三是向有权势的人寻求引荐。

这三条路，杜甫都走过了。考试，杜甫一生共努力了两次，都失败了。一次是开元二十三年，杜甫其时24岁，在洛阳赴贡举，不第；一次是天宝六载，时年36岁，这一次是奸相李林甫玩弄权术，怕新人上位，故意阻拦，使应试者全部落第，随后向业已昏聩的唐玄宗上奏"野无遗贤"，杜甫再次失利。

除了两次考试，杜甫还给皇帝陈情过三次。第一次是天宝九载，时年39岁，他进献的是《雕赋》，没有回应；第二次是天宝十载，时年40岁，他献上《三大礼赋》，这次玄宗看中了，于是被召到集贤院，但第二年参加选拔时又遭到李林甫的遏制，没有结果；第三次是天宝十三载，时年43岁，他献上《封西岳赋》，没有下文。

两次考试失败，三次陈情也失败。真是败到了家。

除了两次考试、三次陈情，杜甫还向很多位高权重的官僚写了诗文，恳求举荐。第一次，《赠韦左丞丈济》；第二次，《奉赠韦左丞丈（济）二十二韵》；第三次，《奉赠鲜于京兆二十韵》；第四次，《投赠哥舒开府翰二十韵》；第五次，《赠翰林张四学士垍》；第六次，《奉赠太常张卿垍二十韵》；第七次，《上韦左相（见素）

二十韵》。

到了这第七次，还真的见效果了。韦见素帮了杜甫的忙，天宝十四载，杜甫被任命为河西尉，杜甫拒绝了；继而又被任命为右卫率府胄曹参军，也就是兵器库库管员。

后来人研究，认为杜甫不肯就职河西县尉，是为了避免鞭挞百姓。如果县尉之职果真是鞭挞黎民的职位，那你杜甫就不能变成体贴人民的官吏吗？再则，管理搜刮民脂民膏置办的武库家当，难道就脱尘离世了？显然杜甫是不想去小县城做小官，他更愿意待在京城。

管理武库，初试京官，杜甫自己都觉得自己有点儿搞笑，便做了一首《官定后戏赠》，表达了自己当官的高兴和官位太小的不高兴。至于举荐之人，他压根就没提。

屋漏偏逢连夜雨，杜甫真的是一个倒霉蛋，追求了大半辈子好不容易混上了个小官当，却恰好遇上了"安史之乱"。长安沦陷，唐明皇都逃之夭夭了，何况杜甫一介库管员。

杜甫乘乱离开长安，想追随太子，但是被叛军给逮住了，又捉回了长安，好在他是低级官吏，人家压根没把他放在眼里，就又逃了出来。几经辗转，他最终如愿以偿投奔到了僭越即帝位的肃宗门下，得到了左拾遗的职位。

如此热衷当官的杜甫，且已年近半百，怎么可能辞官呢？

即便从左拾遗的位子上被贬下来，但司功参军也是官啊。所谓因关中饥饿而辞官，几乎是无稽之谈。任何时代，只要为官总比草民有所保障。跟随山大王都能有组织保障，何况朝廷的体制内人员，怎么可能穷到吃不饱饭？

其实杜甫被免职的另一大原因，有可能是——擅离职守。

杜甫当官心切，但是做了官以后，又是经常性"在其位不谋其政"。从天宝十四载（755）任右卫率府兵曹参军起，到乾元二年（759）离任华州司功参军，他的当官时间总共只有4年，就这么短暂的任职时间，他回了三趟家，每次一去就是三四个月。这休假时间也太长了吧。

杜甫到任华州后，曾写了一首《早秋苦热堆案相仍》，表达了对华州做官的极度不满。

> 七月六日苦炎热，对食暂餐还不能。
> 每愁夜中自足蝎，况乃秋后转多蝇。
> 束带发狂欲大叫，簿书何急来相仍。
> 南望青松架短壑，安得赤脚蹋层冰。

758年秋天到达华州，冬天杜甫就离开了。他在洛阳居住了将近四个月，759年夏才慢悠悠回到了华州。这次归来，情况不妙。先前的主官郭使君已经换成了张惟一，最关键的是"安史之乱"后的朝廷又重整旗鼓，开始了新一轮的考课。

肃宗在灵武称帝后，顺利收复两京，他一边用兵，一边强化统治，先后下达《申戒刺史考察县令诏》《县令等官准故事选拟敕》，试图解决州县官员任命不经过中央选定的问题，努力恢复社会秩序。

唐朝的考课制度本来很完善，每年进行一次小考，每三至四年（指一个任期）举行一次大考。小考考核官员当年的政绩优劣，大考则考核官员任期内的政绩。这个考课被"安史之乱"打断后，现在逐渐恢复了。

唐朝考课制度中的司考与校考均分为上上、上中、上下、中上、中中、中下、下上、下中、下下九等。其划分是以"善"与"最"综合考虑，每等均有具体的规定：一最四善为上上；一最三善为上中；一最二善为上下；无最而有二善为中上；无最而有一善为中中；职事初理，善最不闻为中下；爱憎任情，处断乖理为下上；背公向私，职务废缺为下中；居官饰诈，贪浊有状为下下。

杜甫来到华州，做官不到半年就回乡了。再回到华州，考课开始，擅离职守的他怎么可能得高分？用考课制度对照杜甫在华州任上的作为，杜甫所得考课结果只能是"背公向私，职务废缺"的"下中"。

考课完全不称职，杜甫哪有辞职的资格？他只能接受被免官的命运。

写罢"罢官亦由人，何事拘形役"，杜甫再也不用担心"束带发狂欲大叫，簿书何急来相仍"了。

客居秦州

"满目悲生事，因人作远游。"丢了官，生活穷愁，听说从侄杜佐在秦州东柯谷有几间草堂，老友赞公在秦州西枝村挖了窑洞，杜甫便浩浩荡荡顶着离愁别绪来到了秦州城。

秦州早在先秦时期就是秦人的"根据地"，西汉时其地分属绵诸、上邽两县。唐天宝元年，改秦州为天水郡，后又改回，秦州州治在上邽县。后来，上邽之名弃用，秦州被历代政权沿用至清末。

人地生疏，杜甫将一家老小安顿在城里的旅店，开始四处溜达。他想见的人，一个在东柯谷，一个在西枝村。这两处地方都距离秦州城较远。

来到秦州后，杜甫曾捎信给远房侄子杜佐。杜佐得到消息后来秦州城里看望了一趟叔叔。这个曾在朝廷里任职的远房叔叔，眼下的状态实在窘迫，令杜佐大跌眼镜。一家老小八张嘴，靠吃老本显然不能撑持多久，杜甫忍不住对杜佐表达了生活压力上的忧虑，并打问了杜佐的生活状况。

杜佐走后，杜甫对杜佐居住的东柯谷充满想象，十分向往。写下了《秦州杂诗》之十三："传道东柯谷，深藏数十家。对门藤盖瓦，映竹水穿沙。瘦地翻宜粟，阳坡可种瓜。船人近相报，但恐失桃花。"这首诗里，诗人已经摩拳擦掌想象着在东柯谷安家落户、耕读持家。对于一个前半辈子一心想当官的人而言，此时的杜甫心里凉透了，生逢乱世、丢官弃家，唯有隐身避居、养家糊口才是正道。

随后，带着希望和憧憬，杜甫来到距离秦州城70多里远的东柯谷。他想在杜佐居住的东柯谷建立草堂、开辟田园。他的愿望是寻求杜佐的帮助，借以立足东柯。

参观完杜佐草堂和田园，杜甫对东柯谷的地形风物十分满意，现实与他想象中的意境完全吻合。他在《秦州杂诗》之十五、十六两诗当中，对东柯谷做了更加详细的描摹。

杜甫踏访侄子的时候，碰到了一位叫阮昉的隐士。此人自称阮籍后代，与杜甫相谈甚欢。阮昉的行为举止，更加深了杜甫对于隐居田园的决心，遂写下《贻阮隐居》，大赞历代隐士视荣禄富贵为粪土的精神境界。

在东柯谷附近，还有另一位重要的人，杜甫极力想见。他就是当年杜甫在长安蛰居时给予杜甫不少帮助的大云寺和尚赞公。杜甫、赞公与房琯都是老关系，受房琯案牵连，杜甫被贬为华州司功，赞公则离开京师只身到秦州山寺修行。

在西枝村,杜甫与赞公在土室住了一夜,"相逢成夜宿,陇月向人圆"。他又动了在西枝村开挖土室的想法。赞公陪着杜甫寻找向阳的崖坡。《西枝村寻置草堂夜宿赞公土室》其二记述了他们寻找土室的过程。接连几日,他们都没有找到理想的地方。

这时离开秦州城已有半月光景,杜甫念及城里的妻小,与赞公作别,没有再找杜佐,直接赶回了秦州城。

这是一个多雨的秋天,杜甫回城后,接连凄风苦雨。杜甫左身罹患痹症,左耳鸣响,畏寒怕风。阴风冷雨侵袭下,他的老毛病又复发了。手头积蓄已所剩不多,柴米油盐是妻子天天挂在嘴边的真经。杜甫心头一天天烦乱了起来。

杜甫在秦州城居住期间,先后游览了城北隗嚣宫、城南南郭寺、城西赤谷亭、城东东楼门。这些地方都出现在他的《秦州杂诗》中。

西汉末年隗嚣割据陇右,曾在秦州一带独霸一方,与刘秀抗衡多年,大大推迟了全国统一的进程。隗嚣在秦州城北建有宫殿。杜甫700多年后到来时,宫殿遗址尚存:"秦州山北寺,胜迹隗嚣宫。苔藓山门古,丹青野殿空。"

秋天的秦州城,两山葱郁,秋雨绵绵。杜甫在秦州期间,诗兴大发,除写就20首《秦州杂诗》,还写了一系列其他诗,总计120余首。

一个雨过天晴的日子,杜甫出城,登上城南的慧音山,一路观览,一路采药。饿了吃一口干粮,渴了喝一口山间的泉水。晃晃悠悠、吊儿郎当,就是一天。或许他曾多次登临南山,在南郭寺寻觅转悠。于是有了《秦州杂诗》之十二:"山头南郭寺,水号北流泉。老树空庭得,清渠一邑传。秋花危石底,晚景卧钟边。俯仰悲身世,溪风为飒然。"

从离开华州的那一刻开始，杜甫就陷入了悲情，他在秦州的日子一直延续着悲情。

杜佐在东柯谷等不到族叔，又跑到秦州城里看望了一趟杜甫。这时，杜甫已经陷入了贫病交加的困境。杜佐见状，深有同情，这次会见，他或许许诺了接济杜甫的话。所以杜佐走后，杜甫一直在盼望族侄的接济。

"旧谙疏懒叔，须汝故相携。"在等待中，杜甫写下这首《佐还山后寄三首》其一。又过一些日子，还是不见杜佐音信，杜甫又写了《佐还山后寄三首》其二："白露黄粱熟，分张素有期。已应春得细，颇觉寄来迟。"可是直到杜甫写了《佐还山后寄三首》其三"甚闻霜薤白，重惠意如何"，接连乞求，杜佐还是了无音信。困顿嵯峨之际，真格是叫天天不应，叫地地不灵。人性复杂，世态炎凉，杜佐到底发生了怎样的变故，为何拒绝了对族叔的接济，后人已无从知晓。但杜甫始终没有等来族侄的黄粱和薤，在秦州落脚的初衷也如梦幻泡影般泯灭。

绝望之际，阮昉给杜甫一下送来了三十束薤。喜从天降，杜甫做《秋日阮隐居致薤三十束》"盈筐承露薤，不待致书求"大发感慨。

冷雨淅沥，短暂的秋天过去了，初冬的寒意袭上秦州城头，贫病交加中的杜甫痛彻心腑。"因人"而来秦州，但所因之人没能给予帮助，他不得不考虑离开。

同谷失算

来秦州的时候，杜甫开宗明义就说自己"满目悲生事"，离开的时候，他又说"我衰更懒拙，生事不自谋"。

来时谋生事，去时愁生事，生事压得杜甫有点喘不过气。对公元759年的杜甫而言，讨生活远比写诗难多了。杜甫一家老小只能在饥寒交迫的窘况下忧伤地离开秦州城。《发秦州（乾元二年自秦州赴同谷县纪行）》有载："日色隐孤戍，乌啼满城头。中宵驱车去，饮马寒塘流。磊落星月高，苍茫云雾浮。"

出城的时候，杜甫选在天黑，他只走了七八里路，宿在了秦州城西南的赤谷亭附近。他为什不在清晨直接出发赶路，而要做出这种好像对秦州城充满眷顾一步三回头的选择，后世人永难猜度了。

此时，陇山之东的朝廷备受战火煎熬，整个帝国的战略力量大都投放到拱卫两京、重振帝业上。陇山之西诸如秦州小城之类的边地城镇，全都防务虚空，戎人、胡人、吐蕃人、回纥人，各色人等自由穿梭、各怀鬼胎。白天貌似繁华的城市，一到晚上，空气就变得格外紧张。洮州一带吐蕃不时进犯，危机正在悄然接近陇右的广大地区。

盛唐王朝被"安史之乱"推入风雨飘摇中，几乎到了奄奄一息的绝境。

和前来秦州时一样，他对想要去的地方又充满了新的想象。"栗亭名更佳，下有良田畴。充肠多薯蓣，崖蜜亦易求。"饥肠辘辘之人，时刻在想念食物。他幻想的这一切，是同谷的一位"佳主人"写信告诉他的。他巴望着能在新的流寓地找到一个饱腹之所。

大清早从赤谷亭出发，沿赤谷一路向南，他一抬脚就开始吟诗了:"晨发赤谷亭,险艰方自兹。乱石无改辙,我车已载脂。山深苦多风,落日童子饥。"(《赤谷》)可是,从华州到秦州一共走了900多里路,他居然一首诗都没写,一路有多沉默啊!

从赤谷出发,途经铁堂峡、长道盐井、法镜寺、青阳峡、龙门镇,到达同谷。一路上,他写下12首纪行诗。

投奔同谷,杜甫想得到"佳主人"的照顾,但是杜甫到达同谷后,这位"佳主人"并没有照面。得不到照应,杜甫只能向当地民众学习,从山林荒地找食野味充饥。他先后在同谷石龛、积草岭、泥功山、凤凰台等地避居。

从秦州出发后,杜甫不停地写诗,他将所有的经历全都写进了诗里。《同谷七歌》完整地记录了他的现实遭遇。当然,他对书写自己的贫苦和艰难一贯地用了夸大的言辞。第一首写自己白头乱发随狙公进山谷、拾橡栗,其中的乱发垂耳、岁拾橡栗显然夸大了;第二首写借来钁头上山挖埋在雪中的黄独;第三首写思念弟弟;第四首写思念妹妹;第五首写山谷生活穷困;第六首写龙蛰蛇出,暗指世道混乱;第七首感叹自己的人生经历,一事无成。

杜甫身患风湿类疾病,最怕风寒。然而命运恰恰在寒冬腊月将他逼进了陇南山地的冰天雪地里。他一边采食野果,一边抗击病魔,甚是艰难。杜甫在同谷的生活,比秦州还要苦。杜甫在同谷的季节,比秦州更寒冷。

风雪茫茫、冰冻三尺,任凭多么努力,山林里已经搜不出足以果腹的野物了。杜甫又做出了离开的决定。

"一岁四行役",杜甫在十二月一日开启了他在公元759年的第四轮远行。这一次,他要继续南行,向有着8万里田畴、江水网织的成都平原进发。

晚年成都

　　一路向南，陇南山地风雪茫茫。穿越秦岭与岷山山脉交错的深山峡谷，通过剑门关一带后，杜甫看到了冬天依然披绿的山川地貌。

　　公元759年年末，杜甫一家到达了成都平原。

　　巴蜀气候温润、土地肥沃、物产丰富。富饶的成都平原静静地承纳了杜甫一家八口人的到来。也是在这富庶的地方，杜甫遇到了宽厚的亲友。他的流寓辗转，在成都有了大的转折。

　　刚到成都，杜甫先是住在城西郊外的浣花溪寺里。居住在庙里的同时，杜甫在城西七里的浣花溪畔找到了一块空地，开始为自己营建草堂。表弟王司马第一个送来建房款，杜甫感恩在心："忧我营茅栋，携钱过野桥。他乡唯表弟，还往莫辞遥。"

　　冬天逐渐过去了，杜甫在公元760年的浣花溪畔迎来了新的希望。绵竹松柏、绿李黄梅、桃树果苗，杜甫一一栽种，忙得不亦乐乎。

　　秋天，草堂落成，高适送来米面，邻居送来菜蔬相贺，"故人供禄米，邻舍与园蔬"。一家人高高兴兴搬进了属于自己的新家。《江村》诗说："清江一曲抱村流，长夏江村事事幽……老妻画纸为棋局，稚子敲针作钓钩。"安逸舒适的生活，洋溢在字里行间。

　　在成都，高适、严武、老舅、表弟，很多人都在积极周济杜甫，他的生活过得优哉游哉。在《进艇》中他说："昼引老妻乘小艇，晴看稚子浴清江。俱飞蛱蝶元相逐，并蒂芙蓉本自双。茗饮蔗浆携所有，瓷罂无谢玉为缸。"

　　杜甫与兄弟的情谊深厚，在成都安居以后，杜甫想念弟弟。他遥望夜空，万里传情："中原有兄弟，万里正含情。"于是764年秋，大兄弟杜颖从山东赶来成都看望杜甫。杜甫赶忙买酒割肉，请来左邻右舍招待杜颖，把酒言欢、分外开怀。

杜甫小弟弟杜占一直跟着哥哥。在成都，杜甫外出时，家中的掌事权便交由杜占："鹅鸭宜长数，柴荆莫浪开。"

761年，巴蜀生乱。十二月，曾因房琯案受到牵连被贬为巴州刺史的严武，被委任为成都尹兼剑南两川节度使。严武到任后，经常访问杜甫草堂，送酒携肉，欢宴不断。然而好景不长，762年四月，玄宗、肃宗双双去世，代宗即位，招严武入京拜京兆尹，高适接替成都尹。严武走后，蜀地发生事端，杜甫逃往梓州避乱。十月，唐军借助回纥兵力收复洛阳，"安史之乱"终于终结。

"安史之乱"发生后，吐蕃借势逐渐东扩。唐军无暇顾及西部，到763年七月，陇山之西全部沦陷。十月，吐蕃由秦州境翻越陇坂，进攻奉天（今陕西乾县）、武功（今陕西武功县），代宗逃往陕州。吐蕃兵不血刃占领长安。巴蜀大地也深陷吐蕃围困。

764年，严武再度入蜀任成都尹、剑南东西川节度使。三月，已经前往阆州、计划从水路南下出峡的杜甫获知严武二度入川，又回到成都草堂。六月，严武举荐杜甫担任节度使署中参谋、检校工部员外郎。

年底，郭子仪彻底击溃吐蕃。

大唐十年动乱，人口锐减，全国只有1690万人，比天宝十三载减少将近七成。

杜甫入职严武幕府，仅仅六个月就退出了。因何退出，后世推测甚多：有的说杜甫本就不愿意做幕府；有的说杜甫与同僚性格不合；还有的说杜甫得罪了严武。

杜甫退出严武幕府，返回草堂写下"还思长者辙，恐避席为门"后，直到严武去世，杜甫再没有写过任何关于严武的诗。严武死后，严武的老母亲护送儿子的灵柩回故乡经过忠州,业已离开成都的杜甫恰好与严母相遇,才又写下《哭严仆射归榇》。

四月,严武去世;此前的正月,高适已经去世。765年,杜甫失去了在成都最可靠的两位友人。五月,杜甫乘舟南下,也离开了四川。

766年夏,杜甫迁夔州,得柏茂琳照顾,主管东屯公田百顷。768年正月离开夔州,去往楚湘。770年,杜甫在耒阳去世,死因说法较多,难究其详。

失败的仕途

后世评价杜甫,尊誉其为"诗圣"。

作诗写文是中国古代读书人的共同特点,也是官员的基本能力,写诗并不是一门营生。

杜甫的祖父杜审言诗写得好,武则天很欣赏,授著作郎。杜甫对此很自豪,经常自诩自己深得祖传,作诗渊源深。壮年时他把屈原、贾谊、曹植等都不放在眼里。他教育儿子的时候也说:"诗是吾家事,人传世上情。"对于作诗杜甫很自信,但是作诗并不是杜甫的最大梦想,他的人生抱负是"致君尧舜上,再使风俗淳"。

能让皇帝超越尧舜,必得靠近皇帝、辅佐皇帝;能让民间风俗大变,必得手握实权、号令全国。杜甫的理想,非三公九卿之职不能实现。

为了从政,杜甫费尽了心机。

年轻时他"放荡齐赵间,裘马颇轻狂",是典型的"官二代"。开元二十九年(741),父亲杜闲病故。作为家中的长子,此时杜氏家族一家人的压力全部压在了三十而立的杜甫肩上。可是一直到44岁,杜甫才谋得一个军需仓库管理员的小职位。

一个曾经的快意少年,此时已被命运和生活现实打磨成了一个遍地哀愁的失意者。

乱世出英雄,"安史之乱"让杜甫的命运出现转机,但是杜甫并没有抓住机会。

756年六月初九,哥舒翰守卫潼关失败,投降叛军。十三日,玄宗出逃。太子李亨跟着玄宗逃到马嵬,发生兵变。玄宗南下,李亨未随。名义上太子要东向讨贼,但长安很快沦陷,李亨又一路逃奔到了灵武。

李亨心怀鬼胎,一到灵武就称帝了,根本就是目中无父。为了当皇帝,天天念叨儒家真经的统治阶级这时候真的是连遮羞布都不要了,仁爱孝悌是他们天天要求草民必须做到的,但是到了权力争夺的关键时刻,最先践踏传统宗旨的,恰恰就是这些传统经学的号召者。

李亨的帝位没有合法性,充满原罪。这是三岁小儿就能看透的事,李亨和李隆基之间必然有无法调和的矛盾。但恰恰就是在这个最简单、最直接考验政治立场的事情上,杜甫犯了糊涂。

杜甫一路追随新皇帝,受了很多苦。他在凤翔"麻鞋见天子"时,新皇帝很受感动,直接封他为左拾遗。这浩荡皇恩,真的是一洗前耻啊。这一年杜甫46岁。如果以24岁第一次参加贡举考试为标志,杜甫立志当官以来,在老皇帝的时代已经受了22年的屈辱。

新皇帝有新的治国策略,必然要用自己信任的人。考验杜甫的时刻到来了。

房琯是玄宗的旧臣。得知儿子在灵武称帝,玄宗派房琯、韦见素等送宝册至灵武,禅位。名义上玄宗认可了儿子称帝,但实质上李亨对玄宗的这些旧臣充满忌惮。房琯想立功,于是李亨任命房琯为招讨使,房琯兴高采烈地去打仗,但是一出马就被叛军打得落花流水。

房琯给自己找好了下课的理由。

房琯为人狂放,肃宗本来就怀疑他的忠心,作战失败刚好给了肃宗口实。

新皇帝要收拾房琯,这时候,杜甫突然跑出来说情。皇帝要收拾某个臣子的时候,最需要的是多一些大臣来帮腔。杜甫反倒好,逆皇帝的心思而动,这不是找死吗?

杜甫叨叨半天房琯有多能耐,无非还是因为他和房琯有私交。皇帝哪能听进去这些?这时候的皇帝什么理由都不需要,只要房琯远离权力核心。

一气之下,皇帝让杜甫回老家去探亲。

杜甫真的太不讲政治了。真以为自己长能耐了,还能庇护兄弟。可实质呢?房琯当官多年,并未给杜甫在朝廷物色一官半职。可见,房琯和杜甫的私交也是玻璃友情。就这样的浅交朋友,杜甫还要"执言"去搭救,看似很仗义,其实太迂腐。

历代文人害了同情同类的老毛病,总说杜甫被贬官了,被冤枉了云云。这些文人怎么不能站到李亨的立场上去想问题呢?李亨当年心想,自己提拔的官员,关键时刻站队,居然站到对立面去了,以后谁还敢用你?

或许,为这个事对杜甫充满同情的人,真有了当皇帝的机会,站在李亨的角度，八成都恨不得宰了杜甫。

丢掉左拾遗的官位，对杜甫来说实在太可惜了。被贬到华州司功的位置，就算考课合格，再干上去的希望也比较渺茫。

严武的出现，再次给杜甫的命运转折提供了机会。

严武与杜甫两家有世交之谊，所以严武对杜甫非常尊敬，他对杜甫的提携帮助，在同期友人当中，应该是表现最为积极、最为彻底的。对于这样一位有恩于自己的人，杜甫本应该发自内心地尊重严武，然后，他却有点恃宠而骄。《旧唐书·杜甫传》载："武与甫世旧，待遇甚隆。甫性褊躁，无器度，恃恩放恣。尝凭醉登武之床，瞪视武曰：'严挺之乃有此儿！'武虽急暴，不以为忤。"《新唐书》提及此事，更说严武想杀了杜甫："一日欲杀甫及梓州刺史章彝，集吏于门。武将出，冠钩于帘三，左右白其母，奔救得止，独杀彝。"

据郭沫若考证，严武想杀杜甫的说法出自唐代笔记小说集《云溪友议》，但因为一句话就要杀了自己尊敬的人，不足为信。不过，杜甫在梓州时与章彝交往颇深（杜甫为其写过 11 首交游诗），很有可能与章彝的案情有牵扯。严武第三次来蜀是接替章彝，章彝本来要被朝廷召回，但被严武私自杖杀了。

"安史之乱"后，中央政府增设节度使，这些藩镇日益做大，割据自立，一个比一个无法无天，一个比一个心狠手辣。如果杜甫和章彝在梓州真的有亲密交往，让严武生疑欲杀之，也极有可能。从杜甫做严武幕僚只半年就主动请辞的举动来看，杜甫当时和严武的关系确实出了问题。他三番五次请辞，借口是与年轻同事合不来，显然是托词。

细细梳理，杜甫压根就不懂政治，也不讲政治，实在不适合做官。

从官僚血亲脉系延续角度看，杜氏家族在杜甫手里真的是没落了。一个自恃诗才顶天的"官二代",缘何反反复复不能进入仕途? 恐怕不只是朝廷腐败、官员奸佞的原因了。毕竟他的朋友高适、岑参、严武,一个个都在仕途混得风生水起。

"诗圣"的悲剧

尽管没落了,但杜甫依仗父亲曾是兖州司马的便利,少去了为朝廷纳税的枷锁。这比普通人还是轻松许多。至少比东柯谷的杜佐少了很多生活压力。但杜甫会写诗,会把痛苦放大、把哀愁唱响。面对生活的苦难,他显然不是强者。

杜甫做官不顺,写诗却坚持得很好,是古典诗歌艺术的集大成者。

从初秋时节翻越陇坂屈苦叫穷,到年底离开陇地,杜甫用诗歌的神韵把潦倒穷愁表述出了后世无人能及的高度。冯至评价杜甫的诗作以公元759年为界限,之后达到了唐人难以企及的高度。而这个高度就是在秦州、同谷客居期间造就的。恰恰是最艰难的时刻,孕育了最高水平的作品。

立志翻越陇坂的那一刻,杜甫应该是想过隐居生活的。在东柯谷见了杜佐和赞公以及阮昉,更坚定了他隐居的想法。但是他带着一大家子人,无人接济根本立不稳脚,想隐也难。入蜀以后,他还是有隐居的想法,但他并没有那样的决心和意志,他不时向高适、严武、章彝求助受接济,依然是门客心态。后来做严武幕僚,只半年他又要辞职,显然还是想隐。出世入世,反复撕扯,这是杜甫一生中性格上最大的矛盾。

杜甫的立场经常摇摆不定。比如他对唐玄宗的态度，就时好时坏。在求官阶段，他极尽谄媚之辞，三次献赋，玄宗对《三大礼赋》比较看好，有了回响。杜甫便觉得无上光荣，刻骨难忘："曳裾置醴地，奏赋入明光。天子废食召，群公会轩裳。"

求官不得，苦闷之时，他又对玄宗心生恨意，比如在《登慈恩寺塔》一诗中，他用"秦山忽破碎，泾渭不可求。俯视但一气，焉能辨皇州"对唐玄宗做了暗讽。在《丽人行》中，他用"杨花雪落覆白蘋，青鸟飞去衔红巾。炙手可热势绝伦，慎莫近前丞相嗔"对杨氏兄妹的淫荡奢侈进行鞭挞，进而衬托出玄宗的荒淫无道。

从那些批判时政的诗句来看，杜甫似乎愤世嫉俗，十分痛恨统治阶级的腐朽。但当他得到左拾遗的官位，侍奉在皇帝身边时，又显得得意扬扬："昼漏希闻高阁报，天颜有喜近臣知。"肃宗给他的荣耀令他满心欢喜，但当他丢掉左拾遗官位，流落陇右期间，却再次吐露了对肃宗的不满："唐尧真自在，老翁何须求。"

视"天颜"为荣耀的杜甫，一辈子都把自己当"官二代"和精英知识分子来看待，他从来没有真正融入过下层人民。如果因为他写过"三吏""三别"，就觉得他是人民诗人，那就大错特错了。

在成都，他的茅草屋屋顶被风吹走，一些穷孩子捡走了一些，他在《茅屋为秋风所破歌》中，将穷孩子骂成了盗贼："南村群童欺我老无力，忍能对面为盗贼，公然抱茅入竹去，唇焦口燥呼不得。"可是诗的最后，他又呼号："安得广厦千万间，大庇天下寒士俱欢颜，……吾庐独破受冻死亦足。"一边咒骂穷孩子捡走自己被大风刮飞的茅草，边又说如果天下人都有房子住自己被冻死也很开心。如此自相矛盾，到底该相信他的哪种面向呢？

代宗年间，赋敛过重，浙江一带爆发起义。杜甫在763年作诗《喜雨》："安得鞭雷公，滂沱洗吴越。"他当不上官，觉得朝廷腐败无能；但穷困不能聊生的百姓起来造反，他立马视其为"暴徒"，呼吁腐败朝廷赶紧清洗他们，可见他时刻站在皇帝一边。

杜甫在穷愁潦倒的时候，也同情过人民大众，但另一些时光，他攀亲附贵、自豪洋溢，有着深深的门阀理念。比如在借助老农之口夸赞严武的《遭田父泥饮美严中丞》诗中，他好意难却地接受老农的接待，但他眼中的老农是粗鄙、无礼数的，立场很明显。

即便是杜甫这样"明显"的立场，《旧唐书》的编纂者依然给了杜甫"纵酒啸咏，与田夫野老相狎，荡无拘检"的评价。可见，中国历史上文人雅士心底里的特权思想、贵族意识、门阀观念、阶级壁垒、等级层次排码得清清楚楚。

在他自己的时代，杜甫并没有创建出超越同时代诗人的光辉声名。在唐朝的岁月里，他一辈子都贴着仕进失败的标签。

随着时间的推移，杜甫诗歌的力量逐渐被总结成为历代知识分子的典范。可是他的诗文水准，全然无法掩饰他内心追逐名利的特权主义思想。后世不能小视他的诗文成就，也不能神话他的诗品。

杜甫的卑微，是中国知识分子阶层的缩影。杜甫缺乏风骨的心口不一和投机心理，也是中国士大夫阶层自身被反复诟病、却又周缠难掉的痼疾，它造就了中国文化根深蒂固的国民气质。

每一个人都有复杂的面向，我们不能过多苛责任何一个个人。但杜甫被反复塑造为文人楷模的过程中，无疑添加了历代中国文人自己的识见和秉性，如果一味地夸饰和隐讳，杜甫早已不是杜甫了。任何时候，我们不应该忘记人性深处本真复杂多面的集合性。

作为生世沉沦、后世光亮的文化代表人物，杜甫自身的悲剧性显而易见：崇尚统治阶级，却不讲政治，不懂官场周旋，此其悲剧性之一；命运不济，缺乏独立自主的人格和拼搏精神，四处求人，丧尽风骨，此其悲剧性之二；精神沉郁，性格犹疑，感情细腻，此其悲剧性之三。

郭沫若评价杜甫比较苛责，但郭老提出的命题，围绕"诗圣"丰碑，已不单单是针对杜甫了，而是中国知识分子不得不对照的问题。

王韶

开边熙河

三岔古牌楼。王韶沿渭河谷地，一路西向，为北宋王朝赢得了"熙河路"。北宋骤亡，南宋吴玠等将领凭借渭河天险，阻挠金兵南下，三岔曾是重要防线。

◎陇西高原，丘陵纵横。在一处山脊交错、溪水环绕的开阔地，星星点点的小白帐簇拥着一座大型毡帐，帐阵周围散落着无数的牛羊马匹。这是一位吐蕃首领的驻牧地。

突然，三五骑战马驰骋而至，打破了草场地的宁静与安闲。

来人是王韶和他的随从。

此时，王韶刚刚被大宋皇帝任命为处理河湟地区事务的全权代表。他给皇帝上奏《平戎策》，提出了征服河湟地区，对西夏形成侧翼包围的战略。他的构想得到了皇帝的认可。皇帝想从西北开疆拓土，为大宋王朝建立与汉唐一样的功业，王韶成了得力干将。

王韶不带武装突然到访，吐蕃首领满心狐疑地接待了他。

平戎策

1068年冬天，开封。大宋王朝的早朝正在进行。

这一天的朝议，除了讨论常态化的工作内容，皇帝赵顼还收到了一份让他眼前一亮的奏章。《平戎策》，赵顼被标题深深吸引。

散朝后，赵顼急急忙忙认真读了起来。

"西夏可取。欲取西夏，当先复河（今甘肃省临夏）、湟（今青海乐都），则夏人有腹背受敌之忧。夏人比年攻青唐（今青海西宁），不能克，万一克之，必并兵南向，大掠秦（今甘肃天水）、渭（今甘肃平凉）之间，牧马于兰（今甘肃兰州）、会（今甘肃靖远），断古渭境（今甘肃陇西），尽服南山生羌，西筑武胜（今甘肃临洮），遣兵时掠洮（今甘肃临潭）、河，则陇、蜀诸郡当尽惊扰，瞎征兄弟其能自保邪？"

王韶开宗明义，提出了大宋应当开边河、湟，进一步遏制西夏的战略。

此时，陇山以西的广大区域，宋王朝只占领着秦州、古渭寨范围的数县。秦国故地狄道一带和隋炀帝杨广开拓的河湟地带，自"安史之乱"后被吐蕃和西羌尽数占领。而西夏自立国起逐步扩大版图，他们占领河西走廊之后，也一直在图谋河湟之地。

王韶的策略，无疑是大宋确保国家战略安全亟需抉择的议题。

陇山之西一直被宋朝视作极边之地，不在国家政治的图谋范围。宋太祖赵匡胤开国时，确立了"先南后北、先易后难"的全国统一方略。纵横驰骋十几年，赵匡胤一举统一了南方。宋太祖死后，弟弟赵光义接续前定的国策，着手北扩，他在收复中原王朝固有领土燕云十六州时，被辽军击败，中箭而逃。

北伐失利，宋王朝从此以后再无力染指燕云。同时也没有了武力征伐四夷之地的雄心。后面的皇帝一个比一个忌惮武力，因而迎来了皇帝与士大夫共治天下，戒备武力、一心求和的局面。

或许，正是宋王朝的这种转变，激发了党项人李元昊立国称帝的雄心。西夏遂成了大宋的心腹之患。

王韶全面分析局势，他说武威之南的河湟之地，统治势力分散、派系林立、纷争不断，最小的部族占地不过一二百里，最大的势力只有吐蕃董毡一派。而河湟地区土地肥沃，适宜发展农业。如果收复了河湟地区，既对宋朝的经济有帮助，还可以使西夏腹背受敌。河湟之地，西夏觊觎已久，如果大宋不图，迟早会落入西夏之手，到那时，恐怕就为时晚矣。

赵顼不止一遍地阅读王韶的建言，兴致勃然。

这年年初，上位已经一年的赵顼，改元熙宁，开启了真正属于自己的时代。

这一年，赵顼年仅20岁，年轻气盛的他对大宋王朝四平八稳的政局深感不满，对于父亲生前平淡的政绩也深怀忧虑。他想革故鼎新，建立超越秦皇汉武、比肩尧舜的功绩，他要为自己树立威望，也为父亲摆脱平庸。

于是开疆拓土的议题，再次被提上了议事日程。

在文人治国的宋王朝，张扬武力一直是言论禁区，更别说付诸实际变为国策。《平戎策》无疑是适应形势的金点子：辽国雄踞北方，西夏盘踞西北，南方多是不毛之地，大宋王朝开边的方向，只能向西，再向西。

王韶的《平戎策》为皇帝打开了新思路。陇山以西的广袤土地，曾是秦皇汉武唐太宗掌控之地，赵顼对那片土地的热望，即将由王韶为之实现。

对于具体的征讨方案，王韶指出，吐蕃势力中，瞎征相对较强大，羌人各部都畏惧他，如果招抚了他，让他驻扎在武胜或者渭源城，纠合宗党，统治部族，习用汉人之法，不仅对大宋江山形如肘腋，同时还可以让西夏各部相互孤立，不能联结。

赵顼看完奏章，非常赞同。随后，他又召见王韶，商讨了更加具体的策略。

王韶生于1030年。仁宗嘉祐二年，也就是公元1057年，王韶考中进士。这时，他已经27岁了。

大宋这一年的科举考试，可谓群星闪耀。"唐宋八大家"中的四大家与这次考试有关，欧阳修是主考官，曾巩、苏轼、苏辙进士及第。张载、程颢、曾布、章惇等北宋政治、文化领域的领军级人物也都出自这次科考。与这些名冠史册的著名人物相比，王韶在诗文、政治方面似乎没什么高深造诣，他显得默默无闻。

考取进士，等于获得了进入官场的入场券。王韶被任命为新安主簿，后改为建昌军司理参军。

之后，王韶参加制科考试，却以失败告终。这让他十分失落，他辞去了官职，来到了西北边地，访采边事。

制科考试是宋朝的一种特殊考试制度，程序比一般科举考试更烦琐。参加制科考试的人员由朝廷中的大臣进行推荐，然后参加一次预试。最后，由皇帝亲自出考题。

制科考试的选拔非常严格。据说宋朝300多年的历史，科举考试选了4万多进士，而制科考试只进行过22次，成功通过的人只有41人。制科考试第三等是最高等，第一和第二等为虚设，宋代所有参加制科考试的人中，为第三等的只有一位，便是苏轼。

事情的转机，或许恰恰在那次制科考试的失利。如果王韶考试成功了，他肯定不会自掏腰包去边关搞田野调查。他获得赵顼皇帝首肯的《平戎策》，就是这次田野调查的成果。

赵顼评价王韶："以文学知名，素怀忠义，沉毅慷慨，富于机略。"显然，王韶的田野调查报告达到了为国咨政的效力，这个报告远比几首酸诗实用。

王韶离开皇帝时，授予了他"秦凤路经略司机宜文字"的官职。这个官阶并不大，只是一个文字秘书，但对于王韶而言，至关重要。

变法时局

王韶献《平戎策》时，赵顼当皇帝已经快两年了。过去的两年，赵顼一直忧心忡忡。

父亲离去，初登帝位时，赵顼从掌管帝国财政的三司使手中拿到了一份国家的财政状况报表，情况非常不容乐观：帝国一年花出去的钱比收进来的钱多出两倍。入不敷出，财政赤字已经到了触目惊心的地步。

960年建国，宋王朝运行到1068年，已经走过了108年的历史。此时的大宋王朝，表面风风光光，其实内里早已危机四伏。

赵顼改元的1068年，是极不太平的一年——春夏干旱少雨、秋冬接连地震，民不聊生、危机四伏，民众暴尸街头的奏报接连不断，就连国家供养的监狱也出现了饿死囚犯的惨相。面对危机四伏的国运，下一步该怎么办？赵顼下定决心要改变这一切。

赵顼试问百官，众人各执一词。

赵顼非常信任的朝廷重臣司马光让皇帝好好修为，做仁慈的、智慧的、坚定的皇帝，并强调修心之要有三：一曰仁，二曰明，三曰武。

赵顼亟需求变求新，干出政绩，多数人都在老生常谈，了无生气。大臣之中，唯有王安石的言论最符合赵顼的设想。

早在嘉祐八年（1063），赵顼的父亲作为仁宗的养子继位，赵顼被封为淮阳郡王时，他的老师韩维就经常推荐王安石。后来赵顼进为颍王，立为太子，韩维升为颍王记室参军及太子右庶子。韩维讲课每有高论，赵顼听得入神入味、五体投地时，韩维总说，这不是老臣的观点，这是王安石的观点。

从此王安石像神一样存在于赵顼心中。于是一当上皇帝，赵顼就想着召见王安石。

其时，王安石在江宁（今南京）为母亲守孝（大宋十分注重孝道，公务员奔丧不仅可以守孝三年，还能领工资）。赵顼就近给王安石安排了个江宁知府的职务。同年九月，赵顼又任命王安石为翰林学士。

赵顼不断向王安石示好，可是直到第二年也就是1068年四月王安石才入京觐见皇帝。

皇帝见到仰慕已久的王安石，迫不及待地讨论国家大计："先帝开国已有一百多年，天下一直太平，没有发生大的变故，这是怎么治理的呢？"王安石对答："建国百年来平安无事，是因为外敌不强大，且没有发生特大自然灾害，先帝治政虽然有方，亦离不开老天帮忙；如今民不富、国不强，天下臣民正期待皇上大有作为。"

王安石是江西临川县人，和王韶是同乡。王安石的父亲是一个小官，王安石从小跟着父亲到过很多地方，他在读万卷书的同时，也在行万里路，属于懂得理论结合实践的人。王安石考取进士后，在鄞县担任过知县。后来又做了通判、知州、提点刑狱，随后于1060年被召入朝。他给仁宗上了《万言书》，希望仁宗改革，但《万言书》石沉大海，改革没有消息。

仁宗末年，母亲病故，王安石便去了江宁持服。宋英宗上台后几次召他担任京官，他都坚辞不就。最典型的一次是任命书下来，他躲进厕所，小吏放下就走，王安石从厕所追出来，又把任命书塞还给了小吏。

这次入朝，王安石之所以答应，或许是韩维早早透露了新皇帝对他的信任，王安石料定新皇帝会听取自己的意见。

皇帝要启用王安石，其他大臣必然有点嫉妒。真正进入程序时，王安石的观点完全让大家不能接受。最典型的争论，发生在王安石和司马光之间，他俩原本是好友，这时因为进阶官位和政治理念的不同，出现了裂隙。

赵顼上台时，国库本来很吃紧，1068年又多灾多难。八月，因黄河决口，河北灾情严重，皇帝在南郊搞了一次祭祀典礼。按照惯例，朝廷要对百官进行赏赐，有人提出国家财政吃紧，赏赐减半。司马光表示赞同，可王安石说朝廷不差那点钱，减半只会伤了大宋的国体。

两人争辩。

王安石说：善于理财的人不会给人民增加税赋，而能让国库丰盈，只有启用这样的能臣，才能让国家摆脱困难。

司马光说：善于理财的不过是搜刮民财而已。天下财富有定数，不在国家就在民间。不增加赋税而充实国库的说法只是欺人之谈。

这是一场非常著名的辩论。

王安石上位，不止司马光不安，其他老臣也一个接一个表示反对。韩琦卸任宰相离开朝廷时说：王安石任翰林学士才识有余，但不可委任辅政之职。参知政事唐介认为：王安石一旦受到重用，他将会改变国家章法，引起天下混乱。侍读孙固认为：王安石心胸狭隘，缺乏宰相应有的气度。

一片反对声中，赵顼还是选择了王安石。他要让王安石辅助自己开启"富国强兵"之路。

王韶递交《平戎策》的时候，赵顼正和王安石天天商量着如何实施改革，如何促使大宋变得国富民强。王韶的观点，正好因应了他们的改革需要。

国家财政吃紧，治国第一要务是增加财税收入；国家边防空虚，稳固江山必须要加强军备。有了安定的内外部环境，才能安心发展经济；有了足够的经济基础，才能开疆拓土。富国、强兵是一个连环锁链，缺一不可。

秦国曾经困守关中，几欲灭国时，秦孝公招贤纳才，吸引商鞅远道而来，开启富国强兵的变法改革，促使秦国摆脱困境，一步步走上了强国之路，最终横扫六合、统一天下，建立了丰功伟业。大争之世，唯有富国强兵一条路可走。

大宋朝廷文人当政，早已失去了锐气。不过文人队伍里，也还是有王韶这样的方刚之士。

王韶的《平戎策》给王安石的改革增加了底气，也给赵顼皇帝增强了信心。

三战三败

王韶怀揣着皇帝的任命书，离开了开封。

他一路西行，越过陕西，翻过陇山，来到边城秦州。

在边关做秘书，远不是王韶的目标。在对峙西夏的前沿阵地，王韶进行了更加深入的田野调查，他要找到更切合实际的策略，说服皇帝，委任他更高的职务，他才能干出更辉煌的业绩。

在秦州的西北边缘，西夏人早已摩拳擦掌、虎视眈眈。

宋初，秦州北部的边境线只达夕阳镇，也就是今天的天水市麦积区新阳镇。后来，秦州西北边防线经过逐步扩展，向外推进了不少，但与秦昭襄王时期的长城线相比,依然还有一定的差距。

回望历史,王韶无法略过秦人的光辉岁月。秦人正是在陇山与西秦岭夹角地带的秦州一带发迹的。老秦人的坚韧不拔,催人奋进。王韶在秦州城的辗转难眠,暗合着历史的微光。

西夏立国依凭的河套平原,是兵家必争之地。秦人为了将其从匈奴手中夺过来,用了十几代人数百年的努力。秦人奠定的地盘,在汉武帝雄才大略的经营下,版图扩大到了黄河以西以及整个西域,中国的疆域有了更广阔的延伸。

历史跌宕起伏,分分合合。

经过隋唐两代苦心经营,离乱的河套平原、陇西、河西、河湟、西域,统统又回归中原王朝。然后,"安史之乱",打碎了一切,唐朝衰败,中原再次陷入五代十国的大分裂。

这时,陇右地区基本上被吐蕃和羌人占领,晚唐虽有短暂光复,但推进范围极小。唐灭以后,陇右地区和全国绝大多数地区一样,也陷入了四分五裂、军阀割据、民族林立的大混乱之中。无休无止的征伐,让无数生灵惨遭涂炭。

宋太祖赵匡胤发动"陈桥兵变",承接华夏民族的文化血脉,以汉室正统自立,让古老的东亚南方大地再次回到了统一的旗帜下。然而,历史给他的机遇非常有限,他离奇的死亡,让统一大业变得坎坷无比。后续的皇帝,一步步变成了畏手畏脚的人。抑制武力的努力,使大宋成为中国历史上文化最发达、经济最昌盛的王朝。儒家学说的治世梦想,在这个时代完美实现。

然而,崇文抑武的国策,尽管有效防止了武人自立威胁皇权的危险,但是国家长期打压武备的后果是冗军过多,有用的武将太少,国家对外军事能力弱化,整体战力疲软,自保都难,遑论扩疆。

直到失去燕云十六州，宋朝失去了边防线。定都华北平原，随时都要接受北方民族居高临下的冲击。通过求和求稳的"澶渊之盟"，大宋与辽国划定了南北分界线，北部疆域基本稳定了下来。但西部的局势一直处在混乱状态。

1039年，党项人送入汴京城的一封信打破了西部边疆的安宁。

党项头人李元昊说自己立国称帝了，国家叫大夏。

李元昊说：臣父德明，与宋朝世代友好，自从臣世袭其位后，颁布西夏文字、制定礼乐等等，其后吐蕃、鞑靼、回鹘等族相继归附西夏，境内军民屡次要求建国，臣迫不得已才称帝，但自己仍然是大宋君主的臣子，希望大宋皇帝"许以西郊之地，册为南面之君"。

党项羌人原本游牧于青藏高原，后来迁徙到河套平原一带。唐时归附，头人获封节度使。宋初，朝廷基本因循唐朝的做法——给党项头领封官、封爵。党项人明面上向宋称臣，实质上游离在朝廷控制之外，形同独立王国。

问题很严重，宋仁宗很生气。朝廷的士大夫展开了激烈的讨论，吵来吵去，也没论出个解决问题的实际办法。

无以为报，宋仁宗便在当年六月下诏书，削夺了宋朝赐给李元昊的赵姓和一切官职、爵位。同时还下令在边境地区张贴告示，以二百万文钱悬赏李元昊的人头，十万文钱悬赏西夏间谍，凡是西夏境内的各族民众能率领所属人马投奔宋朝者，一律加官晋爵。

边境形势骤然紧张。

李元昊也展开了谍报战，他派人带着金银财宝诱惑宋朝保安军（今陕西志丹）巡检刘怀忠投降西夏，刘怀忠不但毁掉了元昊赠送给他的大印，还斩杀了来使。李元昊大怒，冰天雪地的十一月，派大军攻击保安军，刘怀忠领兵迎战，壮烈殉国。鄜延路钤辖卢守勤急忙派遣巡检指使狄青增援，狄青披头散发，左冲右突，疯狂反扑，占不到便宜的夏军不得不撤军。狄青一战成名，迅速晋升为秦州（今甘肃天水）刺史。

为时三年的宋夏战争全面打响。

宋仁宗宝元三年(1040)三月，李元昊大举进攻宋朝。李元昊一面率军佯攻北宋金明寨（今陕西安塞南部），一面送信给延州（今陕西延安）知州范雍，表示愿意和谈。范雍信以为真，放松了延州防御。七月，李元昊突然包围延州。周边宋军增援，在三川口（今陕西延安西北）遭到夏军包围，好在宋将许德怀偷袭得手，西夏军队才被迫撤离，延州解围。

三川口之战，宋朝意识到不能轻易战胜西夏，遂加强了防务，任命夏竦为陕西经略安抚使，韩琦、范仲淹为副使，共同主持对付西夏的作战事务。

宋仁宗庆历元年(1041)二月，李元昊再次率领十万大军南下攻宋，他将主力埋伏在陇山西侧的好水川口，另一部分攻打怀远（今宁夏西吉东部），声称要攻打渭州（今甘肃平凉），诱使宋军出击。韩琦不听范仲淹劝阻，执意主动出击。他派环庆副都署任福率军五万，自镇戎军（今宁夏固原）西翻六盘山，沿着六盘山西麓一路向南一边追击夏军，一边计划伺机切断夏军回撤路线包抄夏军。然而，狡诈的夏军佯装失败，在三川口设好埋伏诱使任福进入伏击圈。任福战死，宋军几乎全军覆灭。五万好儿郎再也没能翻越六盘山东归。

好水川之战，宋朝再次失败。宋仁宗震怒，贬韩琦知秦州、范仲淹知耀州。

宋仁宗庆历二年(1042)，李元昊再次发兵，计划突破宋军边防，直扑军事力量薄弱的关中。西夏十万大军兵分两路大规模挺进。一路从刘燔堡(今宁夏隆德)出击,一路从彭阳城(今宁夏固原彭阳县)出发向渭州(今甘肃平凉)发动攻击。宋军在定川寨(今宁夏固原西北部)陷入西夏军队的重围,全军覆灭。另一路,原州(今宁夏固原)知州景泰顽强阻击,西夏严重受挫。

三川口、好水川、定川寨三次大战,全部以宋军失败收场。

西夏尽管获得了军事上的胜利,但是内耗严重,战争让双方都陷入了困境。双方谁也不能奈何对方,和谈成了不得已的选择。

1044年,北宋与西夏达成和平协议。双方约定:西夏向宋称臣并取消帝号,元昊接受宋的封号,称夏国主;宋朝每年赐给西夏银5万两,绢13万匹,茶2万斤;另外,在各种节日每年还要给西夏赐银2.2万两,绢2.3万匹,茶1万斤。

这个协议,史称"庆历和议",相当于大宋第二个有失国家体面的"澶渊之盟"。

"庆历和议"签订后,双方重开边市,恢复了经济交往。但李元昊并没有按照约定取消帝号,他依然称帝自居。号称强大的宋王朝,一群文弱书生一边念着"修身治家齐国平天下",一边眼睁睁看着周边群狼环伺,要么拱手送国土、要么花钱买平安。

过往一百多年的历史,举国之内只要谁言战,谁就立马成了主凶器的危险人物。王韶在这样的环境中成长,但他与众不同。

值得庆幸的是,王韶遇到了赵顼这个有胆识、有魄力、有雄心的皇帝,以及王安石这个有主张、有能力、有见地的宰相。

不灭西夏,大宋何以为大?王朝何以为王?

从古渭寨出发

就在王韶向赵顼皇帝呈上《平戎策》的那段时间里,陕西经略使韩琦也托人向皇帝呈上了一份有关西北防务的奏章。韩琦建议朝廷在秦州西北边地建筚篥城等城堡,以使防御力量连成一线,保护依附大宋的蕃民。

韩琦的奏章迎来了反对声。

最典型的是负责国家防务的国防部——枢密院的声音:"筚篥城是秦州熟户地土,将来兴置一两处连接古渭,又须添屯军马,计置粮草,复如古渭之患。"

韩琦不得不来了一通长篇大论:目前西夏所占有的地区与古代匈奴所占据的领土相差无几,宋朝从前放弃了灵州(今宁夏青铜峡东),便失去了砍断西夏"臂膀"的有利条件。如果在筚篥城修筑城堡,可以连通鸡川(今甘肃通渭东南)、古渭(今陇西,北魏永安三年即公元 530 年置,因渭水得名。"安史之乱"后被吐蕃占领,中和四年即公元 884 年移置平凉)等城,形成一个防御西夏的强大体系,可以阻止西夏吞并古渭寨一带蕃部的企图,也能防止河湟各部落联合起来反抗宋朝。因而修筑筚篥城是一举三得的事情。

大宋朝堂很民主,自从赵匡胤立下不杀士大夫的训令后,文官在宋朝廷言论十分自由。王安石搞改革,大家极力反对,这是大事,大家讨论非常有必要。韩琦要在秦州边地修筑城堡,这不是一件特别大的事,同样迎来了一片反对声。

在宋朝当皇帝,修养必须好。每有朝议,一群老儒吵得没完没了,有主见的人都快气死了,但皇帝还得装出雅量大度、广纳箴言的胸怀。作为 20 岁出头的小伙子,赵顼天天和一群久经世故的士大夫磨牙斗嘴，真是辛苦了心智、磨老了脾性。赵顼装得很好，和他的祖父一样极富忍耐心。

对国家大事进行争论，完全有必要，但更多时候，宋朝士大夫是在围绕一些无关紧要的事吵架。用儒家学说近似幻想的理想图景匡正人性，世间哪有完人？

大宋王朝是一个包容度很高的封建王朝，至少官场是这样的。有宋一朝，官员调动非常频繁。比如宰相一职，几乎一年一换，有的人可以升了贬、贬完了再升。王安石都被贬过两次，等于当了两次宰相。再比如秦州知州，从开国到南宋初期丧失治权，前后共有122人次担任。宋朝官场真的实现了能升能降，流动自如。

自古文人相轻，结党营私、钩心斗角是文人的拿手好戏。但宋朝皇帝宽容、制度宽松，大家斗来斗去，伤害并不大，有的人免了官，俸禄照领。不过，自从徽宗启用奸人蔡京以后，官员的美好时代基本就结束了，党争开始出现了整死人的惨状。到南宋，战斗英雄岳飞也被冤死了。

广开言路是制度优势，也是制度劣势。吵归吵、闹归闹，皇帝得有自己的主见。赵顼锐意进取，十分赞同韩琦的主张，批准了笪篥城的修筑。韩琦便派秦凤路副都总管杨文广——历史上很有名的杨家将杨业之孙杨延昭之子去修城。

在两国军事冲突地带突然筑城，最大的问题不是花费银子，关键是要下手快，乘敌人不备火速起城，等敌人反应过来，坚城已经不可摧。杨文广筑笪篥城，就是这样迅速搞定的。

杨文广声东击西，说笪篥城（此城早已有之，只是过于残破，需要修整）"喷珠"，带着队伍火速赶过去，连夜屯列。西夏骑兵获得情报后，天亮时已经由通渭一带沿着散渡河赶到了。眼看城已建好，防守严密，西夏骑兵明知道打不赢，仍气焰嚣张，临走留下狠话："当白国主，以数万精兵逐汝。"

杨文广见状，迅速追击，西夏人被杀得措手不及，死伤甚多。

杨业和杨延昭为北宋朝廷苦战良多，名震宋辽。但杨文广官位低微，战力平平，一直没啥影响力。他16岁时父亲杨延昭去世，获恩荫进入军中，担任"班行"（相当于排长），一直干到44岁，才被范仲淹提拔了一把，晋升为殿直。后来又跟随狄青，提拔为中级军官。终其一生也没有大的军功。筑筚篥城打退西夏骑兵，是杨文广军事生命史上最辉煌的一笔。

筚篥城也叫大甘谷口寨，修筑完成后，皇帝赐名甘谷城。

紧接着，杨文广又在擦珠谷（今通渭县什川镇古城沟）筑一大堡，皇帝赐名通渭堡。五年后，通渭堡升为通渭寨。

王韶来到秦州的时候，秦州军方正在实施以上堡寨的修筑。

沿着渭河北岸的险关要隘广筑城堡卫寨，形成防御线，是对抗西夏南下的最好策略。王韶骑马驰骋在渭河谷地，奔波于秦州和古渭寨之间，逐步摸清了西北边防形势和周边少数民族的状况。

此时，古渭寨以西广大区域尽数被吐蕃和羌人所占据。

关于吐蕃，最早的汉语文献来自《新唐书·吐蕃传》，里面比较全面地记了自唐以来有关吐蕃与华夏民族交往的过程。唐早期，与吐蕃之间基本相安无事，尤其文成公主和亲松赞干布之后，双方关系一度变得异常密切。唐高宗显庆三年（658），吐谷浑归附唐朝，吐蕃高层震怒，出击吐谷浑。从此，吐蕃对唐有了看法，不断进攻唐的领地并东扩，"尽破有诸羌羁縻十二州"。随后，吐蕃灭掉了吐谷浑，青藏高原再无与之相争雄的政权。唐朝在临洮等地阻遏吐蕃东扩，多次发生战争。

755年唐王朝爆发"安史之乱",朝廷从西域、河西、陇右抽掉大量部队东归平叛,造成西域兵力空虚。大食借机征服中亚诸国,吐蕃趁机夺走河西走廊,唐西域两大都护府和朝廷之间的联系被切断。在陇右地区,吐蕃乘机统治了吐谷浑、党项羌等部族,直接翻越陇坂,兵峰直逼长安。

西域两大都护府和唐失去联系后,其长官一直苦苦坚守40多年。唐宪宗元和三年(808),随着龟兹被吐蕃攻陷,大唐王朝的势力彻底退出了西域。

宋王朝承继五代十国的烂摊子,对西域、河西、陇右多有热望,但无力强取。时光流淌到1068年时,大宋皇帝赵顼终于按捺不住了。

甘谷城、通渭寨的落成,补齐了宋王朝西北防线鸡川寨与古渭寨之间的缺口。也堵住了西夏沿着散渡河潜入渭河谷地甚至突进到关中平原的可能,为王韶即将开启的军事行动,奠定了稳固的后方根据地。

收复熙河

一度与宋长期交好的青唐吐蕃首领唃厮啰于公元1065年去世后,青唐吐蕃政权陷入分裂。唃厮啰幼子董毡继位后,其长子瞎毡的儿子木征占据河州,次子磨毡角占据宗哥城(今青海省海东市平安区平安镇),分别拥兵自立。王韶的《平戎策》就抓住了这个裂隙,试图各个击破吐蕃部落,整合河湟地区使其进入宋境,实现对西夏的包围。

俞龙珂是盘踞在古渭寨一带势力较大的吐蕃青唐部族首领，王韶欲向西图河湟，必先扫清俞龙珂这个障碍。幕僚建议进行讨伐，但被王韶制止了。

借着视察边境的机会，王韶只带着几个贴身侍卫来到俞龙珂的帐中，他表面是来做客，实际是来招降。一番礼尚往来的客套话说完之后，他讲出了自己真正的目的——劝俞龙珂归降大宋。

奇妙的是，俞龙珂不但没有生气，还留王韶住了下来，两人彻夜长谈。由此，王韶与俞龙珂建立了深厚友谊。

回到古渭寨，王韶禀报皇帝："渭源到秦州一带，良田弃置无人耕种的有上万顷。希望设置市易司，以求商贾之利，将经商所得拿来治理农田。"

赵顼皇帝同意了王韶的意见，让他负责办理此事。

经略使李师中说："王韶是想侵占边境弓箭手的田地，他如果将市易司移到古渭，恐怕秦州的麻烦事会越来越多。"王安石非常支持王韶，肯定其在陇右干出的成绩，便罢免了李师中，并派出李若愚调查此事。李若愚来到秦州之西，问王韶荒弃不耕的农田在哪，王韶无言以对。李若愚上奏皇帝说王韶所说的荒田全是谎报，王安石又罢免了李若愚。

紧接着，王安石又奏请将王韶升为太子中允、秘阁校理。

王韶在古渭寨设置市易司，把西北的中外贸易权完全掌握在政府手中，不让豪商富贾左右。王韶的举措给王安石很大的启发，随后王安石依此制定了市易法，于1072年在京城开封开始试行。

在王韶的游说策动下，俞龙珂决定率领其部属12万多人臣服大宋，消息传到开封，赵顼异常高兴。根据俞龙珂崇拜包拯的意愿，赐姓包，名顺。这位包顺不仅献出了自己的土地，还在接下来的熙河战役中，做起了忠实的先锋军、带路党。

熙宁五年（1072）五月初二，皇帝下诏将古渭寨升格为通远军，提高其军事地位，作为向河湟地区进军的桥头堡。同时任命王韶兼知军。

古渭寨升为通远军，王韶的经济试验田变成了切实的军事根据地。

有了俞龙珂的归顺，有了最近几年的经营，王韶决定出兵扫平不愿臣服的部族。

熙宁五年（1072）七月，王韶带兵来到渭源堡一带，作战前，羌人据险自守，一些将领准备将部队布置在空旷的平地，迎接敌人来战。

王韶坚决反对："敌人如果不离开险要之地下山来战，我们只能无获而归。现在既然已经到了阵前，就应该主动进攻。"

于是，王韶带领部队直奔抹邦山，与敌军对垒，并下令谁要敢说退兵，就将谁斩首。王韶亲自披挂上阵，指挥部队反攻，羌人大败。这一战，洮西大为震动。

吐蕃首领瞎征带兵渡洮河来援救，被击散的羌人又集结起来。王韶戒令部下将领由竹牛岭路出动，虚张声势，以牵制敌人，而暗地里让部队攻打武胜，与瞎征手下首领瞎药等部相遇，双方激战，宋军大败瞎药等部，遂进驻武胜，建为镇洮军。

王韶首战告捷，皇帝下诏升王韶为右正言、集贤殿修撰。

随后，王韶乘胜出击，打败了瞎征，其部下2万人投降。

皇帝下诏将镇洮军改为熙州，划熙、河、洮、岷、通远为一路，命王韶以龙图阁待制知熙州。

熙宁六年（1073），王韶带领部队转战54天，行进1800多里，先后攻下河、宕、岷、叠、洮五个州，杀敌数千，缴获牛、羊、马数以万计。

王韶每取得大捷，皇帝都要加官晋爵，以示鼓舞。这次，又晋升为左谏议大夫、端明殿学士。

第二年，皇帝召王韶入朝。大宋立国100多年，从来没有哪个大臣能给皇帝这么长精神。

离开开封前往陇右，转眼已经六年了。王韶这次东归，翻越陇山时志得意满。皇帝已把心头的激动转变为赏赐——加封资政殿学士，赐府第崇仁坊。

官位不停地给，待遇不停地涨，住房直接给了开封最好地段的公园美宅。皇帝这么抬爱，王韶满心欢喜，除了一再表态要更进一步效力朝廷，别无他话。

王韶刚返回西安，前线就传来了坏消息——敌人包围了河州。于是他又日夜兼程西越陇山，赶到了熙州。他从熙州挑选了2万兵力，出其不意，攻打外援。王韶总结为"批亢捣虚，形格势禁，则自为解"，经过一番努力，收复了河州。

河州被围时，朝廷的反战文臣力主放弃熙河，赵顼皇帝气得寝食难安，多次密诏王韶稳住形势，不要轻易出战丢了老本。

不消灭敌人有生力量，城池是难以长期占有的，王韶返回熙州，指挥部队沿西山绕道讨伐瞎征，先后焚烧敌人八千帐，瞎征被迫投降，并被押往开封。

赵顼皇帝欣喜万分，下诏拜王韶为观文殿学士、礼部侍郎。

资政殿学士、观文殿学士被授予没有执政经验的人，在宋朝是破天荒的第一次。念其功劳，赵顼皇帝又给王韶的兄弟及两个儿子官职，前前后后共赐给他八千匹绢。

皇帝的诏令接二连三，王韶领奖领到了"手抽筋"。

王韶的激动情绪刚刚平复，紧接着，皇帝的诏令又来了，要拜他为枢密副使。

王韶这次翻越陇坂东归开封，直接进入了国家执政核心序列。

中道夭折的"强国富兵"

文有王安石推动的变法改革，武有王韶领衔的熙河开边。赵顼皇帝在短短几年内分明看到了大宋王朝的希望所在。然而，他看到的希望，在官僚集团眼中反倒是灾难的象征。

从熙宁二年（1069）二月，王安石被任命为参知政事（宰相）开始，变法逐步推开，农田水利、青苗、均输、保甲、免役、市易、保马、方田等法相继问世，并颁行全国。对于王安石的变法，朝中老臣几乎全都持反对意见。王安石性格倔强，善于辩论。关于变法之事，王安石经常引经据典，大发议论，动辄数百言，朝中无人能辩驳。

王安石狂狷地说：天变不足畏，祖宗不足法，人言不足恤。

这让全朝老儒恨得牙痒痒，一点办法都没有。因为皇帝赵顼一贯地、毫无保留地支持他。王安石执政期间，几乎把内外老臣都罢免完了，而他提拔起来的人多是轻浮耍小聪明的年轻人。

有皇帝的信任，王安石不论多么刚愎自用，无人能撼动他。

但是，天下没有一成不变的信任。

熙宁七年（1074）春天，全国大旱，饥民遍地，皇帝忧愁。王安石劝慰皇帝不必忧虑。可是京城安上门的监门小吏郑侠把所见流民扶老携幼的惨状画成图进献给皇帝:"旱灾是由王安石招致来的。罢免王安石,上天一定会下雨。"

皇帝看到民间灾相,当场就哭出了声。

变法产生了灾民,好像不变法大宋就不会产生灾民;罢免王安石就能下雨,这王安石真能管天吗?郑侠真是神逻辑。

紧接着,皇帝去给后宫的祖母和母亲请安,太皇太后、皇太后痛哭流涕地对皇帝说:王安石扰乱了天下。弟弟岐王赵颢也附和说,皇帝应该听从祖母的旨意。

赵顼心烦意乱,愤怒地反问弟弟:"那你来当皇帝好了?"弟弟流泪以对。

史书说,这两件事之后,赵顼皇帝也怀疑王安石,于是罢免了他的宰相职务。

王安石被成功驱逐出了京城,老儒们弹冠相庆。这是他们乐见其成的第一步,第二步自然是废除新法。可是,皇帝只是废了王安石的宰相,但新法还要继续执行。

王安石去相前,转运判官马瑊找了一些官吏询问熙河路的财税收支问题,王韶非常不满。熙河路虽有建置,但经济落后,租赋收入稀少,军政供给全靠中央和其他地方援助。王韶想罢免马瑊,但王安石庇护马瑊,未能如愿。因为这件事,王韶与王安石产生了矛盾。王韶以母亲年迈为由,请求辞官回家,皇帝让王安石极力挽留。

王安石被罢相的第二年,也就是1075年,宋朝与越南爆发战争。王韶上奏说:决里、广源二州的建置,臣以为乃是贪图虚名而忘记了实际的利害关系,当朝执政还认为我在进行讥讽。当举事之初,臣据理力争,想节用民力、减省开支,但朝臣都不愿听,以至于拿熙河之事来指责我。臣的本意是不想使朝廷受损而可以到伊吾卢甘,所以最初就不想将熙河作路,河、岷作州。现在臣与大家的意见不同,如果还不引退,一定不会为众人所容。

王韶本是带兵的武将,刚当京官,就说朝廷有屡用兵事、劳力费财的错误。赵顼非常不高兴,将王韶贬为洪州知州。王韶在谢恩表上又发了一通牢骚,于是又被降知鄂州。

熙宁八年(1075)二月,王安石再次被委任为宰相。此时的皇帝面对王安石的众多反对派的呼声,不得不谨慎行事。王安石感觉到皇帝对自己不太信任,第二年(1076)十月,辞去了宰相。

评论认为,王安石所制定的一系列新法,都没有对土地所有制形态加以改变的企图,他对历史上"为民制产"的均田制度置若罔闻,甚至连西汉儒家董仲舒等人所标榜的限制私人田产的主张也不敢提出。因而,王安石的新法不可能达到"耕者有其田"的目的。

问题的关键是,王安石对封建豪绅地主"隔靴搔痒"式的改革,居然也遭到了严厉的反对。可见,历代史家标榜的"皇帝与士大夫共治天下"所养成的特权阶层在维护自身利益时,是多么厚颜无耻。

不可否认的是,王安石变法短短八年,宋王朝"积贫积弱"的局面基本改观。国家的财政有了积蓄,强兵举措有了进一步的实施。尤其是顺利实现熙河开边,宋王朝的势力延伸到了河湟地区,有效切断了西夏联络吐蕃的可能,也成功阻挠了西夏吞并河湟地区由渭河一线东进徐图关中的可能。

王安石退出开封之后,赵顼皇帝的"强国富兵"战略不再倚重王安石和王韶,改由自己独作主张。"每虔夕惕心,妄意遵遗业。顾予不武资,何日成戎捷。"赵顼写下这首诗,时时警戒自己。

五年后,赵顼抓住了一个良好的机会——西夏太后囚禁皇帝,他发动五路大军展开了对西夏的主动出击。赵顼想彻底打垮西夏。

正在赵顼谋划灭夏的时候，王韶在洪州知州位上去世了。

五路大军分别从熙河路、鄜延路、环庆路、泾原路、河东路出击，以扇形包围圈向西夏推进，计划五路大军会师兴、灵二州，从而彻底消灭西夏。

王韶锻造出来的熙河路官兵，在这次进攻中作战神勇。他们由大太监李宪带领，以大将李浩为先锋，由今临洮出发，翻越马衔山至康古城（今榆中境内），进而取西市新城（今榆中三角城），攻克兰州。李宪设帅府于城中，并建置兰州，由李浩任知州。兰州从此正式归入大宋版图。然后，李宪又带兵直奔天都山，将西夏花费多年积蓄、从德明时代起不断营建的南牟宫付之一炬。

其余四路大军，除河东路比较窝囊外，鄜延路种谔作战积极，率部沿无定河西进，一路势如破竹，先后攻取了西夏的米脂寨、石州、夏州、银州等地。泾原路刘昌祚部作战勇猛，乘胜直抵灵州城下，打得西夏落花流水。

后续，由于各军配合不力、粮草运输、天气严寒等诸多原因，没能实现最初灭夏的计划。但从兰州到陕北，宋王朝对西夏形成了月牙形的包围圈。这是一段两千多里的国境线。此时，宋夏国界线基本与秦昭襄王时期的秦长城相重合，个别区域还有所前移。

一举击灭西夏的愿望还没有实现，这给赵顼极强的自尊心带来了巨大的打击。灭夏成了赵顼的一块心病。要证明自己的苦心孤诣，唯有灭掉西夏；建立比肩秦皇汉武的功勋，必须灭掉西夏。

但是，这是一项艰巨的任务。

第二年，也就是1082年，宋军派出前军掩护，后面动用民工23万人次，在夏、银、宥三州交界之处筑永乐城（又名银川砦，今陕西米脂县西），用时仅14天。宋军计划利用永乐城做前哨基地，再次攻灭西夏。

永乐城犹如尖刀，插进了西夏防御线。然而，宋军还未做好进攻准备，西夏就决定拔掉这个据点。他们派出了30万军队，包围永乐城。

战斗打响后，宋军万人列阵城下。夏军猛攻，宋军战败，退入城中。夏军围困永乐城，截断流经城中的水源，阻断援军。永乐城被攻破，宋军将士和役夫全部阵亡。

永乐城兵败，有研究推断大宋死了20万人，也有研究认为这个数字过于夸大。

不过，永乐城一战的失败，彻底挫伤了赵顼文治武功的信心。他因此一病不起，不久便离开了自己日夜殚虑的王朝。他那越过陇山、穿过河西走廊、经略西域的理想，也从此化为乌有。

赵顼去世的时候，年仅38岁。他死后，上庙号神宗。

铁木真

失路关陇

清水牛头河。宋金时牛头河称西江,《元史》载:1227年"帝次清水县西江。秋七月壬午不豫,己丑崩于萨里川哈老徒之行宫"。

◎公元1225年，大蒙古国太祖二十年，铁木真完成为时七年的西征后，胜利班师蒙古高原。深秋时节，铁木真回到土兀剌河畔黑林行宫。

这一年，是南宋宝庆元年，金国正大二年。这一年，也是西夏乾定三年。这时的东亚核心区域，形成了蒙古、金、南宋、大夏四大政权并存的局面。

宋助力金国，共同灭掉了辽。可中原王朝迎来的并不是安全稳定，而是灭国之灾。随后偏居江南的南宋王室一心徐图北上，但受到强敌金国弹压，一直难有伸张。蒙古帝国在漠北草原迅速崛起，如同历史上众多游牧王国一样，一心想鲸吞南方。

打通西域、问鼎中亚的铁木真回到漠北行宫，并没有休养生息的意思，他向谋臣子侄们托出了新的出征计划——进攻位于河套平原和陇右大地的西夏国。

借助辽、金、宋相互斗争的机会，党项人在河套平原建立西夏国并逐步壮大。此刻，已经先后与之五次交手的西夏国是铁木真的眼中钉。

备战一年，铁木真就上路了。

谁也不曾预想，这次出征，成了铁木真对漠北草原的决别。

复 仇

公元1226年秋天，铁木真带着他的蒙古军团，又从漠北高原出发了。

这一年，大蒙古国建国已经21年了。

这一年，铁木真已经是65岁的老人了。

西征花剌子模帝国回到漠北，他和他的战队成员只修整了一年时间。

对于此次大汗亲征西夏，铁木真的亲人和臣僚大都不赞成。但铁木真有着钢铁一般的意志，他似乎是为了征伐而生的。他没有驻留草原静享安宁，他渴望征战，他无法容忍一切有悖于自己意愿的人和事存在。

老骥伏枥，铁木真心中有足够的出征理由。

统一蒙古高原20年来，铁木真已经先后五次攻打西夏，但西夏并未真正臣服。好几次，西夏国王表面投降，背地里又大肆反蒙。铁木真觉得西夏是一个出尔反尔、毫无信义的国家，必须铲除。

他胸中燃烧着巨大的仇恨。消灭西夏明明是他的扩张行动，但他主导的舆论是复仇之征。

复仇，似乎伴随了铁木真整整一生。

公元1162年的一天，漠北高原蒙古乞颜部首领也速该的毡帐里出生了一名男婴。当日，也速该打败了塔塔儿部，擒获了塔塔儿部的两个首领，其中一个名叫铁木真·兀格，为了纪念这次胜利，也速该给男孩起名铁木真。

出生在蒙古部落的黄金家族，铁木真原本应该度过快乐的童年时光，但是，一切美好与富足在他9岁的时候戛然而止了。

那是公元1170年，也速该为铁木真说好了一桩亲事。他带着儿子去相亲返回的路上，正好赶上塔塔儿部在举办宴席，塔塔儿部的人设计请他赴宴，然后在酒中下毒。也速该回到家中便中毒而死。

塔塔儿部和乞颜部的仇恨一直在延续，塔塔儿的复仇行动让铁木真失去了父亲。从此，仇恨的种子藏在铁木真的心里，苦难的生活压在铁木真的肩头。

也速该的妻子——诃额仑夫人生了铁木真、合撒儿、合赤温、铁木格四个儿子，又生了一个女儿，名为铁木仑。

铁木真九岁时，合撒儿七岁，合赤温五岁、铁木格三岁，铁木仑还睡在摇车里。

也速该的另一位女人育有别克铁儿、别勒古台两个儿子。别勒古台的母亲没有留下确切的名字，关于蒙古历史的各类史书说法不一。

也速该死后第二年，蒙古尼伦部祭祖，诃额仑迟到，泰赤乌部贵族于是不给铁木真一家分派胙肉，让孤儿寡母陷入被动。随后，泰赤乌部遗弃了铁木真一家，也速该原来的部族成员也是"树倒猢狲散"，一一离开了铁木真一家。

从此，诃额仑带着四个儿子和女儿，也速该的另一个女人带着自己的两个儿子，这个缺少顶梁柱的家庭飘摇在草原上艰难求生。

有一天，铁木真、合撒儿、别克铁儿、别勒古台四个人在一起钓到了一条小鱼。别克铁儿、别勒古台二人向铁木真、合撒儿二人夺取了小鱼。

铁木真、合撒儿回到家里，对母亲说："一条小鱼上了钩，却被别克铁儿、别勒古台兄弟两人抢走了。"母亲说："不要为了一条鱼伤了和气！咱们一家人除了影子再没有朋友，除了尾巴再没有鞭子。咱们要对抗的是泰赤乌部加给我们的苦难。"

铁木真和合撒儿抱怨说："以前射得一个雀儿，被他们夺走了。今天又抢夺了鱼。咱们怎么能够同他们在一起生活呢？"说完，就出去了。

铁木真对母亲的劝告充耳未闻。

别克铁儿坐在一座小山上，看着九匹银灰色骟马。铁木真从后面，合撒儿从前面，悄悄地摸上去，抽出箭时，被别克铁儿看见了，他说："咱们正在经受泰赤乌部强加的苦难，我们要同仇敌忾的时候，你们为什么把我当作眼中的毛、口中的梗呢？在除了影子别无朋友，除了尾巴别无鞭子的时候，你们为什么要这样呢？请不要断绝灶火，不要撇弃别勒古台。"说罢，盘腿坐以待毙。

铁木真对兄弟的告诫置若罔闻。

铁木真、合撒尔两人一个在前一个在后，真的把同父异母的兄弟给射杀了。

"冤孽啊！从我热肚皮里猛冲出来时，你手里握着黑血块，你像咬断自己胞衣的凶狗，像那驰冲山崖的猛兽，像那怒不可遏的狮子……"铁木真母亲诃额仑引用旧辞古语，用最凶狠的语言训斥了铁木真。

母亲的咒骂于事无补，铁木真只想消灭对手。

在整个家族遭遇灾难的背景下，年少的铁木真对自我阵营内部的"敌人"采取了果断的措施，这赤裸裸地暴露了他的性格特征。

对于杀兄之事，对铁木真极尽歌颂之辞的《蒙古秘史》并没有交代更多的细节。近世对铁木真同样充满崇敬之情的美国人类学教授杰克·威泽弗德在《成吉思汗与今日世界之形成》一书中分析，铁木真之所以要杀掉别克铁儿，是担心别克铁儿一旦迈入成年，会和自己的母亲成婚，并掌管整个家庭事务。

在游牧民族中，父亲死去，家中的长子要继承老子的家业，同时还要继承亲母之外的属于父亲的其他女人。这在中原王朝称作烝后母，大受礼教所斥，但也屡见不鲜。而在草原上，父死娶母、兄死妻嫂一直是习以为常的老传统。

铁木真无法接受的或许不是兄长变成爹的传统，而是大权旁落——别克铁儿即将成为家庭首领。别克铁儿惨死同父异母兄弟之手，铁木真当仁不让成了家中的代理人。

关于铁木真杀死兄弟的理由，杰克·威泽弗德的推断能否成立，我们很难断定。不过，杀掉兄长，尽管平息了铁木真心中的仇恨，但无法抹平生活的苦难。一家人依然要风餐露宿，为寻找食物犯难。艰难的日子一天接着一天摧残着铁木真和家人的意志。

雪上加霜，仇敌又寻上门来了。

一天，泰赤乌部的首领带着随从找上门来："小鸟的羽毛逐渐丰满，羊羔儿长大了！"

面对袭击，铁木真和兄弟们在密林里筑寨抗击，别勒古台折断树木筑起栅寨，合撒儿射箭抵抗，别的人藏进山崖缝里。战斗时，泰赤乌部的人说："叫你们哥哥铁木真出来，别的人都不要。"

得知人家专门来捉老大，弟兄们赶紧让铁木真骑着马逃进了山林，泰赤乌部的人就去追赶。铁木真逃进山林九天九夜，实在熬不下去，找了个缺口突围，刚好被泰赤乌部的人给撞见捉走了。

铁木真被捉后，被徇行轮宿于各家，每家看管一夜。孟夏（四月）十六日"红圆月日"，泰赤乌部举行宴会，直到日落时才散。宴会时，一个怯弱的少年看管铁木真。参加宴会的人散去之后，铁木真用木枷击打怯弱少年的头颈，将他打昏在地，然后跑进河水中仰卧身体，戴枷顺水流动，只把脸部露出。

后来，这个部落一位好心的牧民将铁木真藏在羊毛车中，铁木真成功躲过了搜捕，逃回了家。此后，铁木真一家躲进山林求生，变成了猎人。

年少丧父、被仇人活捉、死里逃生，一系列苦难造就了铁木真刚毅的性格。命运对铁木真充满残酷，铁木真对抗世界的行动亦充满残酷。残酷，是铁木真性格的底色。他无法容忍的事，就要坚决予以制止。

这性格底色源于他苦难的童年，伴随了他一生。

显然，是命运塑造了铁木真。

盟友和仇敌

公元1175年，当时蒙古高原最大的部落——克烈部迎来了一位年轻的客人，他要拜见可汗脱里，并为脱里送上一份厚礼——貂皮斗篷。

年轻的客人来攀亲，认脱里做义父。脱里很高兴。

来人是脱里曾经的安答（结拜弟兄）、也速该年轻的儿子铁木真。

也速该不仅是脱里的安答，更是脱里的恩人。脱里很赏识这个年轻人，也很感动。当即承诺，愿意在未来庇护铁木真。从此，铁木真成了脱里可汗的臣属。脱里的承诺，正是铁木真想要的东西。

这时候，铁木真刚刚迎娶了自己心爱的新娘。那件貂皮斗篷，是新娘从娘家带来的最贵重的嫁妆。为了得到脱里的认可和承诺，铁木真舍弃了寄托着家族亲缘与爱情理想的信物。这位年轻人有大的打算，儿女情长一类的私人感情只是他生命中的附属品。

显然，享受着年轻妻子给予的甜蜜新婚生活，铁木真并没有跌入温柔乡，他在盘算着如何让一家人走出生活的"泥淖"，以及如何复兴家族的荣耀。或许是父亲曾经做过部族首领的缘故，铁木真天生就有领导气质。此时，除了几位年轻的弟弟，铁木真已经有了两位铁杆追随者，一位是在铁木真寻找自己家丢失的骟马时给予热情帮助的博尔术，一位是父亲仆人的亲儿子——者勒蔑。

灾难再次降临了。

一天凌晨，铁木真家族的仆人豁阿黑臣大妈机灵的耳朵突然听到大地在颤动，她将耳朵贴到地面，果然听到远方的声声马蹄正如滚雷一样此起彼伏地汹涌而来。老妇人赶紧叫醒一家人，大家各自选择马匹冲出了营地。但老妇人和铁木真妻子孛儿帖以及别勒古台的母亲没有马匹，老妇人赶来一架牛车，让孛儿帖坐在上面出逃。

很难想象，铁木真为啥不搂着新婚妻子出逃，而是选择了自己狂奔。

很快，敌人来了，一通洗劫，并没有发现铁木真。他们分头追杀，活捉了坐牛车出逃的老妇人和孛儿帖。

来人是篾儿乞惕人。他们同样是父亲的仇人，因为也速该抢了人家的老婆给自己做老婆，也就是铁木真的母亲诃额仑。

篾儿乞惕人没有找到铁木真，但抢走了铁木真的女人，不太失望地离开了。

世界不相信眼泪，草原上只驰骋强者。

铁木真侦察了三天后才战战兢兢回到驻地，他十分感激老妇人有一双机灵的耳朵。铁木真决心要把失去的女人抢回来。这时候，他刚刚拜认的义父脱里成了他唯一可以依赖的靠山。

脱里很乐意帮助铁木真。

在脱里的提议下，铁木真又拜访了自己小时候的安答 如今已是札答阑部可汗的札木合。札答阑部和铁木真所在的乞颜部同属于蒙古世系。札木合以世袭贵族阶层"白骨头"自居，铁木真幼年丧父，在草原意识中，只能屈居底层"黑骨头"。

随后，一支数万人的部队悄悄来到篾儿乞惕人驻地，狂风暴雨一样袭击了篾儿乞惕人。

铁木真在昏天暗地的杀戮中疯狂呼喊：孛儿帖！正跟着篾儿乞惕人逃命的孛儿帖听到了熟悉的声音，她循声来到铁木真的马前，失散的夫妻再次团圆。

铁木真带着妻子回到了驻地，同时给自己带来了一个"儿子"。一切又重回安宁。孛儿帖生下了肚里的孩子，这是铁木真的第一个儿子，大家都怀疑他是篾儿乞惕人的种，铁木真给儿子取名术赤，有"客人"的意思。

铁木真太弱小了，他决计跟随札木合。札木合也很欢迎铁木真，小时候他们已经结拜过一次安答，现在，两个人作为成年人又举行了一次结拜仪式。他们盟誓："结为安答，就是同一条性命，不得互相舍弃，要相依为命，互相救助。"

可是天上不能容纳两个太阳，一个部族里不能有两个王。

在札木合、铁木真同居共处一年半后，札木合感觉到了铁木真的野心。大约1182年夏，在一次转场露营时，札木合说，牧马和牧羊各有其合适场所，应该分开来才方便。草原上，放马代表着富有高端，放牛羊代表着贫穷底层。铁木真所部只有牛羊。札木合的譬喻让铁木真隐隐感到了拒斥的羞辱。那一夜，铁木真带着自己的部众与札木合的马群拉开距离，伺机离开了札木合。

原本亲如一家的安答，从此成了两大仇人。这次分离，注定了蒙古世系的部族将进入长达20多年的战争格局，所有蒙古部族和百姓都要被牵涉其中。

此时铁木真的声名，在草原上已经得到了广泛传播。脱离札木合后，之前脱离也速该的一些部众又陆续回到了铁木真的麾下。铁木真复兴父亲部落的愿望正在一步步实现。

与札木合分道扬镳8年之后的1189年，铁木真被推举为蒙古乞颜部的可汗。这一年，铁木真27岁。尽管蒙古部族中支持铁木真的人并没有支持札木合的人多，但是铁木真依然雄心勃勃地称汗了。

铁木真的称汗引起了同样雄心勃勃的札木合的忌恨。1190年，札木合以自己部族的人被铁木真部族的人打死为由，结合塔塔儿、泰赤乌等13部向铁木真发动了"十三翼之战"。

铁木真仓皇迎战，被札木合进迫，退到了斡难河的哲列捏峡谷。

札木合把抓获的俘虏煮死在七十口大锅里，又砍下脑袋，系在马尾上招摇返回，给追随铁木真的家族以极端恐怖的恫吓。

用残忍、恐怖、凶狠的手段恫吓对手，是人性之恶的典范，这是蒙古高原游牧部落征战时惯用的手段，也是诸多文明城邦统治者征服民众的拿手把戏。在彰显人性之恶的跑道上，从来都没有最恶，只有更恶。

铁木真就在这样恶相丛生的环境里，艰难地抗争着、斗争着。

铁木真虽然遭到了沉重打击，但是札木合的残暴、恐怖却让铁木真赢得了更多的同情和支持，蒙古世系的部落，越来越多的人奔向了铁木真。

代表底层世系的铁木真和代表贵族世系的札木合从此展开了鱼死网破的争斗。

征服克烈部

脱里称雄克烈，稳居蒙古高原的西南部。这里与西夏接壤，自成体系，是蒙古高原上势力最大的部落。

1081年，脱里的爷爷向辽国进贡时被杀，脱里的父亲集合部众，战胜其他大部落，在回鹘故都窝鲁朵城立帐称汗，分封子弟在东西境。脱里的父亲死后，脱里接了班。这时候，脱里还不叫王汗。

脱里接班后，和封建时代的众多王朝统治者一样，大开杀戒，斩掉了自己的诸多兄弟，以防止他们夺权。这暴虐的行径激起了叔父菊儿汗的反对，脱里被叔父打败，向蒙古乞颜部的首领也速该（也就是铁木真的父亲）求援，也速该帮助脱里打败了菊儿汗，菊儿汗败逃西夏。脱里重返克烈，与也速该结为安答。

后来，铁木真要认自己作义父，脱里爽快地接受了。

1196年，灭掉辽国的金国担忧位居蒙古高原东南部的塔塔儿部坐大，计划策动克烈部进行打击。脱里受到了金国的召唤，于是喊铁木真也参与这次行动。铁木真算是等到了天赐良机，他乐呵呵跟着脱里出征。对铁木真而言，塔塔儿部于己有杀父之仇，这一战既能打出自己的威望，又能替父报仇，可谓一举两得。

仗打赢了，金国封脱里为克烈王，这相当于一个空头支票，但是蒙古高原小部落对于实力强大的金国还是很忌惮，所以欣然接受了封号。

从此，脱里变成了王汗，这个"王汗"是合并了过去的汗号和金国封赏的王号而成。

铁木真也从塔塔儿部抢来了众多财富和宝藏，这吸引了更多人来追随他。

1201年，不服气铁木真称汗的札木合发动更多部众，为自己设置了全体蒙古人统治者的头衔"古儿汗"——所有首领的首领或者所有可汗的可汗。这是一个古老的头衔，王汗的叔父曾经自称"古儿汗"，被王汗联手也速该赶下了台。如今，札木合公然自立为"古儿汗"，不仅在藐视铁木真，更在挑战铁木真的上属和义父——王汗的权威。

王汗和铁木真出击，札木合联合了泰赤乌人。王汗追击札木合失败，铁木真彻底击垮了泰赤乌人。30年前给他戴上枷锁的正是泰赤乌人，他处决了所有首领，答谢了曾经帮助他逃脱的恩人。

1202年，王汗指令铁木真再次打击塔塔儿人，自己则在家乡附近进攻了蔑儿乞惕人。铁木真又赢了，他抢夺了更多的财富，占领了更广大的土地，拥有了更多的民众。这次胜利，还给他增添了两个老婆——塔塔儿贵族女子也速干和她的姐姐也遂。

打败并整合了势力强大的塔塔儿人和部分势力较弱小的部族后，铁木真的地位迅速得以攀升，这是王汗始料不及的。王汗开始表面支持铁木真，背地里支持札木合。

铁木真的逐渐强大，促使王汗和札木合联合在了一起，这给铁木真带来了新挑战。铁木真采取了联姻试探的方式，向王汗提亲，希望王汗将女儿嫁给他的长子术赤。由于儿子桑昆反对，王汗傲慢地拒绝了。铁木真从此看淡了王汗。

札木合乘机挑拨离间，双方开启了一场战斗。战争最后铁木真获胜，王汗西逃前往乃蛮部，他到达乃蛮边境时，被守军误认为是奸细杀死了。

蒙古高原最强大的部落克烈部被消灭了。

整个蒙古草原上只剩下乃蛮部还有能力与铁木真对抗。损兵折将的札木合逃到了乃蛮部，被铁木真打败不愿意归顺铁木真的各部落首领也先后投奔乃蛮汗廷，大家把乃蛮部的太阳可汗当作救命稻草，想要牢牢抓在手里，期待他能将铁木真打败，然后收回自己的领地和人畜。但是，乃蛮部其实更加不堪一击。利用乃蛮战场，铁木真对自己新近开展的军事改革做了一次检验，他没有派出大兵团与乃蛮部作战，而是派出十人小组出其不意地进行攻击，很快就打败了乃蛮部。

乃蛮部垮台后，札木合没有撑持多久，就被部下捆绑着交给了铁木真。

这两位曾经的安答，也是交战了 20 多年的仇敌，终于面对面坐到了一起，做了推心置腹的交流。铁木真杀死了捆绑札木合的人。札木合希望铁木真让他死得高贵一些，不要留血、不要暴尸阳光下，铁木真答应了请求，体面地处决了札木合。

王汗和札木合，都是铁木真崛起路上最重要的伙伴。性命攸关的艰险时刻，部落崛起的重大关头，这两个人都给予了他最大的支持和帮助。然而，为了争夺霸主，这两人后来都变成了他的绊脚石，成了他最大的仇敌。

打败王汗和札木合之时，铁木真也彻底完成了对蒙古高原的征服，他成了整个草原上真正的汗，不是可汗、不是可儿汗，也不是太阳汉，铁木真摒弃一切古老的头衔，创设了一个具有划时代意义的新名称——成吉思汗。

此刻，他按下了改变世界史、开启人类新纪元的按钮。

倔强的西夏，迟钝的西夏

王汗死了，克烈部被铁木真征服了。从此，西夏国完全暴露在了大蒙古国的南侧。

随着整个蒙古高原被铁木真所整合，蒙古国和之前草原上兴起的匈奴、突厥、契丹等诸多游牧民族政权一样，都要居高临下掠夺南部资源才能富足。没有南方的财富和衣服、食物、器物做支撑，贫瘠的草原和游牧本身并不足以安居乐业。南下，一直是草原游牧民族扩展战略的核心命题。

伴随着铁木真的强大，横亘在蒙古高原东西边沿的金国和西夏，一步步变成铁木真的征伐对象。

从东北发家的女真族同样出自游牧民族，他以锐不可当的气势灭掉了辽国，压制着南宋，强势地稳居华北平原。铁木真南扩战略的第一步棋，就瞄准了实力相对较弱的西夏国。蒙古草原最近四分之一个世纪时间内所发生的剧烈变化，似乎没有引起熟悉战争与征伐的西夏的格外关注。

1204年冬天，铁木真在追歼乃蛮部及其残部时，驻军阿尔泰山。1205年回撤途中，铁木真以西夏收留逃入西夏的王汗儿子为借口，对西夏沙州（今敦煌）、肃州（今酒泉）做了劫掠性攻打，毁坏城市，抢夺很多羊、马、骆驼而去。

从1038年李元昊称帝，到1205年铁木真攻打沙洲、肃州，西夏立国已经167年，疆域东尽黄河、西界玉门、南接萧关、北控大漠，面积两万余里。西夏占据着河套平原、陇右局部、河湟局部、河西全域，也就是今天宁夏北部、甘肃东部及河西地区、青海东部、内蒙古西部的广大区域。

此时的西夏国富兵强，社会安宁。在长达167年的岁月中，历代国君周旋于大国之间，采用连横之策成功化解了一次次危机，也厉兵秣马打退了一次次进攻。西夏成功耗倒了辽国、北宋，如今继续与金国相安无事，远在南方的南宋则鞭长莫及。这是西夏历史上最太平的时代。

然而现如今，西部城池突然遭受蒙古部落袭击，西夏和平宁静的国内环境被打破了。西夏统治者为之一震，忙下令修复边墙，改兴庆府为中兴府，但对蒙古铁骑并未有足够的戒备。

1207年，铁木真以西夏不肯纳贡称臣为由，率大军再次入侵西夏，攻克西夏北部重镇兀剌海城（今内蒙古巴彦淖尔市境内），之后占领城池数月，分兵四处掠夺财物，直到1208年才退回漠北。

1209年，铁木真发动对西夏的第三次攻击，从军事重镇黑水城进入西夏，直扑西夏国腹地。五月，蒙古军再次攻陷兀剌海城，随后长驱直入，进叩贺兰山关口要隘克夷门（三关口）。西夏军民凭据贺兰山天险以死相守，数月相持。铁木真采取游骑袭扰的办法，引诱西夏军出击，遂伏兵进攻，攻破三关口。

蒙古铁骑打开西夏北大门，在河套平原如入无人之境，迅速包围了西夏国都中兴府。中兴府城墙坚固，西夏军民奋勇抵抗，蒙古军久攻不下。九月，黄河水暴涨，铁木真采用引水灌城的办法，西夏守军死伤无数，西夏国君遣使向金国求救，却迟迟得不到救援。

十二月，铁木真修筑的大堤溃决，反淹了自己的军队。这迫使铁木真撤围停战。之后，铁木真逼迫夏主签订盟约，称臣纳贡，做蒙古进军金国的左右手。这次进攻，导致西夏国运开始走向衰落。

公元1217年，铁木真进军西域，命令西夏出兵随征。西夏国君拒绝出征，再次惹恼铁木真。1218年铁木真派遣木华黎率军四征西夏。木华黎带兵迅速包围中兴府，此时西夏已经向蒙古称臣七八年了，年年贡赋逼得压力重重，现在又遭受突然袭击，西夏国君被搞得措手不及，他命令太子留守国都，自己逃往西凉府（今武威），然后再派使者求降。铁木真鉴于正在西域用兵，勉强同意了西夏的请降，下令撤军。

公元1224年，蒙古军进攻金国，西夏被迫派出10万大军随征，一路打到陕西凤翔时，金兵坚守城池，夏军极度厌战，主帅不辞而别返回国内。蒙古军见状恼羞成怒，又要教训西夏。西夏国君李遵顼为此选择退位，让次子李德旺接班，并同金国达成合约，试图共同抵抗蒙古。当年秋月，木华黎儿子接替父亲职位，带兵攻破西夏银州（今陕西榆林鱼河镇）。这次进攻给西夏带来了沉重打击。

20余年，接连五次攻击，西夏并没有彻底臣服于蒙古，这让铁木真极为恼火。面对蒙古的侵略，西夏每次都采取机动灵活的策略，能战胜，就坚决不求饶。打不赢，赶紧派人投降。蒙古一撤军，很快就不把蒙古当回事。有时候，还会和金国暗通款曲。

战术上灵活机动，战略上摇摆不定，这是西夏立国的原则，也是在大国缝隙中求存最好的策略，西夏屡试不爽。辽国倒亡了，北宋灭国了，西夏依然坚挺。在夹缝中求生存，靠的就是两面三刀机动灵活纵横捭阖的策略。

铁木真每次出击西夏都有充足的理由。随着时间的推进，蒙夏两国的矛盾在不断累积，铁木真对西夏国的仇恨到了无以复加的地步。

最后的讨伐

蒙古攻打西夏的军队分成左右两路一路南下。

左路军由铁木真亲自率领，从河套平原突进，直插西夏东北边防城市——兀剌海城。另一路大军由部将和西夏降将带领，借道西州回鹘，从玉门关进入河西。

铁木真的主力部队首先攻陷兀剌海城，然后又西进攻陷了位于额济纳河（黑水）下游北岸的黑水城。

铁木真的大军所过之处，一旦下令屠城，基本上都是城垣消失、人迹绝灭。灭种毁城措施，铁木真已经在攻打中东、华北地区国家时屡试不爽。他缺乏对于定居文明的认知，他的世界只允许草原存在，他只看重水草丰美、牛羊成群的生活样态和纵马驰骋、一无所阻的广阔天地。

兀剌海城和黑水城，两座分布在西夏国西北和东北的重要边防城市，经此战祸，被彻底捣毁。兀剌海城和黑水城的同时沦陷，拉开了西夏亡国的序幕。

20世纪初，俄国军人科兹洛夫发现了黑水城遗址和大量有关西夏的文献，这些宝贵的文物被洗劫到俄罗斯，一经展出，即刻引起世界轰动。黑水城也因此名闻世界，从人类典籍中消失了近900年的西夏历史重见天日，西夏学也从此诞生。

铁木真占领黑水城之后，又迂回进军贺兰山（宁夏银川西北）。巍巍贺兰山是西夏国都中兴府的天然屏障，抵达贺兰山西麓后，铁木真派遣使者说："西夏国王，你以前曾说愿意做我的左右手，根据你这个许诺，我们征讨与我们不友好的花剌子模国时，请你一同出征，你没有履行诺言，不仅不发兵，还挖苦讽刺。那时我们忙于征战。蒙'长生天'佑护，我们征服了他们，如今我们要来与你算账了！"

西夏国王说："我没有说过挖苦的话。"

大臣阿沙敢不说："挖苦的话是我说的。如今你们蒙古人以为惯战而欲来战，我们贺兰山营地有撒帐房和骆驼的驮包，就请你们到贺兰山来与我们交战吧。如果需要金银、缎匹和财物，就请你们到中兴府、西凉府来吧！"

使者回禀铁木真。铁木真听后异常恼怒，遂直趋贺兰山，与阿沙敢不交战。

凭险据守，阿沙敢不起初优势明显，但最终还是被铁木真攻破了，蒙古军围困阿沙敢不于贺兰山上的寨子里，继而擒获了他。《蒙古秘史》说"把他的有撒帐房、有骆驼驮包的百姓，如拂灰般地俘虏了"。

经过之前五次攻击，蒙古军队已经完全掌握了西夏国的战略战术和防御策略。另外，早在1203年，铁木真改革了自己的军队。他将勇士们组编成十户、百户、千户、万户，一个十户是十个人组成的战斗小组，十个十户组成一个百户、十个百户组成一个千户、十个千户组成一个万户。十户中的十个勇士，要像亲兄弟一样忠诚地生活战斗在一起。万户长由铁木真亲自选定。这个新体制打破了世系宗族血缘等旧的权力体系，对整个蒙古部落都实行了军事化管理，从此蒙古军队成了战无不胜攻无不克的铁军。

铁木真规定，所有蒙古部落内部的人都要为公众每周服务一天。铁木真倡导打破宗族、血缘、出身、历史、贫贱、等级，建立了一个新的共同体组织，共同体内部所有人一律平等。连接共同体的关键要素是忠诚。铁木真将蒙古军队历年征服的群体区别开来，凡是忠于自己的，全部纳入共同体内；凡是有反心的，一律杀死。

铁木真驾驭共同体的魄力和铁腕，是他征服世界的核心要领。

过去，西夏国多次向蒙古国称臣，但多次出尔反尔。铁木真对西夏人完全失去了忍耐和信心。攻破贺兰山，铁木真下令："把勇猛敢战的男子、有地位的唐兀惕人杀掉！战士们可各取所擒获的唐兀惕人以及他们的财物。"

蒙古军右路军从玉门关进入河西后，陆续攻陷沙州、肃州。但在围攻甘州时遭到守将顽强抵抗。击溃阿沙敢不后的铁木真又挥师西进，大营进驻祁连山浑垂山（甘肃酒泉北）避暑。两军合兵一处，联兵攻陷甘州，凉州守将听闻后也赶紧投降。至此，西夏国河西走廊全数沦陷。

得知此结局，西夏国国主献宗李德旺忧患而死，其侄子南平王李睍在举国一片慌乱中草草登基继位，史称夏末帝。

夏天结束后，八月，铁木真率军穿越沙陀，进军黄河九渡，迅速攻占了应理（中卫）。随后又攻陷夏州。蒙古军在西夏境内几乎如入无人之境。

冬天，铁木真又调集攻打金国的部队西进，合围灵州，西夏派出名将嵬名令公带着十万大军来救援。双方在结冰的黄河上决战。尽管嵬名令公与灵州守将废太子李德任实现了会合，但最后城池还是被攻陷了。嵬名令公与李德任双双被杀，灵州被屠。

蒙古军的目标是西夏都城中兴府。如今，西夏也只剩下了一座孤城中兴府。铁木真分出兵力团团围住了中兴府。

英雄末路

公元1226年的冬天,或许是西夏历史上最寒冷的冬天。

蒙古大军攻入西夏全境,河西之地已经全部沦陷,国都也已遭到重重包围。或许,在黑水城沦陷的时候,西夏上层就已经意识到了蒙古大军这次来者不善,他们实行的是灭国战,绝不是以往掠夺财富、抢夺人畜的征服战。

这是一个格外漫长的冬天。

捱过寒冬,西夏人发现,成吉思汗的主力部队并不在王城外围。

从1227年的春天开始,铁木真的主力部队,一个接一个攻下了陇山以西的城池,那里绝大多数区域都属于金国。

夏天来临时,成吉思汗又退出金国领土,大致沿着秦昭襄王长城线,一路东进到六盘山西麓,拿下了德顺州。盛夏时,铁木真住进了六盘山避暑。

铁木真向西夏派出使者,要求西夏投降,被西夏末帝拒绝。铁木真清楚,中兴府的外援已经全部被切断,西夏国末日的到来只是时间早晚的问题,他更忧心的是攻取金国的战略计划。

此时,中兴府已经经历了近半年外无援兵、内缺粮草的艰难坚守。食物危机正在逐渐蔓延,民众的忍耐已经迫近极限,守城将士的意志也受到了致命的摧残。所有人都在咬牙坚持,从王公贵族到黎民百姓,从铁血将领到普通士卒,大家都抱定了宁死不降的决心。

可是屋漏偏逢连夜雨,已经被围困近半年的中兴府,突然发生了一场地震,房倒屋摧、死尸遍野、衣食无着、民不聊生……天灾出现,西夏末帝痛感天谴之力的不可抗拒,完全失去了继续抵抗的意志。他派人向蒙古大营送去投降书,要求宽限一月。

炎炎暑期过后，铁木真走出了六盘山避暑驻地，他沿着山路南下，来到了关山（六盘山、关山同属一条山脉，古称陇山或陇坂，全长240公里，如今，宁夏境内部分称作六盘山，甘肃境内部分称作关山）西麓的清水县西江畔，他要谋定攻取金国的大计。

这次出击上路没多久，铁木真进行了一次狩猎活动，在围猎野马的过程中，他的坐骑受惊，铁木真重重地摔下马，受了内伤。攻灭西夏的过程中，铁木真一直在病痛中煎熬。

在陇山西麓，铁木真的病情加重了，他痛苦不堪。此时，西夏国王送来了请降书，末帝希望宽限一个月时间，他答应了。对于西夏的征伐，终于见到了分晓。

一个月并不长，但是，征战了半个世纪的铁木真没有坚持到最后。

1227年七月，在陇坂西麓清水西江畔，铁木真永远闭上了双眼，享年六十六岁。他最后的遗言，依然和征伐有关。

几天后，西夏国王李睍走出中兴府，向蒙古军队投降。

蒙古军进入中兴府，大开杀戒，立国189年的西夏国覆灭。

林则徐

跨越「现代的门槛」

三关口。一个宽度仅十几米的深切峡谷,谷底泾水流波,汹涌奔荡,山路悬于半崖,崎岖危峻。萧关古道、西兰公路必经之地。

◎公元 1842 年农历四月初十,伴着初夏的微风,一驾马车徐徐抵近古城西安。

陕西官方派来迎接的人已经早早候在城外。

车驾的主人是大清帝国曾经显赫一时的封疆大吏、钦差大臣——林则徐。如今,他是一位戴罪在身的戍臣。

四年前,林则徐深得道光皇帝的赏识,他受命以钦差大臣的身份,前往广东禁烟,在与英国人的较量中,大清帝国没能占据上风,颓势急转而来。大英帝国的海军舰队乘势沿着中国漫长的海岸线一路向北,攻下浙江定海的同时,又向天津展开攻势。

北京告急,大清帝国上下惊慌。

无力招架坚船利炮的朝堂,将目光锁定了林则徐。此时,强势销毁鸦片、打击英商的林则徐成了挑起边衅的历史罪人。皇帝怒气冲天,林则徐被贬为戍臣,发配伊犁。

西安,是林则徐赴戍西行的前站。

从西安到平凉

林则徐来到西安,瞬间就生病了。他得了疟疾。儿子林汝舟忙前忙后照顾,很是担忧。

贬官远行、疾病突发,已经让林则徐心烦意乱,恰在这时,又传来了一个噩耗——老友叶申芗去世了。

半个多月前,林则徐从开封黄河工地赶往西安途径洛阳时,还和叶申芗相聚过。不到一个月的时间,没想到老朋友就离开了。

从河南开封一路向西,他走走停停,倒也悠然。在洛阳,他停留的日子稍微长一点,因为老友叶申芗盛情相留,他还和叶一起游览了龙门石窟。

过去一年,皇帝处置林则徐的诏令一直在变。

先是革职钦差大臣,留守广东等待查处。接着,皇帝又给他四品卿衔,让他去浙江镇海协助军务,防备英军。林则徐信誓旦旦北上来到浙江就任不及一个月,皇帝又免掉了他的一切官衔,遣戍伊犁。林则徐刚一上路,皇帝又让他帮助王鼎在开封帮忙堵黄河缺口。

这期间,林则徐的夫人和家眷都滞留在南京。

离开洛阳时,叶申芗让林则徐将家眷安置到洛阳,这样距离新疆能近一点,生活成本也会低一点,自己还能设法照顾他们。林则徐听从叶申芗的建议,自己西行,打发别人去接家眷到洛阳。

如今,自己在西安病倒了,老友去世了,家眷再留于洛阳将无依无靠。

一到西安,林则徐就得到了弟子方用仪的精心照顾,此时方用仪是陕西督粮道。方用仪建议林则徐把夫人及家眷全部接到西安,由他照应。于是,长子林汝舟奉命花费半月时间去洛阳接回了母亲及其他家眷。

疟疾反反复复,林则徐听从大家的劝告,决计小住一段时间,再西行。他央求陕西巡抚代奏,向皇帝请了病假。

西安养病期间,林则徐又听到了一个噩耗:军机大臣、大学士王鼎去世了。

林则徐到开封帮助王鼎堵黄河决口的任命,其实是王鼎一手促成的。在开封黄河大堤,林则徐辅佐王鼎奋战了七八个月,决口被成功封堵。王鼎十分赏识林则徐,他写好了奏折计划向皇帝陈述林则徐的治水功劳，免得他被发配伊犁，但是王鼎的奏折还未发出，就接到了皇帝的诏书，命令林则徐继续速去伊犁。王鼎十分惋惜，却又无能为力。

林则徐离开开封黄河工地西行的第三天，王鼎就启程北上赶往北京。林则徐原本期望王鼎回朝后，能和皇帝面对面提点有利于自己的建议，没想到从此竟然和王鼎成了永别。

王鼎回京后，的确多次进谏皇帝启用林则徐，但皇帝一直不理会，王鼎最后来了个"史鱼尸谏"。

王鼎怒斥妥协派首领、首席军机大臣穆彰阿为当代秦桧、严嵩。留下"条约不可轻许，恶例不可轻开，穆不可任，林不可弃也"的遗疏，自缢于圆明园，享年74岁。

此时，英国人正在不断进攻中国的沿海城市，要挟中国开放更多口岸，割让香港，以图长久贸易。

林则徐心灰意冷。

得知王鼎是为了主战死谏，为了给自己说好话而自杀，林则徐悲从中来。他写下了《哭故相王文恪公》：

才锡元圭告禹功，公归遵渚咏飞鸿。
休休岂屑争他技，謇謇俄惊失匪躬。
下马有坟悲董相，只鸡无路奠桥公。
伤心知己千行泪，洒向平沙大幕风！

一晃，林则徐已经在西安住了两个月。

身体逐渐好转，西行的事再没有理由拖延了。八月底，林则徐收拾行囊，决定启程。除了广州带过来的书，再加上西安购置的书，他手头已经有数千卷藏书。为了将这些书全部带去伊犁,林则徐雇了数辆小车用来运书。

林则徐本想让长子林汝舟同去伊犁,但是他的庶吉士尚未散馆,要出关必须奏请皇帝。陕西巡抚怕林则徐的罪臣之身连累到自己,拒绝代奏。林则徐只能放弃带林汝舟西行,改为带三子林聪彝、四子林拱枢一同西去。

一切打点妥当,正要上路时,偏又连日大雨,林则徐不得不又拖延了十多天。

七月初六一大早,林则徐终于启程了。

出发的时候,陕西官方三十多人前来送行。林则徐夫人难过不已。林则徐送诗两首,其中一首中的"苟利国家生死以,岂因祸福避趋之"成为警世名句:

> 力微任重久神疲,再竭衰庸定不支。
> 苟利国家生死以,岂因祸福避趋之!
> 谪居正是君恩厚,养拙刚于戍卒宜。
> 戏与山妻谈故事,试吟断送老头皮。

此时,尽管皇帝对林则徐很不友好,但林则徐念及国家灾难深重,他从心眼里理解皇帝的难处,表露出了毫无怨言的担当精神。

林则徐笃信,皇帝还会重用自己。

三顶肩舆,数辆马车,一行人"吱呀呀"离开了西安。

林则徐经兴平、礼泉、乾州、永寿、邠州、长武一带的官道,出陕西,由泾州进入甘肃境。这条道路沿泾河河谷绕行,是西出长安古丝绸之路的重要通道。

林则徐每到一地，都有地方官员或出城相迎，或置备酒席。在泾州，他收到友人的来信，镇江已经失守。这其实已经是一个多月前的消息了。

这一年，大清帝国沿海前线不断传来失败的消息。

四月，浙江定海、镇海、宁波战役失利。

五月，英军大举进犯长江，吴淞口失守，上海失陷。

六月，英军以七千陆军，在战舰支援下进攻镇江，繁华的镇江城变成一片瓦砾。

强势禁烟

一路西行，一路颠簸。林则徐愤懑的心绪一直难以舒畅。

早在1827年，林则徐就曾担任过陕西按察使、代理布政使。因为曾经的旧交情在陕西获得地方官的照顾，理所当然。但到了甘肃，依然有人迎来送往，打点食宿，这让林则徐始料不及。

林则徐清楚，大家对自己的照顾，全因为自己在广州的作为。回顾过去的几年时光，林则徐感觉个人命运跌宕起伏，一切恍若梦境。

而这一切的起因，都和大烟有关。

中国人对大烟并不陌生，过去漫长的历史中，制作大烟的罂粟一直作为药物被中国人使用。自从英国人开发出了大烟的荼毒作用以后，大烟的性质完全变了。

明代，郑和多次下西洋，开展了航海探索。但这种探索止步于科技。地球的另一端，欧洲人有着同样的探索欲望，他们的航行远远超越了郑和所经历的线路。他们发现地球是圆的，地球的另一端，还有美洲、亚洲。借助这种发现，欧洲工业革命催生的资本主义找到了扩大市场的广阔舞台。

航海大发现、工业革命、资本主义，科学、技术、制度、商业、军事，一同编制着英国的梦想，英国迅速崛起为世界头号帝国。

用以殖民亚洲的东印度公司带着自己生产的纺织品，在中国发现了茶叶和瓷器，经贸往来让源源不断的财富输入英国政府的肚囊。仅在1783年，就有近600万磅的茶叶销售到伦敦，政府所征茶税占到英国财政收入的10%。但中国人对英国商品的消费增长缓慢，贸易逆差不断加剧。

东印度公司发现了大烟，这是抹平贸易逆差的至宝。在印度种植罂粟，加工成大烟销售到中国，英国商人可以获得更多的真金和白银，这样可以很好地弥补茶叶贸易带来的贸易逆差。

早在乾隆、嘉庆时期，英国人就已经在向中国倾销鸦片，两任皇帝都在努力禁烟，但成效微弱。道光皇帝上任时，鸦片在中国已经到了举国吸食的地步。面对鸦片有可能毁掉一个王朝乃至整个民族的危局，道光帝寝食难安。

道光帝异常勤俭，衣服破了打补丁，皇后过生日用打卤面招待群臣，但国库空虚，百姓日子一天比一天紧。上位18个年头了，依然难有富国强兵的起色，道光帝很痛心。

这一切问题的源头，就在鸦片。

鸦片源源不断进入中国，中国人的银元则源源不断流向英商。

道光十八年，也就是1838年，时任鸿胪寺卿的黄爵滋向道光皇帝呈送了一份奏折，引起了朝堂大共振。

黄爵滋上奏的《严塞漏卮以培国本疏》，义正词严地建议皇帝赶紧严禁鸦片。他列举大量鸦片危害人民、影响国家财税的事实，驳斥朝廷内"弛禁"论者。他提出"重治吸食"的主张，要求无论官民，吸食者给予一年期限戒烟，不成者平民处以死罪，官吏加等治罪。

道光帝将奏疏交给大臣们讨论，计划敲定禁烟办法。黄爵滋又连上两折，提出禁烟必派主禁大臣，严惩私通英国人的内鬼。

黄爵滋的奏章被下发官员后，引起了林则徐的高度关注。此时，林则徐刚被提拔为湖广总督，到任只有一年半时间。

黄爵滋的奏章让林则徐热血沸腾，他连夜秉灯急书《筹议严禁鸦片章程摺》和《钱票无甚关碍宜重禁吃烟以杜弊源片》两疏。

林则徐忧心忡忡地向皇帝说："若犹泄泄视之，数十年后，中原几无可以御敌之兵，且无可以充饷之银。"

此时，对禁烟问题大清帝国的官员持有两种意见，一派希望皇帝下定决心，严禁。另一派认为没必要太过严厉，采取"弛禁"之策，加强税收，慢慢控制吸食问题。

林则徐的奏折，坚定了道光皇帝严禁的决心。道光帝决定痛下狠手，他让时任湖广总督的林则徐立马进京。

林则徐速速北上，风尘仆仆赶了半个月的路，来到了北京。第二天一大早，道光帝就迅速召见了林则徐。

随后八天，道光帝每天都召见林则徐，这在中国封建历史上，极为罕见。

他们到底说了什么，大清官方的史料没有过多叙述，林则徐的文稿也涉及不多。林则徐的日记里说，第一次召见，皇帝让他跪在毡垫上。后来召见，皇帝又问他能不能骑马，可以骑马来见自己。

再后来召见，皇帝又说骑马不方便，可以坐轿来见自己。三件事充分说明，道光帝对林则徐非常关心爱护。

林则徐透露，第五次召见，皇帝给他下达了任务："钦差大臣关防，驰驿前往广东，查办海口事件，该省水师兼归节制。"对于道光帝的任命，林则徐起初是有所推辞的，他在后来给叶申芗的信中说："戊冬在京被命，原知此役乃蹈汤火而固辞不获，只得贸然而来，早已置祸福荣辱于度外！"

推辞或许只是中国人含蓄的谦让方式。为了让林则徐具有更大的决断权，道光帝下旨："断不遥控，授兵部尚书衔。"

领受命令后，林则徐迅速离开京城。此时，他抱定了大干一番的宏愿。他在日记中写道："死生，命也！成败，天也！苟利社稷，敢不竭股肱以为门墙辱？"

回到广东，林则徐以钦差大臣的身份，投入禁烟运动。他强行扣押英商，采取非常严厉的措施，收缴了两万多箱鸦片，集中在虎门海岸销毁，史称"虎门销烟"。

1839年后半年，英国驻华商务监督义律带领商船和兵船不断向广东水师发起挑战，林则徐和邓廷桢下令坚决反击。义律没有占到便宜退居香港，林则徐下令驱逐。后又奉旨封锁港口，完全终止中英贸易。

林则徐的强硬态度给予了贩卖鸦片的英商沉重的打击，也震惊了遥远的英国政府。

第二年，英国派来军舰，展开报复行动，"鸦片战争"打响。起初，英军进攻广州、福建未能得逞，遂北上浙江，攻陷了定海。紧接着，又北上天津，向大沽口进攻。

朝野震惊，"议和"派占据上风。林则徐和邓廷桢被革职。

谈判进展并不顺利，面对英国狮子大开口的谈判价码，道光帝火冒三丈，又下令开战。结果，广东省的继任者琦善顶不住进攻，广州城很快就沦陷了。

道光帝震怒，不光革了琦善的职，对前任林则徐和邓廷桢一并又做了一次惩处："则徐在粤不能德威并用，褫卿衔，遣戍伊犁。"

翻越陇山

遥远的伊犁用迢迢危途迎接着老迈的林则徐。

风餐露宿，旅途劳顿，行程进入高冷干涩的黄土高原区域，林则徐的心绪愈发糟糕。七月十六日，在距离平凉数十公里的白水驿，林则徐收到了夫人寄来的家书。信中说三儿媳妇六天前生了一个男孩。喜得第一个孙儿，这对失落的林则徐而言算是一个天大的喜讯。

当天夜里，在驿馆微凉的土屋里，林则徐挑灯回信，称"两三年来，惟此一事令人开颜耳"。他说查八字，五行俱全，孩子的命名自以现在触景为是，自己来到平凉后得此喜信，计划给孩子取名平庆，同时祝愿国家的战乱能迅速平定。但有讳家中长辈名。想到平凉有著名的崆峒山，传说黄帝访道于此，是古今胜境，所以取名贺峒吧。

他又一再叮嘱家里人，添丁的事，最好不要让太多的人知道，"大非时候，一切仍当加意小心为要"。孩子满月时，别人送礼，"总以不收为是"。他还特意叮嘱，要对自己西安出发时前来送别的人，进行回访感谢。

林则徐的处世之道和为官之法可见一斑。

西北的夏秋季节多阴雨。从西安出发，林则徐多则一天行进120里，少则50多里，遇到雨天只能停下脚步，每天的行程平均都在80里左右。

七月十七日，林则徐到达平凉。赶往平凉的路程，林则徐"日行七十里，尚无大坡，惟处处由涧水涉过，已有'七十二道脚不干'之意"。

县城的食宿水准远比驿馆要好，林则徐安心地住了一夜。

自张骞开通西域以来，从古长安一路向西的道路，历史上形形色色的人物反反复复行走了两千多年。他们的行程在典籍中很少有详细的记载。林则徐西行，一路都在写日记，他记录每一天的行程里数、所见所闻、风物人情、历史文化，他给这些详细的日记起名《壬寅日记》。后来，他对《壬寅日记》删改后起名《荷戈纪程》，一直到他去世27年后，才正式出版。

《荷戈纪程》对于了解19世纪初期的西北情势极为重要。

西出长安，既能走途经平凉的泾水道，也能走途经凤翔的汧渭道（陇关道）。

十八日，出平凉城，又是雨天。林则徐冒雨行进，沿途"山水叠发"，当夜宿安国镇，这一天只走了35里路。林则徐在日记中感叹："舆夫、纤夫多有病涉之苦。"

第二天，天气一阵阴一阵雨，林则徐的肩舆走了25里，到达今宁夏固原嵩店，休息饮食后，继续北上，过三关口，又行进了25里到达瓦亭。

三关口也叫弹筝峡，此地是一个宽度仅十几米的深切峡谷，有大风吹过，声如弹筝。谷底泾水流波，汹涌奔荡，山路悬于半崖，崎岖危峻。有一夫当关万夫莫开的气象。

出三关口行十多里，就到了瓦亭，这里是著名的汉萧关所在地，也是中原王朝与历史上诸多少数民族厮杀争夺的地方：汉匈争霸时，匈奴曾经从这里攻入汉境，直接威胁长安；宋夏战争期间，双方在此长期激烈攻防。萧关是长安北部的重要关隘，在帝都设于长安的历史时期，这里一直关系着中原王朝的安危。

瓦亭一带的路途异常难行，加上大雨不断，运送林则徐的民夫深一脚浅一脚踩着泥巴前进，痛苦不堪。

"欲即过六盘山，舆人咸虑及半途遇雨，无可栖止，遂住此。"在瓦亭吃过午饭后，林则徐想一口气翻过陇山，但车夫担心再有大雨，没处躲避，翻山存在一定危险，遂作罢。当天晚上，林则徐一行人住在了瓦亭。

在这个中原王朝曾经的边关口岸，力主抗击英国鸦片商务和炮舰策略的林则徐，心情必然是极其复杂的。运作海防失利，被贬往塞外，站在昔日的国家边塞口岸，作为儒生，回望历史，思量自己，林则徐必然思索了很多。

瓦亭驿，距固原八十里，西去新疆，由此经固原，过木峡关、石峡关、石门关，翻越陇山也能抵达，林则徐选择在六盘关翻越陇山。

当天，固原州牧为林则徐送来膳食。

第二天，天没亮，林则徐就已经上路了。他们行进15里到达和尚铺，再走5里，到达庙儿坪。这里有一座关帝庙，相传香火灵验，林则徐抽了一签："木有根荄水有源，君当自此究其原。莫随道路人闲话，讼到终凶是至言。"

贬官流放，人生已经跌入了低谷，这个签无疑加重了林则徐沉重的心情。

从长安西行，历来都有关山难越的喟叹。选择在六盘关翻越陇山，和陇关相差无几。这里是陇山的最高峰，历来有"山高太华三千丈，险居秦关二百重"的说法，此地最高峰海拔2900多米。

道路崎岖盘绕，林则徐的车队和肩舆徐徐而上，只见"山上的沙土呈现紫色，没有了树木，只有一些细草"。

林则徐经过的季节正是陇山雨水充沛，草木旺盛的季节，他所记录下来的景象估计是沿途某处的局部。陇山植被完好，没有树木的路段相对较少，真正赤地千里的景象即将在他翻越陇山后连绵不断地呈现。

尽管时值盛夏，但是六盘山顶清风吹过，依然"山气侵人，寒如冬令"。

林则徐西行时，随身带着祁鹤皋所撰《万里行程记》，多有对照，常入日记。在记录自己翻越六盘的日记里，林则徐说：阅鹤皋先生《日记》，过此遇雨，狼狈万状。此次幸大晴，不逾时而过，殆东坡所谓"知我人厄非天穷"者邪？

翻过陇山，林则徐住到了隆德县。他写道：城颇大而荒凉特甚。

过了隆德，此地的黄土高原真的是寸草不生，荒凉至极。由静宁、会宁前往安定，皆如此。这一带的道路比较平坦，但是涧河很多，涉水过沟，行进依然艰苦。

七月二十四日，林则徐行进60里，到达西巩驿，这里距离安定县还有60里。当天，正当林则徐在荒凉的山间沟涧赶路时，大清帝国新任钦差大臣耆英登上了停靠在南京附近长江里的"皋华丽"号英国战舰。

耆英代表大清帝国，和英国全权代表璞鼎查签订了结束鸦片战争的中英《南京条约》。

条约共有十三款,主要内容是:中国开放广州、福建、厦门、宁波、上海五处为通商口岸,允许英商寄居贸易,英国可派驻领事等官;割让香港给英国;向英国赔款二千一百万银元,其中烟价六百万元,商欠三百万元,军费一千二百万元;协定海关税则,英商"应纳进口、出口货税、饷费,均宜秉公议定则例"。此外还规定有取消行商制、以往因为英国效劳而被监禁者免罪"加恩释放"等条款。

八月初二,道光帝批准了《南京条约》。

西戍伊犁

进入甘肃境内十天后,林则徐到达了省会兰州,受到时任陕甘总督富呢扬阿热情迎接。

在兰州,林则徐住在官府,富呢扬阿不但宴请他,还和他纵论国事,征求他对时局的看法。林则徐说国家应当大造船炮。富呢扬阿说可以将建议奏报皇帝。林则徐说朝廷不会听自己的观点,也提醒富呢扬阿不要为此惹火烧身。

林则徐的书法早在翰林院工作时就已经很有名气,在兰州,每天都有人向林则徐求字,他几乎每天都在写书法。有一天,竟然写了一整天的字。流放充军途中,他用的印是"宠辱皆忘"。林则徐在不同时期用不同的印章,翰林院时用"读书东观,视草西台";湖广总督任时用"管理江淮河汉"。

八月初七,林则徐离丌兰州。他在兰州城北渡黄河。其时,黄河上只有一座浮桥,由24只木船经铁锁链链接搭成。

来到甘肃，林则徐遇到了来甘肃已有七年的朋友、安定县主簿陈子茂。他乡遇故知，两个人相谈甚欢。陈子茂跟前跟后地陪着林则徐，一直陪着林则徐走到了凉州。林则徐在凉州住了8天，继续西行时，陈又送林则徐至四十里堡，才依依不舍地告别。

这次老友重逢，双方互赠诗文。陈子茂的诗已遗失，林则徐赠答诗至今流传：

送我西凉浃日程，自驱簿笨短辕轻。
高谈痛饮同西笑，切愤沉吟似北征。
小丑跳梁谁殄灭，中原揽辔望澄清。
关山万里残宵梦，犹听江东战鼓声。

"关山万里残宵梦，犹听江东战鼓声。"林则徐尽管已经翻越陇坂西去戍边，但心中一直挂念着江东沿海的战事。

西行古道到了凉州，再无高山深谷阻碍，路途变成了戈壁沙漠。行走河西走廊，一般都用高大车轮的大车。在凉州，林则徐来了一次大换装，他早在陕西写信央人购置的休息床安装在大车上，他可以在车上睡觉了。这比在陇山两侧坐轿盘桓山路舒服了许多。

到了张掖山丹，他才得知《南京条约》已经签订。得知此情形，他无处诉说，只能在家信中感叹：江左之事，姑解燃眉，究不知后患何所终极，且不知目前果足应付否？应付之后，又顾而之他否？不敢设想也。

穿越河西走廊，由星星峡进入新疆，林则徐九月二十三日到达哈密。从嘉峪关到哈密1500多里的路程，原本要作为十八站行走，由于车夫星夜兼程，提前两天到达。

丝绸之路在哈密分作两道向西，一路在天山北麓，一道在天山南麓。林则徐要去伊犁，本可以就近选择北道，但是由于北道冬天积雪深厚，道路难辨，危险难行，便选择了南道。

沿天山南道行至瞭墩（系往吐鲁番之大路），林则徐翻越天山进入了北道。

"由哈密西南二百八十里之瞭墩分途往北，既避北路达般之雪，又避南路十三间房之风，行人无不乐由。"林则徐日记如是载。

踏雪饮冰、风餐露宿，飞沙走石、星夜兼程，林则徐经历千辛万苦终于到达伊犁惠远城。这一天是公元1841年农历十一月初九。

从西安到伊犁，林则徐花费四个月时间，一共行走了6000多里路，这是汉武帝的和亲公主刘解忧曾经走过的道路。

第二天。伊犁将军布彦泰上奏道光皇帝，报告林则徐戍疆到位。

在新疆，布彦泰对林则徐客客气气，多有照顾。襄助林则徐一同在虎门销烟的邓廷桢先期到达伊犁，早早为林则徐租好了住房，布彦泰给林则徐分配的工作是管理粮饷。

林则徐协助布彦泰开垦土地，亲自来到南疆库车、阿克苏、叶尔羌等地勘察，行程超过两万里。他积极倡导兴修水利工程，推广坎儿井，增加了大量良田。他明确向伊犁将军布彦泰提出"屯田耕战"，防患于未然。

在修建灌溉水利工程时,林则徐主动捐修,自备斧资,督率民夫,花了四个多月时间，建成了长六里多，宽三丈有余的大水渠。

布彦泰先后三次向皇帝奏报表扬林则徐的作为，言辞恳切地建议"然以有用之才置之废闲之地，殊为可惜。如蒙天恩，弃瑕录用"。

1845年九月二十九日，道光皇帝发布上谕给林则徐："着饬令回京，加恩以四五品京堂候补。"

圣旨辗转月余传到西域时，正在哈密勘察垦地事宜的林则徐激动得老泪纵横。

林则徐一直坚信，皇帝会重新启用自己。

东 归

从革职到重新启用，时间一晃就过去了五年。这五年，林则徐的命运跌入了至暗时刻，这五年，中国这个古老封建帝国的命运也在急转直下。

在中国近现代历史叙述的语境中，"虎门销烟"是一次英雄壮举，极具悲壮色彩。但在当事人的时代，"虎门销烟"是中国统治者向列强说"不"的一次尝试，是农业文明面对工业文明入侵的一次抵抗，带有不知敌情的盲动性。

对于万里之外的工业帝国英国而言，他们试探性入侵中国的耐心被"虎门销烟"彻底激怒了，他们很早就对这个国家持续数个世纪拒绝自由贸易的傲慢姿态怒不可遏，"虎门销烟"正好为他们找到了发动战争的借口。

战争的双方，完全是两个时代的角力、两种文明的对抗、两种组织体系的比试。战争胜败的关键，在于枪炮。

欧洲人对海洋展开探索，他们不仅发现了新大陆，也催生了海洋文明。新的海洋文明由欧洲人主导，英国是翘楚。工业化大生产的关键环节，在于不断拓展新市场。英国不想放过地球上任何一个有人类的角落。

而此时，中国依然在沉睡中做着老大帝国的旧梦。明代以来，中国就确立了闭关锁国的对外政策，这个策略被大清王朝继续沿用。

没有哪个国度比中国具有更大的市场。"让中国人的衣服下摆加长一寸，英国的工厂就可以欢乐地生产一年。"英国人不停地派出使者向中国示好。

直到1792年，马嘎尔尼成功访问了中国。他的目标有六个：商谈商贸友好条约；在北京建立外交馆；改善广州贸易条件；开放新的口岸以拓展英国贸易；说服中国割让一个岛屿作为英国的基地以减少运输成本和地方关税；在中国开拓新的市场，特别是北京。

马噶尔尼的目标一件都没有得到落实。后来的分析说，是因为他不愿意按照清廷的礼仪向中国皇帝叩头，所以皇帝拒绝和他谈论贸易。实质上，估计即便马噶尔尼按规矩跪拜了乾隆，乾隆也不打算接受欧洲人自由贸易的观念。

马噶尔尼的使团带来了代表欧洲最高科技水平的礼物，乾隆皇帝将其统统看作"奇技淫巧"，弃之一边。礼物里，除了奢侈品，还有望远镜、洋枪等军事用品。

假如在此时，中国能够充满好奇地求教于英国，即使不能迎头赶上他们的工业化水平，但至少能改进枪炮水准用于自卫，不至于在鸦片战争和接踵而来的英法联军入侵、八国联军入侵时败得那般惨烈，那般可悲。

历史拒绝假设，中国皇帝傲慢地拒绝了大英帝国的一切。

一切都在关键时刻悄然改变了。

火药本来是中国人发明的，但是欧洲人学会之后，创造了威力更大的枪炮。

在圆明园西洋楼观水法皇帝宝座正后方的石屏风上，赫然雕刻着枪炮图案。在彰显威仪的地方，大清的皇帝想到了枪炮的威力，但在守卫江山方面，皇帝一直认为防备的对象应该是国内手拿长矛、肩扛大刀的"民贼"。

英国人无法打开中国的贸易之门，东印度公司便用棉花和鸦片来改善贸易平衡问题。中国意识到鸦片贸易的危害试图阻挠时，英国抬出了自己的枪炮。此时，纵使全中国人都有林则徐那么殚精竭虑、那么英勇无畏，所有的抗争也只能是徒劳。

鸦片战争打响后，与林则徐一道，帝国的主战派几乎全部被革职流放。

道光皇帝一直在战与和之间摇摆，因为他对英国的实力毫无所知。

如果在公元1500年时中国人还不足以认知欧洲的话，那1793年的机会，可是乾隆皇帝自己傲慢地丧失了。苦酒早在1500年以来，逐渐酿好。道光皇帝只能痛饮。

道光帝无力回天，林则徐只能跟着悲剧。

《南京条约》签署后，广州、福州、厦门、宁波、上海作为外国人居住与贸易的地点，允许建造领事馆。香港被割让。虎门销毁的大烟照价全部赔偿，英国炮轰中国消耗的弹药和花费也得中国赔偿。每个中国人的头顶，都承担了巨额的债务。

英国的炮舰不仅给自己打开了贸易大门，也给所有西方国家打开了侵略中国的缺口。

美国紧随其后，与中国签订了超出《南京条约》的约定；法国进一步扩展《南京条约》加强了"治外法权"，雍正皇帝关于禁止天主教、基督教信仰的敕令，也被要求撤销。

五个条约口岸,在中国人的眼皮子底下"合法"地兴建,传教士一波接一波来到中国内地。

西方列强在中国的土地上设立条约口岸,撕开了封建中国的缺口,顺着缺口的裂纹,西方的强盗逻辑和文明曙光一并投射到了古老帝国。

条约口岸有全新的生活方式,有新潮的文娱活动,最显著的标志是女人可以自由行动,可以举止随意,可以穿着暴露,她们和男性交谈、跳舞。在中国人看来,这简直是放荡不羁。就连签署《南京条约》的中方代表耆英也这样认为。这位满族官员有次去香港,一名外国妇女给他"行礼",令他十分骇然。

身处斗争前沿的林则徐,直观地感受到了西方世界的先进性,他在广州组建了一个翻译组,不断翻译来自西方的信息,他将翻译成果《四洲志》转交给好友魏源,嘱托其写成了解西方的著作。魏源在《四洲志》基础上搜集资料,写成《海国图志》,试图"睁眼看世界""师夷长技以制夷"。

但是,《海国图志》并未受到大清皇帝重视,守旧派生怕洋人生气,硬生生将这本书禁锢了起来。反倒是日本人看到了这本书的伟大意义,将其翻译推介到日本后,成就了日本的明治维新。也正是明治维新提升了日本综合国力,让日本对中国也实施了比英美列强更残暴的加害。

那一批"睁眼看世界"的人提出"师夷长技以制夷"的构想,是切实的策略,但这是非常漫长的旅程,几百年拉开的差距,非几代人能够补齐,中国为此吞咽的苦果只能在未来很久之后才能消弭。

道光帝对林则徐充满了爱恨交织的情感,爱他忠于自己的苦心孤诣,恨他没有完成终极目标的能力。林则徐即使有三头六臂,也无力回天。他对皇帝和国家的忠勇，只能化成一曲悲歌。道光帝同样很凄凉，他一心想拒斥西方的列强，但他的臣民和江山远远落后于西方列强。他选中的林则徐没能完成他的目标，其他人更没有能力完成。抗争五年，无法取胜的大清帝国，只能屈辱地接受西方列强的蹂躏摆布。

尘埃暂时落定，道光皇帝对林则徐冰释前嫌。

正当林则徐春风得意地度过玉门关，兴高采烈地回程时，道光皇帝迫不及待地又下了诏令，命他就地在署陕甘总督，处理地方番乱问题。一位儒生，一生最大的追求，莫过于皇帝信赖，官居高位。林则徐此时已是病疾缠身，但他满心欢喜地接受了调遣。平定番乱，道光皇帝又让林则徐担任陕西巡抚，林则徐才得以回到西安见到夫人。

1846年，再次翻越陇坂，林则徐的落寞一扫而光。登上陇坂的崇山峻岭，东望中原，林则徐的老迈之躯依然精神抖擞。他立志于报国，他感念于皇恩。

此刻，中国老百姓备受列强和封建统治阶级的双重压榨，中国大地民变汹涌，搅扰得道光皇帝有些焦头烂额，他需要忠勇之人处理日益复杂的国内局势。道光帝加强了对林则徐的信任。云贵总督、钦差大臣、广西巡抚，在等待着他用最后的岁月去应接。

林则徐的悲剧，在于他愚忠于一个没落封建王朝的落魄皇帝；林则徐的伟大，在于他用孤勇忠贞，将中国人送上了重新认识自我价值、寻求自身坐标的轨道。

陇山寂寂，见证了中国的生成过程；陇山戚戚，记录了太多的英雄豪迈。

林则徐西戍伊犁时对于陇山的跨越，如同跨过了一道门槛，一道将中国送入"现代"的门槛。其本身的悲剧性和滑稽性不啻是启迪中国打开未来的钥匙。

附录

寻路关陇之间：我的翻越

我的出生地陇西黄土高原，水珍贵，水也陌生。一年四季有雨的日子不多，但是真正下起大雨来也很恐怖。这个时候湍急的流水往往肆意妄为，不仅冲击田埂、庄户，而且还带走田地里的"肥土"。村子挂在山上，山的四周全是雨水像猫爪一样挠出来的沟壑。

裹挟着"肥土"的河沟，最终都流向渭河。

渭河是一条古老的河流，有研究称，渭河很早之前是黄河的故道，后来由于兰州的地形变化，黄河改流向北，深入草地画了个大大的"几"字，然后从晋陕大峡谷折返南下，在潼关与渭河相拥之后，依依不舍地汹涌向东了。

渭河流着流着，陷入了艰难处境。陇山从中卫连绵240公里，由北向南扑向了秦岭。两座高山交汇融合的地方，硬生生空出来了一条缝隙，渭河弯弯曲曲从缝隙里流了过去。不知是山给水留了一条出路，还是水劈山蹚出了一条出路，反正渭河是在陇山与秦岭的夹缝中穿过去的。

摆脱两山夹缝束缚的渭河，迎来了一片宽阔平坦的盆地。这是一块在喜马拉雅运动时期形成的巨型断陷盆地，随着南北两侧山脉沿断层线不断上升，盆地徐徐下降。渭河流过盆地时，不断将沿途搜刮而来的泥沙/肥土，填充淤积于盆地，形成了厚达7000米的松散沉积平原。

单以河流论，渭河并不算是一条大河，但它在沿岸孕育了齐家、仰韶、大地湾等远古文化。这些文化交互扩展，最终养育了中华文明。进入文明时代以后，渭河岸边的盆地开始扮演重要作用。周王朝在这里首建都城。秦人从陇西翻越陇山占据进驻之后，全力备战。苏秦曾对秦王说："秦，四塞之国，被山带渭，东有关河，西有汉中，南有巴蜀，北有代马，此天府也。以秦士民之众，兵法之教，可以吞天下，称帝而治。"

这个盆地因为四围险阻，遂有了关中平原之称。

秦人利用关中地理优势，横扫六合，最终实现了周王朝梦寐以求的"天下中国"。之后，汉王朝依托关中，向西扩展，占领河西、西域，促进了历史中国的生成。关陇互动犹如一台发动机，催动了整个中国的东西互动，而关陇之间的陇山，则是这个互动的轴心。

关中平原与东北平原、华北平原、长江中下游平原并称中国四大平原。关中平原只有4万平方公里，是四大平原中面积最小的一个，但陕西人称关中平原是大平原，从历史文化的丰饶程度而言，关中之大，的确无出其右者。13个王朝在这里设立都城，演绎了治乱兴衰、更替迭代的历史故事。

陇山给渭水东流形成阻隔之势，也给中国历史的演进造成了复杂的影响。

陇山是凸起于黄土高原之上中国最年轻的山脉之一，南北全长240公里，东西宽约40至60公里，以番须口为界，北称六盘山，南称关山。陇山以岭高谷深、聚险可守闻名于世。毛泽东曾赞誉"山高太华三千丈，险居秦关二百重"。

陇山左侧为关中，陇山右侧为陇右。在海洋文明没有兴起之前，在全国经济重心南移之前，中国的核心一直在关中/中原。所有的中原帝国，要想在关中长治久安，必须得向西经略。遂有"欲保关中、必固陇右，欲保秦陇、必固河西，欲固河西、必斥西域"的说法。由此，翻越陇坂的关陇互动，是整个华夏文明进程里的重要事件。从秦非子牧马居功"汧渭之汇"，到他的后人横扫六合建立大一统的秦帝国，关陇之地一度占据了中国历史舞台的中央位置。从此，中原汉民族与西域少数民族围绕陇山的争夺此消彼长，延续了一千多年。尤其魏晋之后此地形成的"关陇集团"，更是连问鼎长安的各色皇帝都难以左右地存在了500年时间。

帝王将相、才子佳人、贩夫走卒，无数人曾在关陇之间的陇山上穿行，翻越陇坂的东西互动，促成了中国历史的丰饶面相。

今天，310国道、宝天高速公路、宝兰铁路、宝兰客运专线沿着渭河蜿蜒穿梭，巍峨陇山不再是横亘于关陇大地之间的屏障。凭借现代通道和交通工具，中国"内地"与西部地区的联系，紧密而高效。但历史上，翻越陇坂，并不是一件轻而易举的事情。

一、渭河峡道，寂寥古通道

渭河贴着秦岭游走，接近陇山时，变得左突右奔，越来越急躁。从甘肃麦积区社棠镇一过，陇山硬生生向秦岭抵过来，恨不得完全贴到秦岭身上去，有试图截住渭河去路的冲动。从甘肃社棠到陕西陈仓，秦岭和陇山互不相让地排列，你中有我、我中有你，成犬牙交错状。渭河硬生生在两座山峰之间闯出了一条水路。

沿着渭河从陕西逆流而上到甘肃，或者从甘肃顺流而下到陕西，人们称为陈仓峡道。由于秦人从陇右发迹翻越陇山建立秦国，并横扫六合统一中国,也有研究者将渭河峡谷称之为秦人走廊。这都是很久远的故事了。

翻越铁道看栈道

我准备重走渭河峡道。2018年汛期,我顺流而下,绕着310国道走。7月上游刚发过大水,8月初沿河行走,尽管河道里有明显的痕迹,可河水并不大。提前托老友白峰帮我找了几个向导,他们都是三岔人。三岔古称吴砦,是南宋吴阶、吴璘抗击金人所筑古城。现在之所以叫三岔,是因为此地是交叉地,由此顺渭河可东进到长安、西去达陇右,由此南下还可入川蜀。三岔人对吴砦这个称谓很有感情,听说我要采访吴砦历史文化,镇里的两个民间协会联合接待,一个是书画研究会,一个是文物保护协会。乡镇组建书画研究会的并不多见。

在麦积城里打工的一位老者最先接头,他自号布衣秀才,一路吟诗,一路往微信上发。沿渭河行至史家窝,郭师傅在路边等待。郭是镇里书画研究会会员,也爱写古体诗。

郭师傅要带我去看古栈道。初到他家,之前阴沉沉的天终于憋不住开始下雨了。郭师傅说先吃浆水面,再看栈道,有雨,不能过铁路。我问:不能蹚河吗?他说不能,刚发过大水,有危险,修建宝兰复线时中铁公司留下的便桥也被冲毁了,只能上铁路过到河对面。他这么一说,我才注意到他家路边崖下的涛声。渭河在史家窝打一个大漩涡才能流走,所以声响比较大。即便在现在河水变少的年月,汛期的渭河依然艰险,不能徒涉。在古代,渭河滔滔白浪激荡,两岸山势危耸,沿河行路得有多难。

郭师傅的家在渭河南岸，距离宝兰复线史家窝隧道十分近。古栈道在渭河北岸。过到河对面，没有宝兰铁路复线的话，基本没指望。形成史家窝的山有千米之高，山脚凸向河心，铁路隧道就从山脚上钻出来。衔接隧道的铁路桥凌空飞架，接近百米。铁路不准上人，隧道口是一处悬空的高崖，先由梯子登高，在二级台阶处，还要再登高，只能拉着上面垂下来的麻绳蹬着一根弯曲的铁丝往上爬。这个过程比较惊险。跟着郭师傅的身影，学着他的样子，我们从一个洞口爬上了隧道口的铁路枕木。沿铁路行三百米，脚下的水泥板一米见长，条与条的周围接口处都有缝隙，走在上面能看到下面流动的河水，忍不住战栗。这么危险，难怪铁路部门禁止闲人上去。不过，郭先生说看管隧道和桥梁的人是自己的亲戚，放心走。好在此刻没有火车经过，否则列车带起的大风会让人更加恐惧。我们在另一端隧道口下铁路，就到了渭河北岸。

河滩新泥光洁，上面浮着上游漂来的杂物。滩地的花椒树、苹果树，被大水冲倒了许多，岸边的向日葵花开正艳。郭师傅说史家窝现在的漩涡是由于修公路给弯道处倾倒了很多垃圾才变小了，以前漩涡很大。每次发大水，都能冲下来各种物件，聚在漩涡处半天冲不走，有时候还会冲下来死人。他和村里人打捞过很多次。

沿着河的北岸攀升，远看无路的山坡却有一条小径，不过全在荆棘丛中。郭师傅在前带路，我在后面紧跟。不一阵就觉得两腿刺疼，低头一看，只穿了短裤的两条小腿被划出了横七竖八的血印。攀爬已经半小时，郭师傅还没有停下来的意思。他说，真后悔，应该拿个砍刀开路。他只能用手臂拨开荆棘。"正午过了，小心会有蛇。"郭师傅提醒说。我心头一惊，我可是只穿了短裤啊！赶紧问了句栈道快到了吗，郭说还有一点路。

爬了一道弯弯、一个坡坡，距离河面已经100多米了。在一处凸出的山埂上，出现了1.5米左右的石路，靠山的一侧全是人工开凿而成，坡体整齐，经风化，已看不见凿痕。而脚下的路面，有一半是搭建出来的栈道。站在栈道上面，根本看不见下面的结构，只能看见山下河水湍急，一片混沌。栈道只能在河对面才看得清楚：山体凿洞，插入石条，石条上覆石板，石板上盖土，就成了路。这一处栈道修于何年？谁也说不清楚。地方史料鲜有介绍，当地百姓只说过去的官爷骑马、坐滑竿，由此经过，耀武扬威。

郭师傅说，以前渭河峡谷只有这样的路。公路是在20世纪90年代才修通的。没有修公路以前，村里人赶集、务农，都是走这样的路。他们村和邻村只有两公里的距离，但是都处在峡谷处，互相走动要跨过河，翻越三座山，行走20里。

返回的时候，再次走上铁路桥。守桥的人坐在隧道处的塑料篷布房子里，看到郭师傅，他拿过来一圈麻绳，丢给郭师傅，"刚才前面的隧道一个人被碰死了"。

"那就不能让人上桥？"

"是的，上面要求焊死。"

走到隧道口，我才明白，那根麻绳就是我们刚才上隧道的绳子。看路的人说我们下去以后，他要彻底封死隧道口。

翻过铁道再看栈道，真是好险。

史家窝隧道口上方山崖，也有栈道遗迹，属木栈道，其中一处直径10厘米的圆栈孔保存较好，其余已不太明显。这是我后来翻阅资料才得知的。当时郭师傅作为当地人，也没有带我去看，可能在他的意识里那处栈道已经没意义了。郭师傅说修建310国道时，村里毁掉了好几处栈道遗迹。

史家窝北岸的栈道，当地人叫"挂牌处"栈道，因栈道上方有一个佛龛，里面据说供着一块关于栈道修建记录的木牌，故得名。陕西宝鸡文理学院的王岁孝先生对渭河峡谷古栈道有比较详细的考述，他认为"挂牌处"栈道遗迹是渭河峡谷目前发现保存最为完好的一处。整个渭河峡道170公里的距离，目前能看到的栈道遗迹有史家窝栈道、北峪嘴栈道、麻家湾口栈道、关桃园栈道、板桥栈道、平套栈道等几处，由西向东分布于渭河峡谷甘陕两省元龙镇至坪头镇之间断续70公里的陡峭崖壁之上。

我们都记得"蜀道难难于上青天"的诗句，其实渭河峡道的栈道极其险峻，道路难行程度亦不亚于蜀道。渭河峡道不止山势险峻，更有湍急河流。古人沿河开路，修栈道是万不得已的情况才为之的。从天水由西向东沿渭河峡道行进，从史家窝开始，峡谷就越来越险了。除了栈道，其实向东的路更多是山道，基本是沿着北岸的山头劈开。

从史家窝看完栈道，赶往吴砦古城，镇里书画研究会和文物保护会的人早早等候在那里了。大家抢着介绍宋金战史，渭河当年是抗金前线，也是分界线。南宋高宗建炎四年(1130)，吴玠、吴璘于宝鸡、凤翔、富平一带抗击金人，不时取得胜利，并收复陇右失地。吴璘为防止金国毁约，选择在渭河南岸高地筑城安营扎寨，因此得名吴砦。砦即寨。吴氏兄弟筑城抗金之后，吴砦古城保持了繁华。公元1168年，吴璘逝于汉中，吴砦守边将士在秦岭南坡松树沟口建起衣冠冢，立"吴将军之墓"碑。清乾隆二十二年（1757），经陕甘总督黄庭桂、甘肃巡抚吴达善和秦州知州商议，奏请朝廷批准，在吴砦设立秦州直隶州三岔分州，即三岔厅，派州判分任，级别高于一般县衙。

大家议定，第二日由熟悉当地情况的一位阴阳先生给我带路，沿渭河古道前往陕西境内。我和"秀才"住在一家回族人开的小旅馆，"秀才"作诗完毕，酣睡自如。梳理完白天的线路，我陷入了思索，渭河峡道的历史地位到底有多大？史料阙如，应该是条条大道通长安。想着想着，失眠了，睡意全无。窗外，月光明亮，街道上，四五只流浪狗撒欢、嬉闹，来回游荡。

山路替补谷道之险

阴阳先生熟知的线路，只是晚近人们频繁通行的路。不过，晚近的路大都循着古人的路。人对自然的征服，都选择最便捷的方式。即使今天的宝兰高铁，也是循着古道而建的，只是多了遇山开隧道、过河架大桥的能耐。从吴砦一路下行，过元龙、凤阁岭、拓石、北山峪，国道一直在渭河南岸。一河相隔，分出陕甘两省。

从通洞上北山，在赤沙镇遇到一位地方文史爱好者，他早年劁猪骟驴，遍行渭河峡道，与甘陕两省农民广交朋友，何处有古道，何处有栈道，他都了如指掌。

尽管渭河峡谷个别栈道证明古时候沿河是有通道的，但从葡萄园、凤阁岭、拓石、通洞、赤沙、香泉到六川河、硖石一线，有完整的陆上古道。这条线路正好能替补渭河谷深河急段落难行的问题。

黄河流域是中华文明的重要发祥地之一，渭河是黄河最大的支流。从一系列考古结果也能得出结论，渭河流域的确是中华文明的重要摇篮之一。今天探讨渭河峡道的通道意义，完全出于陇山对整个流域的阻隔而言。早期渭河峡道必然是有人类活动的，这里也有秦人生活痕迹，这一地带的考古发现——秦人墓葬、牧马滩木板地图可以充分证明。但渭河峡道的通道意义有多大，就很不好说了。

文字记录方面也并不周全。比如秦非子牧马有功受封上邦，后代又迁至"汧渭之会"。《史记·秦本纪》的原话只说："非子居犬丘，好马及畜，善养息之。犬丘人言之周孝王，孝王召使主马于汧渭之间，马大蕃息。""文公元年，居西垂宫。三年(前763)，文公以兵七百人东猎。四年，至汧渭之会。曰：'昔周邑我先秦嬴于此，后卒获为诸侯。'乃卜居之。占曰吉，即营邑之。"凭此断定渭河峡道是"秦人走廊"，多少有些附会。毕竟，从陇山以西向陇山以东，可以走渭河峡道，也可以走"关陇大道"。如果是军事作战，或者周游玩耍，走渭河峡道可能性更大；但如果是运输物资，大规模出动，翻山显然远比河畔冒险要安全快捷。

秦之后，史籍中关于关陇通路的记录越来越多，但是关于渭河峡道通道意义的文字记载并不多。汉开通西域，中原帝国与西域民族商贸往来频繁，关陇之间的通道意义才算真正显现出来。其时的路，多指向关陇大道。

再后来，玄奘出使西域，据此书写的《西游记》，提到的地名倒是在渭河峡道能找到印证，但这也不足以证明玄奘出使西域就的确走了渭河峡道。而诸多唐代边塞诗人的诗作都指向了关陇大道。在中国史籍中，渭河峡道是一条寂寥的通道。

两千年来，关陇大道比渭河峡道更繁荣，只能用渭河峡道的险峻和关陇大道相对易行来做注解。当然，更主要的一点，与人类交通工具的演变有关系。狩猎时期，人必然取直线而行，攀山涉水是常态；骑马的时代，山路更可行；到了赶马车的时期，平路尽管绕弯子，但安全得多。渭河峡道从陕西宝鸡至甘肃天水之间，全长170多公里。而绕行关陇古道，要增加两倍还要多的路程。

由此推断，秦汉时期无疑是渭河峡道通行作用变化的分水岭。

渭水流伐与宋王宫阙

讨论渭河峡道，不得不提水路运输。渭河水上并无通船记载，这就像黄河中上游绝大多数区段不能搞航运是一个道理：因为落差过大，谷深浪急。但渭河水上的漂流运输很普遍。渭河上游武山县滩歌镇有一块摩崖石刻，上面记载了政和八年（1118）宋徽宗下诏重修汴京被火烧毁的宣德楼、集英殿，从滩歌镇采伐木料的事。碑文还记载，在同一年八月，皇帝还下诏书给熙河路之巩州（陇西），命令他们伐木。从碑文上看，知州、县令、镇寨官非常重视此事，最后选定了沿河的青竹坪为伐木地点。这次伐木从农历九月初二开始，到十二月二十一结束，共109天，采伐五丈至十丈巨木2370余棵。

可见彼时运送大量木料的方式，就是依靠渭河水放排伐。

渭河水放伐，直到20世纪70年代，还在继续。史家窝附近一位80多岁的退休老教师告诉我，当地一位公社干部想给家里修房子，从上游买了几十根木料，请当地的伐工放流伐（一根根木料不绑串），结果木料流走不成体系，中途遇卡，十天以后才在下游全部收网。从此以后，渭河再也没出现过流伐。

渭河水现在水量很小，旱季几欲断流。但是20世纪80年代，河水很大。两岸群众全靠渡船渡河，几乎一村一渡口。后来有了吊桥，渡船也就不用了。

国道没有修通以前，从三岔到天水，得走三天。这只是渭河峡道三分之一的距离。离开后，我赶回市里用了不到三个小时。以前的人无法想象今天的我们，今天的我们同样只能猜测故去的他们。

时代变了又变，我们走的其实还是同一条路。

二、关陇大道，陇水流长

"朝陇首，览西垠。雷电寮，获白麟。"《汉书》说汉武帝"元狩元年冬十月，行幸雍，祠五畤，获白麟，作《白麟之歌》"。前面所引就是《白麟之歌》的前四句。

元狩元年，陇山之西，匈奴横行。汉武帝登高祭祀，心情愉悦，留下了一首关于陇山的诗歌。他视陇山为神山，后来还多次祭拜。

对于长安而言，陇山是一堵天然的屏障。长安之西，戎狄、匈奴随时来犯，全仗陇山阻隔。后来，雄心壮志的汉武帝尽管将边关由陇关推到了阳关，但在他之后，汉朝命运多舛，来自陇山之西的威胁从未间断。刘秀兴汉的努力差点被陇右隗嚣化作泡影。

陇山情势时时牵连着帝都皇宫。

再后来，唐人抗击吐蕃，宋人抗击夏金，都曾仰仗陇山。

名山大川一直是中国古诗关注的重点，汉武帝"朝陇山"之后，关于陇山的诗歌多得难以计数。"陇头流水，鸣声幽咽。遥望秦川，心肝断绝。"大致从这首北朝乐府民歌《陇头歌辞》开始，后世关于陇坂的书写，几乎全部染上了悲情调门。"陇头流水、呜咽断肠"几乎成了中国古代诗歌表达悲苦愁思的代名词。

"陇头流水"滥觞的悲情，一直延续到了近代。1922 年，于右任和杨虎城等人的靖国军在马嵬兵败。于右任逃离关中，绕道陇右，翻越陇坂时写下了"陇头呜咽水，时作断肠声。可是长征者，而忘故国情。余年期有补,百战悔无名。悟到安人策,无劳再说兵"的诗句,与古人心境如出一辙。

与汉武帝朝拜陇山视陇山为神山且写出怪异玄幻诗歌相比,与后世诗歌将翻越陇山视为畏途相比,秦人显然要洒脱得多。《诗经·秦风》要么颂圣,要么赞扬美女,要么描述人民生活面貌,并没有什么表达陇山艰险的句子。秦人偏居陇山之隅、渭水流域,在强邻环伺下历经数百年奋斗,最终崛起。秦人心中,陇山尽管巍峨,但只是一座内山,东扩才是王道。

《史记·秦始皇本纪》记载:"二十七年,始皇巡陇西、北地,出鸡头山,过回中。"秦始皇一统中国后的首次巡视,就选择了翻越陇山,到秦人老根据地陇西溜一圈。

说白了,从高海拔艰苦地区向平原区进取的人,更能吃苦耐劳。如果念念不忘翻越陇山的艰险,在秦人看来那简直是矫情,至于翻过陇山的惆怅,在秦人的心里或许压根就不存在。

今天,大众传媒渲染下的"丝绸之路",一直在引发浮华、兴盛的想象。但如果仔细深入到历史的现场,丝绸之路、关陇古道其实并不是一个轻松、浪漫的概念。

忐忑追寻

工作在陇右,以前也靠近过陇山,对比如马鹿镇、长宁驿、张棉驿、秦亭这些地名不加细究,它们普通得像底层社会的人名,只是一个符号而已。但就是这些静默的地名,每一个背后都有着和丝绸之路,和关陇古道,和帝国命运攸关的联系。

当我打算重走关陇古道时,一时不知从何处走起。问了很多人,都说老路没了。而之前熟悉的那些地名,明明和古道历史有关,今天却找不到联系。

古道难寻,要想找到几截老路,必须得依靠向导。晚夏的一个周末,乘着不值班的机会,我急急上路。一边走,一边约熟人。很不凑巧,清水的老朋友在下乡扶贫,去不了。再问张川的一位朋友,他说:"你怎么敢一个人闯关陇古道?快来县城,咱们一起去。"

我兴冲冲赶到张家川县城,对方热情接待喝茶,还特意约了另外两个文友陪同。不过,其中一人先一夜喝多了,足足等了3小时才到。我心急如焚,却又难却盛情,只能客随主便地接受"招待"。对利用业余时间搞田野调查的我而言,时间太宝贵了,平时上班走不开,难得的周末,白白浪费了三四个钟头,我心里很纠结。闲扯了半天,结果他们没有一人愿意上陇山。

已过两点,我失望地一个人由县城向马鹿进发。骄阳似火,我踩着油门不松劲,前进的每一步,车头与空气几乎都能擦出火花。

由县城至恭门,再至马鹿,两个乡镇的距离,盘山绕梁、道路崎岖,到达时,已是下午三点多快四点了。

尽管朋友不能同行,但他替我联系了镇里的领导。我理直气壮把车开进了镇政府。大院里一位纤瘦的男子正在洗车。他问我找谁,我报上了书记的大名,他僵硬的表情又格外严肃了一下:"走,先去办公室喝水。"

我急切地问:"能找到关陇古道吗?"纤瘦干部说:"老爷岭那里有古道。"老爷岭,熟悉的名字。在多款电子地图里,如将搜索目标锁定在陇县固关镇和张家川县马鹿镇之间,地图放大的过程中,老爷岭的名字会时隐时现。

他把我带进了综合办,一位高个子中年男子正躺在床上看电视。

听了来意，中年男子说："最近下雨，山里的路走不成，老爷岭进不去。"

很显然，他们对突然去老爷岭毫无兴趣。想来也是，镇政府的人平日里都很忙，大周末，突然来个"神经病"要翻陇山，不乐意是再自然不过了。我以扎根基层采访近二十年练就的厚脸皮，开始死缠烂打。

"能不能找个村里人骑摩托带路？"我依旧央求纤瘦干部，他见我决心很大，便又打电话叫来了两名干部。三个人进屋，纤瘦干部朝中年男子说："走，把你的车开上，他的车走不成。"

中年男子原来是司机，他发动了老款长城越野车，一溜烟奔出了镇政府，钻进了近旁一条淹没在居民房舍的巷道。司机性格开朗，海阔天空地聊。

起初我们走的还是水泥硬化路，走着走着路变成了砂土路，车开始颠簸。村庄逐渐消逝，绿色汹涌扑来。行进几公里，在一片相对开阔的地带，路在溪水旁截止了。

司机停下车，指了指草甸上方满布绿林的山坳说："那就是关陇古道，以前一个县委书记想开发旅游线路，走过。后来那人走了，就没下文了。"

午后斜阳铺陈，林莽、草甸、骏马、溪水，俊美如油画。

登顶老爷岭

草甸处在山根，溪水的源头在各处山坳，最大的水流来自左侧更深的山坳。向导们跨过溪水，向右侧的草甸迈进。草甸与山体贴近的地方，也流着一股溪流，细若游丝。

人类翻越山岭的道路，都是这样顺沟渠奠定的。每一座山都要形成无数沟渠，选择山脊两侧最平缓且能在脊梁交汇的沟渠，就能找到翻山最便捷的通道。这种通道一开始肯定都充满艰难险阻，但走的人多了，维修的次数增加了，自然就成了路。老爷岭实际就是两条沟渠在脊梁上的交汇点，而古道就在山两侧的沟渠里。

过往繁华，过往苍白。一切踪迹都被一岁一枯荣的野草淹没了。

那位纤瘦的年轻干部第一个跨过溪水，不一阵，他就将我和其他二人远远甩在了身后。顺着山势，贴近山根的地方，确实有道路的模样，但谁也说不清那到底是何时开凿的。爬山不过十分钟，我已经气喘得厉害，其他两位干部也是和我差不多，只有纤瘦的年轻干部一直遥遥领先。另两个干部感叹："还是二十来岁的小伙攒劲！"

他带领我们绕开了贴着山根的路，在左侧山湾另一个沟岔间的开阔地登山。头顶，是西电东输的超高压线路。大约半个小时后，我们全部来到了山顶的隘口。电子地图里时隐时现的老爷岭真的被踩在了脚下。高压线凌空而过，下面有一座简陋的土房子，叫关帝庙。

山顶视野开阔，人只有登顶时，才能"一览众山小"。在老爷岭上看到的陇山，没有云深雾笼。这阵子，山峦叠翠，界岭突出。

在中国两千多年的历史中，大多数时候站在陇山关隘，都有去国还乡之感。陇山所系的国运，在这个关口被具化。当国力强盛、西域入囊时，西去陇关后依然是行走在自己的大地上，可以"西出阳关"后再来感叹"无故人"；而一旦国力衰败、乱象迭生，陇山山头便是边关，过了陇山已是他境危途。

汉唐以来，经过陇坂的诗人骚客大都留下了抒发离愁别绪的诗文。有的抒写儿女情长的小思虑，有的歌咏戍边征伐的大国运。唐朝著名诗人王维的《陇头吟》就将国命己运深刻地勾连在一起："长安少年游侠客,夜上戍楼看太白。陇头明月迥临关,陇上行人夜吹笛。关西老将不胜愁,驻马听之双泪流。……"

从长安出发,历经千辛万苦,才能登上陇头。登高望远,故乡已经远离,前方的道路依旧曲折,遥远的目的地,充满未知,惆怅是自然而然的情绪流露。尤其那些戍边将士,一旦翻过陇头,命运多有不测,心头何止离愁别绪,分明是去黄泉路上搏一搏。对这一点,明人刘基的《陇头水》有最直白的流露:"陇头水,征夫泪,征夫之泪滴陇头,化为水入秦川流。水流向秦川,呜咽鸣不已。何因得天风,吹入君王耳。"

陇关古道曾让太多人肝肠寸断,巍巍陇山既是地理分界线,也是文化分水岭。曾经好多代王朝的国界线,今天只是陕甘两省的交界线。以山岭为界,陕西境内风车高旋,沿山梁新修的公路还没来得及硬化,汽车一辆接着一辆盘山而上,一路烟尘滚滚;甘肃境内绝壁万仞、林海层叠,偶有平坦草甸,只有马铃叮当。

能看见的只是树、草、山,能听到的只有风声和马铃。历史的辉煌及庞大,只能靠想象去回望。夏日午后,凉风习习,躺在老爷岭上晒一下太阳,应该很惬意。我正想着,三个干部却早已不知踪影。急急追赶,他们并没有沿来路下山,而是顺着小庙近旁的沟壑下去了。由小庙下到300米左右的地方,顺着山根出现了整齐排列的石块。他们三人也等在那里示意我拍照。宽阔、坚实的石径在丛林溪水间蜿蜒向下。

"这些裸露的石块,整齐排成队列,没有人为的组织,是绝无可能的。这是确凿无疑的古道。"大家如此议论。

古道遗迹全在树林之间,至少有1公里以上。可以想见,在千年风霜雨雪的洗礼下,曾经覆盖在石块上面的泥土路面早已四散而飞，只有坚硬的石头保持原有风貌，深隐在大山密林。

司机躺在车里等我们。停车的地方与古道遗迹应该是连通的。曾几何时，商队、军阵，从这里顺沟上山，翻过老爷岭，直奔长安。废弛的古道，今天只容行人攀登。没路的地方，走的人多了便成了路；有的路，没人走，慢慢也就不是路了。

"这沟里以前基本没人来，都不知道。"司机看到我欣慰的神情，他也很自豪。

斜阳洒向马群和草甸，周遭泛着金黄的光晕。这里人迹罕至、与世隔绝，仿佛此刻的时光珍藏自秦汉时期的某个晚夕。

司机启动汽车，颠簸着快速下山。

闲聊间，汽车已经到了镇政府。"你现在取上自己的车，去固关，刚好。今晚可以住在固关。"干部们建议。

固关在陇山东麓，马鹿在陇山西麓。从马鹿向固关，汽车能走的路有两条：一条是省道305线，比较绕，必须向东南前进翻过陇山开行到陇县县城，再由陇县县城贴着陇山一路向西北方向才能抵达固关；另一条在马鹿镇宝坪村，翻越陇山，可以直达固关。后一条线路翻山后有一部分重合古道。司机把我带到宝坪村村口，指明了后一条路的方向。这是一条陌生人难以找到的路线。

夜宿固关

土路，沿一条小沟，在林间穿梭，一直蜿蜒至山顶。

走着走着，突然想起张川的朋友给我留了宝坪村支书的电话，说他可以协助考察。我拨通了书记的电话，书记说他正在山上赶牛，很不耐烦地挂断了。

山路的终点处，山脊被切开了一个大口子，从西向东，豁口的另一端，路是水泥的。豁口的这一端，挖破的山根下有两间平房，上面挂着林场的牌子。门上锁，檐下烟囱冒着青烟。与甘肃境内的寂静形成鲜明对比，山梁东侧，陕西境内满山遍野都是花花绿绿的人，比野花还繁盛。路边纠集了帐篷、马队、汽车。餐炊、聚饮、宿营，满山烟火，遍地垃圾，他们没有一丝远古征人的悲情和惆怅。

对陇山最近最悲壮的翻越，属于开国上将王震和他的部队。曾在河西绞杀过西路军的马家军凭据陇山天险，想把王震封锁在关中地区。但冲下陕北高原的这支队伍，绝不是当年突入河西人困马乏的西路军。马家军一个旅的骑兵，全军覆灭。王震的部队给远在河西殉难的红军报了血仇。

经过山脊，晚风已带寒意，远山已有黛色。那个史籍中反复出现的陇关还没有见到，想到未知的路更长，我加快了步伐。

顺谷而下，水泥路面畅行无阻，比甘肃境内的土路好走得多。一路下行，陇关的位置实在不好找。直到遇见了村庄，村里健谈的人说陇关就在bizi（石碑）跟前。他们所说的bizi，就是固关战斗烈士纪念碑。陇县人把石碑叫bizi。

一路下行，坡陡弯急，有如高空坠落一样沉降。天空高远，深谷两边山峰耸立，高压线腾空穿梭。暮色悠悠加重，让青色也更加凝重。道边的木棉花开得正艳，透着星星点点的白。如此深谷，建关锁域，确实再好不过。

从秦汉到唐宋元，历代使用关陇古道最多的价值，在军事意义。纪念碑不大，导致我越过了它。下行一公里多，又问了一位老乡，才返回来找到位置。碑前有广场，停好车，采了一束木棉花，向纪念碑三鞠躬，献上。妻子的爷爷曾是王震的兵，此处牺牲的人，是爷爷的战友们。爷爷早已去世，算是替爷爷给他的战友们祭奠。

西方的残阳擦着山巅，染红了山梁，谷底趋向暗黑，纪念碑正在逐渐形成剪影。纪念碑孤零零矗立在它的主人们停步的深谷，西方和东方都很遥远。历史上，还有很多人在这里殉难停步，长安和西域同样都很遥远。

继续走，人迹越来越少，天色越来越暗。摸黑投问一个村卫生室，门大开，主人被呼叫出来的时候浑身透着酒气，极不友好。倒是对面的人家热心，主人说再往下走，有安戎关。

暮色凝固成暗黑，脚下的油门越来越重。不知不觉已到了山底，但安戎关到底在哪里，根本没看见。

下了山，黑沉的前方有了灯光，走近了，发现两边小铺的门牌上有固关字样，心里一下踏实了，马鹿镇政府干部推荐我借宿的固关到了。沿着街道开进，人影稀落。这小镇远不及马鹿繁华。翻看导航，从这里去陇县县城，20多公里。

行程本来没有详尽的计划，只能走到哪里算哪里。去不去陇县县城的犹豫，在脑中盘桓不过1分钟，就被否决了。住在固关，总觉得距离古陇关能近一点，会有更贴身的体验。侦察一番，发现镇子上只有一家小饭馆，且带住宿。再侦察，发现这里距镇政府也特别近，索性把车停进了镇政府院子，居然无人过问，如入无人之境。

饭馆的名字叫胖嫂饭庄。坐定时，头疼欲裂。陇山山顶吹过风，感冒了。

十点多的时候，胖嫂的旅店又来了一家陕西人，两口子带两个孩子，一个男孩还带着一条狗。那一夜，旅店只有两拨客人。主人住在一楼，客人住在二楼，倒也安静。

早晨醒来时，陕西人早已离去。

渭河在陇山与秦岭夹隙间穿流而过

1 曲折婉转的渭河河道
2 河流与桥梁繁复交错
3 渭河南岸的花椒田像补丁一样挂在山脊

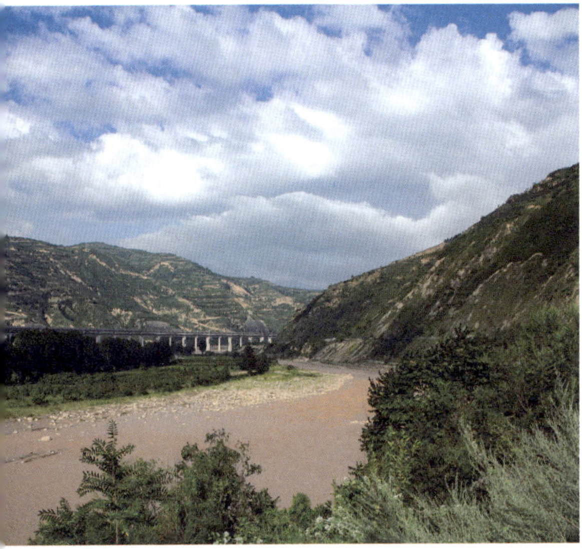

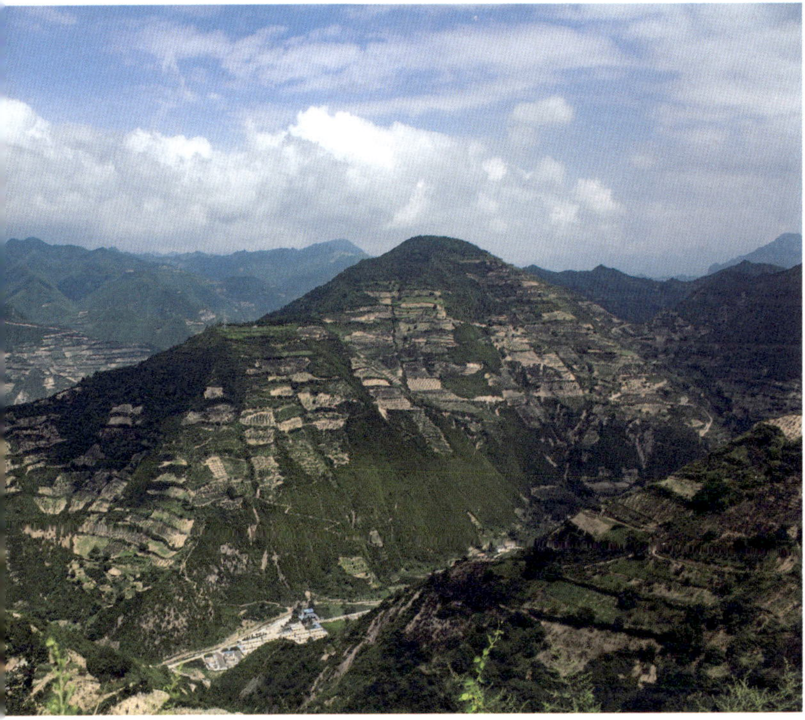

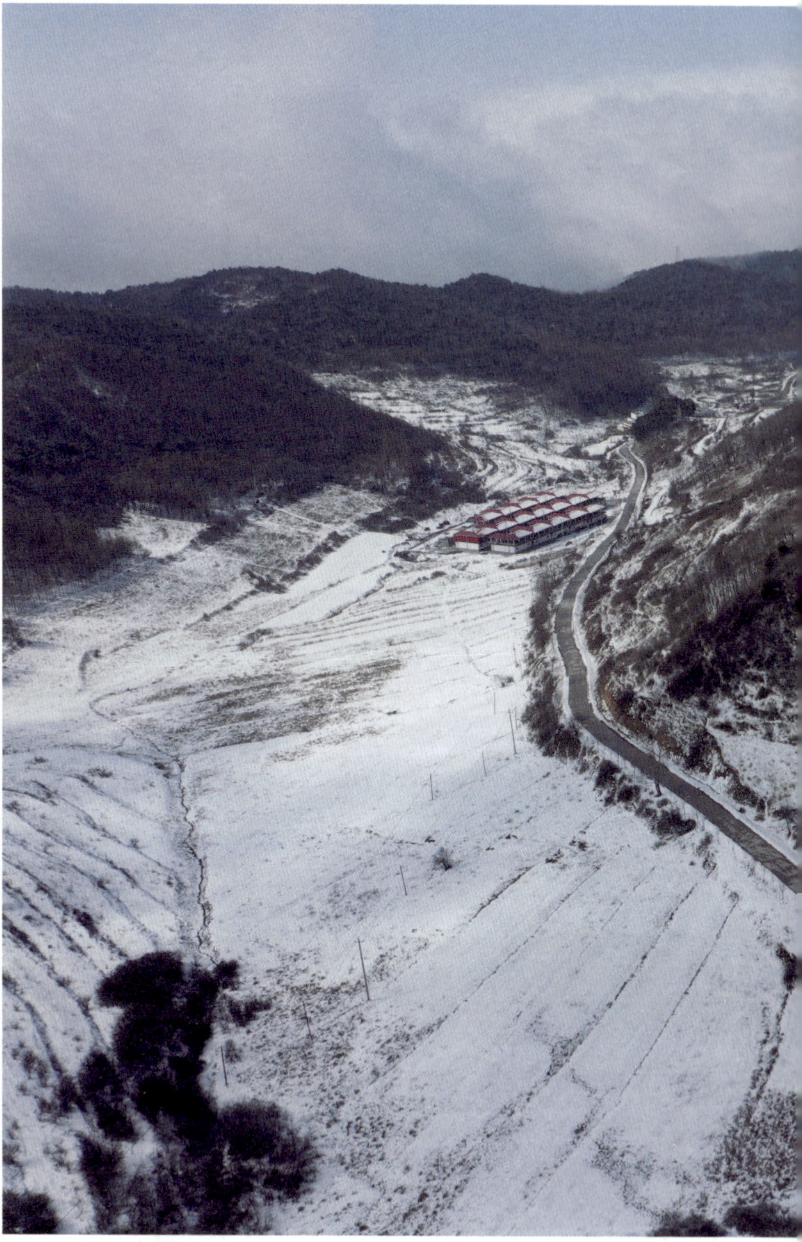

关陇古道冬景

1
　　2

1 陇关道
2 道路和村落高居云端

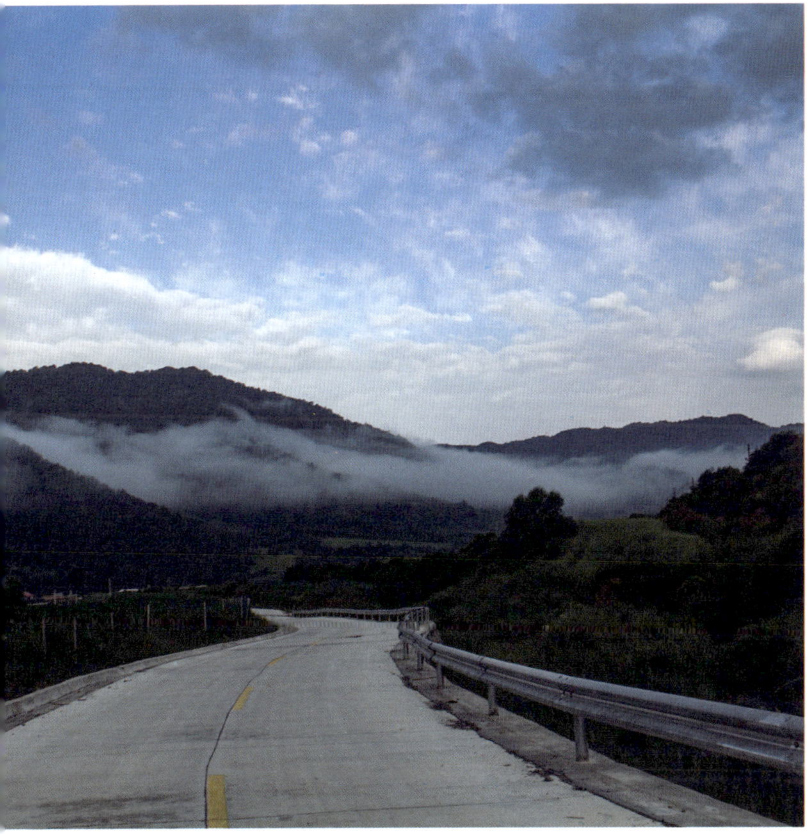

1
2   3

1 关山老爷岭云雾笼罩牧马悠然
2 风霜剥蚀怪树嶙峋
3 孤寂行者通过山巅垭口

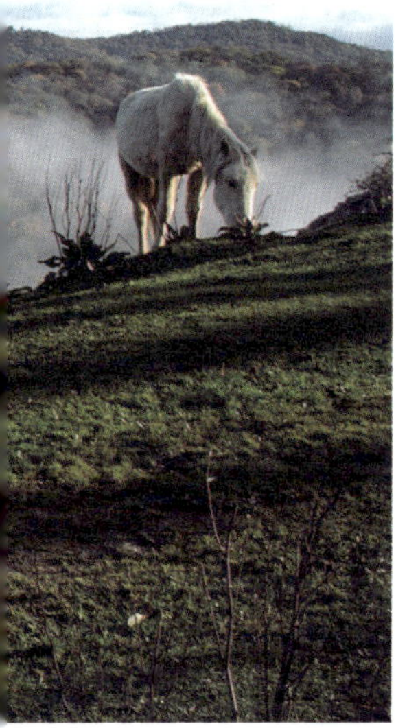

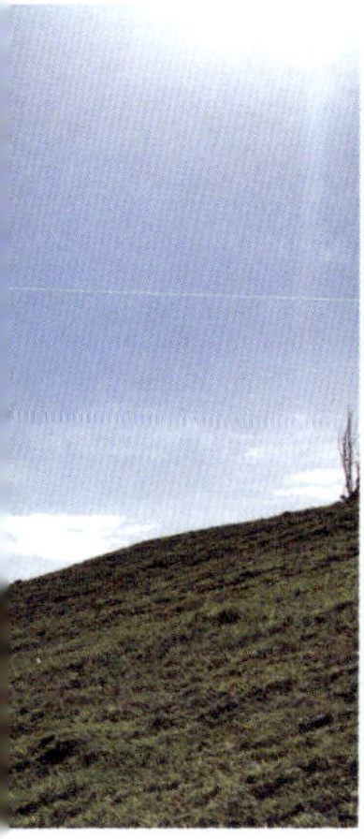

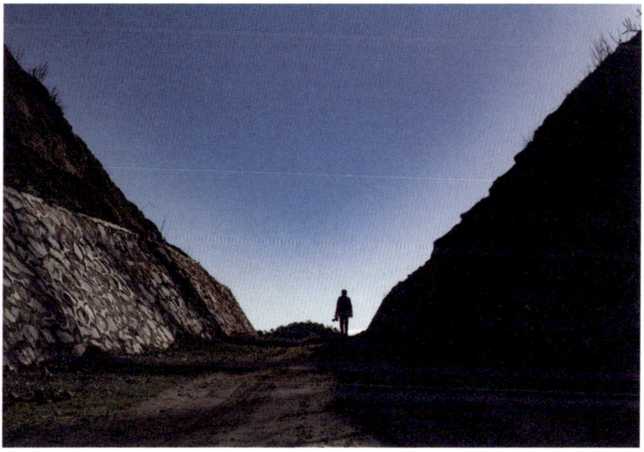

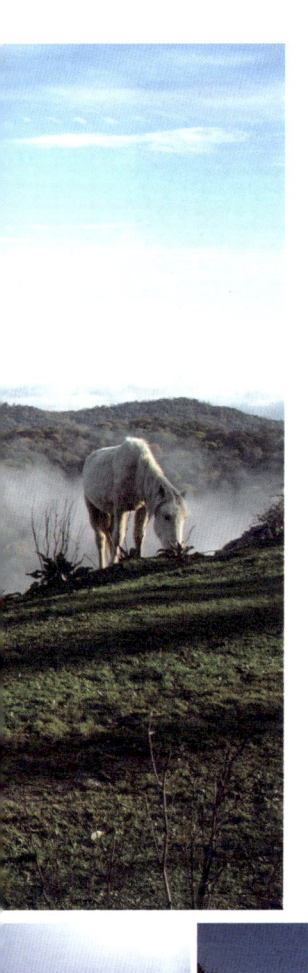

1

2

1 汧河河谷古道
2 古栈道遗址

番须口，刘秀部将为突袭略阳城，伐山开此道

1　　2
　　　　3

1 萧关，关中四塞之一
2 萧关古道
3 三关口

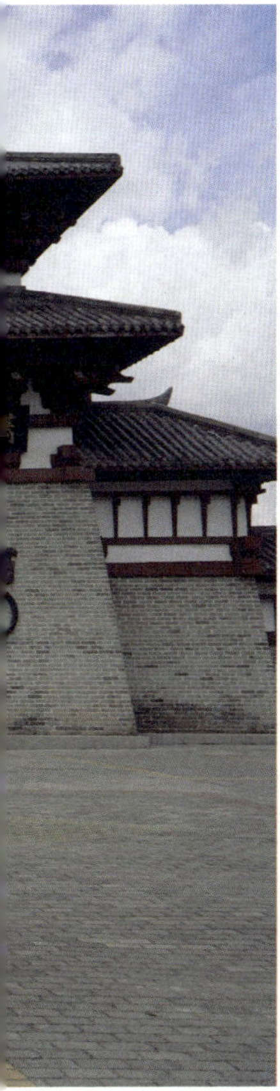
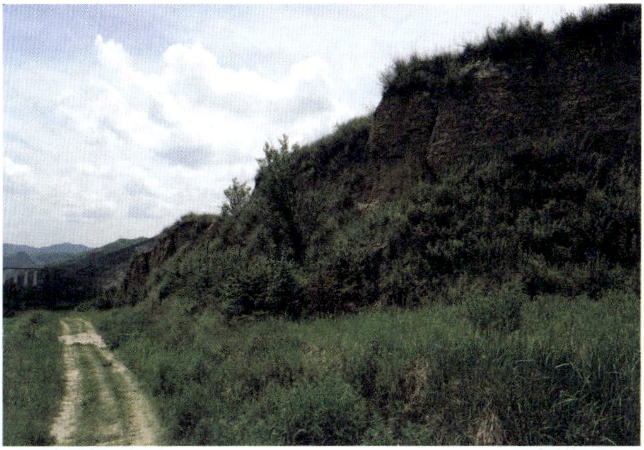
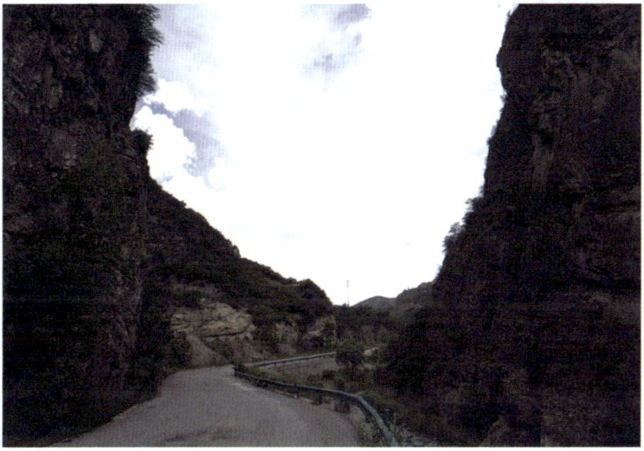

1
   2

1 麦积山石窟
2 南郭寺,杜甫寓居秦州时多次造访

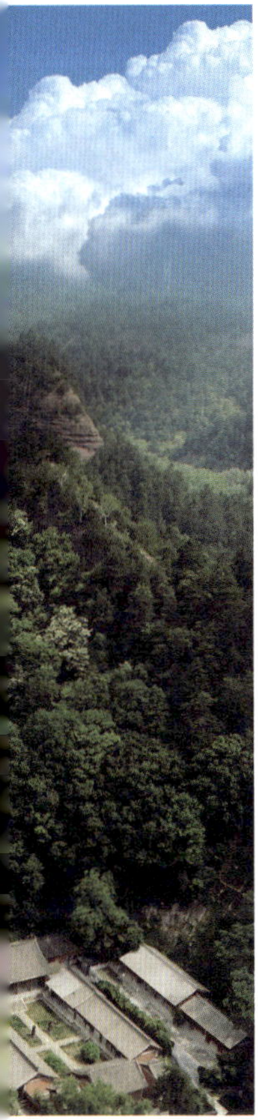

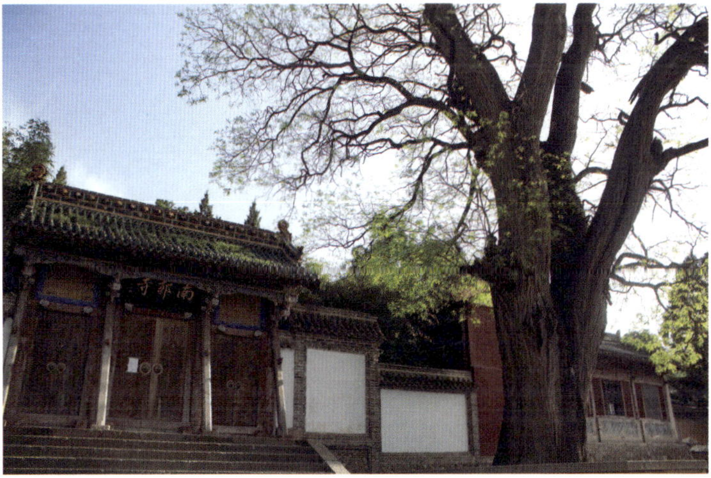

连接陇右与西域的河西戈壁

十桥连缀

先夜,镇里有人给我推荐了王建荣,说他知晓陇关道路。王早年当兵,复原回来干过村支书、护林员,现在是石油管线的巡线工。他每天必须查看管线周围的情况,任何人为的、动物所为的、自然地理所为的威胁,都是他监看的对象。他说从固关到老爷岭的一草一木自己都熟悉。

原本想在清早去陇县,再由陇县绕省道 305 曲线回张家川,顺道考察咸宜关。但王先生说咸宜关无法近身,便放弃了去陇县县城,索性原道返回张家川。

再次折返,由固关镇穿越陇关峡谷,向上攀登的感觉明显没有下山时那般危险,峡谷每隔大概两公里就有一座桥。从一桥到十桥依次排列。

穿行深谷,听流水"哗啦啦"响,我瞬间明白了"陇头流水"的滥觞。我极力找寻安戎关旧址,但走走停停,一度步入一条小溪一公里,还是没找到,直到给王建荣打了电话,才在二桥桥头的草丛里找到了安戎关的标志牌。传说唐初秦琼、尉迟敬德守过安戎关。记载说这里有关城遗址,但我没找到。这里地势狭窄,不够开阔,感觉筑关城的可能性比较小。

根据史料记载,陇关一名初见于《后汉书·西羌传》:"且冻分遣种人寇武都,烧陇关,掠苑马。"陇关后称大震关,说是汉武帝经过陇关时忽有雷震,遂改名。再后来,《汉书·王莽传》有"置四关"之说,王莽命右关将王福曰:"汧陇之阻,西当戎狄。"严耕望认为右关即陇关。所谓关陇古道或者陇关道,就是因为经过了陇关而得名。

公元 622 年，突厥攻陷大震关。"安史之乱"后，陇右被吐蕃占领，时常袭扰大震关。华亭居住的陇州人把陇山称作关山，意指两军交战关口，此名沿用至今。公元 852 年，大震关防御使薛逵上书唐朝廷，建议废大震关，设安戎关，朝廷准奏，安戎关于是设立。原陇关废止，便有了故关之说。故后来演化为固，便有了今天固关镇的名字。从陇关到大震关，再从大震关到安戎关，关址到底在何处？是陇山山顶，还是峡谷之中呢？现有研究争辩较多，今人显然已难有权威考证。

一路沿谷而上，接近山顶还有 5 公里的地方，有一块平坦的开阔地，叫富汉坪。传说有一位关陇古道上的富人曾住在这里，所以叫富汉坪。

我经过的时候，这块平地上驻扎着一位名叫兰夏冰的养蜂人。

"这富汉坪以前是大市场，丝绸古道上的人要在这里交易物品，"兰夏冰说老人都是这么讲的，"这里还发现过大瓦片，不知道啥年代的。"

从谷底到山顶，连一丝古道的痕迹都没有了。从一桥到十桥，近几年全部硬化成了水泥路。不过，路基是民国时期修筑的老路基。1934 年，陕西省建设厅二科组织修建凤陇公路，计划由凤翔经固关、马鹿间的关陇故道联通陕甘。由于工程预算一缩再缩，资金投入严重不足，公路只修到关山顶，就截止了，并未通达马鹿。公路已建成部分，也因路基不稳，经常滑坡，通行能力有限。

"当年修到山顶，也没能打通甘肃，修完路有一块 bizi（石碑），叫甘肃人拉走了。"兰夏冰对甘肃人抢走石碑多有不满。他说的石碑，是公路竣工后，在十桥附近所立的《凤陇公路工程实施经过纪实碑》。

这块纪念碑目前收藏在张家川县博物馆。马鹿镇在 1953 年前一直属于陕西陇县。当年 7 月，才划归甘肃张家川县。

富汉坪曾是陇关道重要的控制节点。古道从富汉坪右拐，经过 12 个弯道，就到了老爷岭。

从西垂到汧渭之间，秦人最早的属地其实就是一座陇山加左右不多的谷地。秦人的政治经济文化都是围着陇山进行的，他们是陇山的开拓者。中国关于秦陇的诗歌，除了《秦风》都不言翻山苦，后世都在为翻山而"哭哭啼啼"。不论和平年月还是战争时期，行路陇坂都很艰难。明朝诗人张时彻的《陇头流水歌三叠》写道："陇坂回九折，七日乃得越。如何下陇水，瞬息成决绝。"可见，当年普通的翻越，要一周时间。而战争时期，执行特殊任务要快速反应，肯定更辛苦。秦以降，关陇之间的战斗就没有停歇过，从古代一直打到近代，从冷兵器一直打到热兵器。除了打死的人，肯定还有搬运物资累死的人。

历史很远，历史也很近。上下两千年，陇关道过去的战争史，全部是征人步履跋涉的进击，最豪华的阵容，无非是骑上高头大马而已。"我 1982 年当兵，训练都是步行、跑。这峡谷里打过的仗，靠的都是两条肉腿，包括王震的解放军。"兰夏冰有军旅情结，提到征人战事时提高了调门。

曾经是王朝命脉所系的陇坂古道，现如今只有甘肃马鹿镇关山沟到老爷岭还有一截旧迹，其他均已消失在了崇山峻岭之中。

秦家塬道和陇坻主干道

从固关镇、富汉坪、老爷岭到马鹿镇的陇关道的确险峻，以今天现代工艺修筑在原址的水泥路行走，机械车辆爬坡都很艰难，远古牛车马车盘上这么陡峭的山谷，似乎不大可能。更何况，山谷险峻、窄狭，大多数地方并不能修筑可供车马通行的相对宽敞的道路。

关陇之间到底有没有能够全程通行马车的道路呢？

这需要考察临近陇关道偏北的另外两条翻山道：秦家塬道和陇坻主干道。

2018年启动的"寻路关陇之间"考察计划，由于我的身体原因一度搁浅了两年。考察秦家塬道和陇坻主干道，是在2021年6月。我约了在陇山西麓清水县工作的友人张平安先生一起前往。我们选择经张家川县城到恭门镇，由恭门镇一路沿樊河走向陇山的褶皱。恭门镇所处的位置，山包上草木稀疏，顺沟而入，绿意渐浓。

恭门镇镇政府周六依然有人上班，打问对当地历史文化熟悉的人士，干部首推王成科："去付川村，你一提王成科，大家都晓得。"

付川村并不好找，从恭门镇进山，一路是宽阔的二级公路，一不留神就错过了村庄。回过神时，公路已消失在张家川火车站前。修筑于20年前的由天水至平凉的铁道从这里经过。

再问路人，又得返回。根据村人的指点，找到了王成科的家，大门紧锁，叩击半晌，无人应答。再问人，建议我们去老房子找。王成科在村里有两处宅子，一处是新修的"新农村"，一处是老院。老院同样不好找。

在旧村的半道，张平安截住了戴着烂草帽、挎着老镰刀上亩的王成科。

麦黄六月，打扰农民是罪过。我们想立在路边咨询几句走人，王老却盛情邀请去他新村的家里坐坐。

王成科的小院绿竹清秀，葡萄漫藤，正是一年之中最好的时刻。

临近路边的屋顶，成为一个观景平台。公路边的垂柳伸过来，正好挡在平台前面做前景。王成科有闲云野鹤般的养老生活，但他依然不失农民本色——只要能行动，地还要种。

对于从恭门镇到陕西的古道，王成科并不强调名称到底是什么，他说自己一生走过无数次。小时候跟着父亲去陕西背过粮食，后来跟着大炼钢铁的社员一起去华亭背过煤。

作为寻路之人，对于王成科从小到大熟悉的古道走向，我深为羡慕。但王成科最骄傲的不是这些，他把我们请上二楼的大开间活动板房，径直带到一张照片前，照片里他精神抖擞地站在长城上，手里拿着一张汉字拓片。

"这是河峪摩崖石刻的拓片，专门在长城上做了展示。"王成科语气中透着得意。

河峪摩崖石刻在恭门镇河峪村的一块石山上，距离王成科的付川村有十来公里。王成科小的时候，周围的人都只知道石崖上有字，到底是什么字，无人关心。那年月，所有人都关心各自的肚皮。

王成科后来读到高中，成了当地的文化人。他不断向县里反映，恳请重视河峪的摩崖石刻。后来，摩崖石刻得到了官方的关注。

河道的麦子还要收，我们不便多打扰，就告辞了。

沿着村口的樊河逆流而上，很快就出村了。公路不再沿河，而是盘山。一座不大的山包翻过去，公路再次与樊河在一个村庄相迎，河峪村到了。

比起山外的付川村，摊平在河谷里的村庄明显闭塞，但格外平静。公路穿村而过，莽莽崇山再现。前方的路线是未知的陌生，然后不经意间，我瞥见了路边安在石崖上的铁门——摩崖石刻到了，我之前看到过照片。

河峪摩崖石刻，西距恭门镇14公里、张家川县城25公里。摩崖呈不规则梯形状，崖面打磨不平整，高约200厘米，宽约150厘米，距地面65厘米。额刻仅存一"汉"字，字形相对较大，正文阴刻十五行，字径约6厘米。内容主要记载东汉汉阳郡太守刘福善政亲民及率领民众整修关陇古道、施惠于民的政绩。

这处摩崖石刻充分证明恭门镇一带的道路是东汉时期关陇之间的重要通道。

从摩崖石刻处继续向前，道路被林场的一道铁门封锁。告别王成科时，他就提醒我们说，林场的人一般不让外人进去，你们说一下看能不能放行。

果然碰壁。无奈之下，向县城里认识的一位朋友求助，朋友很仗义地应承了下来，让等待电话。几经周折，最后等来了门卫的放行指令。铁门徐徐拉开，我们兴奋地开进了林区。我开车，平安导航。道路沿着山势逐渐抬升，慢慢靠近了一片开阔的草甸——羊肚子滩。

羊肚子滩是一片高山草甸，有稀疏马群。从先秦到秦汉，再到后世诸多朝代，关山一带的牧马业一直是维系中原帝国军事实力的基础：马匹是冷兵器时代战场重要战略物资。

一直想在本书中呈现图片，以直观地展现陇山风物地貌、民俗民风。平安是我特意请来做航拍的。羊肚子滩有马群，催促平安飞航拍器，不料此处手机没有信号，无法连接app，只能作罢。

公路是水泥路面，我们沿着公路继续走，很快就翻过山梁，变成了下沟的盘旋路。路况和陇关道极其相似。

行进了大约20公里时，道路突然变成了土路。这次考察前，我特意给三年前初走固关时认识的王建荣打了电话，他说此道有一段被铅锌矿厂压坏了，一般走不通。我们冒险走了两公里，路面越走坑越大，直到迎面撞上铅锌矿厂倒矿渣的大卡车。

卡车司机停下了，我们也停下了。

中断了很久的手机信号，此时若隐若现地恢复了。导航显示，此处距离上关厂十分近，顶多一两公里，出上关厂，再到下关厂，就到了汧河岸边，汧河岸边有像样的水泥路，直通固关镇。

我问卡车司机，前面能不能走出去，他看了看我的小微车，摇了摇头，说前面的路面不但有大坑还有积水。一听积水，我赶紧下定了不再冒险的决心。在大卡车碾压出来的车辙印里掉头，离合片瞬间被烧得焦煳味乱窜。

撤出土路，回到水泥路面，在一处水渠旁，我放心地洗了洗车。清冽的溪水濯足而过，浑身冰凉。

从出发到此刻，天一直阴沉沉。进山前就很担心突降大雨有可能产生泥石流，但有一个人陪同，我的胆子也增大了很多，居然冒冒失失一直钻进了陇山的腹心。

羊肚子滩海拔 2500 多米，此处不足 1000 米。

回撤的路，一路上山，一挡转速太高，二挡很吃力，行进并不顺畅。尤其刚才离合片烧得焦煳味很浓，上山时我很担心车子出状况。

平安盯着导航一路在迷惑，秦家塬到底在什么地方。

下山的时候，在路边一处平缓的坡地上，一个盖着平房的四方形院落门口挂着林场秦家塬养护站的牌子。上山的时候有了刚才新下载的导航数据指引，果然此处就是秦家塬。

院门上锁，空无一人。

作为秦人牧马起家的地方，秦家塬显然不是某个确指的小塬，应该是包括羊肚子滩在内的陇山大片区域。

快盘上山顶的时候，路边的沟渠突然蹿出一群野猪，排着队列快速越过公路，顺着山沟钻进了丛林。受此惊吓，我们在山顶航拍道路时，有点不敢下车。

原计划从张川一侧进到陇县一侧，因为铅锌矿厂附近的道路不宜行驶只能失败告终。

秦家塬道从固关镇出发，向西北，溯汧河而上，经上关厂、秦家塬、羊肚子滩，顺樊河河谷向西南下行，经河峪村、付川村、城子村至恭门镇。

很遗憾，在羊肚子滩，没有注意到前往道堡石梁的岔路口，错过了对陇坻主干道的探访。

陇坻主干道从固关镇出发，沿千河右岸阶地西北行至柴家咀村，渡河，复沿千河左岸西北行，经唐家河、石家地湾、旧城至麻庵村东，西渡千河，沿千河右岸缓坡前行4.5公里至千河与铜厂沟交汇处，溯铜厂沟南行至道堡石梁，下梁向西南行至羊肚子滩一带，与秦家塬道重合。

秦家塬道和陇坻主干道在羊肚子滩一带樊河河谷重叠，合为一路，出恭门镇与陇关道重合，向西可到秦安陇城（汉称略阳）向天水，向南可至秦亭、清水向天水。

探访城子村古城址

进山前，天空就阴沉得像是发愁，感觉水汽倒挂，随时都有倾泻而下的可能。但是很庆幸，直到原路返回到付川村——樊河河谷的川地区域——雨一直没有下。

此时已是下午五点多钟了,本想再找王成科聊聊,但害怕耽误他收麦子,忍住了。与河峪汉碑获得世人重视一道,令王成科骄傲的当地历史遗迹还有一项——城子村的古城遗址。没有从秦家塬道翻过陇山,感觉此行收获大打折扣。下一步该怎么行动,全然没有规划。来之前,半路上念叨了一句找王成科的话,平安批评我没有提前联系,不一定能找到。我解释说自己的出行都是随缘而动、随遇而安。平安无奈地保持了沉默。

经过付川的时候,我说我们去看看老王说的邽县故城吧。

平安迅速从手机地图找古城的方位,似乎找不到。不一阵就开离了城子村。没办法,只能求助王成科。电话里,王成科说完方位,还特意说:"修火车路的时候,穿城而过,挖出来一些文物,上面拿走了。"

根据王成科的提示,顺着一座庙爬进一个山沟,穿过铁路桥,顺着农田地埂边的小路蜿蜒而上,不一会上到了半山腰,我们还是没有看到古城。

再打电话,王成科说城墙就在铁路桥下,与铁路形成十字交叉。听着电话,看铁路桥下,是一截整齐的崖体,崖边荒草萋萋,看不出城墙的样子。

原路退回,在铁路桥下走近崖底,果真有人力夯筑的痕迹。墙边立着一块小牌子,上面写着:禁止取土。

或许是年代太过久远,墙体荒芜成了崖体的样子。近距离拍照,怎么拍都不像古城墙。中国古城、古堡、古寨众多,形制大都是四方形。当然,也有葫芦形、三角形的古城遗世子存,毕竟为数不多。恭门镇城子村的古城只有一面墙体,其他几边已无凸起痕迹、无墙体走向。很多地方史研究者推测这里很可能是古邽县遗址,但谁也拿不出确凿的证据。《史记·秦本纪》记载：秦武公十年（前688），"伐邽、冀戎，初县之"。学界普遍认为，邽县在今清水、张川一带，冀县在今甘谷县一带。至于两县置所所处的具体方位，冀县因为毛家坪遗址的发掘基本落定，而邽县由于史籍记载没有具体的指向，且确乏考古支撑而一直存疑至今。

秦家塬道和陇关道在恭门镇汇合，这两道都是秦人翻越陇山、联通关陇的主要通道。秦非子牧马得功的区域，就在这两道周边的草甸山涧。作为西周王室分封的领地，秦亭是秦人西犬丘之外的新根据地，秦人正是凭据这个新的起点，逐步翻过了陇山。从秦人逐步壮大的描述来看，秦人早期占据的领土范围只在渭河南岸的台地及渭河与陇山夹角位置。秦人势力逐渐北扩，直到秦昭襄王筑长城时，所占据的陇右区域并不大。故而在恭门河谷地带古道旁建立邽县城，以扩疆保边，理论上可能性极大。这样做，既能抵挡邽戎，又能确保翻越陇山的通道畅通。距此不过50公里的马家塬遗址，发现了密集的战国中晚期墓葬分布，出土文物上万件，是2006年中国十大考古新发现之一。由于没有文字记载，考古学家推断，此发掘是秦时期戎族首领墓葬，距今约2300年。这从一个侧面很好地证实了《史记》所载内容，张家川、清水一带就是秦人与西戎拉锯战的核心区域。

以恭门镇为核心的扩疆保边模式，在北宋完全重现。被西夏压制的北宋王朝对陇山之西的占领异常艰难。一开始，秦州是极边之地。北宋太平兴国元年，北宋才在弓门（恭门）筑堡建寨，将秦凤路秦州和泾源路渭州（今平凉）由弓门寨连成一线。弓门寨北部直通两军对仗的战壕。北宋对付西夏和诸羌的策略，就是依据关陇大道和渭河，逐步向西北扩展。直至熙河开边，将边境推进到了河湟地区。

航拍效果并不理想，阴云加重，片刻间，天空试探性地飘下了细雨。下山的道路是土路，生怕倾盆大雨突来，赶紧收拾机器，撤离。

在故城对面，恭门镇南峡口突起的一座石嘴上，有一座堡子，当地人都叫白起堡。白起是战神，为秦国立下汗马功劳。杀人如麻的白起没有死于疆场，而是死在了内斗。据说秦地百姓对战神的死很伤心，"便将白起率兵镇羌时所筑寨堡称为白起堡"。白起的辉煌，在秦国对付山东六国时期。不论这种叙说是否真实，但这些故事都和关陇古道有关，都和秦人发家史的奋斗有关，民间对历史的演绎总是虚虚实实，不能当真。但这乱线头一样的历史线索，自成体系，自有逻辑，尤其对于功臣无罪而死的事，即使正史，除了悲怆，奈若何？

下到公路时，天色已经完全暗黑。继续走，雨势逐渐增大，豆大的雨滴打上车窗，瞬间弥散，像一朵朵鲜花被撕碎。连缀成线的雨珠，"噼噼啪啪"朝向车窗，车窗朦胧，雨刮器快速工作，车速不得不放缓。公路上车辆稀少，雨水洗濯的路面、路外的森林，全都格外清新。

从恭门一路向东到马鹿，中间要经过阎家乡。平安打趣，说这是你老家。不知道这个乡镇为什么起了这样一个名字。不像恭门以前叫弓门，极富军事含义。不像马鹿因马鹿出没而得名，有一些奇幻色彩。

阎家乡民国时期叫阎家店，或许是阎姓人家在此开店而得名。最早的叫法始于何时无法考，但民国政府军职人员张扬明路过此地时，这里有西北巨大的马匹交易市场，张扬明"在行色匆匆之中，还在那里买了一匹"。

到达马鹿镇时，雨小了。

我本来野心勃勃，想连夜赶到陇山陕西一侧，从固关沿陇山东麓的汧河河谷一路向北，行进到离下关厂最近的唐家河，以走通秦家塬道，然后再去华亭麻庵乡住宿。汽车只剩两格油，加油比吃饭更重要，但是从街口到街尾，反复找了两趟，不停打问，才找到了一个私人加油店。加好油，想直接突进到唐家河去。但走到宝坪村，临进山时，考虑到雨还在下，汧河河谷不一定好走，遂打了退堂鼓。返回马鹿镇镇区，饭点已过，好几个饭馆都说没饭了，我们只能买了两桶方便面充饥。找到一个农家乐，住宿。

与老板闲聊，我问他，以前翻越关山的老路怎么走。他说，只有一条，就是走关山沟。1949年后走北京也是这条路，更不用说以前。乍一听有点夸张，细一想，他说的倒是真话，今天甘肃除陇东两市，其余人要去北京，不都得翻越陇山吗？

1953年前，马鹿归陕西管辖，马鹿人跟陇县的联系其实更紧密。

汧水上游

雨似乎下了整整一夜，半夜的梦里，都有滴水的声音。

醒来时，天光已经放亮。平安催促："快起，拍照得赶紧。"

本想在镇区街道吃早点，平安说耽误时间。车经过一个大饼店时，他跳下去买了一个大锅盔，我们就匆匆上路了。一溜烟开车到陇山隘口，太阳已经在东边的山峰探头了。北方，逶迤连绵的乌云贴着陇山正在快速向南游弋。平安鼓捣机器，说前面没有下载新的地图，山顶没有网络，飞机照样飞不高。

只能原路返回，到马鹿镇寻找网络。居高临下，只见陇山苍翠，马鹿镇上空飘着云雾，道路弯曲着伸向云海，宛若天境。我忍不住停车，摄下了这瞬息万变的一刻。

再往下走，北方的乌云劈头盖脸压了过来，刚刚探头的太阳光没有了踪迹。

下载好地图，重新上到隘口，山峦和峡谷间的道路全都隐在了云雾中，根本没法拍摄。

这个隘口，是后来人修建公路打通的。关陇古道翻山的隘口，在老爷岭。由十桥右拐才能进去。无法拍照，索性又去了老爷岭。

2018年第一次到老爷岭，时间仓促，一直心有遗憾。2020年国庆节，我实施了二上老爷岭。那次约了张平安航拍。我们选择从马鹿沿305省道进入陇县再到固关镇一侧登顶，但固关至马鹿依循古道修建的曲折艰险的道路因为假期而封闭，我们只得原路返回马鹿再依首次登顶路线重登老爷岭。由于航拍器电池在固关镇峡谷口拍摄时已耗尽，上到老爷岭也只能发发感慨落寞而回。

这一次，算是第三次登顶老爷岭。

之前看到陕西做风电项目沿老爷岭固关一侧修了路，但不知道进出口，没敢冒险。这次找到进出口直接开车来到了老爷岭隘口。平安这次带的是小型飞行器，有足够的电源，加上天气晴好，拍了很多满意的视频、图片。

2020年国庆时看到甘肃人在老爷岭隘口建了一个石凉亭，立了两块碑：一块是大理石，刻了杜甫"迟回度陇怯，浩荡及关愁"的诗句；一块是原石，刻有贾平凹书法"老爷岭"三字。现在，以山岭为界，陕西人新拉了铁丝网，老爷岭字碑因在关帝庙前的空地，留给了甘肃一侧，石亭子和杜诗碑则圈进了陕西一侧。曲折回转的铁丝网，再次给老爷岭制造了充足的边界含义。

陇头呜咽水,下山的路我已经熟稔,不再陌生。

下到二桥附近时,纪念碑一带修起了巨大的工棚和活动板房,机械设备堆满山谷,半山腰粗壮的树木被拦腰斩断,挖掘机正在"轰隆隆"作业,路基位置以下,流淌着挖出来的黑色土壤,不再有任何绿意。

陕西人正在这里修建陇县S514固关至陕甘界二级公路改扩建工程。从公布的工程建设信息可以看到,这个二级公路要经双岔河、剪子沟,在大竹毛洞沟设长隧道穿越关山,止于垮塌沟口与甘肃省道相接至马鹿镇。未来,从马鹿到固关,只需30多公里的路程。

一桥分路,左拐,进了汧河河谷。这里的道路要串联起秦家塬道、陇坻道主干道,还有西北方向铜厂沟一带。目下的道路,宽约四米,水泥硬化,车少,方便通行。多数路段都在河床西侧,正是盛夏时节,万物葱郁,偶有小桥、人家,风景如画。

柴家咀分路口,向左,也即向西,就能通到昨天探访的秦家塬道。可惜时间不够宽裕,我们放弃了左行,看了几眼路口,继续向前走。

在唐家河,水泥路面戛然而止。原来是两省交界地带到了。眼前出现一个标牌,是华亭唐家河林场的办公地。

土路、坑大、下过雨,行进开始变得十分艰难。走在这样的土路上,难行程度增添的距离感超出了我们的想象。我们感叹幸好昨夜夜宿在了马鹿镇,否则后果不堪设想。

循着地图,我们渴盼尽快到达麻庵乡。但颠簸在如锅如盆般巨大的坑洼间,麻庵乡遥遥无期。走着走着,路右侧石崖上的诸多方孔挡在了眼前。这里是石家地窝古栈道遗址,数十组方孔上下间距相等,在石崖上整齐排列。方孔距离汧河河面高的地方有三五米,低的地方只有两米左右。临近栈道孔一侧,还有一段古道,荒草荆棘超过一人之高。

继续前进，前面出现了一些房舍，像是村庄。从路边几个吃饭的建筑工人处得知，我们已经越过麻庵乡了，原来麻庵乡十年前就已撤乡并镇变成了麻庵村。他们建议我们朝右走去县城。

从这里朝右上山，我们甩开了汧河。

汧河的源头，其实叫麻庵河。麻庵河/汧河贴着陇山东麓，一直向南在宝鸡陈仓汇入渭河。出于饥渴和道路遥远的原因，我们迫切想赶到华亭县城，便听了修路工人的建议。朝左的道路沿着麻庵河河谷，其实也能通往华亭县城，那边有古城遗迹，有铜矿遗迹，都遗憾地错过了。

公路盘山而上，陡峭处倒是没有深坑，不会太颠簸，但是坡度太大，新的问题又来了。我的小奥拓只有1.0的排量，拉两个人，二挡跑不动，一挡发动机转速太大，我在反复调挡的焦灼中爬坡，平安死死盯着导航，生怕跑错了路口。

之字形道路，无休无止的坡度。人随路移，逐渐攀升，刚才还矗立在汧河河谷高不见顶的陇山主脉，隐约浮现出了山体形状。

陇山从南向北，以两列平行山系组成，中间潜伏着河流，南部的关山如此，蕴含着汧河；北部的六盘山也是如此，孕育了泾河、清水河。

我们攀爬的山系，叫营盘梁。是华亭境内的最高峰。营盘梁和关山主脉对立，中间夹着汧河。

道路出现一处积水潭，为了防止车轮陷入前车碾压出来的印辙，刻意骑在路边凸起的高埂上开行，突然车子向路边一滑，只见稀疏的树木之外，居然是垂直状的悬崖，深难目测。应急反应，打一把方向盘将车引向了路中，车轮遂潜入了积水印辙，好在并没陷住，安全经过，受到惊吓的心跳才慢慢缓和了下来。

意识到这里的道路挂在悬崖边，我放缓了车速。

正午时，在河谷。随后，一点，两点，伴随时间的推移，我不时询问走过的路程和剩余的路程，平安说根据导航，还不及四分之一。这真是漫长的行进。

继续走，继续颠簸。快上到山顶时，又出现了一个林场工作站，两排平房，院内水泥硬化，打扫干净。看门的人开着电视机，声音超级大，画面雪花点点，收来的信号借助于卫星锅。还好，他这里有电。要了一杯开水，看门人热情地送我们离开。

终于来到了山顶，政府硬化了柏油路，在最高处修建了仿秦汉建筑式样的瞭望台。从这里向南远望陇坂，视野开阔，崇山复崇山，层峦叠层峦。我们头顶烈日炎炎，但南方深处，正在密集地下着雨，天空和陇山之间，是黑沉沉的雨幕。本想拍到远山依稀的景致，但远方的雨一直远远地下着。终是累了，逗留半小时，一直不得见南方的天空放晴，便一路向东下山，驶向了华亭市。

三、番须之北，古道悠悠

莽莽陇山，南北绵延 240 公里。

因为一场突袭战，这座中国最年轻的山峰，多出了一个隘口。依着这个隘口连贯起来的通道，后来将陇山分出了南北界线。

这个隘口就是番须口。其北边的陇山叫六盘山，南边的陇山叫关山。

番须口之北，依然有众多翻山隘口，由北向南分别有石门道、木峡道、六盘道、鸡头道。

翻越番须口

有一年冬天去固原，由天平公路坐车经过关山口，隧道口上方的关山字样落着雪。道路也有积雪，司机谨慎有加，车里的人也都屏住气息，暗自紧张。

那是一次懵懂的旅程，对所经地理方位全然无知无感。

直到十年后，我在关陇之间寻找古通道时，才得知这个山隘正是史籍中大名鼎鼎的番须口。

以诅咒"暴秦苛政"立国的西汉王朝，运行两百年后，同样走向了民变四起、内佞当权的死胡同。王莽乘势篡权，改旗易帜，汉王朝被一举瓦解。王莽有气吞山河的改革理想，然而，他的国家像一个高压锅，在他自己不断加压之下最终爆裂。中国再度陷入群雄逐鹿。白热化的竞争之后，中国呈现出了华北刘秀、陇右隗嚣、巴蜀公孙述三大军事集团鼎立的局面。

历史的风向标又落到了陇山之巅。

刘秀的大将来歙与祭遵部将王忠、右辅将军朱宠率两千精兵从关中出发，绕开回中官道，抄小路突进到今华亭一带陇山东麓，在荒无人迹的山谷间伐木开道，硬生生打通一条逾陇通道——番须口。来歙带着队伍以迅雷不及掩耳之势完成了对隗嚣陇右核心区域县城略阳的攻占。隗嚣派兵反击，公孙述也派兵支援隗嚣，但来歙坚守略阳，像一把尖刀一样插入隗嚣的腹地。

略阳失陷，成了隗嚣集团垮台的开端。刘秀兵力侵占略阳期间，隗嚣在陇坂四大重要关隘部署强兵："王元拒陇坻，行巡守番须口，王孟塞鸡头道，牛邯军瓦亭。"但隗嚣的所有努力都以失败告终。

在中国历史上无数次的民族融合和政权更迭中，陇山都扮演着重要的防线作用，不论占领关中者，还是雄踞陇右者，陇山都是最好的屏障。刘秀出奇兵袭取略阳，为陇山增加了一个新隘口。后来，诸葛亮伐魏时，也派马谡占领街亭（古略阳一带）以迟滞魏军，但马谡没在川道地区据城守卫，而是引兵上山设伏，反被张郃包围而全军覆没，于是便有了诸葛亮挥泪斩马谡。

从隗嚣对抗刘秀时主要把控陇坻、番须口、鸡头道、瓦亭四大关隘可以判断，两汉时期从关中到陇右，最重要的通道就是这四条。当然，瓦亭以北，其时不乏畅通的关隘，但对陇右区域的军事战略意义而言，越往北的通道，越是作用微弱。同理，整个陇山的关口，即便非军事用途，也因为越往北距离越远而作用越低。不可否认的是，越往北，因为海拔原因，道路越是平缓易行。

2018年之后的三四年间，我从这里经过不少于四次。从张棉驿向北到庄浪韩店，然后进入峡谷向东北方向开行。二级公路相对好行易走，很快就跃进到山根。过一处隧道，下山，就到了华亭的马峡镇。

陇山风云易变。有一次，在关山西麓进隧道前，还是晴空万里，从关山东侧出隧道时居然乌云密布，走了不过一公里下山路，密集的雨点开始倾泻而下。再走，到马峡镇平坦地带时，天光又是一片晴朗。还有一次，出华亭时，晴空无云，马峡一带也是天空明朗。但盘山西上接近隧道时，山顶却是浓云滚滚。

今天费时不过一小时的路程，在古代是极其艰难的。

尤其隧道工艺的成熟，使人类翻山越岭的技巧像田鼠打洞一样得心应手。

天平二级公路的隧道叫关山隧道，天平高速公路修建了长达9600米的关山特长隧道。关山特长隧道在天平公路的下方，穿山地位更低，长度更长，穿行时间也更为缩短。

现代道路越是便捷，人对古代的出行方式越发难以想象。

好几次经过天平二级公路，都想问问附近的居民，关于古道的走向。但关山两侧鲜有人家。直到马峡镇一个新村，整齐的院落里走出来的居民大都是别处搬来此地的移民，对关山深处的道路一无所知。

2021年盛夏，我从固关镇贴着陇山东麓沿汧河上游来到华亭，决定扎实地探访一下番须口的走向。在县城的小饭馆里，对于我翻山走老路的设想，老板非常疑惑，头摇得像拨浪鼓："最近高速路通了，二级路怕都没人走了，你还走老路？"

没有隧道的老路，其实更接近古道的样貌。

沿省道304线，逐步攀升，在一个叫碾盘子的地方，公路左侧有一条小道，通往山谷深处。这就是老路。这条老路修建于20世纪70年代，是连接平凉庄浪与华亭的主通道。平凉一部和庆阳全部均在陇山以东，俗称陇东地区。而连接平凉处在陇西的静宁和庄浪两县与处在陇东华亭、泾川、崇信数县的区域，就是番须口所在的这个窄脖子。番须口南部是陕西陇县的区域，番须口北部，是宁夏泾源县的区域。

从碾盘子开始的老路，曲折盘山，总共通过15个弯道才攀上了山顶。华亭有煤炭资源，有陶瓷厂，这条老公路曾经是甘肃省运输最繁忙的公路之一。当年在这样陡峭的峡谷间修筑一条能走汽车的公路，唯一的办法就是采用之字形轨道反反复复往上盘爬。来歙当年带兵手持利刃伐木斩棘首开番须道时,肯定用不着这么费力。他们行军所需的道路,只要人马能通过就足够了。

山顶的道路相对平缓,我经过的时候,时间靠近傍晚,北方的莽莽陇山在西边余晖的沐浴下,泛着金光。远山的层次,连绵着虚无缥缈的境界。金光洒满群山之巅,人世的兴衰治乱变换了无数遍,山道依然是山道。沧桑世事,突觉茫然。

关山顶上似乎没有人家。公路掠过一栋建筑,铁塔上的发射器格外耀眼,是微波站。甘肃的广播电视信号,从兰州择取高山,一路传递到关山顶峰的这个站所,还要向陇山以东的平凉、庆阳输送信号。

西麓下山的路比东麓上山的路好走得多。不一会,道路就与南水洛河重合,出店峡,到韩店,算是到了山脚。

番须古道沿线庄浪境内有诸多以店命名的地名,同时还有好多寺院。竹林寺、云崖寺……据说这条峡谷有8个寺院。可以想见,店和寺,都曾为沿路的旅人提供了歇脚场所。

顺南水洛河一路下坡,很快就到达了庄浪韩店。由这里拐弯向南,就抵达了张棉驿。

庄浪、张川一带百姓都知晓这么一个传说,说张棉驿是张骞首次出使西域返回时暂居之地,他担心汉武帝问罪,将老婆儿子留在此处,自己只身前往长安汇报工作。汉武帝对他历经磨难返回不仅没有责怪,而且很赏识。张骞陈述完实情后,汉武帝便命人在张骞儿子暂居的牧地设立了一个驿站,并以张骞儿子张棉的名字命名。

庄浪人一再说,张棉驿以前在庄浪县韩店镇石桥村,后来由于番须古道中断,出现匪患,才移到了张家川一侧现今的张棉驿镇。

传说终归是传说,无从考证的东西实在无法具信。

回到张棉驿地界时，发现路左侧发展风力发电的山坡上修出了水泥路。这个风电场是2015年左右启动的项目，我曾做过电视报道，当时由于是土路，并没有深入太多，只在山畔取了一组镜头就返回了。这次看到水泥路，突然萌发了上去看看的冲动。

一路爬坡，很快就跃上了山顶，山顶的公路像长城一样蜿蜒在大大小小的山头，每一个山头都树立着高大的风车。一兴奋，直接开到了水泥路的尽头。

夕阳西下，刚刚翻越的陇山主峰，正好全部沐浴在了晚霞中。山峰像海面翻滚的巨浪，一幕幕推向远方。

仔细眺望，突然发现刚才经过的电视微波站，屹立在最远最高的山峦上。从发射塔上明亮的白点，将视线拉回来，是遥阔的崇山峻岭，看不到任何路。想象刚才在山谷间的驰骋，顿觉得迷幻重重。惊异人类在那样的高山谷岭里，能掘出一条路来，真的太神奇了。番须口的开掘本来就出其不意。想到这里，对隗嚣的失败也就没有太多惋惜了。

夜行张易

那次懵懂翻越番须口看到关山隧道的出行的目的地是固原。

多年后的2018年，因为陇山的缘故，我再次涉足固原。我选择从天水出发，经秦安、静宁、西吉一线抵达。

从天水到秦安，道路相对好走。静宁县内的道路坑洼不平，坑大如锅。在2018年还存在这样糟糕的公路，真的让人怀疑身处异代。

秦安、静宁两县都是苹果种植大县，沿途的果园里，苹果已经采摘完毕，偶有剩果甚是诱人。但静宁的道路实在太差，让人觉得委屈了那么多好看的苹果。一进入隆德，道路立马变得宽阔好行。宁夏享受的中央财政补贴明显优于甘肃。

这一片区域是著名的西海固。

不论在张承志带血的文字里，还是关于中国扶贫故事的报道里，西海固都是低暗的存在。这里与我生长的定西相连，只不过维度微微高了一点儿，干旱程度不分上下。解放初期，这一带隶属定西行署管辖。

和定西一样，这里的土地没有一块是闲置的。越是贫瘠，越要挖荒，越是垦殖，越是荒凉。整个陇西黄土高原，就陷入了这样的死循环。地理学中那个天地循环的理论，学过的人大抵都能懂，但是这片区域的人口密度实在太大了，人要生活只能种地，日复一日垦殖，大地龟裂已经好多年，再也没有任何气力向天空蒸发水汽，天空也无力滋润土地。天地间的循环被人地矛盾的循环彻底阻断。

不管《史记》和《资治通鉴》里"畜牧为天下饶"的表述多么真实美好，现今的陇右大部都是光秃秃的山头，灰蒙蒙的地，风起尘扬，西风凛冽。十月，田地里大都空无，用尽精力生长了一年庄稼的大地终于疲倦地放松了自己，一副倦态。好在路边、地头还不时露着绿，证明着生命力。

隆德、西吉一带，地势相对平坦，鲜有山峦和沟壑。将台堡是不经意间出现的。这是太过熟悉的地名，因为红军。

从这里向东，翻越陇山轻而易举。我选择了继续向北。我的计划是在有限的时间内，尽可能在陇山的最北端反复东西翻越，以更多地考察陇山的隘口，这个想法很好，但实施起来太费时间了。

一路向北来到西吉县的张易镇时，时间已是午后四点多。根据地图，此地和固原城基本处在同纬度。这里靠近木峡关。于是决定由木峡关翻越陇山进入固原。

一路驰骋着向北的方向改由向东，不停打问靠近木峡关的道路，一路来到了张易镇政府，找到文化站站长，他粗略介绍了一下张易境内的历史文化。他所说更多的是关于僧侣在这一地的活动故事，他带领我参观了一座寺庙，只有一个出家人，是陇东人士，他的表达非常世俗。言谈中，感觉他的出家就是一种生活方式，至于修行，他似乎没有太多的钻研。他要面对的压力更多来自柴米油盐。

镇政府所在的地方，距离翻山的道路尚远，站长给我推荐了大店村一位村干部的电话，让我去大店仔细看看，那里是木峡关古道经过的地方。

现如今翻越陇山的道路并不在大店，水泥路扎进山谷，弯弯曲曲延伸到山根，大店村就到了。到达村委会广场时，天色已经暗淡。努力给文化站长引荐的村干部打电话，最终接通了。人影稀疏时，村干部来了。村干部说，以前的古道现在没人走，已经荒废了，再说，古道向东穿峡而过，快进固原时，有一个水库，根本出不去。搜地图，临近固原城区的一侧是寇庄，有水库在海子峡口。

看古道，天已黑。决计找这一带生活的老人，讲讲古道有关的历史。村干部把我带到了一个小卖部。主人年过七旬，很热情，熟练地泡了杯茶，开始聊天。

主人叫赵国仓，生于1939年。他说他小时候听老人讲，木峡关主要走马车和驼队，从固原城里过海子峡，十公里，就出峡了，去兰州、去西部，都可以。自己小时候也见过驼队。一直到公社时期，路还在。海子峡后来修了水库，路就断了。政府在山上修了更方便好走的公路。民国时期，峡里有土匪。峡口，有传说中的孟良城和焦赞城。现在峡口还有烽火台，是明代的。

说着说着，老人讲到了峡里的神仙很灵验，能求子求学求吉求安，最后他说自己管过30年的庙。

在西北民间，庙官通常是村庄德高望重者的兼职，从事这一职能的人，大都无比荣耀。宗教对人精神世界的统治，没有任何力量能够超越。

从老人的小卖部退出时，天已很晚了。车灯照耀的地方，强光刺眼。饥肠辘辘，问村干部，村里的农家乐能否食宿，村干部说天冷了，都没有营业。本想住下来第二天看看峡口的烽火台和古道遗迹，但只能遗憾离开。

从水泥路退出来，上到柏油公路，慢坡，行至山顶时，处处都在修路。缓慢开行十多公里，就到达了固原郊区。这一带的陇山海拔依然在1000多米到2500米之间，但是陇山两侧的台地明显高于南部，所以翻山的古道隘口和现今公路隘口，都比较平坦，明显优于陇关道、陇坻主干道、鸡头道、六盘道诸道。番须道以北，翻越陇山的隘口依次有鸡头道、六盘道、木峡道、石门道。木峡道和石门道显然是所有逾陇通道中坡度最小的道。从这两条道前往西部，可以直接从靖远以北区域越过黄河，直接抵达凉州，避免翻越乌鞘岭之苦。有人统计，途径固原的丝绸之路东段北道，比南道要节省200里距离，但这样走绕开了兰州、秦州、狄道等陇西各个时期的大城市。如果西行的目的是单纯前往西域，走北道显然最便捷。如果要在秦州、兰州、狄道一带做生意、谈公事、走亲戚，逾陇显然得走南道。

木峡关是由固原西越陇山的要道之一。北魏年间宇文泰进讨侯莫陈悦时由木峡关出兵；隋代突厥南下关陇，也是经过这个关口。

唐朝，木峡关依然是重要的军事要塞。

从甘肃省临洮县起始的战国秦长城，从静宁顺葫芦河东岸，经北峡口，由闫庙进入宁夏西吉县，顺马莲河河谷出西吉，进入固原原州区张易镇，至黄堡东，转折为东北方向至白家湾，在这里又转折向东，经过闫家庄，至明庄西北，便分为两道，形成"内城"和"外城"之分。秦长城跨越陇山的地方，也在木峡关附近。

可见，秦完成对于义渠戎的征伐之后，对西北其他少数民族的防范边线，以陇山为坐标，就设在木峡关一线。

三关口

到达固原市区时，已是晚上十点左右。市区不大，但不熟悉的地方还是不想冒冒失失去绕圈子。便在郊区一个新开发的市场附近住下了。

诗人王怀凌打来电话，询问是否住妥。王怀凌是天水欣梓的朋友，我出发很久，车开到静宁时，突发奇想，托欣梓介绍一位朋友，在固原做向导协助考察。欣梓就介绍了王怀凌。王怀凌非常热情友善。

第二天天一亮，王怀凌就赶过来了。他开着别克轿车，拉着我开始了考察。

王怀凌写诗，说自己对历史文化不太熟悉。有一位研究丝绸之路的老师，正好去了外地。他说接上另一位对固原历史感兴趣的人。接人的时候，经过正在装修的固原博物馆，不能参观，又是遗憾。

王怀凌接来的人姓戴，是一位局长。但他是喜欢文化的为官者。戴先生对固原历代太守非常感兴趣，已经撰写了其中几位。我建议他继续写，可以做一本书。固原是一个饱经沧桑的地方，是民族融合的焦点地带。古时，固原有七个关隘："西南有木峡关。州境又有石门、驿藏、制胜、石峡、木靖等关，并木峡、六盘为七关。"

听着太守的故事，我们前往三关口。

公路沿着陇山东麓，一路南下。固原城在平川，南下的道路出川以后，沿着河谷穿行，也比较平缓。这里是泾河北支源头和清水河源头的交汇区域，河谷众多，地势低缓。南下，畅行无阻，历代少数民族问鼎中原的雄风，曾经就在这山谷间反复浮动。

沿途有一块山地，正在进行植被修复，这是之前开山取石破坏了的、被环保督察发现的整改工程，我感叹修复艰难，王怀凌说没事，这地方插根棍都能活，很快就会满眼绿。

在黄土高原中间拔地而起的陇山，创造了无数奇迹。在过去数千年的斗转星移间，这条山脉在地理、人文、军事、生态各领域都产生了广泛而深刻的影响。尤其在历史沧桑中一步步走向沉积落寞的黄土高原，有陇山异军突起的生物多样性，显得格外惊世骇俗。从地图扫览，陇山在一片白茫茫的死寂而又寡淡的旱海中拖着浓浓的绿意，有遗世孤立的沧桑。

陇山两侧的每一个县域，的确有自成一体的小气候，而越是远离山麓，越是干旱。

不一会儿，我们就到了六盘镇，这里是六盘道必经之地。

六盘道始开于元代，后来成为东西交通干道。石门关、木峡关等入陇的北线通道随六盘道的开通而逐渐丧失主干道功能。明、清两代，六盘道发挥了重要作用，林则徐被发配新疆伊犁，就从六盘道一路向西，他在日记《荷戈纪程》中对翻越六盘道做了细致的记录。左宗棠西征新疆，也从这里经过，并对这一通道进行整修，道旁种植大量杨柳，有"新栽杨柳三千里，引得春风出玉关"之说。

过六盘镇，继续南下，顺泾河源头，向东南行，就到了瓦亭。这里被称为萧关。对于萧关的地望，一直存有争议。仅秦汉时期的萧关位置，就有多种说法，综合各类研究，我认为，秦时期的萧关在长城附近，是长城防御线的重要关隘，必然和长城防御工程相互关联，应在陇东环县，也就是马莲河河谷。而汉时期的萧关，因匈奴经常沿泾河河谷侵扰汉朝，应在瓦亭，也就是距离三关口最近的地方。

清水河河谷和泾河河谷相对宽阔，北连河套、南接关中，这一线是少数民族马踏中原最便捷的通道。而环县境内的河谷相对窄狭，南北阻隔较大，通行便捷程度不足。

瓦亭至今有一座古城，保留比较完整，文史研究者判断是清代所筑。当然，这个地方历史上一直有城，毁坏、翻新，历史演进过程催动着城的变化。当下的古城，呈琵琶状，城墙顶部宽两米多，人能登顶，城内居住着数十户居民，鸡犬相闻，牛羊相接，大家的日常生活必须出城入城。城外山坡上，宝中铁路不时鸣笛而过；另一侧，高速公路在一个山缝插进陇山。立于城墙头，看城里城外，城上城下，恍若隔世。

王怀凌对文友非常热情，全国各地来到固原的文朋诗友，他都会热情款待，然后带到瓦亭，他在城墙上，引述国内著名的作家参观古城的过程，甚是豪迈。

走下城墙时，细雨霏霏。继续沿泾河北支源头东南向行驶，就到了三关口。这里的峡谷十分险要，谷底泾水滔滔，两边山崖高耸。公路挂在崖畔，十分窄狭。公路对面的山崖上，刻着好几处书法，是历代名人的痕迹。有的已经字迹难辨，有的字体遒劲有力。两山之间的距离，只有十几米。这里真的是一夫当关万夫莫开之地。史籍说这里也叫弹筝峡，风吹河谷，犹如筝响。这种风声实在难得，我推测，这大抵是某个时代文人的臆测，风吹河谷，哪有弹筝之韵？

三关口继续南行，可直抵平凉，沿着泾河河谷，更可以直捣长安。

回到市区，又参观了固原城北的秦长城。从陇西郡狄道到上郡，秦长城在黄土高原上艰难成型。两千多年后，今天保留最完好的部分，应该就是固原城的这一段。曾经立体高耸的墙，如今只是一条宽厚敦实的土埂。而陇西陇东陕北地域，就连那条土埂都很难追寻了。

秦人的防御边墙，基本和后来的丝绸之路相重合。这两条横线与陇山这一纵轴相交合的区域，构成了文明的十字。真正实现了"天下中国"的秦汉和隋唐两个时期，都与这个十字有着密切的关系。"天下中国"的实现、历史中国的生成，都是从这个文明十字地带向西、向北延伸的结果。

从固原回天水的路程，我选择了紧贴陇山东麓的道路。一路从固原、泾源到华亭，再由番须口西越陇山，贴着陇山西麓由庄浪、张家川、清水一路南下至天水市麦积区社棠镇渭河岸边。番须口以北，着重走访了木峡关、六盘关、鸡头道东口。其中，木峡道和六盘道开通较晚，地望确凿，没有任何争议。而鸡头道作为秦皇汉武西越陇坂的重要通道，具体走向一直存有颇大争议：一说在泾源县香水镇；一说在泾源县泾河源镇。

根据目前各家说法，我更倾向于泾河源镇凉殿峡之说。对唐宋时期安化峡、安化县及安化镇位置进行考辨，可得出秦汉鸡头道和唐安化峡同为一道，就在宁夏泾源县泾河源镇凉殿峡的结论。

凉殿峡目前是六盘山大景区的一个景点。峡谷全长约20公里，东接泾河源镇，西连庄浪县通边乡。峡谷林木茂盛，凉爽惬意，为避暑胜地。依据史书记载，这里发现了成吉思汗避暑行宫遗址，便有了"凉殿峡"的叫法。

成吉思汗完成对中亚的征服，马不停蹄展开了对西夏的围剿。他以摧枯拉朽的战力横扫西夏国土，最后进驻凉殿峡一边避暑，一边运筹帷幄派兵围定了西夏的都城兴庆府(银川)。西夏军民誓死不降，成吉思汗又南下用兵河湟地区，回程时在清水县病故。

比对了众多关于鸡头道的考辨，我在南下途中，试图进入凉殿峡，但是景区的工作人员以景区内道路不太安全为由拒绝了我的造访。不过，早在2011年那次以旅游采风为由的电视采访活动，我的确进入过凉殿峡。那时候不知道鸡头道的意义，只记住了当地文旅部门极力推介说，这里是成吉思汗的驻跸地。山谷里的石条、磨盘被认为是蒙古军遗留之物。

从泾源县南下到华亭马峡镇，道路一直处在陇山两条山脉中间的台地上，不甚艰险，但我去的时候正在修高速，普通路被工程车辆碾压变形，加之下过雨，异常难走。这一段路，北段连接着鸡头道，史家推断正是古籍中的回中道。回中道在马峡需向东拐，由东华镇再南下，至陇县以后就可以顺着汧河河谷到达秦汉祭祀圣地雍城，也就是今天的凤翔。

山川未动，人间换了无数次

从长安到西域，要翻越陇山，由南向北，历史上较大的通道依次是渭河峡道、咸宜古道、陇关道、秦家塬道、陇垤道主干道、番须道、鸡头道、瓦亭道、六盘道、木峡道、石门道。这些关道隘口，越是向北，越是平缓易行。

综合历代历史记载，我认为，秦汉时期，通行最广的关陇通道，应为陇关道、陇坻主干道、鸡头道；唐宋时期，使用最多的关陇通道应为秦家塬道、木峡道、石门道；明清之际，逾陇通道使用最便捷的当为咸宜关道和六盘道。

所谓通道，当为官道，能成为官道的道路，必须是能走马车的道路，能大规模开展物资运输的道路。如果仅是单枪匹马翻越陇山，能通过的关隘小道就很多了。

寻古探幽，往往得感谢当地迟滞的人为活动，否则，一旦套上发展的魔咒，一切物质、非物质的历史文化和遗产遗迹都会被扫荡一空。寻路关陇之间，真正意义上的古道，已经不多见了。路本来是流动的，每个时期都会有变化，但总体上多是顺着河谷开掘而成。古时的路，是古人千辛万苦用脚步丈量出来的最便捷最安全的通道。及至今天，人们筑路使用了现代化的测量工具，古道依然是最便利的筑路基础。比如陇关古道线，是高压线路通过的最佳隘口，是西气东输天然气管道最便捷的埋设路径。

古道翻山越岭两千年，人间换了无数次，山川其实一直并未动。

后　记

这是一次历史非虚构写作。

从2018年投入采写,到2021年10完成稿件,前后用时四个年头,中间因为身体原因,多有延耽。

这部作品试图从有着相对精确记录的两千年历史中,放大东西互动的意义。相较于南北互动,这是前人鲜有涉及的命题。确立这个选题的时候,研究西北政治地理问题的西北师大教授王勇十分高兴。他说"文学写作对于理论研究,具有开路先锋的作用",秦陇互动遂成了我们交讨很久的话题。展望"历史中国"的生成,东西互动不可缺席。尤其"天下中国"实现的王朝,都没有脱离秦陇互动为核心的东西互动。这本书借助历史人物切入历史现场,所聚焦的命题本身还有很多值得开掘的领域。

意大利史学家、哲学家克罗奇说:"一切历史都是当代史",这个论断只有从历史哲学的角度去理解才具有实质意义。中国先贤圣哲和历代政治家为之奋斗的"天下观",是中国人的大局观。这部作品从动议到完稿,世界瞬间变得动荡不安。今天讨论"天下观",对理解过去和未来,有现实意义。

任何宏大的使命,都离不开人的奋斗。任何人的奋斗,都充满悲剧意义。从帝王将相到黔首流民,无一不具有悲剧性。这是一次增进对更多人理解的尝试,基于今天的现实和遥远的历史时空对话时的理解。

感谢天水市委人才工作领导小组和天水市委宣传部对本作品的

支持。

感谢广西师范大学出版社社科分社刘隆进先生、赵艳女士为本书出版所作出的努力。

感谢西北师范大学王勇教授对本书提供的指导性建议。

感谢挚友张平安先生为本书提供了航拍支持以及电子绘图、艺术家崔双胜先生提供了手工绘图；感谢刘建国、丁建太、青竹、王刚、徐磊为本书提供了相关图片。

感谢宁夏诗人王怀凌以及甘肃天水市麦积区白峰、布衣秀才、郭选民和张家川县马丑子、王成科在本书采访过程中，给予的支持；感谢陇山东西麓城乡驿路间遇到的没能记住姓名也给予了热情帮助的人们。

感谢读者朋友们对非虚构写作的支持，这是中国非虚构写作走向未来的关键。

阎海军

2022 年深秋于秦州